U0093752

有華人的地方就有

龍人的作品

賊秦
3

滅秦內容簡介

大秦末年，神州大地群雄並起，在這烽火狼煙的亂世中。
隨著一個混混少年紀空手的崛起，他的風雲傳奇，拉開了秦末漢初恢宏壯闊的歷史長卷。
大秦帝國因他而滅，楚漢爭霸因他而起。
因爲他——霸王項羽死在小小的螞蟻面前。
因爲他——漢王劉邦用最心愛的女人來換取生命。
因爲他——才有了浪漫愛情紅顏知己的典故。
軍事史上的明修棧道，暗渡陳倉是他的謀略。
四面楚歌動搖軍心是他的籌畫。
十面埋伏這流傳千古的經典戰役是他最得意的傑作。
這一切一切的傳奇故事都來自他的智慧和武功……

滅秦五閥簡介

入世閣

閣主大秦權相趙高，身懷天下奇功「百無一忌」，又借助官府之力，使得入世閣漸漸強大至有力壓其他四閣的趨勢。而克制他的皇道武學「龍御斬」又消失江湖，故更令其橫行無忌。

流雲齋

西楚最強大的門派，在其齋主項梁的經營下，統一了西楚武林，將各門各派的人才盡歸入旗下，在萬里秦疆烽火四起之時，趁虛而入想一舉奪得大秦江山。鎮齋神功「流雲真氣」霸道無比，其侄項羽憑此功而搏得西楚霸王的英名。

知音亭

亭主五音先生是亂世武林中修爲最高的幾位強者之一，門下高手無數，紀空手就是得其之助，才能在亂世中立足，鎮門神功「無妄咒」可以控制天下任何絕學導氣時的經脈流向，使其敵不戰自敗，唯一弱點是不能駕馭中咒者的思想。

聽香榭

一個神秘而又古老的組織，當代閥主呂翥是一個不達目的勢不罷休又有著很強征服慾的女人，其門中的「附骨之蛆」、「生死劫」、「紅粉佳人」三大奇毒，控制著無數的武林高手。天下最可怕的殺手主使人。

問天樓

春秋戰國衛國亡國後的復國組織。當代閥主衛三公子，一個怪物中的怪物，雖身懷上古絕學「有容乃大」奇功，橫行天下稀有敵手，但其性格反覆無常讓人捉摸不定，他可以爲達目的而不擇手段，又可爲復國獻出自己唯一的生命。劉邦的親生父親，紀空手的強敵。

主要人物簡介

最聰明的女人——紅顏

知音亭的小公主，擁有著高貴典雅的氣質，空谷幽蘭般的容貌。音律與武學修爲都已達到很高的境界，性格平和堅強，其聰明之處便是在亂世眾雄中選擇了紀空手，而一代霸主項羽卻爲搏其一笑傭兵十萬，相迎十里。反而樹立了紀空手這位宿命中的強敵。

最可悲的女人——張盈

「入世閣」閣主趙高唯一的師妹，天生媚骨，媚術修爲之高已達到媚惑天下眾生之境。因趙高修練鎮閣神功「百無一忌」自閉精氣，冷落了她，使其成爲了秦末武林中最可怕的魔女。終死在了扶滄海的「意守滄海」的奇功之下。

最可愛的女人——鳳影

「問天樓」刑獄長老鳳五之女，是位惹人疼愛的小美人，溫婉嫺靜，清純可愛。在韓信危難中與其結緣，成爲韓信的至愛，江湖傳言韓信背叛兄弟助劉邦爭奪大秦疆土都是爲了此女。

最幸運的女人——呂雉

「聽香榭」真正的主人，是位有冒險精神，性格堅毅果斷的美女。因修練鎮榭神功「天外聽香」需保住處女元陰，而無法享受魚水之歡。後聽香榭發生內亂，她受其姐暗算，與紀空手有了合體之緣。得到了補天異氣之助，不但將神功修練到至高境界，還成爲了紀空手的妻子。

最善良的女人——虞姬

大秦美女，容貌清麗脫俗，是位惹人憐惜的嬌弱美人。性格外柔內剛，堅信緣由天定，對紀空手一見鍾情，爲救情郎情願被劉邦充當禮物送給項羽。劉邦也因此事而鑽進了紀空手布下的圈套，不但痛失至愛，還差點在鴻門宴中身陷萬劫不復之境。

最不幸的女人——卓小圓

「幻狐門」當代門主，性格如水般變化無常，媚功床技天下無敵，由於此門是問天樓中的一大分支，她自然而然成爲了劉邦的情婦，後被紀空手以偷天換日的手法易容後送給項羽，變成一個媚惑項羽的工具。

最成功的英雄——紀空手

一位混混與無賴眼中的神，一段段傳奇中的人物。他身具龍形虎相，偶得補天異寶，踏足江湖後在項羽的十萬大軍前，奪走他心中的美人——紅顏。又從劉邦的陷阱中將他送給項羽的禮物——「虞姬」據爲己有。江山美人讓他樹敵無數，戰爭與血腥使他明白世間的殘酷。仁義二字讓他變得強大無比，這只因他堅信——仁者無敵！

最無情的君主——劉邦

衛國的皇室後裔，身具蓋世奇功「有容乃大」。但名利使他仍容不下身旁具有高才智的兄弟，爲搏強敵的信任，他可以送上心愛的女人與父親的生命。「一將功成萬骨枯」，是他一生奉行的箴言。這只因——帝道無情！

最霸氣的男人——項羽

其天生神力，加之家族的至高武學「流雲道」，更使他身具蓋世霸氣，縱橫大秦疆域所向無敵。然而，爲搏紅顏一笑，樹下了紀空手這位宿世之敵。西楚的疆土毀在其一意孤行，四面楚歌、十面埋伏各種奇計使其在楚漢相爭中敗得無回天之力。烏江之畔，橫劍脖頸只表達心中的霸意——「霸者無懼」！

最危險的敵人——韓信

亂世中的將才，紀空手兒時的好友，因能忍別人不能忍之事，使他很快在亂世中崛起。卻因抵不住名利的誘惑，出賣兄弟。霸上一戰他爲保存實力，親手放走他今生「宿命之敵」。爲自身的利益，他可出賣一切可以利用的東西。可惜等其擁有爭霸天下的實力時，卻得不到任何的支持力，這是他一生中最殘酷的打擊。但他至死仍不明白這是否是——「宿命之意」！

最聰明的隱士——張良

知音亭五音先生放入江湖中的一枚隱子，此人精通兵法，又足智多謀，是亂世中不可多得的謀士，在劉邦身旁盡心盡力助其發展勢力，紀空手復出後因他之助不費一兵一卒得到大漢所有的軍隊。此人唯一弱點——不懂絲毫武學。

最倒楣的鑄師——軒轅子

天下三大鑄劍師之一，因愛人之撫隱於市集鑄練神刃，刀成之際，因定名「離別」實屬凶兆，身受數大高手圍攻而血戰至死。後此刀在紀空手之手力戰天下知名高手威揚天下。

最可怕的劍手——龍賡

天生爲劍而生的人，因身具劍心，故能將劍道練至無劍的至高境界——心劍。五音之死令其復出，紀空手得其之助，才棄刀進入至高武學的殿堂——無我武道。

最富有的棋手——陳平

夜郎國的世家子弟，在夜郎陳家置辦賭業已有百年，憑的就是「信譽」二字，創下了無數財富，是各大爭奪天下勢力眼中不可多得的財力支柱。

最失敗的盜神——丁儻

五音旗下的五大高手之一，偷盜之技天下無敵，雖盜得天下異寶「玄鐵龜」卻無緣目睹其寶，讓紀空手成爲一代霸者的機會。

目錄

第一章　天地之刀　013

刀，乃百兵之祖，以靈活多變見長，攻如水銀瀉地，守能夜戰八方。刀身分爲「天、地、君、親、師」五個部分，刀刃爲天，刀背爲地，護柄爲君，柄中爲親，柄後爲師，無處不可攻守。

第二章　圖現義絕　039

心只有心痛的感覺，雖然背上的幾處要穴已被冰寒的劍氣刺傷，但紀空手沒有感到肉體的痛，只感到自己的心在滴血。他情願一個人躲到一個無人打擾的地方，就像一匹孤狼一樣，用舌頭去舔撫自己心靈的創傷。

第三章　勇者無懼　069

漫天星辰之中，他們都不是萬千繁星中的一顆，更像是那天邊劃過的流星，寧可毀滅，寧可瞬息即逝，他們也要追求剎那間的耀眼光芒。

第四章　色傾紅塵　091

她的頭上青絲斜垂，隨意而不失雅致，配合著修長曼妙的身段，舉手投足間，盡顯萬種風情。一雙眸子又深又黑，盈盈一瞥，滿場之人無不感覺到她看向的竟是自己，不僅傳神，而且讓人陶醉。

第五章　笑戰群敵 ……… 123

他生於大漠草原，艱苦的生存環境培養了他永不低頭的性格，遇強愈強，戰意不滅，是他手中彎刀與他的人格完全結合的最真實的一面。當他的彎刀破空而出時，空氣中甚至傳來漫漫黃沙飛舞大漠的厲叫。

第六章　無怨無悔 ……… 153

在事業與感情的兩難抉擇中，劉邦終於作出了自己的決斷，那就是放棄自己所愛，將這段感情深埋內心。雖然他心裡知道，今生今世，他已不可能忘記虞姬，但爲了事業，他已別無選擇。

第七章　決戰霸上 ……… 181

這人，這鐧，無一不充滿邪性，但這邪性邪得古怪，自始至終存在著一種懾人魂魄的大氣。

「踏……踏……」幾乎是不約而同地，就在人們以爲這天地又復寧靜時，他們卻邁出了有力而極富節奏的步伐，相對而行。

第八章　正面迎敵 ……… 209

刀鐧在虛空相接，沒有聲音，只有千萬道火星嗤嗤迸射。待兩人同時回收兵刃之時，才聽得一聲驚天動地的巨響，在兩股強大至極的殺氣猛烈撞擊之下，迸裂出霸道無匹的狂風，向四方席捲。

第九章　寧氏禪道　237

他幾乎是出於本能地揮出了禪杖，「呼……」地一聲，聲勢如風雷般迅猛，立刻封住了對方的刀路，他相信對方的刀雖然很快，但自己的禪杖未必就慢，以硬碰硬，他絕不會吃虧。

第十章　捨己救郎　263

劉邦正是看到了這一點，所以才想趁人之危，逼虞姬就範。作為一個男人，他當然注意到了虞姬對紀空手的關切之情，以此作為要挾來進行一場政治交易，他認為這不失為一條上上之策。

第十一章　鷂鷹傳音　295

這箭不是衝著鷂鷹而去，而是射向鷂鷹必經的虛空，這說明發箭之人無疑是個真正的獵手，他懂得在獵殺活物時必須保持的距離感，同時在瞬息間判斷出自己的箭速與鷂鷹的飛行速度兩者間的差距。只有這樣，他才可以準確無誤地命中目標。

第十二章　錯的代價　323

劉邦盛怒之下猶感詫異，彷彿面對的是一潭死水，讓他無法捉摸紀空手所表現出來的冷靜。也許只有在這一刻間，他才真正感到了紀空手的可怕之處，心驚之下，似有一分怯懼。

第一章　天地之刀

登高廳門開，在趙高的陪同下，紀空手、五音先生、韓信、扶滄海以及一干知音亭高手，還有神風一黨人物悉數而出。在識破了神農的險惡用心之後，神農門下的弟子終於死心塌地爲紀空手效命，神風一黨從此刻起，成爲了紀空手爭霸天下的第一支力量。

歌舞依舊，一切如常，既有趙高相陪，一切都變得簡單，這一行人幾乎是暢通無阻地來到了城門之外，而早在城門外等候的照月三十六騎趕來會合。

在他們的身後，樂白率領十餘騎人遠遠跟隨，因顧忌趙高而不敢動作，一旦紀空手的這隊人馬停下，他們只能相距甚遠，駐足觀望。

「有勞趙相遠送，實在不好意思，這是『百味七草』，悉數奉上。」紀空手人在馬上，微笑著道。

趙高接過，淡淡笑道：「自古英雄出少年，今日見得紀公子的手段，倒叫我生出了一爭雌雄之心，他日有緣，你我必當好生較量一番。」

「趙相吩咐，豈敢不遵？但有所請，一定奉陪到底。」紀空手昂首答道，眼中絲毫不懼。

趙高哼了一聲，隨即看了看五音先生，欲言又罷，終於轉頭而去。

他一生叱吒江湖，混跡官場，扶搖直上，要風有風，要雨得雨，何曾栽過像今夜這般大的筋斗？他雖對紀空手等人心懷恨意，但追本溯源，罪魁禍首還是神農。是以他回到相府之後，第一件事便是怒斬神農，同時派出入世閣弟子四下追蹤，企圖阻殺紀空手這隊人馬返回巴蜀。

他偷雞不成倒蝕一把米，胡亥既死，他卻不敢稱帝，只能立扶蘇之子子嬰登位，但大秦王朝經此一役，更是元氣大傷，風雨飄搖，天下局勢已是岌岌可危。

紀空手一行人到大王莊時，天色微明，雞鳴漸起，此地乃是一條交通重鎮，由此分路，一處可達武關，一處可通巴蜀，紀空手此刻也面臨著兩種抉擇：是進而爭霸天下，還是退而歸隱山林？

「也許我們註定了不是亂世的英雄。」韓信的臉上現出一絲落寞之態，經歷了這數月的風風雨雨後，他已是成熟了不少，想到自己最終還是與登龍圖無緣，心裡好生失落，直到此刻，他才由衷感慨地道。

「此話說來，只怕尚早。」紀空手微微笑道。

「你永遠都是那麼自信，永遠都是那麼富有激情，我始終在想，如果有一天，我們註定敵對，你將是我的一個最可怕的對手。」韓信勉強一笑道。

「哈哈哈……」紀空手不由大笑起來：「你似乎變了不少，就是想法也這般古怪。我可以告訴你，我們永遠都不會有敵對的一天，難道不是嗎？難道我們不是最好的朋友嗎？」他從馬上一斜，拍了拍韓信的肩，接道：「你變得心事重重，愈發愛胡思亂想了，這可不是我心中那個韓信的行事作風，想當初你利之所在，義無反顧的豪勇風格，這才讓人欣賞哩。」

兩人相視一眼，哈哈大笑起來，彷彿又回到了淮陰市井的那段日子，心中頓時湧動著至誠的暖流。

「那時候真的是苦啊，現在想來，真不知怎麼熬過來的。」韓信有感而發，在他的心裡，他只希望這是一個永久的記憶，假若時光倒轉，讓他再活回去，他寧願死。

望。

「所以我們才會苦中作樂。」紀空手卻笑道，他就像是一縷陽光，永遠都只有燦爛，而且充滿希望。

韓信看了看紀空手，道：「今日一別，不知何時才能再見，等到你婚期之日，我一定趕來看你。」

「你說什麼？誰說我們就要分別？」紀空手臉現詫異地道。

「我當然是回鳳舞山莊，而你難道不去巴蜀了嗎？」韓信淡淡一笑，笑中有些失意，更有惆悵。

「當然不去，還記得我們之間的約定嗎？兄弟聯手，爭霸天下！」紀空手興致勃勃地道。

韓信深深地看了一眼紀空手，苦笑道：「沒有了登龍圖，你我憑什麼去爭霸天下？」

「誰說沒有？」紀空手微微一笑道，他的手從懷中取出一塊帶血的錦帕，雪白的錦緞上，一癱血跡赫然在目，渾似一朵雪中的梅花，正是取自於登高廳中那一方被胡亥隨手丟棄的錦帕。

「你又在說笑了。」韓信認出了這是胡亥咳血之後扔掉的那方錦帕。他入廳之後，一直就留心著胡亥的一舉一動，卻根本就不在意這錦帕的下落。

「我沒有說笑，如果我所料沒錯的話，這錦帕之中，必然另有玄機，而且就是登龍圖所在。」紀空手收起笑容，一本正經地道。

韓信將信將疑，從紀空手的手上接過錦帕，細細地端詳起來，一點都不因錦帕的血穢而噁心。他很少看到紀空手的表情如此鄭重其事，既然紀空手這麼說，他就沒有理由不信。

這是宮廷中常見的錦帕，質地精緻，圖案華美，確實是花紅針線中的極品，但韓信顯然對此不感興趣，他所專注的，是錦帕四邊織就的針線紋路。

如果說這錦帕另有玄機，那麼玄機就必定在錦帕之內。韓信靜下心來，翻來覆去看了三遍，心中陡然一動，終於發現在錦帕的一邊有一排針孔要略大於其他三邊的針孔。

這是一個非常細微的差別，通常要出現這種情況，只有拆線之後再度縫合才有可能形成這種的差別。韓信簡直有點不敢相信自己的眼睛，強行壓下自己心中的驚喜，抬起頭來看了紀空手一眼。

「我說過，我的預感通常都非常準確。」紀空手笑著遞上了七寸飛刀。韓信以刀挑開針線，輕撕之下，便見錦帕之中果然飄出一張薄如輕紗的綢紙，捧在手中一看，只見其上繪製了不少山川河流，正是一張精心繪製的地圖。

他從鳳舞山莊不遠千里來到咸陽，經歷九死一生，做夢都想得到的，就是這張象徵著權勢與財富的登龍圖。照理說他應該狂喜才對，但是不知爲什麼，此時此刻，他的心好沈好沈，有一種沈悶至極的感覺。

他明白這是一種什麼樣的心理，正因爲他心裡清楚，才感到恐怖。他只覺得自己就像是搏激於苦海的一葉小舟，拚命地掙扎著，卻始終不知自己的彼岸會在何方。

韓信的反應顯然出乎紀空手的意料之外，但他把這種意外當作是老朋友喜極而呆的表現，意氣風發地道：「有了它，你還怕什麼？只要我們踏出這一步，這天下就是我們的了！」

「你真的這麼自信？」韓信似乎有點底氣不足地問道。

「王侯將相，寧有種乎？這是何等豪邁的一句話呀！陳勝王不僅這麼說了，而且也做到了，他難道不是我們的榜樣嗎？」紀空手眼神堅定，彷彿看到了未來的希望。

「可是他最終失敗了，甚至連性命也不再，這是否是一種天意？上天註定了要讓他失敗？」韓信的眼神卻飄渺不定，望向深邃的蒼穹，似乎欲讀懂上天寫就的文字。

「我從不信命，只有失敗者，才將失敗的命運歸於天意；而我只信自己，只要付出十分的努力，天意也會因我而改變命運！」紀空手大聲說道，話中自有一股萬丈豪氣，更有傲視天下的王者霸氣。

韓信沈默不語，只是牽馬緩行。此時天已放明，他們這一行人已經踏上了大王莊上以青石鋪就的街道。

街上已有稀少的幾個行人，但沿街的大多數店鋪已然開門，那些爲了養家糊口的百姓似乎習慣了這種早起晚睡的忙碌，一切都充滿著關中小鎮的風情。

在這個小鎮上，很少出現一大早便有這麼一大幫人經過的情景，因此紀空手一行人很快吸引了鎮上每一個人的目光。這是一條不長的街道，街道的盡頭，便是一個三岔路口，紀空手似乎在等待著韓信的決斷。

五音先生將這一切都看在眼中，看到意氣風發的紀空手，他彷彿又想到了自己充滿激情的少年時代。那個時候，自己策馬江湖，丹心俠骨，是何等地躊躇壯志，至今思來，猶感熱血沸騰，是以他始終不言不語，任由這些年輕人來決定他們自己的命運。

「路還很長，值得你們慢慢考慮，老夫就不打擾了，先行一步，在前面的路口靜候二位。」五音先生說了一句很富哲理的話，留給他們慢慢思考，自己大手一揮，卻帶著知音亭眾人先行而去。

紀空手眼帶感激地看了他一眼，難得他能如此體諒自己，這不由得不讓他對五音先生表現出來的灑脫感到由衷地感激。一旦他選擇了與韓信共打天下，那麼他對不起的人就是紅顏，至少他再也不能如他想像般地與她朝夕相處。

一面是柔情，一面是鐵血，在柔情鐵血之間，任何人都會心生躊躇。

但韓信似乎比他更難作出決斷，就這麼默默地走過小街，卻始終沒有將目光再向紀空手望去。當紀空手看向他的時候，他的目光正鎖定在街頭處的一杆酒旗上，上面寫有「問天樓」三個大字。

「這會不會是一個很有趣的巧合？」紀空手覺得氣氛過於沈悶，所以看到這個招牌，由不得他不笑上一笑。

韓信的臉色變了一變，轉頭看了一眼紀空手，當他發現後者只是在開玩笑時，這才勉強笑道：「你既然覺得有趣，我們不妨進去。」

「好啊，爲了我們兄弟聯手，去痛飲三杯，以示慶賀！」紀空手拉著韓信的手，大步跨入了問天樓。

這是一間不大的小酒鋪，兼或賣些小吃點心。鋪中只有四五張桌子，稀稀拉拉地坐了五六個人，當紀空手二人進去時，照月三十六騎與神風一黨爲了避人耳目，只在遠遠地街口駐足觀望。

雖然鋪中只有五六個人，但留下的空桌只有一張，正好就在這些桌子的中間。鋪中除了一個夥計之外，還有一個老闆模樣的老者背對著店門，正不停地忙碌著。

紀空手並沒有留意這些非常平常的小事，他將注意力全放在了韓信身上，總覺得眼前的韓信已不似當初那位生死與共的韓信，更讓他有一絲陌生的感覺。

叫來兩碟小菜、一壺冷酒，紀空手又想起了往事，微微一笑道：「還記得我們第一次喝酒嗎？那時在鳳舞集的酒樓裡，爲了逃命，我們的樣子好生狼狽。」

「記得，現在想來，好似昨天，我又怎會忘記？」韓信笑得極是溫情，斟上酒，兩人對飲了一杯。

「一年不見，你我再也不爲酒烈而嗆得喉嚨冒煙了，這是不是證明我們已不再是當初那兩個無知的

少年，而是真正的成熟男人？」紀空手放下酒杯，重新為兩人斟上了酒。

「我不知道我是否變化了很多，但我卻知道你變了，變得幾乎讓我都不敢相信你竟會是一年前為了幾十兩銀子而大騙特騙的紀空手。回想昨夜一戰，你談笑自若，面對帝王與豪閥猶能從容應對，將他們玩弄於股掌之間，這等干雲豪氣，有誰可比？」韓信的眼神中由衷地露出欽佩之感。在他的心中，紀空手就像是一座大山，讓他有一種喘不過氣來的感覺。

「這並不是因為我的厲害，而是與他們相比，我多了幾位可以肝膽相照的朋友，這才是我們最終獲得成功的因素。」紀空手真誠地道。

「紀少，你變了，至少變得謙虛起來，以往遇事時的當仁不讓，已在你的身上不復存在了。」韓信的臉上依然是一副懷舊的表情，其中無時無刻不隱現出一股淡淡的離愁。

「任誰經歷了這一年來的風風雨雨，多多少少都會有所改變，也許這種變，就是一種成熟標誌。」紀空手感慨地道。

韓信微微一笑，雙手攤開那張登龍圖，然後凝視著紀空手道：「這種變還體現了在你目力的毒辣，誰也沒有注意到的一件小事，你卻能讀懂其中的玄機，這才是你最可怕之處。」

「其實這並沒有什麼值得誇耀的地方，只是你們都沒有留心罷了。」紀空手淡淡一笑，毫不爭功地道：「一個人臨死的時候處於一種什麼樣的心態，對於這一點，很多人未必知道，但我卻經歷過，所以我非常瞭解。我當時只是奇怪胡亥在明知自己已經中毒的情況下，卻依然還要努力地取出錦帕來揩拭自己嘴角的血跡，這未免讓人覺得有些反常。需知在那種情況下，生命是否還能存在已是一個問號，誰又會刻意去注意自己的儀容外表呢？」

「於是你就斷定胡亥此舉大有用意，可是你又如何能肯定他這一舉動一定會與登龍圖有關呢？」韓信似有不解，當紀空手將錦帕遞給他的時候，這方錦帕並沒有被人動過的痕跡，紀空手又何以會如此肯定其中暗藏玄機？這似乎是一個謎！

「也許這只是我的直覺！也許是丁衡教我的學問！」紀空手笑了笑道：「但準確的直覺是建立在合理的推理與大膽的判斷之上的。神農、趙高之所以都敢在登高廳上孤注一擲，這就說明他們算準了胡亥最大的性格弱點：多疑。一個多疑的人，如果要珍藏一件東西，他往往都會認爲只有藏在自己的身上才會是最安全的，胡亥當然也不例外。只不過胡亥也不是一個心計簡單的人，他也懂得愈是顯眼的地方有時其實就是愈隱蔽的地方，而且這一招用來對付趙高、神農這等城府極深的人往往會收到奇效。」

「你的意思是說，趙高與神農都是以他們的角度來看問題，這就容易將簡單的東西複雜化？」韓信是一個聰明的人，一經點撥，似乎明白了其中的奧妙。

「是的，正因爲這塊錦帕扔棄在地上，所以他們誰也沒有去注意它的存在。但我卻知道任何有悖常理的東西，都必定有它存在的道理。」紀空手笑了笑，突然大手一指，對著自己左邊一桌的一個人道：「就像是他一樣。」

他的話如一道驚雷，震得全店的人都停止了動作，雖然只有一瞬的時間，但空間中陡然生出一股緊張的氣氛，沈悶之極，就像是火山爆發的前兆。

紀空手所指的那人，其實只是一個背影，自他們入店以來，這人就一直悶頭吃著東西，一身裝扮都是市井漢子的模樣，普通得讓人不起一絲疑心。

可是紀空手說的偏偏是他，這實在是一件奇怪的事。

韓信的臉色變了一變，笑道：「其實你的疑心病也不小，在這樣一個小鎮上，你莫非還擔心會有敵人出現嗎？」

「我不是多疑，只是覺得奇怪，一個剛剛還在咸陽城中的人，怎麼會突然出現在這樣一個小鎮上的店鋪中吃早點？」紀空手搖了搖頭，沒有半點動作，只是將目光緊緊地鎖定在那道背影上。

韓信的臉色不覺又變了一變，只是紀空手的臉已轉了過去，是以並沒看到。

那人似乎並不驚訝，背影亦是一動不動，只是將手中的最後一點點心塞入嘴裡，這才拍了拍掌，站起身來道：「紀公子能在這小店之中看穿本人的身分，單以這份眼力，已足可笑傲江湖。」

他的話說得很輕很慢，當他轉過頭來時，就連韓信也吃了一驚，因爲此人竟是樂白！

樂白是入世閣的三大高手之一，又是威震京師的親衛營統領，他人既到，想必其親衛營人馬也來到了大王莊，但韓信卻並沒有發現有大隊人馬活動的跡象。

樂白與韓信本有殺侄之仇，可是此刻他對韓信似乎並不感興趣，而是與紀空手的眼芒一觸之下，緊緊相對。

他在這個時候出現，這本身就需要勇氣，因爲此刻的紀空手不僅僅只是一個人，其身邊還有韓信，還有神風一黨與照月三十六騎，更有武林五大豪閥之一的五音先生及其麾下的知音亭精英。這些人放在平時，只要有那麼一個就足以讓他頭痛，可是當他真的面對群豪時，竟顯得無比冷靜。

如此冷靜，當然是有所依憑，樂白又是憑什麼這般自信？難道他已算準了紀空手註定毫無作爲？

紀空手只要一聲命令，神風一黨與照月三十六騎就可以在最短的時間內將這個鋪子團團包圍，密不透風，但奇怪的是，紀空手並沒有這麼做，因爲他很快就發現了自己此時正坐在一個殺局的中心，任何妄動都有可能遭致無情的毀滅。

他一動不動，目光緊鎖，以咄咄逼人的態勢強壓向樂白，同時餘光一掃，將整個小店的環境悉數看入眼中，思索著自己必須採取的應對之策。

這個小店中的每一個人似乎都是樂白的同夥，包括那名老闆與那名夥計，更讓紀空手心驚的卻是方銳赫然也在其中，他們看似無心的站位，卻極爲精妙，恰恰利用整個空間的長度與寬度佔據了最佳的攻防位置。而他們刻意留下的那張空桌，正是一個進退兩難的尷尬之地。

此刻的紀空手與韓信就在這個位置上，他們紋風不動，靜觀其變，但都感覺到了這漫舞虛空的肅殺之氣。

如此精妙的殺局，絕非是一個巧合可以說清的。這讓紀空手的心中隱隱生出一個可怕的想法，只因這個想法太過可怕，甚至使他不敢往深處去想。

此刻紀空手的心境的確是可以用「大喜大悲」來概括，他從登高廳出來，整個人的精神狀態便一直就處於亢奮之中，一想到有了登龍圖，他和韓信便可以聯手爭霸天下，這無疑讓他生出超然的自信和傲視天下的豪情，同時也讓他失去了應有的警覺和對外界事物的敏感。再加上韓信一直模棱兩可，未曾表明的態度，促使他將自己的注意力全部投放在韓信的身上，以至於一時不察，陷入危局。

不過紀空手就是紀空手，他人在危局之中，依然鎮定自若，臉上帶著一種讓人心驚的微笑，寧靜如深海，讓人不可捉摸。

此時此刻，在樂白的眼中，紀空手出現什麼表情都是正常的，唯獨不應該微笑。微笑是一種心境恬淡的表現，當一個人面對死亡的威脅時，他怎麼還能保持恬淡的心情呢？

樂白和方銳的手搭在了腰間的劍柄上，良久不動，雖然他的氣勢已然充斥了整個空間，他的同伴也已作好了攻擊的準備，但他卻感到了一種從未有過的心虛，像是面對著一座橫亙於天地之間的高山，不可逾越，甚至不敢攀援，絲毫尋不到一個可以一擊致命的攻擊點。

是以，他不敢動，只能如一棵朽木般靜立。雖然他處於絕對的優勢，但事實上他反而不如紀空手表現的那麼輕鬆。紀空手在登高廳上的所作所爲就像是一塊震懾人心的招牌，從一開始，樂白的心神就完全受到紀空手微笑的影響，處於一種高度緊張的狀態。或許，是由於紀空手表現得胸有成竹了；或許，是因爲紀空手的身上本就存在著那種讓人無法捉摸而又真實存在的氣勢。

那是一種霸氣，更是一種自然而生的王者之氣，透自骨子裡的坦蕩與灑脫使得這種氣質更爲實在，更具如山般的壓力，而這也許就是樂白遲遲不敢動手的原因。而方銳，卻受韓信氣勢所逼，竟也不敢搶先出手。

這是一個實力懸殊的局面，但是紀空手人在劣勢之中，卻絲毫不顯弱者的怯懦，反而在氣勢上先聲奪人，這便是一種經驗，一種對敵的經驗。按理說樂白臨場的經驗應該非常豐富了，但是不可否認的是，紀空手在對敵的時候總是瀟灑自如，絕對沒有一絲的驚懼和恐慌，這讓樂白感到了太沈的壓力。

但是對樂白來說，時間無疑是寶貴的，拖延一分，形勢只會對紀空手愈發有利。他所謂的優勢僅限於小店這點空間，一旦出了店外，形勢逆轉，勝負立判，是以他必須速戰速決。

紀空手顯然也看到了這一點，突然笑道：「如果我所料不差，樂統領此次行動，只怕不是趙相安排的吧？」

樂白的臉色一變，雖說一閃即逝，卻被紀空手的目光捕捉到了，這也更堅定了紀空手心中的想法。

他一直奇怪，店中的其他幾個敵人雖然不言不語，靜守不動，但他們的目光並非注意樂白，而是那位店鋪老闆的背影，這就說明，這次行動的首領另有其人，而非樂白。

「此人究竟是誰？」紀空手已經看出了這位老闆的功力遠在這些人之上，樂白尚且聽命於他，可見此人的身分地位之高，可以與五大豪閥媲美。

「不管是何人安排，今天你都很難走出這扇店門。相信你也是一個聰明人，只要你乖乖交出登龍圖，我們就立時走人！」樂白看了一眼那位老闆的背影，緩緩說道。

紀空手笑了笑，道：「登龍圖不是在胡亥身上嗎?樂統領只怕找錯人了。」

「你這麼說就太無趣了。你也不想一想，若是我們沒有確切的消息，又怎會甘冒偌大的風險找上門來?」樂白臉現不屑地道。

「哦?」紀空手的眼睛瞇了一瞇，微微一笑道：「看來我還真是低估了你們，既然如此，便請樂統領過來拿吧。」

他的手緩緩地伸入懷中，卻始終沒有再伸出來。從樂白現身之時起，他就保持著一種超乎尋常的冷靜，似乎根本沒有把這些人放在眼裡。

樂白遲疑了一下，緊了緊手中的劍柄，最終還是一步一步地踏前。紀空手心中一緊，知道大戰在即，已經無法拖延時間。

對於韓信的劍法，紀空手已有了充分的瞭解，對付方銳應該不成問題。而且只要他們能夠支撐到最多十息的時間，無論是外面的照月三十六騎和神風一黨，還是五音先生所領的知音亭精英就會出現，到那個時候，他們便可穩操勝券。

他已無心細想，就在這時，樂白已然拔劍，一道森然的寒氣直插虛空，配著其前進的步伐，正一點一點地向他迫來。

樂白的內力與劍法都已臻上流，實力本就不在紀空手之下。他之所以對紀空手有一種莫名的敬畏，原就不是因爲氣勢上的不如，而是因爲紀空手的智計多變，如流水一般毫無常勢可言，總是可以在看似絕境的情況之下覓得一線生機。這種人也許算不上可以一錘定音的武道強手，但卻能無時無刻地讓敵人感到一種潛在的威脅。

面對這種敵人，樂白當然不敢大意。事實上他的每一步踏出，都在積蓄著自己的全部能量，隨時可以發出雷霆般迅猛的一擊。

儘管如此，紀空手的整個身心依然沒有放在樂白身上，這本是高手臨場的大忌，但他卻明知不可爲而爲之，這是一種無奈之舉。他清楚地認識到，樂白的劍法雖然可怕，但遠遠不比這個小店中另外一個人，此人迄今爲止雖然身形一直未動，但紀空手卻明白，此人若動，就將是一場惡夢的開始，也是一場戰鬥的結束。

是誰具有如此霸烈的決定性的影響力？此人就是那位平平無奇、充滿市儈氣的老闆，他雖然衣著普通，渾身上下透發出一股濃濃的油煙味，但不可否認，他縱然不動，其存在對任何人都是一種窒息般的威脅。相比之下，便是方銳的氣勢也不算什麼。

紀空手也許不知道他的真實身分，也許不知道他姓啥名誰，但他絕對明白，此人一旦出手，自己的命運很可能就在那一瞬間因此而決定。

不過樂白的逼近已不容他再有分心，左手依然深藏懷中，可他的右手就在樂白踏出第一步的時候，

終於落在了離別刀的刀柄上。

刀未出鞘，但只須這麼一個簡單的動作，已經足以將紀空手心中的戰意演繹而出，殺氣如濃烈的醇酒，如開瓶時的瞬間將這種氣息悉數釋放於空間，構成一股令人心悸的壓力。

樂白毫不猶豫地出手，手腕一振，手中的劍鋒猶如深淵的潛龍，突然標射空中，直奔紀空手的面門而來，其速之快，恰似那肆虐海上的龍捲風。

他出手的時機拿捏得恰到好處，同時顯示了他洞悉整個決戰進程的能力十分高超。他看準了這個時候的紀空手人在座中，刀未出鞘，無論是攻是守，都處於一種非常不利的狀態下，是以一劍刺出，威脅極大。

紀空手眼神中掠出一絲驚詫，不過他的心境絲毫不亂，整個人便像是迎風的竹影，微微一晃，便讓樂白這森然的劍芒刺入一片虛影，而他的人已經離座、拔刀，堪與樂白擦肩而過。

「嗤……」樂白的劍及時回收，重新在虛空劃過一道詭異的弧跡，照準紀空手的身影斜掠而下，這一收一放之間，速度極快，他不相信紀空手的每一個動作都能保持驚人的高效和從容的節奏。

「呼……」樂白的劍鋒掠下之時，只覺得輕裳飄動，勁風直吹，手腕一震，感到了一股強大的勁力由上而下地滲入。他心中一驚，明白這是紀空手的刀以一種超過自己的速度搶先出手，志在攔截自己的變招。不僅如此，當紀空手的刀鋒殺出時，配之以精妙的見空步，更給人一種神出鬼沒般奇快的感覺。

樂白駭然而退，劍鋒順勢回拖，企圖擺脫對方的刀鋒控制範圍。紀空手的靈活和速度以及整個動作的協調性明顯超出了他的想像之外，他也沒有想到紀空手的離別刀更有一種玄奇式的通靈，勁力到處，刀背泛出鮮血般的深紅，讓人在視覺上產生莫名的震撼。

「想走？沒那麼容易！」紀空手輕哼一聲，刀影晃空之後，左手陡然伸出懷中，一把七寸飛刀已然夾在他的拇指與食指之間，十分地穩定，穩定得就如一道橫亙於天地間的山峰。

沒有人看清這把飛刀是怎麼出現在這片虛空之中的，雖然每一個人都知道它的來歷，這就像是一道閃電過後，誰都知道伴之而來的將是一串驚雷，但是這串驚雷的來勢如何，聲量或大或小，卻像一個未解的謎，讓人的心中有一種忐忑不安的期待。

飛刀的來勢如此突然，確實超出了樂白的想像之外。他心裡十分清楚這把飛刀的真實存在，但他無法想像這把飛刀一現，竟然封住了他全部的可退之路。

無路可退，樂白就只有不退。他若是在這個時候退卻，只能遭至不可挽回的滅頂之災，是以他的腳步立止，整個人驟然處於靜止的狀態中。

他的人靜如止水，但他的劍卻絲毫沒有停頓，反而更加快了它在空中變幻的弧跡。一動一靜之間，演繹出他對攻守之道深刻的理解，便是人在局中的紀空手，也有一種由衷地佩服，深深地為對手的應變能力而感到折服。

但是紀空手並沒有因此而改變他出手的決心，事實上飛刀一出，已經沒有迴旋的餘地，他唯有全力以赴！

小店內的空氣已經沈悶到了極點，刀聲劍聲的暴響，打破了小鎮固有的寧靜，神風一黨的人馬顯然還在為這突起的驚變而猶豫，但照月三十六騎卻已開始了行動。

紀空手沒有看到店外的任何動靜，卻聽到了馬嘶的長鳴。他沒有為此而心動，而是凝神屏氣，將自己全部的注意力都集中在了一點之上。這一點，便是七寸飛刀刀芒極致的一點！

唯有一點，卻充滿了無限的殺機，也體現了毀滅的力量。當樂白的眼神與之相對時，他閃現出一絲不可思議的驚詫，更有一種無可奈何的心情。

「刃現無情！」樂白的心中在驚怒中叫出了一個讓人心驚的名字。因爲在這一年來，真正能夠在江湖上崛起的兵器已不多見，而紀空手的離別刀與這七寸飛刀恰恰是這少數中的其中之一。很多人看到紀空手這七寸飛刀出手的氣勢時，都情不自禁地替它取了一個十分貼切的名字，就叫無情刀。

無情鋒現，誰與爭鋒？

至少樂白不敢有絲毫的大意，他的目光緊緊鎖定那刀芒最耀眼的一點，隨時準備作出最迅捷的反應，然後他便看到了一種奪人魂魄的移動。

「嗤……」無情刀終於脫出，恰似夜幕中的那一顆燦爛的流星，將無數光芒盡現於虛空。樂白驚怒之下，隨著飛刀的態勢而翻飛斜避，展示了他對速度一詞最深刻的領悟。

「轟……」無情刀沒有射中樂白身上的任何一個部位，因爲樂白的動作實在太快，但它的攻擊並不因此而結束，它似乎還具有一種鎖定目標的魔力。

無情刀擦著樂白的肩頭而過，射向身後的虛空，但卻沒有一閃即沒，消失得無影無蹤。就在每一個人都以爲它要飛出視線之外時，它卻在空中陡然迴旋，更帶出一股驚人的厲嘯再向樂白的背影逼去。

樂白一聲輕嘯，身形如大鳥般橫移，硬生生地撞裂一張木桌，木屑橫飛，他的人在碎木之中躲過了無情刀驚人的反噬。

飛刀重新落到了紀空手的手中，卻並不表示紀空手停止了攻擊。事實證明飛刀出擊只是他攻擊中的一個前奏，真正凌厲的攻勢還在於那閃凜空中的離別刀。

紀空手的刀好快，這固然是他引以爲豪的一面，卻還不能說明他刀中的真正精義。刀行偏鋒，真正可以稱霸世間的刀法自有一股不可名狀的邪氣，這種邪氣不僅邪得出奇，更在於邪得自然，邪得充滿了靈性與玄奇，無邪不足以表現刀的這種秉性。

紀空手無疑是天生的玩刀者，他的性格、心性，以及他身上具有的補天石異力，無不包含著一種讓人渾然心動的邪力之美。他的邪還在於他那如魔鬼般誘人的微笑，正是這種微笑，使他成功地征服了美人紅顏那一顆高傲的心，而當樂白面對這種微笑時，他卻體會不到其中的魅力，內中的溫情，只感到一種極具震撼的驚懼。

◆

五音先生意態悠閒地雙手背負，站立在這三岔路口之上。在他的身後，不僅有俏麗的愛女紅顏，亦有手下的數十名精英，再遠處，便是一片綠意盎然的楓林，楓葉如火，在這樣美麗寧靜的清晨之中，恰似一幅高人筆下的畫卷。

他注意紅顏已經很久了，看著自己的愛女重新回復靚麗可人的嬌態，他的心裡不由暗自驚歎愛情的魔力，同時以一種欣賞之態審視著女兒臉上微泛的紅暈，彷彿又憶起了自己甜美的過去。

對於過去，他永難忘記，甚至於對過去的一點一滴，都清晰如新，彷彿只是發生在昨日之事，臉上在不經意間泛出一絲甜甜的笑意。

他笑，只因爲他想到了已逝的愛人，佳人雖已離他而去，但在他的心中，卻如一株綻放的鮮花般存在，珍藏於他的記憶深處。

那是一個多霧的季節，那時的五音，年方十八，卻是意氣風發，只因爲他是知音亭的少主人。

他策馬郊外，在原野中領略著大自然的清新。心情如此之好，恰如懷春的少男，對世間的一切都有著美好嚮往。縱然眼前霧氣茫茫，他卻感到了這霧有如女人般多變，思及此處，他禁不住有些不好意思地笑了。

就在他一笑的瞬間，他真看到了一個女人，正靜靜地閒坐在一個古亭之中，亭中有雅琴一架，雖不聞有琴聲而起，但在五音的眼中，這情景已可入畫，更可入夢，因爲它本身就像是一支靜止的音樂，在無聲無息之中禪釋著極致的美。

他幾乎醉了，就在這一天，他認識了這個女孩，女孩名如絲。霧如絲，情如絲，將一腔如絲的柔情，緊緊地纏繞五音，讓他真切地沈醉於男女真趣之中。

醉了，如淡淡的酒入喉，緩緩侵入人的神經。那一段日子，五音只覺得擁有了整個世界，因爲在他的眼中，如絲便是他的世界，她的一顰一笑，無不牽扯著他的情感，爲她而癡，爲她而狂，天地彷彿都爲她癡狂。

直到有一天，他們成婚了，在一個重大的節日裡舉行了一個盛大的婚禮。當他掀開紅蓋頭，看到如絲那盈盈一笑的剎那，他就在心頭暗暗地對自己發誓：「從此刻起，今生今世我必定與你相偕，讓你我彼此間再也體會不到孤獨！」

然而新婚三月之後，他卻食言了，不爲別的，只因爲他不僅是新婚燕爾的新郎，還是知音亭的傳人，在他的肩上，擔負著武林一大豪門的興盛衰亡。於是在一個冷冷的雨夜，他告別愛妻，踏上了爭霸天下的征途。

經歷了不知多少生死之後，當他終於攜著不世的聲名與赫赫戰功榮歸故里時，他沒有尋到那撩人心

魂的眼波，卻看到了後花園中的那座新墳。佳人已逝，留下的不僅是無盡的思念與哀思，還有那一個新生嬰兒紅撲撲的笑臉。

在那一刻裡，五音幾乎失去了生存下去的勇氣，支撐他繼續活下去的理由就只有一個，那便是爲了紅顏！他失信於對一個女人的承諾，再也不想失信於對另一個女人的承諾，他將用自己的一生來兌現這個承諾，直到女兒長大成人，帶著幸福離開自己……

此時，他癡癡地看著女兒若有所思的臉龐，忽心中一動：「她的神情，她的姿態，多像她的娘親啊，她的娘親若是還活著，只怕也會爲女兒的長大而欣慰。」

紅顏癡想了一會兒，終於發現了父親投來的充滿慈愛的關注目光，微微一笑道：「爹，又在思念娘親了，是不是？」

她從來沒有見過自己的娘親，在她的心中，她的娘親是這個天下最美麗、最慈祥的娘親，每當她看到父親那多情的眼神時，她就明白在父親的眼中，娘親永遠是最美的，美得讓他可以用一生一世憑著記憶去欣賞她的每一個片段。

「你怎麼知道？」五音先生笑了。

「你的眼神已經透露了你心裡的秘密。」紅顏輕靠在五音先生的肩頭，如小鳥依人般，用一種女兒的嬌態來撫平父親傷感的情懷。

「看來這是一種遺傳，我是如此，你又何嘗不是？知女莫若父呀！」五音先生伸出自己的手來，形如梳狀，輕撫紅顏那一頭漆黑的柔髮，舐犢之情溢於臉上。

「父親又在取笑女兒了，我可不依。」紅顏輕嘟著嘴，嬌嗔地道。她在享受父愛的同時，臉上微微露出一絲傲意，五音先生知道，她是因爲有紀空手這般的情人而驕傲。

五音先生輕歎了一聲，眉間多出了一絲傷感。想到紀空手，他又想到了少年的自己，他與紀空手本是屬於同一類人，不甘寂寞、不甘屈人之下，只要一有機會，就會盡顯他們應有的英雄本色。當他決定讓紀空手去盜取登龍圖時，就預感到這是一個錯誤，因爲他心裡十分清楚，以紀空手的性格，只要讓他得到了登龍圖，就絕不會再安於現狀，就像當年自己踏上征途一般，紀空手也會走上爭霸天下的坎坷之路，這是心性使然，也是一種必然的趨勢。

他的心處於一種矛盾之中，從武林豪閥的角度來看，他當然希望紀空手能夠爭霸天下，從而讓知音亭的名聲遠超其他四閥，成爲這江湖亂世的最終統治者，但從紅顏父親的這個角度而論，他卻不願紀空手重蹈自己的覆轍。因爲任何成功都需要付出沈重的代價，而這代價也許是紅顏所不能接受的。

「爹在想什麼？是在擔心紀大哥嗎？」紅顏以女兒家敏銳的觸覺洞察到了五音先生的心思，微笑道。

「對於你這個紀大哥，我倒不是很擔心，但是我對這個韓信，不知爲什麼，總覺得他未免陰沈過度，似有太深的城府。」五音先生臉現憂色，因爲他知道紀空手重情重義，而且他還懂得，真正能令強者受到傷害的，並不是來自於敵人，而是朋友，一旦朋友背信棄義，後果是非常可怕的。

「父親久歷江湖，也許是過慮了，我曾聽紀大哥說起過韓信，兩人有著過命的交情，是可以信賴的朋友。雖說這一次重逢他發現韓信有所改變，但他從不懷疑韓信會不利於他。」紅顏相信紀空手，當然也相信紀空手的感覺。愛一個人其實是一種包容，甚至包容對方的一切，紅顏如此所想，便如此去做，並沒有覺得這是一件不自然的事情。

「也許是人老疑心重吧，但是韓信既是從鳳舞山莊出來，他的背後就一定有衛三公子在支持。對於衛三公子這個人，我與他交往數十年，實在是再了解不過。」

五音先生一臉肅然，似乎想到了關於衛三公子的種種傳聞，緩緩接道：「此人雖然身爲武林豪閥，卻是衛國王室後裔，在他的心中，不僅是要稱霸江湖，更有一統天下的雄心。是以，他比任何人都更懂得忍耐，更知道等待時機的重要性。這數十年來，他一直韜光養晦，極少有他在江湖上走動的消息，世人都道他是復國無望，是以歸隱山林，但我卻知道這只是他掩人耳目的障眼法，其實他只是將自己的一切謀劃轉入地下，暗中進行，如今好不容易讓他等到了這個亂世，他又怎會再甘受寂寞？自然是要跳將出來，大幹一場。而韓信此次咸陽之行，無疑證明他已開始了自己的行動。」

「以韓信的實力，如果有了登龍圖，他若與紀大哥聯手，相信問鼎天下並非遙不可及的事。他何以會放棄這種一展身手的機會，而去甘心居於人下，這未免不合情理吧？」紅顏不解地問道，她深知高手都有相當的自信，更有不甘人下的倔傲不馴，莫非韓信有不得已的苦衷，才會甘心受衛三公子的驅使？

五音先生搖了搖頭，對他來說，這也是一個難解的謎。不過，他希望這只是自己的一個錯誤揣度，事實上紀、韓聯手，已經完全具備與各路豪閥抗衡的實力，假以時日，只要他們苦心經營，必將在這個亂世中出人頭地，是以他覺得韓信沒有任何理由拒絕紀空手的邀請。

一陣清風吹過，讓人倍覺舒爽，五音先生回首望去，只見大王莊上炊煙嫋嫋，一片寧靜，十足的一派鄉村風情，可入詩入畫，端的是一幅美景。

「如果天下皆是這般祥和寧靜，那該是多麼令人嚮往啊！」五音先生心有感慨，觸景生情。從爭霸天下到歸隱山林，從追求轟轟烈烈的傳奇到甘於寂寞，這是一個轉折，更是心態的轉變，從此可看出五音先生悲憫天下蒼生的情懷，以及他偉大的人格魅力。

「這是一條三岔路口，在人生之中，同樣要經歷這種選擇，希望你的紀大哥能夠選擇一條正確的道路，與你走完這今生一世。」五音先生望著女兒笑了笑，似是一句祝福，更是一種期望。

「我相信他！」紅顏嫵媚一笑，笑中自有一股堅定：「因爲我相信自己的直覺。」

五音先生不再說話，只是沈醉於這山水之間，尋求一種詩的意境。聽著楓林中傳來各式各樣的鳥的鳴唱，他彷彿在聽著一首兒時的童謠，心中不乏有追憶中的童趣。

就在他沈醉於這大自然的聲樂之中時，他陡然間皺了皺眉，因爲他從這鳥聲之中，隱隱聽到了一股殺伐之聲。

「不好。」五音先生心中一驚，身形已動，當先一人掠出。

他聽出這是刀劍交擊之聲，竟是傳自於寧靜的大王莊中，這讓他感到一陣心悸，心中驀生一種不祥的預兆……

◆

「呼……」刀光漫過虛空產生出來的弧跡，如一道天外飄來的流雲，漫不經意中，盡透一股令人心驚的殺機。

樂白的眸子裡閃現出一絲驚懼，別無選擇地拔劍相迎。他的劍不僅快，而且準，以一種精確無比的角度刺擊在紀空手的刀鋒之上。

「叮……」一聲脆響，刀劍一觸即分，但樂白似有些力弱，竟然不由自主地倒退兩步方站穩身形。

快、準，以及輕靈，這是劍術中歷來講求的三大要素，劍術練到最高境界，劍尖上會生出丈許青芒，吞吐自如，閃耀不定，謂爲「劍芒」。它的可怕之處在於攻擊長度的不確定性，你若與之對敵，根本就不知道它會在什麼時候像劍刃一般刺入你的肌膚。

樂白無疑是一代劍術高手，是以他的劍上有芒，不僅有，而且劍芒自帶三分殺勢，已有不怒自威的神韻。

可惜他遇上了紀空手，紀空手用的是刀，而且是刀中至尊的離別刀。刀，乃百兵之祖，以靈活多變見長，攻如水銀瀉地，守能夜戰八方。刀身分爲「天、地、君、親、師」五個部分，刀刃爲天，刀背爲地，護柄爲君，柄中爲親，柄後爲師，無處不可攻守。上乘的刀法，不僅「天地」可以破敵，「君親師」亦有出神入化的妙用，攻守之全面，猶勝槍劍，刀芒一出，覆蓋四方，氣勢已可奪人。

在力道方面，樂白其實並不比紀空手遜色，他錯在不該以劍之短去與刀之長相對。劍之長在於走位飄忽，鋒走輕靈，如果一味硬抗，無疑是莽夫之舉。

樂白當然明白自己的破綻所在，卻無法改變自己斯時的境地。小店狹窄，根本就沒有太多供他騰挪的空間，他空有一套詭異飄忽的步法，卻無法與劍式相配合。

這本不該出現的事情卻發生了，紀空手心下詫異，卻明白樂白的真正用意。

樂白進行的這個殺局講求速戰速決，由於有著時間的局限，已迫使他必須在十息的時間決出勝負，以完成整個刺殺的行動。是以他不能退，也不敢避，只能在小店的空間裡發揮，一旦讓紀空手出了店門，勿論援兵，單是他那神奇玄奧的見空步，已足以讓他逃出包圍。

樂白只能強撐下去。

「嘶……嘶……」紀空手的刀勢一頓，疾若旋風漫空而出，幻化出千百道刀影，絕不給樂白任何喘

息之機。

「叮……噹……叮……噹……」樂白這才真正領略到紀空手刀法的可怕，雖然每一次他都能在至險處憑著自己豐富的經驗化險爲夷，逃過紀空手這一串如水銀瀉地般的攻擊，卻不可避免地在刀勢反彈中節節敗退。一進一退之間，只距店門不過七尺之距，而這一刻，照月三十六騎動了，神風一黨也動了，他們終於看到了這驚人的突變，以一種最快的速度向小店合圍而來。

與此同時，店中的其他幾位食客紛紛亮出了他們桌下的兵器，以一種非常有效的方式把持了店門進出的關鍵位置，處於一種前可禦敵、後可阻隔的有利狀態。

紀空手看在眼中，心中暗驚。這些人不動如山，動若脫兔，功力自都不凡，顯示出他們驚人的造詣。以他們的身手，行走江湖，無疑都是可以獨當一面的高手，但他們卻甘居人下，配合默契，可見其幕後操縱者的實力。

但他雖然明知這一戰的兇險，卻夷然不懼。在他認爲，未戰而怯，永遠是失敗者的行爲，他有自信，更有非凡的勇氣，是以他始終將自己保持在一種沈穩應對的狀態下，讓自己的刀法盡情地發揮到極至，演繹出唯美的意境。

他的每一刀殺出，似乎都是任意爲之，興之所至，彷若天馬行空，讓人無跡可尋，但是他的刀看似平平無奇，卻總能在不經意間出現於對敵最具威脅的地方，給人以一種化腐朽爲神奇的震撼。

紀空手的鼻間輕哼一聲，只顧搶攻，並不顧忌自己的背後，他相信有了韓信的殿後，他完全可以放心地利用兵器與空間的優勢，暫時取得主動。

之所以這只是暫時的局面，是因爲這其中還充滿了不可預知的變數，那位神秘人的背影依然不動，

卻給了紀空手最大的威脅。

紀空手的武功精進不少，已經具備了江湖中較高級數的高手實力，比之韓信已是有過之而無不及。對於這一點，韓信深信不疑，這不僅是因爲紀空手有丁衡暗中爲他打下的三年基礎，更是因爲紀空手在洞殿的領悟對他的武學之道不無裨益，甚至取到了關鍵性的作用。這些日子以來，他鬥狄仁，戰申子龍，無一不是惡戰，無一不是在生死之間徘徊，與眾多一流高手的周旋，更是激發了他體內的潛能，從而進入到全新的武道之境。是以，樂白很難作爲紀空手勢均力敵的對手，窮以應付亦就成了一種必然。

這不僅有些出乎樂白的意料之外，同時也讓韓信吃了一驚，那位神秘人雖然沒有轉身，但從他微微顫動的肩胛來看，顯然不可能做到無動於衷，這證明紀空手的確是潛力無限。

這位神秘人的確是有幾分詫異，似乎沒有想到樂白竟然不是紀空手的對手。雖然他背對著整個戰局，但雙耳卻極有節奏地如蟬翼般輕輕顫動，這種以耳代目的觀察方式，實在是駭人聽聞，若非是紀空手這等擅於觀察的名家，絕不能得出如斯推論。

不過就算樂白已呈敗象，但一切進程依然還在這位神秘人的掌握之中，是以他似乎並不著急，而是企圖對紀空手這種別具一格的武功有所瞭解，從而找到簡單有效的破解之法，但是他很快失望了，因爲紀空手的刀法根本就沒有規律可尋。

樂白終究還是樂白，他絕不會輕易對一個年輕人俯首稱臣。他能名列入世閣三大高手之一，當然有其可以稱道之處，是以就在他又退一步時，劍勢陡然生變。

「嗤……」劍鋒突然一振，避過紀空手沛然不可禦之的內力，幻化成一條如騰於雨霧的蒼龍，穿越虛空，向紀空手的面門標射而去。

「叮……叮……」紀空手吃了一驚，沒想到樂白在如此劣勢之下猶能反擊，不得已之下，兩刀硬擊，他退了三步。

「嘯……」樂白招式不得不變，這一變卻窮盡了他一身之力，恰似那強弩之末。但雖是困獸，卻仍要掙扎到底，這最後的拚殺尤爲可怕，刷刷數劍之後，竟然將紀空手那猶如長江大河般一氣呵成的攻擊迅速瓦解，盡化無形。

紀空手感到了一絲意外，發現樂白的劍路變得實在太快，而且改刺爲劈，勁力驚人，似是渾若換了一個人般。他現在唯一可做的，唯有退，等到樂白這一路劍勢消竭時，他就可以乘勢反擊，一錘定音。

可是事情絕不像他想像中的那般簡單，當紀空手再退數步時，樂白的手腕大力振出，劍如升空的禮花，突然爆綻出無數道懾人的光芒，如蓋天的大網般向紀空手全身籠罩而至。

樂白驚人的表現讓紀空手感到驚訝，面對如此狠辣至極的劍法，紀空手感到空氣中的壓力強大無匹，幾乎讓人窒息。他甚至有一種預感，在這絢爛的光芒之後，必定有奪人魂魄的殺招。

這才是足以讓人感到心悸的一招，而且也一定是樂白的最後一招，只要紀空手能夠挺過這懾人的劍鋒，那麼就可穩操勝券。

可問題是紀空手能否避過樂白這隱藏於光芒之後的一劍？

「呀……」紀空手一聲低吼，勁力在陡然之間在掌心爆發，一道森然的寒芒封住了店內每一寸空間，然後便聽到了一片沈渾的悶響。

「轟……」勁氣如決堤的洪水般向四方橫溢，桌椅俱散，鍋碗碎裂，屋頂上的瓦礫如浪掀開，聲勢十分駭人。

第二章　圖現義絕

眾人俱避，欒白與紀空手只覺渾身一震，身子若斷線的風箏般不由自主地向後跌飛，但是紀空手身體內的補天石異力在此刻發揮了它獨特的神奇功效，絲毫不衰，反而在氣血翻湧間急劇凝結，隨時應變突發事件。

他的人雖然在空中疾飛，但其心態卻極爲平靜，將自己的聽力視覺發揮至極限，把四周的一切動靜悉數掌握。

空氣中被狂猛的勁氣所充斥，如水銀狂瀉，極爲駭人。紀空手卻對眼前的一切視若無睹，他只注意一個人，就是那裝扮成老闆模樣的神秘人。欒白既退，下一個出手的人絕對是他，因爲十息的時間已過，他們已經不能再等待下去了。

但在這一刻，紀空手的心陡然一沈，他看到在氣旋翻飛中飄出一件精美卻是殘缺的飾物，這是一個顏色鮮豔的綠玉墜，只有一半，而另一半卻不知所蹤。

這一半玉墜來自於欒白的身上，勁氣撕裂了他的衣衫，才使它現出真身。紀空手看到它時，就感到了一絲隱隱的不安，但是一時半會，他卻想不到它的出處。

這只是他的一種直覺，而真正讓他的視覺受到強烈刺激的，卻是一條人影。這影子來得好快，猶如地獄中的幽靈，無聲無息間，彷彿就已到了紀空手的身前。

紀空手並非沒有見過陣仗的人，但當他看到這道如鬼魅般的影子時，絕對沒有想過這世上竟然還有如此可怕的武功與身法。

他的整個人尚在空中，身形完全不受心意的控制，對方在這個時候出手，無疑將時機拿捏得恰到好處。

而更讓紀空手心驚的，是這影子的每一步移動都發出了千百道奇怪的力量，似是有一種分裂之力，扯動著他的四肢向四方伸展，彷彿墜入了一種近乎無法抗拒的漩渦之中。

不過紀空手事先有所防備，是以警兆一生，立時反應。

「殺……」他陡然暴喝一聲，手中的七寸飛刀終於脫手而出，如一張硬弓發出的箭矢，向影子襲去，這之間的速度絕對超出了任何人想像的範圍。

「影子」正是那神秘人，一驚之下，他似乎沒有想到紀空手竟能在無處借力的情況下射出如此驚人的飛刀，而且飛刀所挾帶的殺勢正好封鎖了他前進的線路。

這把飛刀的能量的確令任何人都不敢小視，神秘人自然不願意爲了擊殺紀空手而造成兩敗俱傷的局面，是以他的身形又變，側身一退，然後再行逼進。

就這一瞬間的耽擱，紀空手人已落地，他以最快的方式調整了一下氣息，然後毫不猶豫地出刀。

紀空手還是生平第一次面對如此強大的敵人，在毫無勝算的情況下，他唯一能做的，就只有全力以赴。

刀既出，緩慢得猶如蝸牛爬行，一點一點地向虛空延伸。空氣中似乎在剎那間豎起了堵堵氣牆，一層緊接一層地向來敵逼去。氣旋湧動，碎木橫飛，塵土飛捲……彷彿這天地之間湧動的不是刀，而是奔

行千里、直流而下的重重浪濤……

神秘人的眼中不僅有欣賞之意，同時也多出了一絲驚懼。紀空手的這一刀似乎沒有規律，亦不著痕跡，彷彿天外飛來的神來之筆，確有驚天地、泣鬼神的天威，它之所以與眾不同，就在於這一刀在不經意間殺出，卻出現在了對方最具威脅的地方，至少可以同時控制九段空間，倘若有人膽敢冒進，將會遭至毀滅性的致命一擊，更要承受九重不同力道的強壓衝擊，讓每一寸肌膚都在這種分裂之力的撕扯下粉碎成灰。

神秘人非常欣賞紀空手這一刀的玄奇，當然也識得這一刀的霸烈，是以他根本就停止了一切動作，陡然兀立於刀鋒帶出的氣勢鋒端之前，從容應對。因為他已看出，只要自己不動，刀勢也僅此而止，這一刀本就是為了控制自己的行動而發出的。

這將會是一場沈悶而長久的對峙，兩個人都將在不進不退之間較量著自己的耐力與心理，從某種意義上來說，這顯然對紀空手有利。

但神秘人卻一點不急，就在這一刻中，他卻露出了一絲莫名其妙的笑意。

這一笑實在古怪，至少對紀空手來說是如此。他還沒有明白這神秘人因何而笑時，卻感到自己的背上有一道蝕人的寒芒迫來，其速之快，根本不容他作出任何反應，幾大要穴頓時遭受劍氣封殺，再也不能有半分動彈。

紀空手做夢也沒有想到，神秘人的武功雖高，卻不是威脅的真正來源，真正的殺機竟然是來自自己的身後。

紀空手口中吐出一聲悲嘯，嘯聲未落，他的心陡然一沈，就如一塊千斤巨石從山峰之巔滾落，直墜

無底的深淵……

心只有心痛的感覺，雖然背上的幾處要穴已被冰寒的劍氣刺傷，但紀空手沒有感到肉體的痛，只感到自己的心在滴血。

他沒有回頭去看，也不想回頭去看，對他來說，看與不看已不再重要，如果有可能的話，他情願一個人躲到一個無人打擾的地方，就像一匹孤狼一樣，用舌頭去舔撫自己心靈的創傷。

來自背後的人，唯有韓信；能在瞬息之間準確點擊對方幾處要穴的劍法，似乎也只有韓信的流星劍式。

紀空手終於明白了神秘人何以發笑的答案，因爲這位神秘人顯然與韓信早有串通，他們的目的，當然是爲了登龍圖。

如果是栽在別人的手中，紀空手毫無怨言，甚至自承技不如人，但事實並非如此，傷害自己的，竟然是他一直視爲兄弟般的朋友，這讓他的心在片刻間絞成碎片，有一種刻骨銘心的苦痛。

他相信韓信，就像相信自己一樣，因爲他們不僅是共過患難的朋友，而且生死與共，有著常人無法理解的深厚感情。他自問自己對待韓信可以問心無愧，可是韓信何以會如此對他？難道就僅僅是爲了一張象徵權勢與財富的登龍圖嗎？

「爲什麼？爲什麼？爲什麼會這樣？」紀空手喃喃自語，聲音低沈無力，彷彿在質問著自己。他懷疑這是自己所做的惡夢，根本不相信這一切都是真實。

「對不起！」韓信人在紀空手身後，根本不敢去面對，只能滿懷歉意地道：「紀少，我也是情非得已。」

紀空手心中一酸，臉上卻淡淡一笑道：「你還知道叫我紀少？你還有臉叫我紀少嗎？虧我待你親如兄弟，我可以不信天下人，但絕對信任你，可我萬萬沒有料到在這種危急時刻，在我背後下黑手的人竟然是你！」他的心中已無法用任何言語來形容，除了悲憤，還是悲憤，臉上唯一可以表達的表情，就只有一種近乎絕望的冷笑。

「這一切也許就是上天註定。」韓信面對紀空手嚴厲的指責，心態反而漸漸平靜，恢復了他先前的自信。

「這是一個不錯的藉口。」紀空手驀然間轉過頭來，眼中的寒芒如冰般凍住了整個虛空，直逼向韓信的眼眸。韓信一驚之下，遲疑片刻，終於將目光與之相對。

「這不是藉口，而是事實。憑你我之力去爭霸天下，這無疑是一個挑戰，也是一種難以抗拒的誘惑，我又何嘗不想呢？但是我卻在無意中窺破了天機，明白在這個世上真正能夠得到天下的人，不是你，也不是我，而是另有其人。」韓信的眼中絲毫不見愧疚，似乎認為自己的所作所為只是奉天行事而已。

「哦，那會是誰？莫非是我身後的這位先生嗎？」紀空手語帶嘲諷，雖然受制於人，卻夷然不懼。就在此刻，門外刀槍聲起，神風一黨聞到紀空手發出的信號，各自向四周突圍而去。

這顯然是一場早有預謀的佈局，照月三十六騎擔負起隔斷紀空手與神風一黨之間聯繫的任務，不讓他得到援助，加上神秘人帶來的幾名高手，在這小店之外形成了一段有效的防護範圍。

「我不能確定，但卻知道劉大哥也許是其中之一。無論如何，我都要搏一搏！」韓信對店外的戰局視若無睹，有一種超乎尋常的冷酷，冷冷地道：「我生來貧賤，受人欺凌，是以這一生中最大的心願，就是出人頭地！人生便像是一場豪賭，只是我再也輸不起了。」

紀空手皺了皺眉，搖頭道：「人各有志，勉強不得，我不怪你。你既已下手，便把我殺了吧，否則你一定會後悔的！」

他在說最後一句話的時候，整個人處於一種超乎常人的冷靜。所謂哀大莫過於心死，自韓信出劍的剎那起，他們的這份兄弟之情便算徹底破裂。對紀空手來說，仇大莫過於殺父，恨深莫過於奪妻，背叛友情無異於殺父奪妻，此仇不報，非君子也！

韓信的心中陡然一寒，如果說在這個世上最瞭解紀空手性格的人，應該就數他了，他當然不會不知道紀空手的本性，驚懼之餘，他的心中已起了殺心。

看著韓信眼中的那一絲凶光，紀空手微微一笑，緩緩地閉上了眼睛。距離死亡如此之近，他無懼無恨，只是後悔自己認錯了人，以至於會有如此悲涼的結局。到了這一刻，他忽然明白過來，樂白既有那一半綠玉墜，當然是問天樓在入世閣中的臥底，只是他此刻才想到這些，未免遲了。

他不由得爲衛三公子的計畫而叫絕，更爲衛三公子用人之狠感到一種對人性近乎絕望的悲哀。樂白能在入世閣中深得趙高的信任，絕非是一朝一夕之間可以做到的，而且他甘於做張盈的入幕之賓，這份犧牲更是常人難以想像的，甚至於韓信殺了樂五六，這也是他們計畫中的一部分，以此來給人造成韓信與樂白勢不兩立的錯覺，使得韓信最終能在相府站穩腳跟。

一個對自己的屬下尚且如此絕情之人，他又怎會放過一個有可能成爲他最大強敵的人呢？衛三公子的計畫中肯定對紀空手有「殺無赦」的決定，何況韓信也絕對不會讓紀空手再有生還的可能。

紀空手明白這個道理，所以已經不去奢求什麼，他只是回頭望了一眼立於自己面前的神秘人，突然

問道：「如果我所料不差，閣下應是衛三公子了。」

神秘人的臉上絲毫不見任何表情，紀空手卻一眼看出他是帶著非常精緻的人皮面具。事實上他之所以如此認定，是因爲此人的武功之高，的確達到了武林豪閥這等的級數，除去衛三公子外，又會有誰？

「你覺得你有知道答案的必要嗎？」神秘人冷笑一聲，看了看紀空手身後的韓信，正要緩緩地點頭。

「他當然不必知道，因爲我已知道你就是衛三！」一個雄渾的聲音從十數丈外傳來，由遠及近，彷如一串奔雷。此聲一出，全場皆驚，一切爭鬥俱皆息滅。

衣袂飄動中，店門口赫然出現了一個仙風道骨的長者，他的一舉一動，有種說不出的風雅與悠然，眉間雖夾雜著一層隱憂，卻掩蓋不住他勃發的英氣。能有如此翩翩風度者，當世之中，除了五音先生，還會有誰？

樂白人在門口，仗劍而立，本是擔負防範的使命，見得來人如此迅捷，毫不猶豫地挺劍而刺。劍路玄奇，劍速極快，但五音先生空手在虛空一拍，竟將樂白逼退了三大步。

一掌之威，竟能將號稱入世閣三大高手的樂白逼退，這種功夫，確實達到了駭人聽聞的地步。無論是紀空手，還是韓信，觀之無不動容，縱是那神秘人，他的眉間也微微一皺，顯然對五音先生有所忌憚。

「一別數年，衛兄別來無恙啊？」五音先生緩緩地踏出一步，正好站到了門檻之內。在他的身後，除了紅顏之外，還有吹笛翁與樂道三友等知音亭的精英。他們的出現震懾了照月三十六騎與神秘人所帶屬眾，使他們停止了對神風一黨的攻擊，店外的街道又恢復了先前的寧靜。

兩人相距雖有三丈之遠，但神秘人還是感到了自五音先生身上透發而出的淡若無形的壓力，輕笑一聲，他終於緩緩地揭下了自己頭上的面具。

此人高瘦筆挺，相貌堂堂，雙目精芒閃電，有種不怒而威的神韻，不過生了一個鷹鈎鼻，使他的神情變得陰鷙深沈，予人以非常自負、倔傲不馴之感，又使人對他生出一種自私無情的印象。

他的兩鬢灰白，額上隱現橫紋，像刻畫著過去艱苦的歲月，暗示著人世的滄桑。若非五音先生先行點破，誰也不會想到他就是貴爲衛國王室的後裔，身爲問天樓閥主的衛三公子。

「啊……」首先感到驚奇的，竟是韓信！他怎麼也沒有料到，眼前的衛三公子竟然就是鳳舞山莊地牢中替自己送飯的聾啞老人。

其實在韓信的心中，一直有一個問題始終困擾著他，那就是衛三公子窮十年之力佈下的計畫，怎麼會如此放心地交到他的手裡，讓他來成爲整個行動的終結者？現在想來，原來是衛三公子親自在暗中對他進行了詳盡的考察，以其閱人無數的眼力，自然不會看錯。

事實也證明衛三公子的決斷是正確的，無論這事態如何發展，但有一點可以肯定，那就是登龍圖的最終歸屬者必定是他，這已勿庸置疑。

「承蒙音兄的牽掛，衛某一向還好。」衛三公子淡淡一笑，並未回頭，而是眼芒一閃，以一種欣賞的目光看了看韓信。他的這一眼有一種意味深長的涵義，除了他自己之外，別人無法透視清晰。

韓信的心中一顫，說不清自己此刻的心情，但他握劍的手卻異常穩定，正好觸及紀空手背上的要穴處，只要微一用力，紀空手就將成爲一具屍體。

衛三公子將這一切看在眼裡，臉上露出滿意的微笑，這才緩緩轉過頭來，兩大閥主的眼芒終於在虛

空中悍然交觸。

這兩位無疑都是當世中最傑出的人物，他們不僅享有尊崇的名望，而且都是一代武學宗師。門下弟子無數，在江湖上有著至高無上的地位，更是千萬年輕人心目中崇拜的偶像。在他們的一生當中，有無數個令人聞之而振奮的傳奇。拒絕平淡，是他們一生追求的人生境界之一。

他們只在少年的時候相見一次，而且這僅有的一次見面，最終成爲了近百年來十大江湖決戰中的範例。從此之後，他們各據一方，在自己的地域爲各自的榮譽而戰，奠定了自己在江湖之上的基礎，成爲了這個武林最具權勢的人物之一。

一別數年，故人依舊，兩鬢見白，方知一代新人成舊人，歲月最是催人老。唯有在這一刻，以對方爲鏡，他們才真的發現自己老了。

「五音自上次與衛兄驪山一別，迄今算來，已是三十餘載，想起衛兄風采，心中嗟噓，常期盼能有再見之日。只是衛兄高人行事，神龍見首不見尾，是以雖有此心卻無緣得見，引爲平生憾事。卻沒有料到在斯時斯地，我們竟然以這樣的方式再見，實在是深感造化弄人。」五音先生淡淡笑道，眼芒掠過衛三公子的頭頂，望向韓信劍下的紀空手。他的第一個感覺，只是吃驚，似乎沒有料到紀空手在經歷了如此驚變之後，還能保持這等冷靜的心態。

「音兄所言極是，衛某深有同感。憶及當年，你我英姿勃發，談笑間爭霸天下，那是何等的快意？何等的瀟灑？而今賢侄女都已長大成人，貌美如花，風華絕代，也就難怪我們會老了。」衛三公子嘴上應付著，目光卻始終注目著紅顏。他豈會不知紅顏對紀空手的癡情？事實上他未動先謀，早已想好了用紀空手作要挾，成爲他們全身而退的籌碼。

按目前雙方的實力對比，無論是功力的高深，還是人數的多寡，問天樓似乎都略處下風。衛三公子行事之前，當然不會看不到這一點，但他似乎算準了只要將紀空手制於己手，五音先生就不敢妄動，而事實也證明他的這一算計十分精準。

「也許在我們之間，從年齡來看，確實老了，但衛兄的心態卻始終不老，三十年過去，這爭霸天下的雄心可是一絲都沒有改變。」五音先生笑了笑，神情間隱含譏諷，似乎是爲衛三公子的偷襲作風感到不屑。

以衛三公子的身分地位，他以如此手段對付一個新近崛起的江湖後輩，這實在不是一件什麼光彩的事情，是以他的臉色也微微一紅，道：「音兄過獎了，但衛某肩負復國重任，自有不爲外人所道的苦衷，因此這三十年來，無論悲喜，從來不敢妄自菲薄，更是不敢有過半點鬆懈。此次前來，對登龍圖亦是勢在必得，所謂成大事者不拘小節，既想出人頭地，行事難免有所偏激，若有得罪之處，還請音兄多多包涵。」

「衛兄如此坦誠，可見是真小人，而非僞君子。行事作風依然不失大師風範，五音實在佩服，只是今日事情既然出了，終須有個了斷之法，衛兄不妨談談高見，免得你我干戈相見，傷了和氣。」五音先生看了看一臉緊張的紅顏，心疼女兒，便迅速提出了解決之道。對他來說，登龍圖只是身外之物，得與不得，並不重要，重要的是紀空手不能因此而受到傷害，因爲他牽繫到自己愛女一生的幸福。

「音兄果然爽快。」衛三公子有一種狡計得逞的快感，只是不露形色，淡淡地道：「其實是真小人也好，是僞君子也罷，衛某並不看重這些。一個人的行事善惡，孰是孰非，百年之後，自有後人評說。衛某既然承音兄看得起，將我歸於真小人一類，我也就不客氣了，只想向音兄討得一句話。」

五音先生微微詫異地道：「請講。」

衛三公子道：「我聽說這位紀公子乃是賢侄女的心上人，武功超群，精於謀略，是個不可多得的人才，是以不敢過分得罪。何況我此行前來，志在登龍圖，所以若非情不得已，絕對不敢與音兄爲敵，這一點還請音兄放心。只是古語有云：害人之心不可有，防人之心不可無。我雖有心放歸紀公子，卻又恐他一時翻臉，與我爲難，是以想請音兄一個承諾，可以讓衛某攜門下弟子全身而退。」

五音先生情知這是最佳的選擇，雙方一旦動手，就將是兩敗俱傷的局面，而且根本不能保證紀空手的性命，但他還是遲疑了半晌方道：「難道衛兄不怕我出爾反爾嗎？」

「音兄乃何等人也，豈如衛某這等真小人？是以你的一句話，勝得過別人的萬句盟誓。」衛三公子刻意貶低自己，抬高五音先生，這等行徑確有小人之風，卻絲毫不以爲意。在他看來，只要能夠達到目的，無須顧及臉面身分，更要不擇手段，這種心態放之於亂世，的確是不錯的生存之道。

五音先生看了看紀空手，又看了看紅顏，沈吟半晌，正要答應，卻聽得紀空手緩緩說道：「這位衛先生不愧爲一代梟雄，能屈能伸，讓人佩服，只是你可曾聽過這麼一句話：君子報仇，十年不晚！我雖非君子，但今日之辱肯定要報，希望衛先生不要後悔才是。」

衛三公子眼現一絲詫異，道：「你的確是有些與眾不同，不過承蒙你提醒，我卻還是想冒一冒險。因爲我和音兄心裡只怕都有數，如果此事不能和平解決，一旦雙方動起手來，只怕難有了期。我更記得這麼一句古話：鷸蚌相爭，漁翁得利。是以，我不當鷸，亦不是蚌，也就沒有必要爲了這點小事與音兄大幹一戰了。」

「那我就無話可說了。」紀空手回過頭來，看了看韓信，臉上露出了一絲淡淡的笑意。他的笑中自帶三分寒氣，韓信一見，唯有心驚，他似乎讀懂了紀空手這笑中蘊含的無限恨意。

衛三公子好似背後長了眼睛一般，對紀空手的動靜瞭若指掌，淡然道：「你不必怪他，所謂道不同不相為謀，人各有志，何必強求？就像我在作出這個決定的時候，也在考慮放你的利弊。對任何人來說，多了一個像你這樣的大敵，都將是一件十分頭痛的事情，可是此時此刻，我已別無選擇，縱是放虎歸山，我亦無怨無悔。」

「不過你終是勝者，因為你終於得到了登龍圖。」紀空手笑得很是苦澀。對他來說，這個跟頭實在栽得太大，甚至粉碎了他一生的夢想。

「你說這種話，只能證明你還年輕，將一時的得失看得太重。須知人生在世，不如意十有八九，又何必斤斤計較於眼前呢？」衛三公子搖了搖頭，一副老氣橫秋之態。

五音先生輕拍一掌道：「說得好！就為了你這句話，我答應你，只要你放過他，我保證你們全身而退！」

衛三公子如釋重負般笑了笑道：「這我就放心了。」他踱步過去，輕彈韓信的劍尖，然後拍打幾下，解去了紀空手被封的穴道，順手取過登龍圖，揣在懷中，一揮手道：「我們走吧！」

「且慢！」紀空手突然叫道。

衛三公子頓時色變，小店中的氣氛剎那間緊張起來。

紀空手微微笑道：「各位不用緊張，我只是有幾句話想對這位韓兄說上一會，如果衛先生不介意的話，不妨在店外稍等片刻。」

韓信的臉色變了數變，最終將目光望向衛三公子，卻聽得衛三公子淡淡笑道：「你且聽他說上一

會，我在門外等候。」

衛三公子帶上樂白等人大步而出，路過五音先生身邊時，說了一句：「得罪！」竟然毫無戒心地從知音亭眾多精英身前踱步而過。

他之所以如此自信，只因爲他相信五音先生。如果說這個世上真的有人能一言九鼎，那就非五音先生莫屬，否則他也不會逼著五音先生表態了。

小店內頓時變得一片寧靜，五音先生亦帶著眾人退出了門外，就只剩下紀空手與韓信在店內無言相對，兩個本是情同手足的朋友，只因一念之差，最終卻落得個分手下場，這無疑是人性中的一大悲哀。

對於紀空手來說，這更是他做人的悲哀。他實在想不通韓信何以會背叛自己，難道說在這個亂世的年代，人與人之間真的沒有真情可言了嗎？

他想了很多很多，從淮陰的市井，到沛縣的日子，又從沛縣，想到了他們一起流浪的日子，一幕幕兄弟情深的場面，一幕幕生死與共的情景，都讓他深藏記憶，不能忘卻。他記得自己爲了韓信，遠行千里，不顧自身的安危，歷經千辛萬苦，卻沒有想到最終換來的卻是韓信在背後伸出的這隻黑手。他更沒有想到，自己九死一生得到的登龍圖，竟然是韓信背叛自己的真正原因。

紀空手輕歎了一聲，淡淡地道：「我一直都把你當作最好的兄弟，你知道嗎？」

韓信緩緩地抬起了他的頭，眼中有愧卻無悔，只是點了點頭道：「我知道，但是如果時光能夠倒流，我還是會這樣選擇。」

韓信的回答如一根針刺般直插入紀空手的心間，引起他一陣絞痛：「你難道就真的這樣恨我？我到底有哪一點對不起你？」

「我不恨你，而且對不起的人是我，我不配做你的朋友！但是每個人都有自己的人生選擇，我有權力選擇自己今後的道路。」韓信低了低頭，再抬頭時，眼中已綻放著對未來的期盼。

「那我就無話可說了。」紀空手徹底死心了，苦澀一笑道：「從今以後，你我再也不是朋友，你應該知道我的爲人，今日之辱，我絕不敢忘，只能留待日後加倍奉還！」

韓信的心陡然一寒，他明白紀空手既如此說，那麼他們往日的友情就真的到此爲止了。從今日起，在他韓信的強敵中，又要加上一個紀空手的名字。

「無論你怎麼做，都不爲過，我只能恭候。」韓信也笑了笑道：「話已至此，我便先行一步，他日相逢之時，你我便是對手！」

「如此甚好！」紀空手一擺手，讓過韓信，當韓信的背影走出他的視線之外時，不知爲什麼，他的心彷彿多了一種沈沈的失落。

馬嘶聲起，蹄聲漸遠，小鎮又還復了先前的寧靜。也不知過了多久，一陣輕細的腳步聲來到了紀空手的身後，清風徐來，芳香沁人。

「紀大哥，你很難受，是不是？」紅顏輕輕地挽住他的手，柔聲問道，她看到紀空手這副失魂落魄的樣子，心中也是好生難受。

「我不知道。」紀空手喃喃地道：「我只是覺得自己好冷，好孤獨，就像是一匹受傷的野狼，獨行於一條沒有盡頭的荒蕪道路上。」

「你不會孤獨的，只要你不嫌棄，我會一直陪著你走完今生今世！」紅顏說出這句話的時候，絲毫不顯女兒做作之態，一切純出自然，顯是真情流露。

紀空手將她一把擁入懷中，語帶哽咽地道：「你對我這般好，這可讓我怎麼消受得起？」

他一生孤苦，所以才會將韓信當作自己的兄弟一般看待，一聽韓信有難，縱然自己心脈之傷才癒，亦是不辭勞苦，趕來千里之外的咸陽。眼看登龍圖得手，兄弟聯手，足可爭霸天下之時，想不到韓信竟然捨棄自己，這種苦痛，的確是筆墨難以描述的，極富悲情。此刻聽到紅顏如此對己，心中不由自主地多了幾分感激，只覺得當世之中，唯有紅顏是一番真情。

兩人相擁無語，過了半晌，才聽得門外腳步聲響起，兩人一觸而分，回過頭來，卻是五音先生緩緩踱步而來。

「人在江湖，身不由己，只有置身其中，方能體會人心的險惡。今天之事，實在平常之極，你應該早有這種心理準備。」五音先生見得紀空手在紅顏安慰之下冷靜了許多，這才語重心長地道。

「我也明白這個道理，只是我實在不能接受這種殘酷的事實。」紀空手搖了搖頭，輕歎一聲道。

「塞翁失馬，焉知非福？在我看來，登龍圖倒像一個禍根，誰若得之，只怕都不是一件輕鬆的事情。」五音先生眼芒一閃，意味深長地道。

紀空手似有所悟，低頭不語，半晌方才抬起頭來，微微一笑道：「多蒙先生開導，我似乎有些懂了。」

五音先生道：「你真的懂了嗎？」

紀空手道：「先生的用心之妙，的確可以殺人無形。以先生在江湖上的聲望，只要你說出登龍圖的下落，衛三公子自然便成了天下公敵，到了那個時候，他便是想不頭痛也是不行。」

五音先生笑道：「真乃孺子可教也，所以這一戰我們看似輸了，其實已是穩操勝券。」

紀空手的心情頓時大好起來，笑聲剛起，驀覺自己背上一陣劇痛，不由「哎喲……」一聲，幸虧紅顏出手得快，才不至於跌坐地上。

五音先生臉色一變，快步上前，手已搭住紀空手的右腕，查看脈象，半晌之後，方才驚怒道：「這韓信何以如此心狠？」臉上已是一片凝重。

紅顏驚道：「父親何出此言？莫非紀大哥的傷勢極重？」

紀空手只覺背部要穴處有一股寒流開始緩緩蠕動，隨著氣血的運行正一點一點地向心脈滲透。他一驚之下，心中徹寒，已經明白韓信以劍制穴之時，竟然暗中將玄陰真氣灌注於自己經脈之中，初時不覺，只需過得一二個時辰，當這道寒氣侵入心脈時，縱是神仙也難保自己的性命。

「他竟真的是要置我於死地？」紀空手悲怒交加，似乎根本沒有想到韓信下手之狠，一狠至斯。

五音先生沈聲道：「他當然要將你置於死地，既然他已經下了決心要幫劉邦，相助問天樓，那麼你無疑就是他們最大的眼中釘！以你的才能，若要與之爲敵，他們絕對沒有對付你的把握。與其如此，倒不如斬草除根，趁這個機會將你毀去！」

紀空手情不自禁地驚呼道：「我有何罪？老天竟會如此待我！只要我能逃過此劫，此仇不報，誓不爲人！」他的心中驀生驚懼，只是緊緊地抓住紅顏溫膩的小手，生怕鬆開之後，從此分離。

五音先生拍了拍他的肩膀道：「我一定會助你逃過此劫，你不必擔心，因爲我練就的『無妄咒』正有滌清濁氣、療養內傷的功效，多則三月，快則月半，這些許小傷自然會痊癒。」

「先生大恩大德，我何以爲報？」紀空手不由心生感激地道。

「你無須謝我，實在要謝，就謝紅顏吧，誰叫她是我的女兒呢？」五音先生哈哈大笑，看著滿臉嬌

羞的紅顏，再也不想打擾這對年輕人的綺夢，逕自去了。

三個月後，已是深秋的十月，距咸陽城一百五十里外的霸上，軍營遍佈，旌旗獵獵，沛公劉邦的軍隊突破武關之後，先於各路諸侯進駐於此，並且數度大敗秦軍，聲勢一時無兩。

由於劉邦軍紀嚴明，大軍駐紮小城之外，並不入城擾民，使得霸上雖處戰事之中，卻能偏安一時，不僅市面不見蕭條，反而比戰前更多了幾分熱鬧。

城西有一家「得勝」茶樓，開店已有百年歷史，一向是霸上人家最愛光顧的地方之一。這一天天剛放亮，店中的夥計剛剛開門，便撞進四五個人來。

這四五人並非熟客，聽口音，像是江南一帶的人氏，身上攜帶兵器，口氣甚是粗豪，一看便知是江湖中人。店中的夥計招惹不起，只得陪著笑臉，獻著殷勤，將他們招呼到樓上靠窗的位置坐下，又上茶，又端點心，生怕有招呼不周的地方。

過不了一會，又從門外撞進一撥人來，雖然衣裝儒雅，但腰間甚鼓，明眼人一看便知是帶著傢伙。店中的夥計將他們安頓好後，心中不由嘀咕起來：「今天是個什麼樣的日子？怎麼竟遇上這等主顧。」

等到日上三竿，又來了不少江湖中人，或是孤身一人，或是三兩結伴，很快就將這「得勝」茶樓的二三十張茶桌擠得滿滿當當的，生意之好，實屬罕見，只是茶樓老闆卻不見喜色，倒是在心中求神拜佛，只盼不要出事才好。

作爲茶樓的老主顧，又是霸上最有名氣的劍手，饒空今天的心情實在不錯，先是一大早起來便接到了尹政的拜帖，然後又在茶樓中遇到了計伏。他們三人號稱「關西三劍」，平時各居一地，極少相聚，難得大家有這麼一個見面的日子，是以坐上樓頭，叫了一桌茶水點心，大夥細品慢嚼，盡情閒談起時下大事起來。

「尹兄、計兄，你我三人雖然齊名，卻一向難得相聚，今日既然如此有緣，小弟一定盡好東道之誼，還望兩位兄台不必客氣。」饒空熱情地招呼著。他在霸上一向極有名望，剛才上樓之時，老闆夥計盡心結納，給足了他的面子，是以他此刻的心情實在是好，畢竟這種能在同夥面前出風頭的美事不多，他無論如何都得享受一下這種難得的快意。

「我們若是與饒兄客氣，就不會前來相擾饒兄了。」尹政笑了笑，以一種疑惑的目光打量了一下計伏，心中暗道：「這可巧了，計伏為人一向低調，深居簡出，怎麼今天也來了霸上？難道說他與我一樣，也是受了那人之約，跑來蹚這一趟渾水？」

計伏只是笑了笑，並沒有搭腔，倒是一門心思放在樓上的客人上。他是老江湖了，茶樓內各式人等的一舉一動，絲毫不能逃過他的耳目，這其中不乏有沈凝的武道高手，他雖然叫不上名號，卻知道這些人的武功遠在他們「關西三劍」之上，今日居然聚到一處，絕非碰巧，必然有其一定的原因。

但饒空顯然沒有注意到這些，而是哈哈大笑起來，頗顯張揚地道：「說得是，這裡畢竟是小弟的地盤，說句大話，兩位兄台既然來了，只管盡興，我敢說在這霸上還沒有人敢不買兄弟我這張薄面！」

他的話顯然引起了一些客人的注意，便是計伏也皺了皺眉，壓低聲量道：「饒兄的威風我們見識過了，這番盛情也已心領，只是大庭廣眾之下，還是收斂一些為好，省得又惹是非。」

饒空聽在耳中，甚是刺耳，只是他對計伏一向有所忌憚，不好發作，只得陪著笑臉道：「計兄說得是。」待看到樓中座上有幾道神光電閃而來，他心中一懍之下，倒也斂去不少鋒芒。

尹政看在眼中，微微一笑道：「今日這茶樓之上，似乎有一些古怪，計兄難道不覺得嗎？」

計伏肅然道：「各人自掃門前雪，休管他人瓦上霜，如今亂世之中，你我還是飲茶爲妙，免得禍從口出，徒惹是非。」

「這可不是計兄的一慣作風了。」尹政不免多了幾分詫異地道：「在小弟的記憶中，計兄不僅劍法出眾，而其膽色最令小弟佩服，何以今日倒變得縮手縮腳起來？」

計伏苦笑著搖搖頭道：「匹夫之勇，提它做甚？所謂不經一事，不長一智，計伏若非遇上高人，只怕還自以爲老子天下第一，一旦與人動起手來，方知武學之道，確實是博大精深，我這點微末功夫，比起人家來又何止差了十里百里？根本就難望其項背。」

饒空似有不信地道：「計兄未免有長他人志氣，滅自己威風之嫌吧？以我們『關西三劍』的名頭，縱然不能躋身一流，只怕差距也不會如此之大吧？」計伏冷哼一聲，並不理會，倒是尹政心中一動，壓低嗓音道：「計兄所言，倒讓我想起一個人來。」

計伏愕然道：「莫非尹兄弟也遇上了那位高人？」

尹政向四處觀望片刻，這才悄聲道：「我行走江湖也算有些年頭，自問識人無數，閱歷不淺，但是上月中旬，我有事趕赴咸陽。走到途中，忽然遇上了一隊車馬，也是活該有事，當我與那輛大車擦肩而過時，正巧遇上了一陣風來，掀起了車窗錦簾。我抬頭一看，竟然瞧見了一個天仙般的女子坐在其中，我自問識得美人無數，定力不差，但偏偏在那一刻竟不能自抑，起了親近之心，哎……」說到這裡，尹政不禁輕歎一聲，自顧搖頭。

「所謂英雄配佳人，尹兄有此雅好，這也難怪。」饒空插言道。

「饒兄弟所言極是，像我們這些常年在刀尖上混的，對於『酒色』二字，向來不忌，也難怪我會遭

此一劫。待我笑嘻嘻地說了兩句輕薄之話時，突然從窗中伸出一隻手來，『啪啪啪……』地連摑了我十幾個耳光……」尹政似乎心有餘悸，雙目無神，彷彿現在還沒有明白過來那是怎樣的一回事。

「尹兄只怕言過其實吧？憑你的身手，怎會被人掌了十幾下嘴巴卻無還手之力？就算它是閃電手、霹靂拳，也總該有跡可尋吧？」饒空忍不住又插嘴道。

尹政臉色微變，似有怒意，卻一閃即沒，道：「難怪饒兄弟有此疑惑，說實在的，當時我心中亦是這麼想的，可是說來也怪，我明明看到那隻手要向我打來，卻偏偏就閃躲不了。被打之後，我還半天回不過神來，兀自在想：此人的武功之高，的確是到了駭人聽聞的地步，憑我這點三腳貓的功夫，還手是還不了了，還是逃吧。」

「識時務者爲俊傑，尹兄能夠當機立斷，仍不失一條好漢。」饒空有意替尹政遮羞，是以討好道。

「我可沒有得罪饒兄，何以處處譏諷於我？與我作對？」尹政臉色一沈，大有發作之勢。

饒空愕然道：「我沒有絲毫諷刺尹兄的意思啊！」大有莫名其妙之感。

「你還說沒有諷刺於我，那我問你：有我這樣一心只想逃跑的英雄好漢嗎？」尹政怒道。

「哎呀，我這可是一時失言，尹兄莫怪。」饒空恍然大悟，連連陪著不是。

計伏一心只想聽尹政的故事下文，暗怪饒空老是半途插嘴，不由微怒道：「你若少說些話，甚至閉嘴，豈不就無失言之罪了嗎？」

饒空眼見勢頭不對，忙道：「兩位兄台說得極是，小弟再不多嘴了，還請尹兄繼續往下說吧！」

尹政這才息了怒氣，繼續說道：「誰料我縱是有心想逃，亦非易事。就在我拍馬揮鞭的剎那，陡然間只覺得渾身一震，再也動彈不得，我心中暗道：『完了，老子今天竟然栽到一個娘們手中，這個臉算

是丟大了！』其實那時我的心裡害怕極了，武功高絕的人我並非沒有見識過，但這人的手法之快，絕對算得上神出鬼沒，根本就不容我有半點抗拒之心。」

計伏的臉色變了一變，眼神變得極爲古怪，甚是關切地問道：「後來呢？」

尹政苦笑一聲道：「然後她就讓我服下了一顆藥丸，要我在今日趕到這裡，等待她的解藥。」他的目光巡視了樓上一圈，見並無自己所期待的目標出現，臉上除了忐忑不安的表情外，還有一絲失落。

計伏輕歎了一口氣，道：「我的遭遇似乎並不比尹兄好多少。你是人在路途之中遭此劫難，我卻是一個人好端端地坐在家中遇此橫禍。算來也是上月下旬的時候，我在家中等候一個道上的朋友，我這朋友在關中頗有名氣，經營了十幾家妓寨賭館，有錢有勢，也算得上一號人物，誰知讓我等了整整一夜，卻始終沒有見到人影。」

尹政與饒空相視一眼，問道：「你這位朋友莫非是香粉幫的幫主小小鳳？」小小鳳正是關中經營這類特色生意的第一號人物，幫中勢力遍及黑白兩道，與官府中人素有來往，想不到卻是計伏的朋友。

「正是此人。」計伏在說這句話時，臉上並無得色，反而多了一絲怨恨，道：「我家乃是關西望族大戶，與香粉幫有些生意上的往來。那一天正是我們月底結賬之日，孰料我久候不至，卻在門上發現了小小鳳的人頭，人頭旁邊還寫了一行字：『此乃作惡多端的下場，但有惡行，與此同例。』我見了大吃一驚，急忙令人嚴防戒備，同時還派人邀請同城幫手，準備與那神秘兇手作生死一拚。而令我更吃驚的是，當我回到屋中之時，卻發現屋中竟然有一個人正端著我新泡的香茗悠然細品，雖然我一眼便看出他的臉上戴了一張非常精緻的人皮面具，但此人的自信與冷靜無不從他雅致的舉止中透發出來，讓人心中情不自禁地產生一種俯首稱臣的畏懼之心。」說到這裡，計伏的眼中依然還有一絲驚懼，似乎當時的情景仍歷歷在目，彷彿只是發生在昨天一般。

尹政聽來，只覺自己的身上起了一層雞皮疙瘩，有一種毛骨悚然的感覺。雖然他沒有見到那位高人的真面目，但他對計伏的遭遇感同身受，至少在當時的心境是一般無異的。

「我沒有作無謂的掙扎，也沒有試著逃跑，因爲我知道，面對這麼一位高手，我的任何努力都是徒勞。」計伏似乎很滿意自己這種明智的選擇，事後想來，這也許是他至今還能活在這個世上的唯一原因：「我答應他將自己家財的一半之數散還於民，同時接管香粉幫的一切事務，並且保證妓寨賭館的一切按照公平自願的原則，不再有任何強賣強買的事情發生，他這才答應放我一馬，餵了我一顆藥丸，約我今日在霸上相見。」

「這麼說來，你我碰上的豈不是同一個人？」尹政驚道。

「照我看，今日來到這得勝茶樓的人，除了饒兄之外，只怕人人與他有關。」計伏看了看四周，放眼望去，人人臉現憂色，顯然是與他們服下的那種不知名的藥丸而擔心。

饒空聽得此言，只覺心中一陣失落，覺得自己雖無中毒之憂，卻並非僥倖，而是沒有吞服這毒丸的資格。想到自己名列「關西三劍」，但比之尹政、計伏的確差了許多，再也沒有先前的那般張揚。

眼看時至正午，絲毫不見有人來的動靜，樓上的這些江湖豪客漸漸煩躁起來，只是礙於那神秘人的武功太強，是以無人罵出口來，但臉上盡露憤憤不平之色，更有一種受人擺佈的無奈。

計伏的功力不弱，他在講述自己的遭遇的同時，不由對隔座的一個豪客留意了幾眼。此人面窗而坐，身材高大，衣著雖不貴重卻裁剪有度，穿在身上極爲合體，整個人氣度沈凝，顯是不凡之士。計伏特別留意到，當他講到那個來去如風的神秘人之時，此君渾身一震，顯然與他們有相同的際遇。

計伏心中一動：「此人的武功遠勝於我，尚且在邢神秘人的面前毫無抗拒之力，可見邢神秘人的武功的確到了高深莫測的地步。只是邢人的武功既然達到了如此境界，又何苦要與我們這等人爲難？難道這之中另有陰謀不成？」他心驚之下，只覺全身毛骨悚然，想到邢神秘人將他們這麼一大幫人約到得勝茶樓，絕對不會是喝茶、聊天如此簡單，但真要叫他說出個子丑寅卯來，他又說不明白。

正在這時，隔座邢人站將起來，來到他們這一桌前，拱手笑道：「在下邢無月，久仰『關西三劍』之名，幸會幸會！」

計伏等人一聽，無不心驚，知道邢無月乃江湖黑道中有名的七殺手之一，爲人兇悍，最是難纏，憑藉一套「霸殺鐗」馳名天下，在江湖上惡名卓著。他一自報名號，樓上的許多人都側目而視，無不在心中暗道：「原來是他！」直到此刻方才認得其人。

計伏與尹政相視一眼，心中皆道：「莫非邢無月也吞服了邢神秘人的藥丸？這可真是惡人自有惡人磨。」他們卻沒想到，其實在別人的眼中，他們也應列入惡人的名單，只是人大多有遠視的習慣，看得到別人的短處，卻極少自省其身，如此而已。

三人盡皆起立，計伏拱手道：「不敢，邢兄若是不嫌我等冒昧，還請入席一敘。」

「如此便叨擾了。」邢無月當仁不讓，入席坐下道：「剛才邢某閒坐隔席，聽得計兄與尹兄的遭遇，可見你我際遇相同，今日趕到霸上，似乎是拜同一個人所賜。」

「原來邢兄亦是受了藥丸之困。」計伏苦笑道，其實心中明白，今日在得勝茶樓坐談的人，只怕十有八九與此有關。所謂一人計短，眾人計長，若是有人出頭，大夥兒團結一起，共同商量，齊心協力，未嘗不可與邢神秘人一拚。只是邢神秘人武功實在太高，謀略亦不輸於他人，在場眾人都有先入爲主的

想法，是以首先在心中怯了三分，無人敢出來做這個主兒。

「比之計兄、尹兄，我似乎又慘了三分。」邢無月臉上盡是苦澀之笑，搖頭歎道：「說起來實在丟人，幹我們這一行的，講究『行事詭秘，不露形跡』，但比之那個人來，我才知道自己在這八個字上差了太遠，一有比較，始知天外有天，自己這前半生的見識不過是井底之蛙罷了。」

他的整個人都顯得心灰意冷，看來是受那神秘人的影響，以至於對自己的一切都產生了懷疑，計伏心道：「看這模樣，這邢無月所受折磨似乎遠勝於我，難道那神秘人是對症下藥，看人行事，講究的是獎罰有度？」想到邢無月定然遭受了極大的屈辱，自己的心裡平衡不少，也就生了欲聽下文的興趣。

在「關西三劍」的注目下，邢無月輕歎了一聲，道：「這還是本月初的事情……」

計伏若有所思，突然插嘴道：「這倒有些蹊蹺，怎麼你我所遇的事情大多都是發生在近段時間，而且事情發生的地點也全在關中一帶？難道說此人亦是才到關中的嗎？若是如此，憑他一人之力，又何以如此瞭解你我的底細？」

他這麼一說，引得眾人皆是心中一動：「照這樓上的人頭來數，就算每人攤上一回，那神秘人要想在這麼短的時間內做成二三十件事情，也未免太難！莫非那神秘客並不是人，而是從地獄中逃出來的惡鬼，專門來尋我們的晦氣？」

思及此處，眾人的臉上無不色變，眼中頓現一股驚懼。

「計兄所言極是，此人行事的確不可以常理度之。」邢無月點頭苦笑道：「我受人之託，前去驪山辦一件買賣，此事原本機密得很，除了兩三人知道之外，再無他人知情。誰料待我到了目的地後，突然接到一張暗帖，帖上只有『助紂爲虐者，唯有自取其辱』十一字，帖上沒有署名，是趁我熟睡之時擱在

我床頭上的。我見之不由大吃一驚，憑我的身手與警覺，一般的人若想靠近，實在是千難萬難，可此人卻能在我的身邊從容放帖，這份功力，絕非是我等可以望其項背的，若是他想取我人頭，只怕亦是易如反掌。但是那一刻我卻糊塗了，又極是自負，倒沒有想到這一層來，而是決定按計畫行事。」

「邢兄接的這筆買賣只怕利潤可觀吧？否則以你的見識，豈有看不到這其中利害關係之理？」計伏想起「無利不起早」這句老話，微微一笑道。

「誰說不是呢？若是當時我不是被利欲沖昏了頭腦，只怕就不會發生這樣的事情了。」邢無月苦笑道：「我當時心存僥倖，依然按計而行，誰料剛一出手，忽然便感到有人在我的肩上輕拍了一下，我心驚之下，急忙回頭來望，卻哪裡有什麼人影？那時正是風高月黑之夜，伸手出去，難見五指，我幾乎疑心這是自己的錯覺，所以轉身又走，只是存了戒心，刻意留心身後的動靜。誰知才走十數步遠，『啪』地一聲，又有什麼東西在我肩上輕拍了一下，這一下頓時將我嚇得魂飛魄散，直在心中驚叫：『撞到鬼了，撞到鬼了，今夜流年不利，撞上了一個來尋開心的冤鬼。』我這麼一說，各位一定以爲我膽小多疑，是自己在嚇自己罷了。但我卻清楚自己一生膽大，從來就是個天不怕、地不怕的角色，實是因爲當時所遇之事太過蹊蹺，是以才會疑神疑鬼，草木皆兵。」

「說到撞鬼，我倒想起了一件趣事。」饒空笑了笑，不合時宜地插起嘴來：「我家中有個管家，有一日回來晚了，一個人走夜路，每走一步，便聽得腳後跟處『啪』地一響，似乎有人緊跟其後。他嚇得連連回頭，卻又沒有見到任何人影，只道是自己撞見了鬼，便一路小跑，然後就聽到腳後跟處『啪啪……』之聲連響，等到他回到家裡，這才發現原來是自己的皮靴後面開了一條大口子，哈哈哈……」

他笑聲剛起，卻突然戛然而止，卻見邢無月瞪眼看他，眉間怒氣隱生，大有發作之態。

計伏忙道：「邢兄無須與他一般見識，我們可還等著靜聽下文呢。」

邢無月這才息了息氣道：「我之所以如此疑神疑鬼，是因爲憑我的耳目，一旦用心，相信三五丈內的動靜難有疏漏，但是我的確是沒有感覺到身後有半點異動，自己的肩上便遭人擊打了一記，這不得不讓我心生莫大的驚懼，情不自禁地叫了聲：『誰？』這時便聽到在我的後方一丈處傳來一個冷冷的聲音答道：『是我！』我嚇了一大跳，趕緊回頭來看，卻見一道影子融入夜色之中，無聲無息，恰似幽靈一般。我只得壯著膽子喝問：『你是誰？何以要捉弄於我？』那人冷笑一聲道：『我乃索命無常』……」

「啊……」饒空驚叫一聲，剛想說話，卻又咽下，心中叫道：「原來他果真撞見鬼了。」

邢無月橫了他一眼，接道：「我的心裡害怕極了，只道自己真的遇上鬼了，想起自己幹的便是殺人的買賣，這一生中少說也犯下了數十條人命，必是有個冤鬼偷偷溜出了地府，專程來尋我報仇……正當我胡思亂想之際，我忽然聽得此人的氣息雖然細微，但一呼一吸確實是人的痕跡，也許這並不是鬼，而是一個人而已。可是我又一想，這道影子若真是一個人，豈非比鬼還要可怕？單是這一身輕功步法，就足以讓我學上一輩子了。我自問極難逃出他的手掌心，打又不敢打，逃又逃不掉，只得束手認栽，道：『不管你是無常，還是人，總之你高我一籌，就是我的大爺，我認栽便是。但是你我素昧平生，卻這般對我，總是該有個理由吧？』那人冷哼道：『你殺人時，只管認錢，哪裡需要什麼理由，我只是以其人之道還治其人之身罷了。不過看你比較爽性，我就饒你一命吧。』他說著便要我吞服了一顆藥丸，約我今日在此相見。」

邢無月說完自己的遭遇，似乎還沈浸在故事之中，心有餘悸地搖了搖頭，彷如一切還在夢中。

計伏冥思苦想，良久方道：「以這人的身手，已可躋身於一流高手的行列，但行事作風卻詭秘異常，放眼江湖，像他這種性格之人端的少見，難道說此人只是新近才崛起江湖的高手，是以無人知道他的底細？」

「這也很難說，江湖之大，無奇不有，更是人才輩出。就拿三月前的龍虎會來說，不是聽說有三大年輕一輩的高手橫空出世麼？據說那一夜不僅是二世皇帝、趙相等人俱都認栽，而且二世胡亥便是死在那夜的壽宴之上。」邢無月說起這名動天下的大事件來，神色飛揚，臉上生出嚮往之色。

這事顯然已經鬧得世人皆知了，是以邢無月提及，眾人無不大爲興奮，一時間竟忘了自身尚有毒丸之虞，議論起這時下最熱門的事件來。

「據說那一夜發生在登高廳裡的事情，一波三折，極富戲劇性。一切爭端都是源自於那登龍圖，可是到了最後，登龍圖卻不見蹤影，誰也不知道它的真正下落。」計伏說道，他對此事純係道聽塗說，是以所知有限，僅限於此。

但邢無月常在江湖中走動，而且憑著殺手天生的敏銳，對一切小道消息都有著豐富的掌握。他緩緩搖頭道：「關於登龍圖的故事，其實還有下文。據我所知，相府壽宴之後，有人便放出風聲來，說登龍圖已被問天樓的衛三公子所得，至於衛三公子從何得來，雖然不明，但江湖中人無不相信這是一個不爭的事實，因爲說出這話的人，便是有『一言九鼎』美譽的知音亭主人五音先生！」

尹政道：「既是五音先生所言，那麼有關登龍圖的消息一定就是真的了。傳聞得登龍圖者得天下，如此一來，只怕這天下便要歸屬問天樓了。」

邢無月淡淡一笑道：「這只是別人一廂情願的想法罷了，要得天下，談何容易？何況這消息一出，只怕衛三公子已是寸步難行，但凡是稍有實力與之一爭者，誰不覬覦？這才是五音先生透露這個消息的

真正用意。」他對江湖上新近發生的事情瞭若指掌，是以漸成了整個談話的中心。樓上不乏有知情的江湖中人，將自己所見所聞一一對照，倒也極有興趣。

「不過敢與問天樓一爭高下者，始終不過是武林五大豪閥，換作他人，只怕是螳臂擋車，自取其辱。」尹政略一遲疑道。

「尹兄所言極是，但利之所在，誰也難保自己不生非份之想，而且就算只有五大豪閥相爭，只怕衛三公子也是頭痛得緊。」邢無月道。

尹政點頭道：「五大豪閥之爭已歷百年，勢均力敵，相互制衡，的確是難分高下。但據我所知，知音亭雖然近段時間現身江湖，卻一向淡泊明志，避禍而行，它應該不在競爭之列。而聽香榭數十年來無人在江湖上走動，是興是衰，是存是亡，尚是一個未知之謎，似乎也可忽略不計。如此算來，能與衛三公子爭這登龍圖者，只怕就唯有入世閣與流雲齋了。」

邢無月輕品一口香茗，舉止之優雅，恰如他殺人時的模樣，輕搖其頭道：「尹兄的時勢分析大致不差，能與問天樓一爭長短者，的確只有兩家豪閥，流雲齋固然是其中之一，但另外一家是否是入世閣，卻值得考慮。」

「趙高乃一國之相，勢力之大，已隱在其他四閥之上，這是毋庸置疑的。」尹政頗有些固執己見地道。

「尹兄此話不錯，但這指的是龍虎會前的入世閣，卻非現今的入世閣。眾所周知，入世閣除了趙高一人之外，還有三大高手爲其支撐門面，但就在龍虎會的那一夜，張盈死於扶滄海的槍下，格里也被擊殺於後花園中，剩下一個樂白，卻是下落不明。雖然趙高人在相位之上，但胡亥一死，子嬰登位，形

勢已大不如前，是以此刻的入世閣，自保猶難，豈有能力爭霸天下？倒是五音先生的知音亭露出爭霸之心，大有與問天樓決而戰之的勢頭。」邢無月娓娓道來，有理有據，眾人聽得無不點頭。

尹政似有不服地道：「五音先生一向歸隱山林，若說他有心爭奪登龍圖，我卻不信。」

「我也不信。」邢無月道：「但這是事實，你只要仔細想一想，五音先生如若真對登龍圖毫無興趣，他又怎會傳出風聲，向天下人道明登龍圖的下落？所謂亂中取勝，亂中取勢，這是非常高明的一招，五音先生自是深諳此道，他就等天下人與問天樓爭個你死我活之後，然後出來收拾殘局，以最小的代價換得最大的利益。」

他此言一出，眾人這才明白五音先生傳話的深意，心中無不讚道：「有此心機者，方能位列五大豪閥之主，可見名士多無虛。」始知能夠位極人臣者，絕無僥倖。

在眾人的驚歎聲中，邢無月忽地一聲冷笑，緩緩接道：「雖然各家有各家的算盤，但若論真正可以爭霸天下者，知音亭比之問天樓與流雲齋，卻又差了一籌。人人盡知項羽乃流雲齋閥主，此刻擁兵百萬，位列諸侯之首，可以說是最有實力逐鹿天下，敢與他爭鋒者，恐怕只有駐軍此城之外的劉邦了。只有在最近這段時間裡，世人才知沛公劉邦與問天樓大有淵源，關係密切，他能異軍突起，並非偶然。」

他所言之事顯然是新近才在江湖上流傳的秘事之一，眾人聞聽，倒有十之八九是頭回聽說，不由大增興趣，想到劉邦以一名亭長的身分成爲爭霸天下的豪雄，這本身就是一個讓人瞠目結舌的奇蹟，所以無人不信邢無月的解釋，都認爲只有這樣才算合理，也是天經地義的。

第三章　勇者無懼

饒空人在霸上，目睹了這些日子來沛公劉邦的軍隊軍紀嚴明，從不擾民的作風，不由有所感慨地道：「劉邦此人我雖然不曾見過，但單看他手下的士兵，就已有王者之師的風範，我想只有擁有這樣的戰士的統帥，才有爭霸天下的實力！」

這是他自上得樓來說的第一句稍具水準的話，是以話一出口，立時令人刮目相看。他得意之下，不免忘形，又道：「不過我聽說項羽的軍隊號稱百萬，正浩浩蕩蕩地從函谷關而入，快要抵達此地了，劉邦若想以少敵寡，只怕很難，就算贏了，這天下依然是非劉即項的爭霸格局。」

「饒兄這句話無異於廢話，到了這個時候，誰也能看出這是劉、項爭霸之局，不過水無常勢，事無常例，誰也說不清是否會有第三個人出現。如果有，我看好淮陰紀空手。」邢無月眼神一亮，他聽過關於紀空手的種種傳奇，對其極爲推崇。在他看來，一個人方才出道，就敢與項羽、胡亥、趙高這等權勢人物叫板，這本身就說明了他具有別人不可估量的實力。

此時的江湖之士，聲名最隆者莫過於紀空手與韓信，縱是南海長槍世家的扶滄海與之相比，也要稍遜一籌，可見人們對這兩個市井浪子一躍而成爲武林大豪的傳奇經歷實在是驚羨不已，更是佩服得五體投地。可是自相府一戰後，這兩人都不約而同地消失於人們的視野之中，誰也不知道他們是暫避一時，韜光養晦，還是讓敵鋒芒，蓄勢待發。關於他們的傳說，江湖上至少流傳著上百個不同的版本。

是以邢無月的話一出口，頓時引起了眾人共鳴，更有人想：若是這二人聯手爭霸天下，無論對劉邦還是項羽而言，肯定是多了一個最棘手的大敵。雖然紀、韓二人無兵無權，但看他們這一年來發展的勢頭，擁兵只是小事一樁。

「即使真有第三個人出現，我敢以十博一，此人絕對不會是紀空手。」這時從靠門處的一桌上傳出一個懶洋洋的聲音，邢無月有心想看看是誰與自己抬槓，轉頭望去，臉上霍然變色。

只見此人是個五十上下的老者，一身老農打扮，精瘦短小，貌不出眾，但雙目炯然，有一股精光暗閃。邢無月認得此人，知道他姓汪名別離，是披風刀法的嫡系傳人。而邢無月之所以見他心驚，並不是懼怕他的刀法，而是聽說他與問天樓一向有些來往，或許他是問天樓的人也說不定，自己在大庭廣眾之下說起問天樓的是非，無異是自己替自己闖了大禍。

邢無月只求汪別離一時耳聾，沒有聽到自己的說話，想想卻又覺得這不太可能，只得低頭不語，心中先怯了三分。這時有人問道：「你既有如此把握，定有內幕消息，反正此刻也是閒著沒事，何不透露一點讓大夥兒長些見識呢？」

汪別離似乎並不在意邢無月剛才的妄談，淡淡一笑道：「這也算不了什麼內幕消息，只是老夫適逢其會，正好撞見了紀空手被人斬殺的一幕。」

眾人皆驚，更有人叫道：「有誰具備這樣的本事，竟然殺得了紀空手？」言下之意，自是不信汪別離的話。

「你愛信不信，而且老夫還知道，殺他的人，正是他一向視作兄弟的韓信韓公子。如果說這世上真有人可以與劉、項二人一爭天下的話，依老夫看，這韓公子倒不失是一個最佳的人選。」汪別離正是三

月前衛三公子帶到大王莊的人手之一，可是不知他怎地沒有跟著衛三公子，反而被那神秘人餵了毒丸弄到這霸上小城來。他雖與韓信只有一面之緣，卻對韓信冷酷無情的行事作風極爲推崇，是以有此一說。

計伏道：「何以見得？」

汪別離道：「論武，韓公子在登高廳上與陽子峰一戰而勝之，一套流星劍式舞出，迄今未逢對手；論智，他受命衛三公子臥底於相府，將一代豪閥戲弄於股掌之間。這兩者尙算不得什麼，真正讓人看重的，是他大丈夫的無情，自古有訓：成大事者莫拘小節。他爲了一張登龍圖，竟然刺殺了最親近的朋友，單憑這一點，已足以讓他一爭天下，成爲一代梟雄。」

「這是什麼屁話，如此無情無義的小人，也敢稱作英雄？」饒空拍桌而起，憤然罵道。他雖然武功平常，卻有江湖男兒的血性，儘管不受人看重，卻在關鍵時刻還是不失一條漢子。邢無月心中敬重饒空的敢作敢爲，同時也在心中叫糟，知道以汪別離的手段，肯定不會讓饒空輕鬆過關。

果不其然，汪別離冷笑一聲道：「你敢罵我？」目光暴閃，射出一道懾人寒芒，全場頓時一片肅然。

饒空本是仗著一腔熱血而起，待話一出口，始覺不妥。可是一切已遲，只得硬著頭皮道：「罵便罵了，你想怎樣？」口氣卻軟了三分。

「那你就怪不得老夫心狠手辣了！」汪別離臉色一沈，手腕一振，手中的茶碗脫手而出，形同一道暗器標射虛空。

「呼……」聲如風雷，空中驀生一股迫人的壓力，向四方飛瀉，在場任何人都看出汪別離的這一手不僅突然，而且毫不留情，竟是一招置人於死地的必殺。

饒空發現時，已是遲了，再要拔劍，更是徒勞。旁人懾於汪別離的淫威，哪敢援手？便是尹政、計伏，也只能眼睜睜地看著饒空付出「禍從口出」的代價。

爲一句話而付出生命，這代價未免太大！

就在這千鈞一髮間，突從虛空的另一端倏然傳來「嗤……」地一聲，來勢之快，更勝空中的茶碗，然後便聽到「叮……」地一聲輕響，那茶碗一旋之下，竟然改變方向，照準窗外疾去。

這變化來得如此突然，令樓上諸君無不驚詫莫名，沒有人看清這是怎麼回事，也沒有人識得是什麼東西改變了茶碗的方向，但這一手改變了茶碗的用力方向卻又使茶碗毫無損壞的功夫，的確到了匪夷所思的地步，樓上眾人面面相覷，心中極不情願卻又有些期盼地道：「神秘人終於來了。」

這看上去很像那神秘人的手段，人未現而聲先至，大有先聲奪人的氣勢。可是眾人在一片靜寂之中等待了半晌，卻再也不見有任何動靜。

這是怎麼回事？難道那神秘人並未出現，而是另有其人？

汪別離心驚之下，眼光迅速掃視全場，卻沒有發現有任何可疑的蛛絲馬跡，他轉頭再看饒空，卻見他依然昂頭站立，臉上雖無血色，卻並無太多的怯懦。

他此刻身受毒丸之害，處於一種受人擺佈的角色中，是以不敢太過囂張，只是臉上一沈，道：「今日算你走運，既然有高手相助，老夫就放你一馬。」

饒空輕吁了一口氣，不敢多言，故作鎮定地坐了下來，手心卻捏了一把冷汗。

眾人見得汪別離亮了這手，心中都詫異至極：「以他的身手，已可躋身一流，何以也會與自己等人一樣遭受了相同的命運？」

汪別離面對眾人詫異的眼神，苦笑一聲，並沒有說話，但他的思緒又回到了那一段不堪回首的記憶。

他的確是問天樓的人，甚至是問天樓核心組織問天戰士的一員。這個組織總共只有三十六名戰士，人數雖少，卻無疑是問天樓精英中的精英，以汪別離的身分地位，排名尚且在二十名之外，可見這些人中確實不乏一流好手。

問天戰士是直接隸屬於衛三公子親自管轄的一個組織，不僅獨立，而且神秘，不要說問天樓中的大多數人不識他們的真面目，就是問天戰士相互之間也極少來往，只在每次行動之前，衛三公子才會有所選擇地將他們其中的一部分人糾集起來，共同去完成某項任務。

汪別離之所以被衛三公子選入參加大王莊的行動，並不是因爲他的披風劍法，而是因爲他的相貌與氣質。衛三公子需要的是那種置身人海毫不顯眼的人，只有這樣，他們才可以隱蔽自己的身分，成爲這次行動的執行者。

他是在行動之前的第三天才得到衛三公子的徵召號令，並在行動的前一天到達了大王莊，按照衛三公子的要求進行了實戰前的演練與佈置，然後成功地完成了整個行動。當他們全身而退之後，在衛三公子的命令之下，各自分散開來藏匿形跡，而衛三公子卻帶著韓信消失於夜幕之中，誰也不知道他們的下落。

汪別離沒有馬上回家，而是揣著衛三公子分發的賞銀，到了咸陽。他本是衛國流民，被衛三公子所賞識，誓死爲之效命，每日過慣了刀口舔血的日子，不過有時他也會放縱自己，所以他毫不猶豫地入城，踏入了這座紙醉金迷、夜夜銷魂的亡國之都。

他很快就與城中的一位名妓打得火熱，沈醉於溫柔鄉中，不知人間何世，只知醉生夢死。等到這位名妓的臉若秋後的天氣，一天冷似一天的時候，他摸摸口袋，才知囊中羞澀，錢財如流水般去勢極猛。

他並不因此而惱火，反而認爲這是天經地義的事情，名妓也是妓，既然叫做賣身，當然是一種純商業的買賣，就像自己的輕功不錯，倘若不幹點沒本錢的買賣殊爲可惜一般。他決定在一個月黑風高的夜晚幹上一票，至少足夠讓他再回這銷金窟中逍遙一回。

於是他踩好了點，看準了目標，試了試自己的刀鋒是否如往昔般鋒利，這才緊了緊一身玄黑衣裝，往一家偌大的宅院躡足而去。

他幹這種買賣已經不是第一次了，所以有比較豐富的經驗，一入院牆，他只是打量片刻，便朝一處亮著燈火的小樓撲去。

他之所以這樣決定，是根據這家主人安排的防務疏嚴來分析的，愈是戒備森嚴的地方，用他們的行話來說，就愈是水肥，隨便撈上一把，都可以揮霍一時。

但是等他的整個人靠近小樓時，陡然生出了一絲不祥的預兆，這倒不是因爲這裡的戒備森嚴，而是靜寂的環境讓人有一種靜得可怕的感覺。

他輕吸了一口氣，正在考慮自己是否應該放棄這次行動時，還沒有等他拿定主意，忽然看到了小樓的樓頂上，孤傲地立著一條人影，衣袂隨著清風飄動，有一股說不出的詭異與飄逸。

他大吃一驚，有一種莫名的驚懼。他記得自己還在遠處時就對小樓的動靜瀏覽了一番，根本就沒有看到什麼人影，但此刻看這條人影極是悠然的模樣，彷彿對方早就站在那裡，注視著他的一舉一動般。

他頓時有一種被人窺探的惱怒，卻壓制了心中的怒火，還是準備盡早離開此地。可是就在他念頭剛起時，那人影似乎覺察到他的心理，竟然身形驀動，「呼……」地一聲，彷如大鳥般翩然而下，封死了他的退路。

汪別離沒有顯出絲毫的慌亂，反而更加冷靜。他已經看出了來人的功力極高，至少這套輕身功夫已可傲視江湖，但他並不認爲自己就完全沒有機會。披風劍法的要訣就在於進攻，在突然間發起淩厲的攻勢，這種打法雖然無恥，卻有效，他以這套劍法至少殺過三個比自己武功強的高手。是以，他沒有動，而是選擇出手的最佳時機。

但他很快就發現了自己的選擇是一種錯誤，相峙之間，他不僅感受到對方透過虛空傳來的連綿不斷的壓力，更驚奇地發現對方隨意地一站，竟然無懈可擊，達到了一種防禦的至極境界。無奈之下，他已沒有太多的考慮，只能拔劍，出手！

劍已在手，自信油然而生，在這一刻間，汪別離的思想中已沒有了任何的恐懼，他只想以自己的劍法迅速將對方擊殺，然後離開這是非之地。

「呼……」劍生風雷，破空而出，猶如一道雨夜中的閃電，照準那條人影的心口直刺過去。

如風飄逸的劍法，卻如冬日的寒風般無情，這就是披風劍法劍訣中的精髓，由汪別離手中演繹而出，的確可以震懾人心。

那條人影沒有接招，口中「咦……」了一聲，突然間向後滑退數步，冷笑道：「你是誰？使的是什麼劍法？我怎地有種似曾識的感覺？」

汪別離一聽之下，不由一怔，其實在他出手之前，也覺得自己似在何處見過此人，只是一時之間卻想不起來罷了。

「你既然見識過，那就不妨再溫習一遍。」汪別離眼見對方退卻，心中不由又增自信，腳下不作停頓，如疾風般再撲上前。

他的人一擠入對方佈下的殺氣中，便感到了對方的殺機已經滲入了這陰冷森寒的秋風中，秋風輕吹，秋蟲呢喃，但他沒有絲毫悠閒的情趣，只感到心中湧現出一股難以自抑的沈悶與躁動的情緒——這是一種無法形容的壓力。

一種不知生於何處，生於何時的壓力，讓人無法擺脫，但不可否認的是，這股壓力極爲實在，雖無形卻有質，無孔不入地滲透於虛空之中。

汪別離的手腕骨骼一陣暴響，劍尖輕顫，幻化出一片劍芒，他感覺到一股濃烈如醇酒般的殺機隨著這淡淡的秋風在虛空中醞釀、瘋漲，完全可以想像出這殺機之後的血腥殺戮，但他已別無選擇，只有搶先攻擊。

在完全沒有占到先機的情況下搶先出手，這是一種無奈，也是一種必然，誰叫汪別離出現了可怕的判斷失誤呢？有了失誤就要付出代價，這是一個經過實踐的真理。

「啪……」一聲脆響，汪別離便見一條手臂伸出，看似極慢，卻異常清晰地出現在他的眼簾。他心中一喜：「還沒有人敢如此托大，用一條手臂來格擋披風劍法！」念頭一轉，以最快的反應將劍鋒迴旋，大有絞碎對方手臂之勢。但是他沒有看到血肉橫飛的場景，反而感到自己的手臂一陣酸麻，一股大力如電流般透過劍身直擊向他的身體。

「蹬蹬蹬……」汪別離不由自主地連退數步，好不容易站穩了腳跟，卻見眼前的人影終於動了，似一道巨大的山嶽移動，每一步踏出，那聲音都如催人奮進的戰鼓，不僅壓制住對手的戰意，更生出了一

股沛然不可禦之的氣勢，使得空中壓力更大。

這道人影的氣勢凝重，而他的每一個舉止卻充滿了一種恬淡的閒適，這種不協調的情景出現，只能讓汪別離感到一股驚懼。

「呀……」汪別離只得再次出手，因爲他無法想像，如果等到對方的氣勢蓄積到巔峰一刻時再行爆發，會是一種怎樣可怕的現象，與其如此，倒不如就在此時放手一搏。

那道人影沒有任何的表情，唯一在動的，是他的眼眸！眸子中閃過了一絲淡淡的笑意，卻冷酷無情。

汪別離這一劍出手，竟是十三劍招連成一氣，劍鋒劃過虛空，似乎帶起一陣裂帛穿雲般的驚嘯，又似是江岸邊掀起的陣陣驚濤，聲勢懾人，震懾人心，但劍鋒所指，在剎那間後竟然是一片虛空。

汪別離心中的震駭，無法用言語形容，他的速度不可謂不快，而且連削帶刺，有一種對對方的制約，可是他卻還是擊空了。

這只因爲，就在他出手的剎那，那道人影已經不在他攻擊的範圍之內。

沒有人看見這人影是如何動作的，他就像是一道從地獄中竄出的魅影，化作一幕虛幻的影像逸出了汪別離的視線之外，來到了其視野的死角處，也就是所謂的人的盲點。

然後虛空中便出現了一隻拳頭，不是很大，卻很有力度，異常清晰地奔向汪別離的面門。

汪別離大驚，唯一可做的，只有格擋，將劍氣化作一道道氣牆，在兩者之間的虛空中佈下數道防線。

等到他退出兩步之後，卻忽然發現這拳頭竟然不見了，似乎雨過天晴的天空，顯得寧靜而清新，彷佛什麼事情都沒有發生過。就連那一直充斥於虛空中的沈悶壓力也在同時之間消失，消失得那麼徹底，彷佛根本就不曾存在過。

但汪別離還沒有時間來得及驚訝，驀然感到一股鋒銳懾人的刀氣直接迫向了自己的喉部。

那是一把刀，一把七寸飛刀，寒芒四閃、巧若天然的一把飛刀。汪別離對這飛刀有種似曾相識之感，甚至可以斷定，自己至少見過一次這樣的飛刀。

那次大王莊一役，紀空手就用過這樣的飛刀！

汪別離的心裡驀然往下直沈，近乎絕望的沈淪，他終於明白，這不是巧遇，而是一個事先設計好的殺局，紀空手顯然是要報仇，要將他置於死地！

真正的殺機不是那陡然而現的拳頭，而是拳頭之後的七寸飛刀，這才是真正的殺招，同時也印下了紀空手行事的鮮明痕跡。

望著喉頭處森涼的刀鋒，汪別離只感到自己的身體冷到了極處，面對一個強大的敵人，他連出於本能的掙扎都沒有，而是靜候生命的結束。因爲他知道，任何掙扎都是徒勞，只會加快自己生命消失的速度。

是的，這人影的確就是紀空手，他身受韓信玄陰之氣的困擾，能在數十天內復原，這本身就是一個奇蹟。

這個奇蹟的創造，當然離不開五音先生高明的醫術以及驚人的內力，加上紀空手身上的玄陽之氣與韓信體內的玄陰之氣同出一脈，都是來自於神奇的補天石，有了這種種因素，紀空手便是想不痊癒都難。

治傷期間，他就在心中制訂了一個計畫，而這個計畫的重點，就是復仇，並且一圖爭霸天下！

復仇？向誰復仇？在紀空手的心中，他最大的敵人不是韓信，而是衛三公子。

這不能怪他，他一生孤苦，缺少親情的滋潤，是以一直以來，他都將韓信視作自己的兄弟。他可以容忍敵人對他的殘忍，也可以忍受別人對他的無情，但他絕對不能容忍自己的兄弟對自己作出的背叛，更何況這個兄弟竟想置自己於死地！

紀空手一生信奉「人不犯我，我不犯人」的中庸之道，更信奉「以其人之道還治其人之身」的以牙還牙的做法。他自問自己這一生對人可以無愧於心，若是有人將他視爲敵人，他只想說：「喂！別惹我，我的全身上下可都是要命的刺！」

這就是紀空手的性格，不管對方是什麼人，只要你傷害了他，你就得爲此付出代價！敢愛敢恨，這才是他最爲真實的一面，同時也是他最爲可怕的一面。

是以他悄然復出，悄然地進行著他的復仇計畫。有了知音亭精英與神風一黨的鼎力襄助，他的整個計畫正按著預期的方向順利發展，而汪別離的意外出現，無疑使得他對自己的計畫更多了幾分把握。

靜寂的夜空彷彿無風，至少在這一刻中沒有風，汪別離不僅感到了空氣中沈悶的氣息，更聞到了一種讓人心悸的死亡氣息。在這一刻，生死之間的一線分隔，也許就在紀空手的一念之間。

紀空手的大手懸凝空中，緊握飛刀，沒有一絲的顫動，就彷彿在很久很久以前就橫亙於這個位置，生根發芽。他的眼芒很冷，冷得如千年寒冰，凝視著汪別離那無神的雙眸。

「你知道我是誰？」紀空手終於在一陣沈悶之後開口說話了。

「知道，你的飛刀一出，我就認出了你。」汪別離只得回答，在紀空手凌厲的目光逼壓下，任何抗拒都是蒼白無力，即使他已抱著必死的決心！

「大王莊一役中，你是小店裡的食客之一，我本來沒有認出你，但你的劍法暴露了你的身分。」紀空手道。他在說謊，事實上他早已知道了汪別離的身分，這才安排了這場殺局。而他之所以如此說，其實另有深意。

汪別離並沒有起疑，也沒有心思去發現紀空手話中的破綻，這不能怪他，任何人在這生死一線的時刻只會關心自己的生命是否還能繼續，哪裡還有心情去考慮其他的問題？不過他聽了紀空手的話之後，心情輕鬆了少許，他認爲自己還有一線生機。

「我只是一個劍客，拿人錢財，替人消災，大王莊的事情完全是出於無奈。何況我只是負責隔斷你與屬下之間的聯繫，並沒有真正參與對你的刺殺行動。」汪別離刻意隱瞞了自己的身分，他認爲只有這樣，或許紀空手才會放他一馬，如果讓對方知道自己是衛三公子手下最忠心的問天戰士中的一員，紀空手絕對不會放過他。

紀空手「哦」了一聲，眼神緩和了一些，似乎有些相信他的說法了，問道：「你知道我與韓信的恩怨嗎？」

「知道一些，但不是十分清楚。」汪別離遲疑了片刻才答道。

「這就足夠了！我想問你，如果你自小要好的朋友在那種情況下背叛了你，還要將你置於死地，你會選擇怎樣做？」紀空手問道。

汪別離看了他一眼，緩緩地道：「沒有選擇，遇到這種情況，我一定會以牙還牙，用他的鮮血與生命來作爲背叛我的代價！」

紀空手終於笑了，隔著一層人皮面具而笑，汪別離雖然看不到他真正的表情，但心中卻依然忐忑不安，不過紀空手接下來說的一句話讓他終於放下了高懸的心。

「我與你的看法一致，所以，我需要得到你的幫助。」

在紀空手說出這一句話之前，無論汪別離有多麼豐富的想像力，也絕對想不到紀空手說出的竟是這麼一句話。

他雖然想不到，但卻知道，自己的性命總算保住了。因爲沒有人會殺一個可以對自己有所幫助的人，紀空手既然需要他，當然會讓他好好活著，一具屍體是無論如何都不能幫助他人的。

於是他看到了紀空手握刀的手開始在一點一點地回縮，當這隻手剛剛脫離了可以控制汪別離的範圍時，紀空手伸出了另一隻手，手上握著的，是一隻滿滿的錢袋。

「這是一百兩黃金，衛三公子既然可以請你，我也照樣能夠做到，只要你答應替我去辦一件事情，這黃金就是你的了。」紀空手深深地看了他一眼，然後才一字一句地說道。

汪別離道：「這只怕有些不妥吧？」他很想一口答應，卻又怕紀空手疑心，是以故意婉拒。

「你可以選擇。」紀空手同時亮起了兩隻手道。

汪別離當然明白他的意思，是以猶豫了一下，近乎諂媚地一笑道：「我不傻，所以我已有了決定，不過我想問的是，你準備讓我去辦什麼事？我可不想爲了活命而又去丟了這條命。」

「你很聰明，這一點我從你的決定中就看出來了。我要你去辦的事情不算難，卻也並不容易，你去找到衛三公子，順便給我帶一句話。」紀空手道。

「這已經很難了。因爲外人誰也不知道衛三公子的下落，我也不例外。」汪別離猶豫了片刻道，其

實他與衛三公子有一種獨特的聯絡方式，要找到衛三公子當然並不難，他之所以如此說，只是不想讓紀空手感覺到他與衛三公子真正的關係。

「我不管！」紀空手非常直接而且武斷地道：「你必須要找到他，我可以給你一個月的時間。」

「那我試試看。」汪別離道。

紀空手手上忽然多出了一顆藥丸，帶著一種強迫的方式逼著汪別離吞下，然後道：「這是一顆來自知音亭的『月圓之夜』，每月都有十五，十五月兒必圓，是以這藥丸總是要在一個月之後才會毒性發作。只要你將那句話帶到，就可以得到它的解藥，否則你必死無疑！」

汪別離心中一涼，道：「那是一句什麼話？」

紀空手笑了笑道：「『十月十五，紀空手必將出現在霸上的得勝茶樓。』這十九個字，就決定了你的生死，所以你要一字不漏地記住它。」

汪別離重複了兩遍道：「這句話難道有什麼意義嗎？」

「有，當然有它的意義。這說明了我會在那個時間出現於那個地點，衛三公子既然想置我於死地，到了那一天，他當然也會出現在那個地點。」紀空手微微一笑道，似乎非常滿意自己這個「引蛇出洞」的計畫。

「我明白了你的意思，可是你也不想一想，萬一我背叛了你，你有可能不僅釣不到魚，甚至有被魚兒吞下的危險，難道你就這麼相信一個人嗎？」汪別離故意提醒道，他深知對付一個聰明人的訣竅，只有這麼說，才可以得到紀空手的真正信任。

「我不相信你，也不敢相信你，自從韓信在我的背後刺出一劍之後，我已經不相信任何人！」紀空手冷冷地道：「但我相信『月圓之夜』的藥效，如果你不想和自己的生命開玩笑的話，那麼你最好不要與我開這種玩笑。」

他說的這一句話也許並不是真理，卻一定有效，因爲沒有人會把自己的生命當作是一個玩笑。當然，汪別離是一個例外。

不爲別的，就因爲他是問天戰士，爲了問天樓，爲了衛三公子，他隨時都可以獻出他自己的生命，因爲他也是衛國的流民之一。

在這個世上，本來就存在著這樣的一種人，他們活著，並不是爲了自己，而是爲著一種信仰而活，這種信仰也許是建立在個人之上，也許是建立在國家之上，但不論是個人還是國家，不可否認的一點就是爲了他們心中的這種信仰，他們隨時都可以獻出自己珍視的生命。

紀空手沒有這種經歷，沒有這種信仰，是以他不可能理解汪別離的這種感情。正是因爲如此，他精心佈下的殺局，會不會又將成爲反噬的毒蛇，讓自己深陷其中，而不能自拔呢？

他不知道，汪別離也不知道，還沒有發生的事情，永遠存在變數，沒有人可以預料……

◆

汪別離坐在得勝茶樓上，唯一可做的，就是等待。他已經巡視了好幾回茶樓中的客人，似乎想從中尋找出紀空手安排在茶樓中的人手，可是他只有失望，因爲這些人看上去絕對不像是真正的高手，「關西三劍」雖然有一定的名氣，卻遠沒達到可以一擊致命的實力，這讓他心生疑惑，對紀空手的心思有些琢磨不透。

紀空手既然想引蛇出洞，當然會在得勝茶樓裡作出精心的佈置，而且對手既然是衛三公子，他沒有

理由不派出知音亭的精英來完成這項任務。否則的話，縱然衛三公子如他所願，來到了得勝茶樓，紀空手又能奈何其哉？

但汪別離根本看不出有任何針對性的佈置，他甚至以老江湖的目光審視了茶樓上幾個重要的位置，都沒有看到他所希望看到的人物出現。

這茶樓的面積不小，可以容納二十張四人座的桌椅，樓梯口應該是最重要的，但汪別離看到的只是一個年老體弱的老者和兩個十五六歲半大的孩子，老年人的嘮叨與孩子天性中的好動在他們身上都得到了體現，而汪別離唯獨沒有看到那種高手應有的氣質。

「紀空手絕對不會將這重要的位置交給這一老二少，唯一的解釋，也許是他的人手還沒有進入這茶樓吧。」汪別離這麼想著，同時將目光移向了幾個靠窗的座位。

這幾個地方同樣具有攻防的戰略意義，一旦佔據，就完全可以進退自如，攻防有序，但汪別離看到的只是五六名一臉憂色的江湖漢子，雖然腰間攜有兵器，卻與他想像中的高手形象相距甚遠，他甚至還認出其中的一人是「花蝴蝶」花雲。此人膚色白淨，臉顯媚態，半男不女的，正合他採花賊的形象，紀空手若要佈置，絕對不會讓這樣中看不中用的人物佔據著如此重要的位置。

「難道紀空手壓根兒就沒有在這茶樓上佈置，而是另有圖謀？」思及此處，汪別離突然間冷汗涔出。

他之所以感到一種恐慌般的心虛，是因爲他知道衛三公子今天一定會來得勝茶樓。爲了對付紀空手，衛三公子幾乎調動了所有的問天樓戰士，大有勢在必得的決心。就在汪別離進樓的時候，他看到了入門的一根門柱上用刀刻著的一個三角記號，這是他與衛三公子事先的約定，表示一切都按計畫進行。

對於衛三公子來說，紀空手的存在無疑是他的最大威脅。自大王莊一役之後，他帶著韓信躲入了一家民居，蟄伏了數十餘天，根本就不敢露出行蹤。他心裡清楚，登龍圖是一張人人覬覦的寶圖，同時也是惹事的禍根，以五音先生與紀空手的頭腦，當然不會想不到這一點。是以暫避鋒芒，是他可以採取的最佳選擇。

同時他也意識到，在得到登龍圖之前，這張圖曾是紀空手的懷中瑰寶，他現在不能確定紀空手到底對登龍圖所繪的東西還有多少記憶，但不怕一萬，只怕萬一，最好的辦法就是讓紀空手消失在這個世界，也就可以讓他一勞永逸。

是以他一接到汪別離傳遞來的消息時，就動了殺機，而且他敢於冒險還有一個重要的因素，就是紀空手將刺殺自己的地點定在了霸上，這無疑有讓他多了幾分必勝的把握。

此刻的霸上城外，駐紮著劉邦的十幾萬大軍，軍中除了良將謀臣之外，還有問天樓眾多的精英高手，隨時都可以對他實施增援，就算紀空手智計出眾，武功超群，加上擁有知音亭與神風一黨的精英，只怕也很難在他的手上占到任何便宜。

更何況，衛三公子在暗處，紀空手在明處，以有心算無心，紀空手根本就沒有任何機會。

「但是如果紀空手沒有出現，或者這只是聲東擊西之計，而他另有圖謀，那麼衛三公子如此煞費苦心，必成江湖笑柄，只怕盛怒之下，自己未必有好的結局。」思及此處，汪別離心中大驚，神色惶惶，望向樓外的門口，只希望紀空手能夠盡早地出現。

其實此刻的紀空手就在樓茶的對面，這裡是一家有數十年歷史的綢緞鋪，鋪中的老闆姓萬。他向人介紹自己時，總愛笑著道：「敝人姓萬，家財萬貫的萬。」熟知他的人都知道，他也許沒有萬貫的家

財，但所差無幾，算起來也是一方豪富。但其實沒有人想到，他竟是知音亭佈置在霸上的眼線，也是五音先生忠實的家奴。像知音亭這種江湖豪門，歷經百年而始終不倒，似萬老闆這類人的功勞其實一點都不小，正是因爲有了他們的默默奉獻，才有了知音亭這顆大樹的興盛，方能傲立江湖而不倒。

「紀少，快到時辰了。」萬老闆肅手而立，收起了臉上職業性的笑容，畢恭畢敬地道。

「一切都準備好了嗎？」紀空手皺了皺眉，看了看大街的動靜。

「一切都已按紀少的吩咐準備妥當，只要你一聲令下，立即就可行動！」萬老闆答道，言語中似有幾分得意，畢竟這個計畫太大，牽涉的人員又多，在這麼短的時間內要想完成，實在不是一件容易的事。

紀空手「哦」了一聲，卻不再說話，他在等待衛三公子與韓信的出現。五音先生臨行之前，將手下的精英交付給他時，曾經再三叮嚀道：「這些人都是我門下精英，跟隨我多年，早盼著能有一天重出江湖，出人頭地，讓他們跟隨著你，也算是各得其所。以你的才幹與實力，爭霸天下，未嘗不可，但你一定要謹記，得人心者才能得天下，善待屬下，善待百姓，你才能在這亂世中與劉、項二人形成三足鼎立之勢。」

紀空手相信這是五音先生的肺腑之言，也是一個智者對天下大勢的一種大膽的預測。他聞言之後誠惶誠恐，方知自己肩上所繫，已不再是個人的榮辱，它還包含著紅顏的幸福、知音亭的名聲、數千精英的生命，以及一個共同的理想。他將復出的第一戰對準了問天樓，這不僅體現了他過人的膽識與卓爾不凡的氣魄，更體現了他身上的那種概莫能敵的勇氣。他希望經此一役，確立他在江湖上不可動搖的地位，從而開始爭霸天下的征途。

可是衛三公子與韓信真的會如他所願，來到這得勝茶樓嗎？

紀空手極具自信地笑了笑，在他看來，仇敵之間的思念，遠比情人之間的想念更來得迫切，他相信韓信對他的恨應該比他對韓信的恨更爲強烈，至少不分彼此。

在韓信的眼中，紀空手無疑是他走向成功的絆腳石，只有將之除去，才可以實現一直壓抑在心中的夢想。是以，無論是韓信，還是衛三公子，都絕對不會放過這個千載難逢的機會，更何況他們還有劉邦！

紀空手一想到劉邦，心中便有一股莫名的難受。在他的心中，一直將劉邦當作是自己敬重的兄長，雖然劉邦曾經利用過他，但在這個爾虞我詐的亂世之中，這並不是一種罪過，甚至還體現了你的價值，因爲至少你還可以被人利用，這就說明了你並非無用，比之那些在默默無聞中生老病死的庸人來說，你不是一個俗人。

但也許這就是上天的註定，無論是劉邦、韓信，還是紀空手，他們都是這個時代的精英，更是這個時代的英雄，不甘人下是他們的性格，出人頭地是他們的夢想，寂寞與他們無緣，只有輝煌才可以與他們同在。漫天星辰之中，他們都不是萬千繁星中的一顆，更像是那天邊劃過的流星，寧可毀滅，寧可瞬息即逝，他們也要追求剎那間的耀眼光芒。

所以他們即使不是敵人，也註定了不會是朋友。如果他們註定是今生的敵人，那麼他們留下的就是一段轟轟烈烈的傳奇，紀空手堅信這一點。

他現在只想知道，衛三公子爲什麼會傾問天樓之力全力襄助劉邦？他們究竟是一種什麼樣的關係？

這也許是一個沒有答案的謎，但紀空手始終相信，有因就有果，有果必有因，他遲早會尋找出這個

問題的答案。

◆

已至午時，這是事先約定的時間，紀空手終於出現在了得勝茶樓前的這段熱鬧繁華的街市上。這條街市在霸上一向有名，商業繁華，攤販遍及，是以頗有人氣。熙熙攘攘的人流中，穿行著幾輛馬車，花枝招展的姑娘們，巧笑嫣然，往往是眾多目光聚集的焦點。

但是紀空手的出現，無疑使得自己贏得了眾多少女的目光，他的衣衫也許並不華貴，他的長相也許算不上英俊，可是他的整個人往人前一站，自有一股與眾不同的氣質，讓人在不經意間陶醉。

紀空手信步而來，臉上泛起一絲不經意的笑意，如春天的清風，暖人心扉。步伐輕踏中帶出愜意，似乎不是去赴一場生死決戰，而似漫不在乎地去趕鄰家姑娘的約會。

他的目光始終在人們的臉上留連，很快就讓他發現了一種有趣的現象：其實人的臉就是心靈的寫照，無論你怎樣刻意地去掩飾，只要用心觀察，就會發現一個人真正的心情。

他之所以有這種心得，是因為茶樓前來回叫賣的十幾個攤販，他們提籃叫賣，向人出售著各式各樣的水果小吃，按理說忙了大半天了，他們的臉上應該是一種疲累的表情，但紀空手沒有看到這一點，反而從他們的臉上看出了一絲緊張與亢奮。

一個常年奔波於市井的人，有什麼東西值得他去興奮與緊張呢？就算多賣了幾個銅錢，少找了別人的銅錢，也犯不著出現這種表情！

紀空手微微一笑，在心裡自問自答。他從來都喜歡研究這種反常的東西，因為只有反常的東西才是最值得懷疑的，他已看出了這些人無疑都是衛三公子用來對付自己的伏兵。

但衛三公子深諳紀空手的厲害，絕對不會只用這十幾人來刺殺紀空手，當然還有更厲害的殺招。只是，紀空手能看出來嗎？

沒有人知道這個答案，因爲紀空手的神情依然顯得悠然而輕閒，緩緩地走在人流之中，似乎根本就沒有感受到空氣中的肅殺之意。

他一定要給衛三公子造成這樣的感覺，就是他的殺局只是佈置在茶樓之內，根本就沒有派人在茶樓之外設伏，他要讓衛三公子有一種「大功告成」的錯覺，唯有如此，他才有真正的機會。

因爲衛三公子就是衛三公子，他的武功之高，除了幾大閥主之外，放眼天下，至多不過還有十人可以與之比肩，似這等第一流的大高手，假若與之硬抗，未必是明智之舉。

那麼紀空手的伏兵又在哪裡呢？

紀空手沒有去想這個問題，他現在關心的是，衛三公子與韓信將會以一種什麼樣的方式出現？這個問題不僅實際，而且有趣，紀空手就喜歡這樣的問題。

可是他心裡清楚，這是一個沒有答案的問題，也是一個懸念，不到該出手的時刻，衛三公子與韓信絕對不會出現。所以與其漫無目的的胡亂猜疑，倒不如抱著欣賞的姿態看一下眼前的美女。

這的確是一位美至極致的少女，年方二八，風華絕代，膚若凝脂，容光照人，幾疑是天仙下凡，在七八個俏婢的簇擁下，如眾星捧月般嫋嫋婷婷地移步而至，出現在這人頭攢動的小城街頭，秋波顧盼間，滿街之人無不看得神爲之奪，魂飛天外。

她的頭上青絲斜垂，隨意而不失雅致，配合著修長曼妙的身段，舉手投足間，盡顯萬種風情。一雙眸子又深又黑，盈盈一瞥，滿場之人無不感覺到她看向的竟是自己，不僅傳神，而且讓人陶醉。

也許只有紀空手是一個例外，因爲在他的心中，已有了真愛，已有了紅顏，他並不避諱自己的目光，更願意以一種欣賞的角度去審視這世間的絕美。

第四章　色傾紅塵

兩人相距至少十丈，但他們無疑都是別人目光聚焦的中心，這美女似乎感受到了紀空手與人有異的目光，微抬頭來，盈盈一笑，眼中彷彿多出了千萬條媚絲，意欲將他纏繞。

紀空手投以微笑，忽心中一動：「這是誰家的女子？卻在鬧市之中招搖，美則美矣，只是在內涵上卻輸了紅顏三分，可惜，可惜，真是可惜！」他卻不知，劉邦駐軍霸上，臨城門而不入，其實就是為了這位虞姬。

當時的天下士子中，流傳著這樣一種說法「天下美色，盡在西南，紅顏純美，虞姬嫵媚，春蘭秋菊，各有所長」，說得正是「紅顏」與「虞姬」。劉邦雖有好色之名，但只是一時的權宜之計，意欲藉此掩蓋自己爭霸天下的雄心。此刻他雖然擁兵十萬，破武關，入關中，進兵咸陽指日可待，但他人到霸上，迅即按兵不動，凡是所破州縣，一律造冊登記吏民，封存庫府，不敢取絲毫的利益，原因只是為了取悅項羽。

他與項羽雖然都是借楚國之名取勢造反，但兩者起步不同，是以勢力極為懸殊，雖然劉邦搶先入關，但項羽擁四十萬大軍，號稱百萬，已經逼近霸上，屯駐於新豐鴻門，給他造成了極大的威脅，令他權衡利弊之下，採取了「忍」的戰術。

「忍」之一術，博大精深，忍到極處，可以視妻女遭人蹂躪而不憤，可以見父母遭人擊殺而不怒，

可以跪行千里，可以叩首萬眾。愈是心中有遠大抱負之人，就愈是能忍，只因忍得這一時之氣，終就能成人上之人。劉邦無疑深諳此道，根據項羽的性格爲人，決定獻出虞姬，以消這眼前之禍。

誰說男兒不解風情？在劉邦第一眼看到虞姬時，他就覺得自己的魂魄已隨著這個女人而去，面對如此嫵媚的女子，又有哪個男兒不動心呢？但是劉邦之所以是劉邦，就在於他有常人沒有的克制與忍耐，他可以爲了自己的理想而拋棄個人私欲，從而在亂局之中尋到最佳的克敵之道。

對他來說，眼前最大的敵人，就是項羽，如何才能做到完全取信於他，這實在是一個難題，但劉邦想到了項羽擁兵十萬迎紅顏的往事，也就看到了項羽的弱點。

項羽好色，只不過他的這種好色卻與眾不同，他喜好的，是一種世間少有的絕色，唯紅顏或是虞姬，才打得動他的英雄情懷。是以劉邦屯兵霸上，只是爲了保護虞姬，然後等候項羽的到來。

可是紀空手面對虞姬這嫣然一笑，並沒有動心的感覺，他更多的思緒，卻放在虞姬這突然出現的時機未免太過巧合，倒讓他生出了一絲戒心。

他絕不容許有任何人來破壞他的計畫，縱使這女子乃是天下至美的尤物，只要她站在與自己敵對的位置，他也會毫不猶豫地將之毀滅。

在他的眼中，此刻的形勢已不容他有憐香惜玉的想法，是以他緩緩地停住了腳步，開始等待。

他的人就站在街市的中心，略帶憂鬱的目光，隨著佳人的每一步前移而閃爍不定。香風隨風而來，紀空手彷彿聞到了一股淡淡的處子幽香。

「嗤……」虞姬蓮步輕邁，心頭禁不住如小鹿般亂撞。她本是大戶人家的千金，而並非毫無見識的小家碧玉，在她的眼中，不知見過多少出色的男兒，可是當她第一眼看到紀空手時，芳心頓起漣漪，竟有幾分意亂情迷起來。

這個男人並非有那種一眼就讓人傾心的英俊，也沒有那種一舉一動盡顯雅致的瀟灑，但不知爲什麼，虞姬心中就是有一種莫名的躁動，女兒家的羞澀，漸漸溢於嬌靨，構成一抹淡淡的紅暈。

「他是誰呀？」虞姬禁不住在心裡悄然地問著自己，等到她省悟到這不是淑女的行爲時，其臉蛋更紅，忍不住又朝紀空手看了一眼。

兩人的目光在虛空中交接，一觸即分。紀空手微微一笑，心中卻驚道：「這女子何以是這副神態？一顰一笑，無不帶出女兒嬌癡之氣，假若她真是衛三公子請到的殺手，那麼單是這一份表演，已足可讓人拍手叫絕了。」

他依然不動，只是靜候著佳人與自己擦肩而過。等到她的步伐剛剛越過自己的身位時，他突然聽到了一個甜糯而溫柔的聲音悄然在自己耳邊響起：「喂，你叫什麼名字？」

紀空手怔了一怔，隨即微笑道：「小姐是在問我嗎？」

虞姬小臉一紅，道：「你說呢？」她不答反問，嬌羞中多了一絲調皮，由不得紀空手一陣眩暈，只覺女人魅力讓她演繹得淋漓盡致。

「在下淮陰紀空手。」紀空手笑了笑道：「還沒請教小姐芳名？」

他的話甫一出口，陡然便覺事態不對。他此刻正對著虞姬，卻見虞姬的臉上驀起一絲驚訝之色，俏眼中更帶出了一股莫名的驚懼。

他已不用回頭去看，便已感覺到了身後至少有三道殺氣迫來，其勢之快，角度之精，顯然是久經訓練的好手所爲。

長街之上，頓時肅殺無限，不知情的行人依然在左顧右盼，只有靠的近的人群中有人發出了驚呼。對方顯然都是精於刺殺的好手，善於把握出手的時機，如果說紀空手自現身以來露出的唯一破綻，只有此刻。

而且這些殺手的實戰經驗實在是太豐富了，雖然只有三個人是針對紀空手的，但這三人無疑都是這群人中的精英，牽一髮而動全身，其他的殺手迅速將紀空手與人流隔離開來。

虞姬退了數步，直到這時，她才驚呼起來，顯然不能接受自己欣賞的男人即將死於劍下的慘劇，同時閉上了美眸。

可是她沒有聽到慘呼聲，也沒有聞到血腥氣息，甚至沒有感到一點混亂的跡象，等到她驚訝地睜開俏目時，卻幾乎嚇了一跳，紀空手那充滿男人味的臉竟然就在眼前。

她頓時產生了一種就要窒息的感覺，臉兒脹得通紅，幾欲暈倒。她從來沒有與一個男子在這樣近的距離內相對，她還聞到了那股讓人神迷的男人氣息……

「不要怕，一切有我！」紀空手的語氣平靜得讓虞姬感到吃驚，她彷彿聽到的不是一個聲音，而是一個承諾，一個讓女孩子夢寐以求的承諾。

事實上就在虞姬閉眼的剎那，紀空手就已動了，他沒有回頭，也沒有轉身，而是陡然直退。他的整個人如一把利刃般擠入對方的劍氣之中，拔刀、格擋、運勁……整個動作不僅快，而且一氣呵成，只揮出一刀，便震退了這三大殺手，然後收刀回鞘，縱到了虞姬的身前。

這一切都在剎那間完成，就像是一道閃電。而街上的人流恰似閃電劈過的水紋，迅速向兩邊而分，誰也不想捲入這突然降臨的是非圈中。

而這群殺手並不因此而放棄，而是有條不紊地完成了合圍，以紀空手與虞姬爲中心，用刀劍構築了一道濃烈的殺機。

無論紀空手有多麼的自信，面對這群武功高強而且亡命的殺手，都絕對不會是一件輕鬆的事情。可是他的臉色絲毫不顯凝重，反而悠然地一笑，輕柔地問道：「你好像還沒有回答我的問題？」

他此言一出，眾人無不吃驚，誰也沒有料到大戰在即，他竟然還有如此閒情。

虞姬的眼眸中彷彿起了一層霧絲，就這一句話，竟讓她的心扉爲此而開。她從來沒有看到過如此自信的男子，神態之從容，彷如吟詩作畫，有一種說不出的雅致。

像這等男子，又怎叫他不心生愛慕呢？

「我姓虞，別人都稱我虞姬。」虞姬俏臉一紅，低下頭來，以一種細如蚊蟻的聲音柔聲道：「能認識紀大哥，我心中實在有種說不出的歡喜。」

其時先秦尙武，男女之間並不講究，在這個時代的女子，遇上自己所喜愛的男人時，直接而不矯情，雖然還帶有女兒家明顯的羞澀，卻能以眉目傳情，以言語表心，世人並不以爲輕浮。虞姬此話一出，縱然紀空手意不在此，亦是心頭一蕩，一股溫情漫湧而出。

「也許你只是看到了我柔情的一面。」紀空手淡淡一笑道：「不過，你馬上就可以欣賞到我的無情。」

他的聲量不大，彷佛是兩人間的談心，但傳入那群殺手耳中，無不感到有些震驚，因爲就在紀空手說出這句話的同時，他們都感覺到了紀空手身上暴湧出一股咄咄逼人的氣勢。冰寒淒冷的殺氣彷如淡霜輕霧般滲入空中，以紀空手的本身爲中心向四周輻射。

「好霸烈的氣勢！」他們都在心裡驚呼著，握劍的手握得更緊。

紀空手緩緩轉身，在轉身的同時，一點一點地拔刀，他的拔刀方式極爲古怪，拔三寸出來，退兩寸回去，但就在這一進一退之間，他的勁力漸向掌心凝聚。

在虞姬的眼中，紀空手這緩緩移動的身軀就像是一道插入雲天深處的孤崖，無人識得其高，無人識得其險，乍眼看去，總有置身其中、渴望瞭解的衝動。但這高並非是高不可攀的高，這險亦不是不可親近的險，這只是一種感覺，至少在她的心裡，還感覺到一股淡淡的溫情。

長街寂靜，靜若落針可聞，剛才還是車水馬龍般的熱鬧，竟然說消就消，所有的路人都走避乾淨，長街的兩端也不再有人進入。

這種不正常的現象，透著詭異，更有一種人爲的跡象。

紀空手心中驀然一動：「劉邦終於插手了！」他之所以有這樣的感覺，是因爲要完全封鎖這條長街並不是一件簡單的事情，而且要在這麼短的時間內截斷交通，更非易事，至少需要萬人之力與訓練有素的高手才能做到這一點。而在這霸上小城擁有這等實力的，此時此刻，唯有劉邦。

但紀空手的心中絲毫不亂，反而比剛才更加冷靜。

靜，是紀空手的表現，亦是一種自信的狀態，就像是一個臨崖無底的深淵，無法窺望那永不知深的底，又像是雲天之外的那一方蒼穹，深邃難測，讓人感到一陣毫無來由的空洞與自由——這是紀空手給人的感覺，也是一種近乎禪定的境界。

在緩緩的移動之中顯出靜態的紀空手，正不斷地收斂著自己張揚的殺氣，收與放之間，只是一種相對，收至極限處，就是爆發的開始。這是武道中人極爲深諳的常識，但是沒有人可以看出紀空手的殺氣

何時才是收斂到了極致，何時又才是爆發的開始，正因爲無可揣摩，是以每一個對手都有一種無從下手的失落。

這是一種怪異而實在的感覺，它的內涵進入了對心道的求索，只要是對紀空手有所瞭解的人都會發覺，他對武道的理解，已經在這幾個月中達到了一個自己從未有過的高度。

這令他的對手感到了震驚！

在一群人當中，武功最高者，通常就是這群人中的首領，這是放之亂世而通行的法則，因爲只有亂世，才是強者的天下。

剛才出手的三人，無疑是這群殺手的頭領，也是這次刺殺真正的先鋒。作爲問天戰士中排名靠前的司氏兄弟，根本就沒有想到紀空手的武功之高，竟能在一招之間將他們震退。

據說他們都是故燕的遺民，成名早在十年以前，他們的「七步斬」劍法高明得很，曾經得到過大俠荊軻的親自點撥。

關於荊軻的故事一直流傳於民間，爲世人所傳頌，「風蕭蕭兮易水寒，壯士一去兮不復還」這等衝天的豪氣也一直被江湖中人所稱道，他「圖窮匕現」而刺秦，從容面對無數高手而色不變，這固然是因爲他具有爲了理想而獻身的精神，同時他更擁有劍術高手那種傲視天下的自信。能得到這種人點撥的劍法，想來司氏兄弟再差也不會差到哪裡去。

而且他們都是問天戰士，衛三公子的眼界之高，世人皆知，能被他看上的人，當然是絕對的高手。

高手的定義，不僅僅只指武功，其實還包含了眼力，所以當司氏兄弟面對紀空手時，神色數變，露出了一絲訝異之色，無不爲紀空手表現出來的氣勢所震懾。

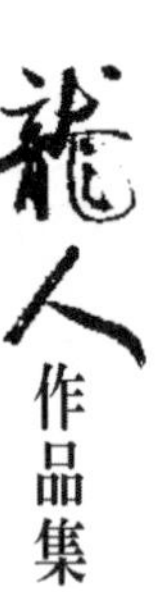

他們的站位呈三角之勢，正好將紀空手夾裹其中。雙方距離很近，不超過三尺，但他們根本找不到紀空手的任何破綻，也感覺不到紀空手似有若無的殺氣。只有當他們凝神靜氣的那一刻，才覺察到在紀空手的身上散發出的那股無形真力，猶如八爪魚伸出的無數觸角，充斥著這長街的每一寸空間，緊緊地將他們包圍其中。

沒有感到殺機，卻並不等於沒有殺機，只是司氏兄弟不知道紀空手的殺機要收斂到何時，要在哪一個時刻才會爆發，但是他們卻知道，只要紀空手一動，就絕對是猶如狂風暴雨般的雷霆一擊。

得勝茶樓中的客人顯然都聽到了樓外的異變，可奇怪的是，除了靠窗的幾個人外，其他的人根本就沒有離座觀望，只是各自低頭，細品香茗，但眾人的臉上都帶著一種不可掩飾的驚奇。

這是一種非常自然的跡象，當一個人的生命被另一個人所掌握時，他對這個人自然而然會生出一種敬畏。是以他們都不希望紀空手就此死去，但想到自己所受的折磨，心中又期盼最好讓紀空手掛些彩，這樣的話自己心頭也許會平衡一些。

這只是局外的話題，就當眾人都在驚懼這令人心悸的寧靜時，「呼……」一聲厲嘯，響徹長街的上空。

紀空手出手了，刀鋒閃出鞘外，驀然劃破虛空！他的刀速算不上快，但準確而有力，以一種玄之又玄的弧跡，刺入了司氏兄弟用劍氣佈下的防線，強行突破。

司氏兄弟陡然吃驚，吃驚於紀空手出手的時機，任何出手都應有出手的徵兆，也應有跡可尋，但紀空手卻迥然有異，他的出手就像是平空而來，全憑興致，但刀鋒所向，乃敵必救之處！

司氏兄弟暴喝一聲，同時出劍，三劍齊發，互補缺陷，雖簡潔卻實用，沒有半點花巧可言，可是在

他們出劍的同時，依然被紀空手強猛的刀風逼退了一步。

只退了一步，但一進一退，氣勢的消長形成了差距，使得紀空手的這一刀竟有勢不可擋的氣勢。

刀乃百兵之膽，立馬橫刀，講究霸氣十足，紀空手的這一刀無疑將刀中霸氣演繹到了極致，勁風狂掃間，容不得對手不退。

「噹、噹、噹……」三聲刀劍交擊的脆響，彷如一聲同出，司氏兄弟的劍鋒終於在退守的同時尋到了刀芒的軌跡，然而這一觸實在短暫，等到司氏兄弟剛生感覺之時，紀空手的離別刀已經幻出數變，又以一道極爲優雅而玄奇的弧跡刺向了司氏兄弟身邊的空間。

紀空手的這一刀揮出，對於局外的旁觀者而言，都有一種說不出的詭異，因爲這一刀針對的根本就不在於人，而在於虛空，但司氏兄弟的臉色卻變了，身在局中，他們才可以領略到這一刀真正的精妙。

紀空手所刺的方位，如果說是單純的一刀，那麼這一刀實在平庸之極，或許只有初學刀法者的水平，但這一刀與先前的一刀配合起來，卻有一種神來之筆的感覺，因爲他出刀的軌跡，恰恰是司氏兄弟後退時的必經之路。

對於司氏兄弟來說，他們同樣明白自己的破綻所在，所以他們退步擋擊的時候，下意識地改變了一下自己劍鋒的角度，企圖用變化來彌補這個致命的破綻。但是紀空手的刀實在太快，而且直接，根本不讓他們有任何還手的機會，是以他們心驚之下，唯有再退。

以他們三兄弟的劍法，縱然算不到一流，但一經配合，絕對具有十分強悍的殺傷力。可是他們與紀空手交手了三個回合，居然三次被迫退，甚至沒有還手之力，這實在讓他們覺得不可思議，卻又無可奈何。

在遠處的一個暗角，有一雙炯然有神的眼睛正默然關注著這個正在進行的戰局。他的眼神中閃現出一絲驚奇，一種詫異，似乎沒有想到紀空手的刀法竟然達到了如此精妙的地步，幾有心道武學的神韻，這簡直讓他不敢想像。他原以爲大王莊一役，紀空手縱是不死，也已不足爲懼，誰料數月不見，其武功似乎又上了一個臺階。

紀空手的刀勢既出，氣勢立時如大江之水奔湧不息，使得長街之上的空氣變得沈悶而壓抑，猶如暴風雨將臨的前兆，給人以幾乎窒息的壓力。

司氏兄弟沒有想到紀空手如此年輕，而其舉手投足間竟然擁有大俠荆軻的劍法中的神韻，那種飄逸自如，那種放浪不羈，雖無章法卻已深諳武道真諦。雖然一個使劍，一個用刀，但兩者之間有極強的可比性，顯示了他們在武道中各自領悟的成就，幾達「異途同歸」之境。

直到此刻，他們才真正明白了自己唯一可能取勝的地方應在哪裡。他們本不該讓紀空手先發制人的，即便如此，當紀空手的刀鋒殺來時，他們壓根就不該退，以至於使得紀空手的刀勢一氣呵成，如滔滔江水奔湧千里，根本不容外力阻擋。對付紀空手這樣的對手，一個失誤已是太多，何況還不止一個？這就註定了司氏兄弟要接受失敗！

在問天戰士的眼中，沒有失敗，只有死亡！只要尚存一息，便要奮鬥不休。然而司氏兄弟顯然沒有一拚到底的意思，也許衛三公子早已看出了他們絕對不是紀空手的對手，是以沒有要求他們爲自己的尊嚴而戰。

「撤！」司氏兄弟終於作出了明智的選擇。

這個選擇無疑是明智的，也是勢在必行的，可惜他們都小視了紀空手的實力。試問紀空手既然起了

殺心，又豈容他們抽身而退？

「想走？只怕太遲了！」紀空手暴喝一聲，全身的勁力驀然在掌中爆發，刀鋒帶出剛猛無儔的勁氣，橫斷虛空……

虛空是空，永無邊際，一把刀的距離，只是空間微不足道的距離，又怎能將虛空從中截斷？任何人都明白這個道理，可是當看到紀空手的這一刀漫過虛空時，誰都感覺到它的的確確如一道山梁般橫亙於虛空之中。

這感覺實在是玄之又玄，更讓人感到一種悸動之美。長街之上，寒風驟起，肅殺無限，深秋的黃葉，如蝴蝶般在風中不停地翻飛起舞，讓人的心靈隨之產生一種莫名的震顫。

「呼……」一顆血淋淋的頭顱離體升空。

「呼……」又一顆血淋淋的頭顱離體升空。

「呼……」當第三顆血淋淋的頭顱飛旋著離體時，卻以一種更快的速度追上了前面的頭顱，悍然相撞，「轟……」地一聲，空中腦漿橫飛，血肉標瀉，空氣裡頓時充滿了血腥，每一個人的心中都生出恐怖。

只用了一刀，司氏兄弟便頭體分家，面目全非。只有在這一刻，虞姬這才真正感受到了紀空手無情的一面。

血雨隨風而下，染紅了長街，幾顆血珠灑在了紀空手的臉上，他卻久久不動，彷如一尊雕像，依然保持著揮刀一斬的姿勢。

其他的十餘名殺手眼見不對，撤退就跑，就像空中的枯葉，風乍起，已無蹤跡。

紀空手沒有動，更不想追，他心裡清楚，這些人只是這場大戲的配角，只有當他們撤離後，主角才會出場。

「這也許不是你所說的無情，而是一個男人的鐵血，鐵血柔情，才能鑄就一個真正的英雄！」虞姬悄悄地站到紀空手的身後，抑制不住自己心中的愛慕，柔聲道。

紀空手沒有回頭，也不敢回頭，面對這麼一個愛慕自己的美女，誰又捨得忍心拒絕呢？他縱然接受了這美女的愛意，在這個時代裡，也無可厚非，可是他不能，他總覺得，他不能辜負了紅顏對自己的一片深情。

更何況他踏入江湖，走的本就是一條不歸路，此刻生死未卜，他又怎能忍心讓如此美女爲自己牽腸掛肚呢？

是以他淡淡笑了一下，道：「虞小姐也許是太喜歡一些江湖故事，所以才會將江湖想得如此淒美。什麼是江湖，沒有人知道，其實那是一片無窮無盡的黃土，四海漂泊的劍士將它稱之爲大陸，壯士登高稱其爲九州，只有英雄落難才稱它爲江湖。而有的時候，人心就是江湖，人心險惡，江湖又何嘗不是？一經踏入，永無退出，所以江湖沒有美麗，它只有血腥、暴力、爭鬥，更沒有所謂的愛，一旦有愛，這江湖就不再是江湖了。」

他似乎是有感而發，又似是總結著自己這一年來的經歷，語氣傷感，還帶著幾分惆悵，輕歎一聲，「鏘……」地回刀入鞘，毫不猶豫地向前而行。

虞姬竟似癡了，呆立良久，眼中又生出一股迷霧般的媚絲，絲絲縷縷，牽纏著那道偉岸的背影，然後幽然歎道：「你錯了，對我來說，一旦有愛，你就是我永不退出的江湖！」

她知道，自己這一生中除了這個男人，不會再有愛了。因爲這一次相遇，「他」已被珍藏到了她的心間，再也不能容下第二個男人。

看著那一去不回的背影，虞姬的心裡有一種說不出來的痛，不知道自己的這份愛是對還是錯，但她知道，無論是對是錯，她已無悔，畢竟她愛了這麼一回。

得勝茶樓的氣氛空前沈悶，很多人都看到了剛才那驚人的一幕，殘酷無情，冷血之極，這也許是他們在心中給紀空手的一個恰如其分的評價。

面對這樣的一個人，他們感到了忐忑不安，因爲他們生死未卜，不知紀空手將會怎樣發落他們。可是他們卻不知，紀空手此刻的心根本就沒有放在他們的身上，他一跨入門檻，便被樓下的一桌人吸引了目光。

經過了剛才的激戰，樓下的茶客大都跑了個精光，這些人都是霸上小城的老街坊，在看熱鬧與生命之間選擇，當然還是覺得自己的生命重要，所以他們一見勢頭不對，紛紛逃走，使得這空曠的樓下只是稀稀拉拉地坐了十幾個人。

引起紀空手注意的是一個年輕人，年齡不大，只有二十四五，但氣度不凡，舉止儒雅，眉宇間自然流露出一股書卷氣，顯得博學多才。紀空手第一眼看到他時，就生出了一絲好感，認爲能在亂世中見到這等文士，也算難得。

那人抬起頭來，與紀空手的目光相對，微微笑道：「在下張良，得見公子神刀奇技，佩服之餘，未免有些遺憾。」

紀空手「哦」了一聲，想不到此人竟然如此有趣，只見得一面，便點評起自己的刀法來，倒像是與自己相交多年的朋友。何況看他一身儒衫打扮，莫非是個深藏不露的高手？

「原來張公子也是武道中人，幸會幸會！在下乃淮陰紀空手，倒想聆聽公子高見。」紀空手緩緩走到他的身前，拱手道。

「我不懂武道，是以無從點評公子的刀技，但是我卻看出公子一刀三命，殺氣太重。」張良緩緩地道。

「人不犯我，我不犯人，人若犯我，我必犯人，這是江湖的規矩，也是我的原則。一個人行走江湖，若沒有殺氣，沒有殺心，就唯有遭人殺戮，我不想死，就只有殺人。」紀空手覺得這張良豈止不懂武道，更不懂江湖，但他需要時間來放鬆一下自己的情緒，於是極爲耐心地向他解釋道。

「勝人者力，自勝者強，武之一道，雖由搏擊發展而出，但真正的武者，看重的卻是對自身的超越。」張良聽出了紀空手言語中的嘲諷，並不介懷，淡淡笑之，然後悠然而道。

紀空手渾身一震，深深地凝望了張良一眼，只見他的臉上恬淡寧靜，似是不經意的一句話，卻道出了武道中追求心道的最高境界，話雖不同，但意則合洞殿中的那十八個大字。

一個絲毫不會武功的人，卻能說出武道中極致境界的真諦，這確實讓人不可思議。也許天下萬事萬物，雖有萬象不同，但它們最終的根本卻是相通的，這讓紀空手的心境陡然開闊，彷彿心胸之大，可以海納百川。

紀空手的臉上驀然閃現出一種驚喜，似乎像是求道中的徹悟，整個人陡然變了一變，感覺到自己的氣質就在這刹那間有了「質」的提升。他悠然一笑，緩緩道：「公子之言，正是金玉良言，令紀某有茅

塞頓開之感。我之所悟，也許淺薄，但不吐不快，還請公子賜教。」

「不敢，『賜教』二字，且莫再提，我只是從儒教中生義，不想誤打誤撞，暗合了武道至理，豈敢以教授自居？」張良擺了擺手，謙遜地道。

紀空手道：「就算碰巧，亦證明你我有緣，公子何必過謙？在我看來，武學一道，可爲個性之表，有殺人之心，便爲技擊；有自由之心，便爲藝術；有進退之心，便爲智慧；有人格力量蘊於其中，便爲不屈之精神。正如前人所謂以心使臂，以臂馭心。無論何時何地，這個『心』才是最重要的，是爲心道。」他侃侃而談，一氣呵成，聽得張良眼睛一亮，站將起來，兩人拍掌而笑，竟有一種得道般的愉悅。

紀空手沒有想到自己會在無意當中，在如此一個彈丸之地遇上這樣的一個人物。看這張良的談吐，博學而別有新意，不拘泥於條文規矩，信手拈來，總是道理，無疑是這個時代的一種另類。他二人雖只一面之緣，卻已在心中互推對方爲知己。

「紀公子不愧是江湖上最熱門的人物，以你的悟性和天賦，假以時日，這個江湖必定是你的江湖！」張良由衷贊道，言下絲毫不吝讚美之辭。

「紀某豈有如此大志？公子此言，愧不敢當。倒是公子乃是人中龍鳳，日後成就必定輝煌。」紀空手已經看出張良絕非那種迂腐文士，而是胸有謀略、運籌帷幄的大才，他對張良頗具好感，倒起了真心結納之意。

「紀公子實在過謙了，我人不在江湖，卻對江湖諸事瞭若指掌。近一年來，只要有你出現的地方，必定有大事發生，這已證明你是這個時代的風雲人物。不過在我看來，紀公子的心胸之大，只怕還不在江湖，進一步便是爭霸天下。」張良此話一出，頓讓紀空手刮目相看。

紀空手眼睛一亮，已經不急於去應付其他事務，與張良相對坐下道：「實不相瞞，紀某確有此意，還望公子指點一二。」

張良沈吟片刻，搖了搖頭道：「只怕我話一出口，會讓公子失望。」

紀空手心中一驚，道：「但說無妨。」

張良微微一笑道：「我從江南不遠千里來到霸上，只是爲了完成今生抱負，輔佐明君，建立一個可以取代暴秦的政權，由此來拯救天下萬眾蒼生，開創一個亙古未有的太平盛世。在我前來之前，曾經對天下英雄一一評點，認爲當世之中，只有三人可以一爭天下，一是你，二是項羽，三是劉邦。但今日看來，你應該被排除在外，所以你我之間，可以是朋友，卻非同道。」

紀空手心中彷彿多了一種失落，就如一塊巨石陷入泥沼，正一點一點地往下沈淪。他知道張良所言，絕非危言聳聽，以其過人見識，必定是看出了自己的弱點，不由問道：「何以見得？須知人定勝天，只要自己不懈努力，終究可以改變既定的命運，難道公子不這樣認爲嗎？」

張良淡淡一笑道：「我自小研究治國之道，深知王者之道，決定於三種因素：第一，要有超乎尋常的忍耐力，唯有如此，你才可以做到榮辱不驚，悲喜不形於色，雖歷千辛萬苦，無數坎坷，卻不能奪其志，不能動其心。以你三人而言，在這方面可以一比，應該不分伯仲；第二，要有運氣相輔，還要有過人的實力，我所說的實力，不在於武功高低，須知武道再精，也只能抵敵一人。兵法謀略，卻可抵敵萬眾，唯心有籌算，方可安定天下。在這一層上，劉邦或可居首，項羽次之，而公子只能屈居末座。但若僅限於此，如果有我輔佐，公子依然可以與劉、項一爭長短，可是公子真正的致命之傷，還在於這第

三個因素，就是性情！一個人的性情如何，往往決定了他這一生的命運。要成大事者，必須做到真正的無情，公子雖然能一刀三命，眼睛都不眨一下，但這只是對敵人的無情，還不足以成就大事。真正的無情，是一種爲了自己心中的理想，可以拋棄一切，你自問自己可以做到這一點嗎？」

紀空手聽得這一篇王道之論，赫然心驚，雖然心中並不好受，卻相信張良所言，句句珠璣，的確是真正的至理。沈吟半晌，他似有不甘地道：「這『無情』二字，涵義太廣，總須在特定的時間環境裡，才有無情與多情之分，其實世間的事情，在世人的眼中都有兩面性，同樣的一件事，有人認爲是有情，而有人認爲則是無情，誰又能評定分明呢？」

「非也。」張良淡淡一笑道：「我只問你，假若有一天，爲了整個天下，要你不顧父兄姊妹的生死，任他們遭受敵人的凌辱與蹂躪而無動於衷，你能做到嗎？」

紀空手不曾細想，斷然答道：「我雖然是孤身一人，不知父母是誰，但若真有這麼一天，我絕對不會不顧他們的生死！」

「所以你做不到對父兄姊妹的無情。」張良淡淡地道：「如果是爲了天下，要你捨棄自己心愛的女人，甚至將她奉獻給你的敵人，相信你也絕對做不到吧？」

紀空手道：「一個人若是到了這種地步，那麼做人也就無趣得很，豈是大丈夫所爲？」

「所以你做不到對愛人的無情。」張良說道：「爭奪天下者，無所謂大丈夫與真小人，勝者才爲王，敗者則爲寇，而且世事就是這般無情，能得天下者，往往是那些真小人，而非大丈夫也！」

紀空手沈吟半晌，突然笑道：「如此說來，我確非是爭霸天下的材料了，不過我豈能因公子這一番言論，就放棄心中的夢想呢？」

「那麼就請公子先殺了我。」張良肅然正色道。

紀空手一臉訝然道：「公子何出此言？」

張良淡淡一笑道：「你我不過一面之緣，要學人無情，便從我這裡開始，而且我已經看好劉邦，今日一別，必會投軍效命，一旦你要爭霸天下，當先除去我這個大敵才是！」

紀空手的眼芒一橫，與張良恬淡寧靜的目光在空中交觸，心中驀然生出一股不可名狀的震顫。他從來沒有見過像張良這種笑對生死的人，一個能對死亡如此無畏的人，這至少說明了他心地坦誠，心中無我，爲了自己一生追求的理想，甚至不惜生命。

紀空手心中一動：「也許這張良也是一個真正的無情之人，他不僅對別人無情，而且對自己也同樣無情，爲了天下百姓不受戰亂之苦，他不惜捨棄自己個人的好惡，一心只爲天下著想。難道自己爭霸天下，這也錯了？」

他問著自己，反思著自己的行爲，只覺得自己的一切行爲，同樣是爲了天下百姓。無論是他，還是五音先生，他們都有悲憫天下的胸懷，都有救濟蒼生的夙願，難道只爲了自己不能無情，便要捨棄自己一生的追求？

他搖了搖頭，緩緩地道：「我不殺你，但我也不會放棄爭霸天下，在我的心中，我已將你當作了朋友，又怎會爲了一個夢想而殺掉一個朋友呢？」

「所以你永遠做不到無情！」張良臉上一寒，冷冷地道：「你也不可能得到天下！爭霸天下，這是一個沒有感情的人才玩得起的遊戲，而你真的不行！」

張良說完話時，終於站起，甩袖而去。走出幾步之後，驀然回頭道：「但你是我見到的最有血性

的漢子，是可以縱橫馳騁這個江湖之上的俠士。你嫉惡如仇，恩怨分明，對這個世界永遠充滿著一種熱情，無論誰有了你這樣的朋友，他都應該感到榮幸。」他笑了笑，然後悠然接道：「俠之大者，爲國爲民，此話未免有些大而不當。其實真正的俠者，實爲風骨，但凡不屈之人，皆可謂俠，你無疑是我見到的第一位有真正俠者精神的勇士，希望你能好自爲之！」

他的眸子裡閃現出一絲未知悲喜的神情，深深地凝視了紀空手一眼，這才如風般消失於紀空手的眼際。

紀空手頓感有種失落，惆悵莫名。此刻回想起來，當他面對張良時，心中曾經有過一股莫名的壓力，緊緊地包裹著自己的整個心房，幾乎讓他有種喘不過氣來之感。這本來是絕不可能發生的事情，卻驚奇地發生在了他的身上，這讓紀空手感到了一種微妙的玄奇。

紀空手早就看出，張良的確是一個手無縛雞之力的文士，根本承受不了他一指之戳，但是張良給他的感覺，卻似一個真正的超級高手，笑談評點，從容不迫，有一種傲立山巔、俯瞰天地的大氣。對於紀空手來說，無論是面對各路閥主，還是直面胡亥，他從來都有無懼的感覺，但只有與張良相對時，他竟然生出一種莫名的恐懼，這讓他感到不可思議。

面對張良無情的評語，紀空手心靜如止水，不驚、不怒，心緒寧靜，如雨後的天空，甚至連他自己都非常驚詫自己的表現，略一沈吟，始知這一切反常，都是因爲自己已被張良的真誠所感動。

以張良的目力，當然已經十分透徹地看清楚了眼前的局勢：殘存的暴秦已不足爲懼，趙高的入世閣覆滅亦是時間的遲早問題，現在的形勢，基本上已是劉、項爭霸的格局，一旦分出勝負，天下太平指日可待，開創盛世亦不再是一個夢想。假若紀空手插足而入，以他的人格魅力與超凡的智計，還有知音亭

與神風一黨的眾多精英鼎力相助，只要登高一呼，未必就沒有與劉、項抗衡的實力，如此一來，戰局又趨複雜，形勢陷入混沌，百姓依然深陷戰爭帶來的水深火熱之中，這當然不是張良所希望見到的。

紀空手隱隱看出了張良的良苦用心，但要讓他從此放棄，又實在心有不甘，何去何從，頓時讓他陷入兩難之境。

他默然無語，思考良久，方才搖了搖頭，輕歎一聲，在樓下這些人的目光注視之下，緩緩踏上了樓梯。

他決定不再去爲這些問題分心，因爲他知道，無論自己最終將會作出怎樣的抉擇，他與韓信的這段恩怨都必須了斷，是以大戰在即，他只有昂頭面對。

當他踏上樓梯之時，他沒有看到，在他身後有一張猙獰的笑臉就在此刻出現。那臉上的表情，竟似有一種目睹仇人步入黃泉的快感，讓人噁心之餘，更感到恐怖。

紀空手沒有看到，是因爲他沒有回頭，這是他的一個習慣，也是他的一個原則，只要是他認準的事情，就會義無反顧，絕不回頭！

這樣的男人，才當得起俠者的稱號。

紀空手無疑是張良心中具有真正意義上的俠者！

茶樓之上的每一個人都在等待著紀空手的出現，無論是「關西三劍」還是邢無月，無論是汪別離還是其他的人，大家都抱著複雜的心態等待著這位奇人的到來。

長街之戰與樓下的對話，他們都親眼目睹，親耳所聞，對這位無論在智計上，還是武功方面都遠勝於自己的年輕人，似乎都又多了一份瞭解。正因爲如此，他們無不在心中嘀咕：「這人既然志向遠大，

意在天下，又何必非要與我們這種小角色過意不去呢？他的對手，應該是劉邦、項羽，是衛三公子那等豪閥才對。」

他們無人知道這個答案，所以才想知道這個答案。當紀空手的腳步在樓梯上響起時，滿樓之人的目光全部望向了樓梯的出口，都想看看這位在暗中捉弄自己的神秘人究竟長得是一副什麼模樣。

「踏……啪……踏……啪……」一陣極有韻律的腳步聲不緊不慢地響著，心思細密的人上樓時數過，這個樓梯只有十七步，當這腳步聲響到第十下的時候，他們應該可以看到紀空手的面目了。

但是紀空手的身材超出了眾人的想像，也超出了眾人給他定下的標準。當他的腳步響到第九下時，樓梯口已可見那一頭整潔卻狂亂的黑髮。

整潔是一個人的衛生習慣，但狂亂卻表示著這個人的性情。這至少說明，頭髮的主人並不是拘泥禮法、循守舊制的俗人，他放浪不羈，刻意求新，有一種不受束縛的灑脫，正如他的刀法表現出來的意境一般，給人以天馬行空的感覺。

隨之而現的，是兩道極度張揚的長眉與一對略帶憂鬱的眼睛。眉可入鬢，不怒自威，顯現出一種張揚的個性與不羈的性情，隱含大氣。而他的眼睛卻不是漂亮的那一種，但眼眸中不經意間流露出淡淡的憂鬱，使得他整個人的氣質陡然一變，彷彿是高山中的一汪清泉，自然清新，卻又有大山中的野性美。

紀空手的腳步依然在動，他的眼睛已經看到了樓上的一切。這些人無疑是江湖上極爲普通的角色，但一旦心術不正，卻也能爲害一方，他之所以費心召他們前來，既有懲惡之意，更大的用意是把他們作爲一個幌子，以對付衛三公子的圍襲。

「我想各位想我一定想了很久了，甚至還會埋怨我爲何遲遲不來。想必大家都看到了剛才長街上的一幕，所以怠慢之處，還請海涵。」紀空手邊走邊道，這句話說完，人已站到了樓上的中央，抱拳作揖，權作陪罪，然後才居中坐下。

他的神態悠閒，全然不似眾人想像中的惡人形象。在座之人只有饒空不曾領教過紀空手的手段，見得紀空手如此親和的表情，心中暗道：「所謂眼見為實，耳聽為虛，見到其本人，才知道這些人全是胡說八道。」

眾人紛紛起身還禮，連稱「不敢」，畢竟此刻生命尚繫於紀空手的手中，哪裡敢有怨恨之色？倒是拚命擠出笑臉相迎。

「大家不必客氣，也無須拘禮。我請各位前來，並無他意，只是有幾句話想勸在座的諸位。」紀空手讓眾人坐下，緩緩接道：「你我都是武道中人，學武不過是強身健體。有志者可以保家衛國，行俠仗義；無志者可以明哲保身，安撫鄉鄰。但切切謹記，若是仗著自己有一點功夫便要為非作歹，為禍鄉鄰，這與匪盜有何不同？當真是可殺該殺，不用留情！」

他的聲音平淡，但用詞嚴厲，平和之中隱帶殺氣，聽得眾人無不心驚。

「我自小生於市井，孤寒貧苦，受人欺凌，每每遇上惡人，事後總會在心中暗暗發誓：但凡我有遭一日學得武藝，必將這些害群之馬斬盡殺絕！可是等到我真正學了幾手三腳貓的功夫之後，步入江湖，才知道天下之大，像這等武林敗類簡直數不勝數，又豈是憑我一人之力可以殺得完的？」紀空手說到這裡，緩緩站起，目光橫掃全場，沈聲道：「但是我轉念又想，如果人人都以此為念，袖手不管，那麼這武林敗類只會愈來愈多，天下只會愈來愈亂，百姓也只會愈來愈苦。我不敢要求人人都像我這般剷除奸惡，因為我不知道這惡人是否能夠殺得乾淨，也不知道殺掉惡人是否就真的能止住惡源。但我知道，只要我每殺一個惡人，這惡人就會在這世上少一個，天下也會少亂一點，百姓也會愈活愈好，這就已經足夠了。」

他的這一番話全係肺腑之言，顯然是藏在心中早就想說的話，是以慷慨激昂，充滿真情，從頭到尾都洋溢出一股浩然正氣，凜然而不敢侵犯，聽得在場許多人都不由自主地低下了頭，滿臉羞愧，大有感觸。

「是以今日座上諸君，我有言在先，從今日起，以往各位做過的事情，我不再追究，但從你們走出此門的那一刻起，只要有人還敢胡作非為，恃強凌弱，只要我還有一口氣在，縱是追到天涯海角，也不輕饒！」紀空手說完這話時，目光又從眾人臉上一一掃過，這才落座。

這時邢無月壯著膽子站將起來，抱拳道：「公子的一席話，句句發自肺腑，讓人感動，使我等受教不淺。我想在座的諸位即使膽子再大，從今往後，只怕也不敢重操舊業了，所以邢某鬥膽，便請公子賜出解藥吧。想到身上還有這麼一個要命的玩意，可真讓人一點都不爽快。」

他這最後一句話引得眾人會心一笑，紛紛起身謝罪。紀空手一擺手道：「解藥一事，暫且不提，難得各位能聽得進紀某的這一番勸告，待我先敬各位一杯香茗！」

眾人飲茶完畢，剛要坐下，便聽得有人冷笑一聲，極是刺耳，眾人循聲望去，正是汪別離。

「我倒想請教公子，你口口聲聲要我們不要恃強凌弱，而你召集我們前來，這種行為不知算不算恃強凌弱？」汪別離一反先前的唯唯喏喏之態，搶先發難。

事實上紀空手一上樓來，便對汪別離的一舉一動悉數掌握。雖然長街一戰已經結束，但紀空手絕不認為衛三公子就會從此罷手，他知道，真正的決戰還沒有開始，司氏兄弟的出現只是大戲之前的鑼鼓，

僅能用於鋪墊氣氛罷了。

是以汪別離的跳出本就在他的意料之中，不慌不忙間，他站起來道：「算，對於你，我本來就想恃強淩弱！」語氣中自有一股強橫之氣，其回答顯然也在眾人的意料之外。就在眾人紛紛驚愕之際，紀空手踏前一步，接道：「汪先生爲了問天樓敢不惜自己的生命，這份高義，紀某實在佩服得緊，可惜你我是道不同不相爲謀，我只有成全你了！」

他自上樓以來，還是第一次動怒，樓上頓時顯得氣氛沈重，一股若有若無的殺氣滲入虛空中，任何人都感到了一觸即發的緊張態勢。

「哈哈哈……」汪別離似乎並未被紀空手的聲勢所震懾，竟似胸有成竹一般，狂笑一陣道：「你就算殺得了我，只怕今日也難逃一死！何況戰都未戰，你怎就一定有把握叫我死在你的前頭？」

他曾敗於紀空手的手下，這本來就是事實，但此刻聽他言下之意，竟然並不懼怕紀空手，難道說一月不見，他的武功大有精進，還是他另有依憑？

紀空手絲毫不顯詫異之色，微微笑道：「哦，我倒忘了，你還有衛三公子撐腰，其實我一直在恭候他老人家的大駕，只是久候不至，讓我有些煩了。我記得一句俗話，叫做『殺盡小鬼，閻王必現』，說不得我只有拿你開刀，或許衛三公子會現出真身來。」

他的話音一落，大手微張，已經按在了刀柄之上。

汪別離不由微微有些動容，因爲只用了一個動作，紀空手的整個人彷彿都變了一般，融入了未出鞘的刀中，那自然流露出來的氣勢極度張揚，更有一種傲視一切的王者氣勢。

誰都感覺到了紀空手這驚人的變化，但令人吃驚的是，汪別離的表現並非如眾人想像中的那麼害怕，倒是被紀空手的氣勢所激，也生出了一股無比強烈的鬥志。

「如果就只有你一個人在樓上的話，我不想讓我們之間的決戰變得恃強凌弱，毫無公平可言，是以可以先讓你三招；如果你還有同夥，就讓他們一起上吧！我絕不介意你們以多欺少！」紀空手的眼神從眾人的臉上一掃而過，聲音深沈地道。

汪別離並不認為這是紀空手的狂妄之言，事實上他倒認為紀空手先讓三招的約定不可能給自己帶來太多的便宜。因為他們之間的實力懸殊有目共睹，縱有三招之讓，他也絕對沒有把握可以贏得一招半式。

不過他是問天戰士，這個稱號是一種榮譽，也是一種勇氣的體現，他沒有理由墮落成一個懦夫，儘管敵人是如此強大。

是以他顯得十分冷靜，冷靜得幾乎讓紀空手都感到了一絲詫異，因為紀空手毫無理由的動手，本就是為了殺雞儆猴。

他不明白衛三公子與韓信是否就在附近，也不能確定對方的真正實力究竟如何，但他可以肯定，無論是汪別離，還是司氏兄弟那一班人，這些人都只是游在淺灘之上的小蝦米，真正潛藏於深水中的大魚還在觀望，還在等待，只要自己一不小心，就完全可能成為葬身魚腹的釣魚人。

釣魚的人反被大魚吞噬，這豈非一個笑話，至少在此時此刻，在紀空手的眼裡，這更像是一個殘酷的現實。

「你何以就一定會認為我會輸給你？雖然我曾經敗給了你，但是你從來就不想一想，這也許是我故意為之，只是為了讓你小視於我，從而趁機行事！」汪別離不怒反笑，緩緩地道。

紀空手只是平靜地望著汪別離，投以不屑的一聲冷哼和一個悠然慵懶的笑意，道：「你不是那種人，你也不配是那種人！你之所以故意這麼說，其實只是在拖延時間！」

他話一出口，離別刀已驀然在手，整個人猶如一杆迎風而立的標槍，喝道：「動手吧！」

汪別離只有拔劍，面對紀空手這樣的高手，他絲毫不敢大意。但在他的心中，卻想到了紀空手的三招之讓，不免生出一種僥倖的念頭。

他的披風劍法重攻不重守，倘若真讓他先行出手，他覺得這是一個千載難逢的機會。只要自己全力以赴，未必就沒有能力將紀空手擊殺。

他決定試一試，若試都不試一下，他或許會後悔。

這是他們之間的第二次交手，唯一的不同，是汪別離可以將自己的攻擊發揮至極致，而不必作任何的防守。

「鏘……」地一聲，劍已在手，在最短的時間內汪別離完成了全身功力的提聚，整個人充滿了一種高手的自信。

然後他的人便動了，彷若獵豹出擊，渾身上下充滿動感，更有一種驚人的爆炸力，劍鋒漫過虛空，照準紀空手的咽喉直刺而至。

紀空手微微一愣，似乎沒有想到汪別離的出手會如此快捷。他的眼芒一掃之下，至少看到了汪別離這一劍中的七八處破綻，只是苦於有言在先，他沒有攻擊，只能躲閃。

汪別離心中不由有一絲得意，對於自己的披風劍法，他實在是太熟悉了，這套劍法的攻擊力放之江湖，至少應該排名在前五名之列。之所以他不能躋身於第一流高手的行列，卻是因爲它在攻擊的同時，

自身實在有不少難以彌補的破綻。

任何形式的決戰，都不可能只守不攻。只要有人攻擊到這套劍法的破綻處，就很難發揮它攻擊力強大的優勢，這也是汪別離一直只能是二流角色的原因。

但是此刻卻不同，因爲紀空手給了他這個機會，他覺得自己大有一試的必要。

劍弧幻出，隱挾風雷之聲，眼見劍鋒及喉，紀空手毫不猶豫地將頭一斜，整個人橫移兩尺，讓過劍鋒。

雖然沒有奏效，但汪別離對自己刺出的第一劍依然滿意：他並不指望自己一出手就能重創對方，只是想試探一下，看一看紀空手是否能遵守他們之間的約定。

他回劍之後，整個人已有了把握，退後一步道：「這是第一劍，如果你害怕了，不妨廢去承讓三招的約定，我們還可公平決鬥！」

他以退爲進，希望能用言語激將紀空手不能反悔。果然，紀空手冷哼一聲道：「我說過了，你不配！」

汪別離裝作一臉的惱怒，其實心裡卻有一種狡計得逞的得意，暗笑道：「既然如此，那你可別怪我心狠手辣，等到你走上黃泉路時，才曉得老子配不配了！」

他深深地吸了一口氣，力求自己處於臨戰時的最佳狀態，然後才笑了笑道：「是的，我的確不配。」

他只說了七個字的一句話，但在說到第五個字的時候，他就出手了。一般的人稍微大意一下，就很可能防不到這一手偷襲。

不過幸好紀空手不是一般的人，他的眼睛一直就注意著汪別離的雙肩。肩動，他就有了警覺，是以當汪別離將這句話說完時，他已讓過其極爲狠毒的劍鋒，同時又向右橫移了一步。

他雖然已經避過了汪別離的兩劍，但對這兩劍表現出來的懾人殺機依然心有餘悸。若非他仗著見空步的精妙，只怕很難躲得了這兩劍的攻擊。

汪別離顯然也看到了這一點，是以這最後的機會，他決定用來攻擊紀空手的下盤。他甚至在想像，一個人如果沒有了腿，是否還能踏得出如此玄妙的步法？

「嗤……」他想到什麼就做什麼，這是他一慣的行事風格，是以毫不猶豫地攻出了這肆無忌憚的最後一擊。

勿庸置疑，這一劍必定是汪別離的精華所在，而且勁力飛溢，毫無保留，整座茶樓之上一片肅殺，任何人似乎都感受到了這一劍帶來的無限壓力，頓感呼吸不暢。

可以這麼說，汪別離的前兩劍加在一起，所形成的威脅也抵不上這一劍的一半。這固然有他自己的打算，也有一種「置之死地而後生」的想法，因爲平心而論，只要紀空手還手，他能贏的機率實在小得可憐。

與其如此，倒不如一搏，這既是三招之讓的最後一次出手，無論如何，他都不想無功而返。

是以他的勁力全部凝集於自己的掌心，算到了紀空手最有可能閃躲的方位，驀然爆發，劍若遊龍般橫掃向紀空手的下盤。

這一劍的速度之快，宛若流星飛逝。

快尚且不算可怕，可怕的是這一劍的劍鋒指向，並不是針對紀空手的腿，而是紀空手的腿最有可能

踏入的方位。

謀定而後動，算無遺漏，這才是汪別離最爲可怕的地方。

當汪別離刺出這一劍時，樓上眾人無不大吃一驚，雖然他們都曾經領略過紀空手的武功，但還是認爲紀空手有些凶多吉少。

甚至有些人在心中總結：「做人切不可過於自信，輕視別人，否則有的時候就等於是在輕視自己的生命。」

這很像是一句極富哲理的名言，得出這種結論的人，如果不是自己身上還有毒丸之虞，定會搖頭晃腦，爲自己的聰明才智大感得意。

就在這時，一道耀眼的白光突然閃躍虛空，就像是夜幕下的閃電，一閃即沒……

沒有人知道這是怎麼一回事，更有人將之疑爲自己太過緊張而產生的一種幻覺，但是汪別離卻真實地感受到了這道白光的存在。

劍氣陡然消失，劍鋒也陡然停在了紀空手喉頭的七寸之外。一切都處於相對靜止的狀態中，然後汪別離便看到了紀空手那一雙深邃若蒼穹的眼睛。

這是一雙略帶憂鬱的眼睛，它的出現，給人帶來的是心痛傷感的情緒。不知爲什麼，當汪別離看到它時，他真真切切地感覺到了自己的心正一點一點地飛出自己的身體之外……

「你是一個言而無信的小人！」汪別離的眼中只有憤怒，近乎歇斯底里地迸出了這麼一句話。

「你說對了。」紀空手卻笑了，笑得有些得意：「自大王莊一役後，我徹底地對自己的一切作了一個深刻的反省，然後得出了一個結論：對待小人，你大可不必用君子的手段來對付他，甚至可以用一種比他更小人的手段。只有這樣，你才可以讓他得到作爲小人應該得到的報應。」

「你很得意，是不是？」汪別離的心似乎在滴血，眉頭緊皺，近乎掙扎地道。

「難道我不該得意嗎？」紀空手反問了一句。

「但是你別得意得太早了，只有我知道，與衛三公子和問天樓爲敵，是一件多麼可怕的事情！」汪別離突然間擠出了一絲淡淡的笑意：「我……先……走……了，但……是……你……記……住，黃……泉……路……上，我……在……等……你！」

他咬牙切齒地說完了他人生中的最後一句話，然後就倒下了，「鏘……嗆……」一聲，長劍落地，發出了一種懾人的聲響，像極了惡鬼的厲嘯，眾人無不對這驚人的突變感到駭然。

是的，正如汪別離所言，紀空手並沒有遵守他們之間的約定。當汪別離刺出了他有攻無守、勢在必得的一劍時，他沒有想到紀空手會在這個時候出刀，而且絕對是足以致命的一刀。

也許汪別離有十分的理由去指責別人，但是他沒有想過自己的所作所爲其實才真的是言而無信。不過，這個世上的事情大多如此，就像一個夜夜偷情的蕩婦看到了一個妓女，總要義正言詞地去訓斥她不守婦道，放棄了一個女人的貞節與尊嚴一樣。可是待她回過頭來一想，這才發現原來自己並不比她好多少。這看上去十分可笑，其實是人性的劣根，笑過之後，卻令人反省、深思。

但汪別離是不能反省自己的一生了，因爲死人是沒有意識的，不過他臨死前的一句話，至少讓紀空手的心緊了一緊。

「與衛三公子與問天樓爲敵，是一件多麼可怕的事情！」這絕對不是一句大話，至少紀空手是這麼認爲的，是以他此刻唯一可做的，就是等待，等待衛三公子的出現。

何。

汪別離的死使得樓上的氣氛愈發沈重，每一個人都將目光投射在紀空手的身上，惶惶然不知命運如何。

但是這種沈寂很快就被一陣悶鼓般的腳步聲打破，這聲音聽似來自於長街的遠處，又似來自於自己的身旁，或遠或近，在聽覺上給人一種玄之又玄的感覺。

紀空手的眉頭微微一皺，他已聽出，來人的腳步沈渾有力，凝重中帶出一股輕靈，是一個實力不凡的高手。

此人的功力顯然達到了一種可怕的地步，在紀空手的記憶中，除了五大閥主那一級別的高手之外，當世之中，能擁有這般實力的人物實在不多。

「這是誰呢？是衛三公子，還是韓信？」紀空手只覺自己的心裡驀生一股壓力，禁不住問著自己。他的內息流動彷彿加劇，氣血洶湧，隨著腳步聲的迫近而有所感應。

這無疑是對方迄今為止出現的最強手，紀空手雖然還不知道來者是誰，但他已知道來者的實力不容他有任何小視之心。等到腳步聲響至身後，紀空手這才驀然轉身，抬眼望去，不由大吃一驚。

來人既非衛三公子，也不是韓信，他甚至不是問天樓的人。但紀空手一看到他，心驚之下，知道來人只能是強敵，而非朋友。

因為他就是入世閣暗殺團的瓦爾！

第五章　笑戰群敵

瓦爾的出現，顯然出乎紀空手的意料之外，但他並不詫異瓦爾眼中充滿著的無限敵意，因爲在相府花園裡，是他結束了格里的性命。

在瓦爾的心中，他尊敬格里，愛戴格里，就像對待自己的父親一樣。當他看到格里懸掛在樹上的屍體時，便覺心頭轟然一聲，立時昏了過去。清醒過來的第一個念頭，就是不管付出多大的代價，他都要爲格里報仇！

所以他找上紀空手，本就是天經地義的事，但紀空手卻在心中暗道：「他怎麼知道殺死格里的人一定是我？他又怎麼知道我一定會出現在這裡？」

他沈吟片刻，便知道了問題的答案：這一切當然是因爲韓信。

他的心不由沈了一沈，感覺到今日霸上之行並非如自己想像中那麼簡單。雖然自己早有準備，但衛三公子與韓信的心計並不在自己之下，只要稍有不愼，就有可能導致全軍覆滅的結局。

更可怕的是，這裡本來就是劉邦的地盤，紀空手最初將這場決戰選擇於此地，一是爲了讓衛三公子盡去疑心，誘其上勾，二是採用「置之死地而後生」的辦法，放手一搏。現在看來，這難道是一個錯誤的決策？

他沒有時間再去想這個問題，因爲瓦爾已經步入了三丈範圍之內。他的腳步依然保持著一成不變的

步率，每一步的間距似乎都是相等的，就在眾人以為他會一直這樣走下去時，他卻在一丈七寸處戛然而止，整個人就像一座即將爆發的火山般屹立，動中有靜。

紀空手的臉上絲毫不見訝異，只是冷冷地看著對方，兩人站立相對。

「你就是紀空手？」瓦爾開口了，他的聲音就像是一串千年凝聚的寒冰，冷得讓人心悸。

「你既然來了，就不必問，既然要問，又何須來？」紀空手笑了笑，說了一句近似禪理的話。

「我之所以問，是不想錯殺，殺人是一件很累的事情，一旦錯殺，只怕自己的心靈會承受不起。」瓦爾冷冷地看了紀空手一眼，不知為什麼，面對仇敵，他並沒有憤怒得亂了方寸。他深知要對付像紀空手這樣的人，單憑意氣用事是遠遠不夠的。最佳的辦法，是冷靜，在冷靜中尋找機會才是真正的制敵之道。

「我明白你的意思。」紀空手聳了聳肩，做了個表示「遺憾」的動作，道：「我沒有殺錯人，雖然格里的確是死在我的刀下，但我至今還是認為這不是一個錯誤。」

「你沒有資格來評論你自己的行為！」瓦爾的眼芒一寒，直射向紀空手的眼眸，如果這是利刃，必將從紀空手的頭上插過！

「我贊同你的這種說法，不過，我還認為你也同樣沒有資格來評論我的一切行為。」紀空手的雙目一亮，兩道眼芒在虛空中悍然交觸，雖然一閃即沒，但那瞬間中的針鋒相對讓雙方都感受到了一股濃濃的敵意。

紀空手接著道：「何為正？何為邪？何為對？何為錯？沒有人知道它真正的答案。同樣的一件事情，在你的眼中也許是對的，可到了我的眼中，也許我就認為它是錯的，這是為什麼呢？其實道理很簡單，只是因爲我們所站的角度不同，觀察事物的視點也不同，自然就會得出截然相反的結論。」

「這麼說來，這世上豈不是沒有正邪之分、沒有對錯可言？」瓦爾冷冷地一笑，笑中似有幾分不屑，顯然是對紀空手的妙論不敢苟同。

「你說對了。這個世上本就沒有正邪之分，本就沒有對錯可言，有的只是利益之爭。你殺人也好，你被人殺也罷，這是因果，也是因爲你們的立場不同，才會導致這種結果。在你的眼中，格里的死當然是我的錯，死者逝矣，再去追究功過得失，未免殘酷。但若是我不殺格里，只怕格里就不會放過我，該死的人也就是我了。」紀空手淡淡一笑，似乎是在與瓦爾談經論道，極爲悠然，但他的手已經悄悄按在了刀柄上，隨時等待著瓦爾那驚人的一擊。

「你的辯才不錯，所言很有說服力，卻不是我想聽的，你可聽過這麼一句話：殺人者，人必殺之！也就是說，一個喜歡殺人的人，他的下場通常都是被人殺，這很有因果報應的味道，所以我非常喜歡。」瓦爾的手緩緩抬起，握住了腰間的彎刀。

「不過我也聽過另一句話：人生於天地，只求問心無愧。我相信自己所做的一切對得住天地良心。」紀空手凜然道。

「那就讓我挖出來看看，你的心到底是紅是黑！」瓦爾說完這句話，整個人陡然爆發，彎刀漫出，就像高掛天上的初弦之月，帶著懾人的勁力席捲而出。

他的身形之快，猶如蒼狼疾馳，彎刀捲起的勁風，更似漫漫黃沙飛掠，迫得眾人紛紛退避，只有紀空手絲毫不動。

紀空手之所以不動，是在等待，等待著瓦爾彎刀擠入自己佈下的氣場之中。他早在說話之際，就催

出了自己的內力，似有若無地在周身數尺內佈下了一堵堅實的氣牆。

瓦爾感受到了這堵氣牆的存在，但並不驚懼，他相信自己的實力，也相信自己彎刀的鋒銳，甫一接觸到氣牆的反撞之力，他毫不猶豫地強行擠入。

本無一物的虛空，發出了驚人的「嗤嗤……」之響，就好像一把利刃從一塊巨大的帛布中穿過，氣流向兩邊紛湧。

紀空手微微皺眉，似乎沒有想到對方的彎刀竟有如斯霸烈的勁力，他不再遲疑，身體前傾，離別刀橫躍空中。

離別刀的凜寒殺氣完全充斥了每一寸的空間，刀鋒劃過的軌跡，形如遊龍升騰於雲天之中。

「轟……」巨大的氣流撞出一個弧形的漩渦，雙刀迸擊之下，爆出火星無數，紀空手與瓦爾身形一晃，各自分開。

只交手一個回合，雙方都對彼此的實力有所瞭解。對紀空手來說，瓦爾的身分地位雖在格里之下，但他擁有的實力卻不可小覷。如果說自己全力以赴，未必沒有勝算，但是他卻不能沒有保留。

「哧……」一道如烈焰般的刀影劃破虛空，紀空手既已動手，已不容情，他選擇了主動進攻。

「好霸烈的刀勢！」瓦爾心中暗驚。對於紀空手的實力，他不敢有半點低估，雖然他不知道格里確切的死因，但一個能將入世閣三大高手的格里擊殺之人，這本身就說明了問題。但饒是如此，他仍然被紀空手的刀風逼退了一步。

只有一步，卻說明他們之間的差距。瓦爾心驚之下，彎刀再起，雙刀又在空中相擊。

「嘩……」勁氣狂湧間，如乍起的秋風掃落葉，將滿樓的桌椅悉數捲至角落，有的人似乎已經不能承受這種勁氣的壓力，悄然下樓。若非解藥尚未到手，只怕他們早已逃之夭夭了。

瓦爾又退一步，但臉色猙獰，依然不失兇悍。他的髮髻已亂，長髮飄揚，形如野狼，雙目圓睜下，隱現赤光，可見胸中的戰意已提升到了極限。

他生於大漠草原，艱苦的生存環境培養了他永不低頭的性格，遇強愈強，戰意不滅，是他手中彎刀與他的人格完全結合的最真實的一面。當他的彎刀破空而出時，空氣中甚至傳來漫漫黃沙飛舞大漠的厲叫。

「龍捲風刀法！」紀空手心中一動，驚懼之下，彷彿看到了一股颶風平空生起於沙漠深處，爆發出一場駭人的沙塵暴。

樓層狹窄的空間，幾乎承受不了這刀中帶出的狂猛壓力，柱動樑搖，發出「喀吱、喀吱……」的驚響，就在眾人擔心它會在瞬息之間坍塌時，虛空中寒光一現，驀升一道山梁，正好阻住了這股颶風的去路。

這是一道無形的山梁，卻比山岩堅石更密不透風。離別刀現身空中的剎那，幻變成一個巨大的黑洞，深邃莫測，似乎可以包容這虛空中的一切氣息。

如此強大的吸力，使得瓦爾握刀的手都有些顫抖，但他咬牙堅持著，寄望自己的勁力不斷地對這黑洞般的氣場形成連綿不絕的擠壓，直到它爆裂的那一刻。

不過他很快就發現，自己的決定也許是一個錯誤。當他催力迫出的時候，一股強大的吸力正透過刀身引瀉著他體內的氣勁，大有一瀉不可收拾之勢。

他唯有收手，「蹬蹬……」退後兩步。

紀空手卻長嘯一聲，刀鋒如箭矢標出，以迅雷不及掩耳之勢緊逼而上。

瓦爾吃了一驚，他感到紀空手這一刀的勁力遠比先前的刀招更猛、更烈，那銳利無匹的刀氣以無堅不摧的氣勢奔湧而來，直截了當，毫無花巧，簡直可以撼天動地，毀滅天地間的一切。

更驚人的是，紀空手利用了自己的真力與他本身的內力積聚一起，在驟然間爆發，形成了一個強大剛烈的氣場，將瓦爾的整個人緊緊罩住，使他不得不與之硬撼。

「嘶……轟……」紀空手的刀風過處，強行撕開了瓦爾布下的氣牆防線，氣流擠壓變形，承受不了這莫大的壓力，突然迸裂。

瓦爾急退之下，身上的衣衫裂成條狀，風乍起，渾如蠻夷人的草裙舞。

這讓他感到了一種前所未有的憤怒，一讓之下，運聚全身力量揮刀倒迎而上。

紀空手似是勝券在握，臉上閃過一絲淡淡的笑意。高手之間，切忌動氣，唯有克制怒火，才是克敵的根本，是以無論怎樣瓦爾似乎都難逃必敗之局。

「轟……」瓦爾一擊出手，悶哼一聲，暴退了七步之遙。

紀空手的身子也倒掠了三步，穩住身形，刀氣四射之下，樓上的杯盞茶碗盡碎盡裂，飛向四空。

驀地，在樓頂的瓦面上突然衝開一個大洞，陽光明晃間，瓦礫激射，塵土飛揚，一條人影挾著無匹的劍氣，以驚雷之勢直取紀空手。

如此驚人的一變，出現於瞬息之間，出現於紀空手氣血翻湧之際，無論是突然性還是在攻擊的時機上，來人都把握得近乎完美，顯示了一流高手的境界。

紀空手大爲驚駭，沒有想到對方致命的一殺會突然出現在自己頭上，而更讓他吃驚的是，瓦爾一退之下，重新撲前，刀鋒凜凜間，構成一個絕妙的夾擊之勢……

在上樓之前，紀空手就曾經想過：「如果我是衛三公子，會在何處佈下絕殺？」他爲衛三公子設計了不下於五個方案，其中既有從樓頂而下的撲殺，亦有如瓦爾這般的叫陣，卻沒有料到衛三公子會派出兩大高手來同時完成這個殺局。

雖然瓦爾不是問天樓的人，但他要置紀空手於死地的決心絲毫不下於韓信與衛三公子，當這種夾擊之勢形成時，紀空手似乎唯有死路一途。

空氣中的肅殺之氣已經充盈到了極致，有人驚呼，有人尖叫，情緒緊張得幾乎失控。無論是瓦爾，還是從樓頂而下的天外來客，他們對這一切都是視而不見，充耳不聞，而是異常冷靜地把握著這稍縱即逝的良機，駕馭著各自的利刃攻向同一個目標。

這個目標當然是紀空手，誰也沒有料到，即使是遭遇到這樣的驚變，紀空手依然不慌不忙，方寸不亂，臉上竟然還泛現出笑意。

他爲什麼笑？他笑什麼？他憑什麼笑？這一連串的問題在瓦爾的腦中一閃而過，他已沒有時間去考慮，也不想讓任何事情分了他的心神，必須全力以赴，將眼前的仇人毀滅！

而從紀空手頭上撲下的人影顯然沒有看到紀空手臉上的笑，否則他一定會有所警覺。不過，他雖然沒有看到紀空手的表情，卻看到了紀空手的刀。

刀在紀空手頭頂的一尺之上，似是隨意地出手，卻封鎖了對方每一條攻擊的線路。刀鋒雖然未動，但一旦啓動，卻有三百七十六種變化，無論是哪一種變化，都足以讓對方吃不了兜著走。

那人影大吃一驚，絕對沒有想到紀空手會用這種方式來化解自己的偷襲，是以他只有硬提一口真

力，將自己的身形側移數尺，與此同時，他心中卻想：「紀空手能破掉我的襲擊，他又拿什麼來招架瓦爾的正面攻擊？」

這本就是一件不能兩全其美的事情，面對兩大高手的攻擊，紀空手只能擋擊一人，卻防不住另一人的襲擊。在這事前就經過了多次演練才證實的事實，根本就不會有錯，是以這人影一點都不擔心，他認爲紀空手這一次除非有兩條命，否則就一定非死不可。

瓦爾也是這麼想的，所以他這一會兒幾乎使出了全力，根本就沒有給自己留下任何退路，可是當他擠入紀空手三尺範圍內的剎那，他的心卻陡然一沈。

他從來就沒有感覺到自己的心情會如這一刻般的失落，就像是一個行走夜路的人，一腳踏空，卻發現腳下竟然是萬丈深淵。而他此刻，正好有一腳踏空的感覺。

他的腳的確踏到了虛處，平空向下直落了一尺左右，等到他驚醒時，突然感到了一股鑽心般的劇痛。

腳下有劍！這樓板竟然有一個夾層，夾層不大，卻正好可以藏住一個人。

這個人當然是土行，土行不僅可以挖洞鑽土，而且還能巧佈機關。說到藏身遁形，當然是他的拿手好戲，而更讓人心驚的是，土行的劍法還極有實效，一劍斜劈，竟然削去了瓦爾的兩隻腳板。

瓦爾又驚又怒，忍痛揮刀，向夾層狂劈下去，「啡嚓……」樓板適時裂開，木屑飛揚間，一道殺氣如閃電般標出，土行的劍鋒正好穿過了瓦爾的咽喉。

一劍斷喉，絕不容情，土行的劍之所以有效，就在於他的劍下從無活口。

瓦爾也不能倖免，是以只有帶著難以置信的表情倒下。他臨死之際，也沒有想明白這樓板之下爲何

有人！

紀空手面對發生在眼皮底下的事情，恍若無睹，他的目光緊緊地鎖定在那條飄忽的人影上，待他站定，紀空手這才微微一愣道：「原來是你。」

他早就應該想到，能夠讓瓦爾來到霸上的人實在不多，而樂白應該是其中的一位。

只要樂白不暴露自己的身分，瓦爾肯定會相信於他。無論他們之間曾經有過什麼過節，畢竟他們都是入世閣的人，但是瓦爾臨死都沒有想到，樂白雖是入世閣的三大高手之一，卻同時也是問天樓安插於入世閣中的臥底。

「大王莊一役，你與我有過交手，應該可以從劍路上認識到是我。那一戰想必是你經歷過的少有的失敗，相信你不會忘記。」樂白笑了笑，似乎有意想激怒眼前的這個年輕人。

「我當然不會忘記，而且至今刻骨銘心，否則今天我就不會在這霸上尋求決一死戰的機會了。」紀空手笑道，悠然而冷靜，並不爲此所動。他有一種直覺，那就是當日在大王莊中的樂白並不是一個真實的樂白，那個時候，爲了殺局的完美，他故意示弱，有所保留，只有此刻的樂白，才是真正可以體現整個實力的樂白。

這是一種直覺，只有在高手之間相對的時候才會產生的直覺。雖然在瓦爾慘死的那一刻間，樂白也有過瞬間的心悸，但一旦面對高手的挑戰，他的心立時靜如止水，以自己的感官去感觸著這虛空中的一切。

土行悄悄退去，就像他陡然現身一般，一動一靜，形成了一種強烈的反差。這種反差給了樂白最直接的印象，那就是眼前的紀空手實在高深莫測，誰也猜不到他真正的殺機鋒芒潛藏在何方。

「決一死戰？這恐怕是你一廂情願的想法，無論你決戰的對象是誰，他只怕都不會來了。」樂白意味深長地說了一句，卻讓紀空手心中一驚。

「你的意思是……」紀空手試探性地問了一句。

「我沒有別的意思，我只是想說，在今天，在霸上，你都很難見到衛三公子，或者韓信，因爲他們壓根兒就不會出現。」樂白得意地一笑，目光凝視著紀空手，觀察著他應有的反應。

紀空手的臉色不變，但他心中的第一個反應就是：「不可能！這不可能是事實！對於衛三公子和韓信來說，自己無疑是他們最大的敵人！在如此有利於他們的環境下，他們不可能放棄這個擊殺自己的最好機會！」

他的第二個反應則是：「如果樂白所說的一切都是事實，那麼衛三公子與韓信現在又在哪裡？在幹什麼？難道說他們要做的事情比毀滅自己還要重要？讓自己這個大敵從這個世上消失難道不是他們的當務之急？」

他的思維在這一刻間陷入了迷亂之中，彷彿多了一層淡淡的失落。今日的一戰對他來說至關重要，他策劃已久，苦心經營，就爲了在今天報仇雪恨，讓登龍圖重新回到自己的手上。假若樂白所說真的是事實，那麼自己忙活數月，到頭來得到的卻是不能接受的一場空。

事實上這個計畫幾乎耗盡了紀空手的全部心血，他花費了不少的時間，將關中一帶有劣跡的武林敗類一一制服，既有懲惡揚善之心，而更重要的一點是想在不引人注意的情況下，讓汪別離給衛三公子帶一個口信，證實他會在今天出現於霸上的這間茶樓。霸上已在劉邦的勢力範圍之內，就算衛三公子看出了自己設下的圈套，他也會毫無忌憚地趕來，將自己置於死地。而且以衛三公子的性格，他是絕對不會

輕易放過一個隨時對他有威脅的敵人的，即使自己並非如想像中的容易對付，但卻更對堅定衛三公子除掉自己的決心。

無論從哪個角度來看，紀空手都算定衛三公子今日必將出現於霸上，可是樂白何以會給了他這麼一個截然不同的資訊呢？

紀空手一怔之下，樂白就在此刻動了，而且動得很快！紀空手的觸覺感到了虛空中的異動，本能地架刀一格。

可是這一格竟然格了個空！

沒有刀劍迸擊的聲音，沒有氣流竄動的現象，一條如鬼魅般的人影竟然掠過這數丈樓面，向窗外竄去。

紀空手這一驚非同小可，因爲樂白的身形雖然動了，卻不是衝前，而是直退，竟然是打著逃跑的主意，是以他迎刀一格，只能架空。

不過紀空手認爲這一驚還是値得的，這至少證明樂白是在撒謊！他故意扯一個幌子引開紀空手的注意力，然後趁機而逃，是爲了避開與紀空手這等強手強強對抗的局面。

既然樂白是在撒謊，那麼也就證明衛三公子與韓信都已經來到了霸上，而且就在這附近。

紀空手想明白了這一點，臉上禁不住露出一絲笑意。他的笑不僅爲自己準確的判斷感到欣慰，似乎還有另外一層意思……

樂白沒有看到紀空手臉上的笑，也沒有時間來看紀空手這高深莫測的一笑，他早在與紀空手說話的空隙，就選擇了一條最利於自己逃跑的路線。

一個近乎完美的殺局竟然在紀空手的談笑之間就已告破，這個殘酷的事實在樂白的心中引起了強大的震撼，並且不可避免地讓他心生三分恐懼。假若他放手一搏，未嘗沒有機會，但這突然的驚變已經摧毀了他心中的戰意，壓根兒就沒有想到與紀空手全力一拚。

他既然下了決心要逃，當然對周邊的環境做到了心中有數，並且在短時間內作出了他自認爲是最正確的決定，向南突圍！

在茶樓之上，紀空手占了東面的方位，按理來說，向西逃竄距紀空手最遠，最具有希望成功的一條路線，但樂白深諳紀空手用兵之詭異，從一開始就沒有這樣去考慮，而是選擇了向南的路線。

他之所以選擇這條實際上是最長的路線，是因爲站在這條路線上觀戰的人是最少的，而且看上去也是最弱的，除了三四個一臉隱憂的江湖漢子之外，居然還有那個看似女人一般的「花蝴蝶」花雲。

所以一經決定，樂白便毫不猶豫地起動身形，整個人就像一支勁箭，以超乎尋常的速度飛退而去……

他在飛退的同時，還不時地注意著紀空手的一舉一動，看到紀空手揮刀架空的一幕，他甚至在心中禁不住想笑，不由爲自己超常的應變能力感到一絲得意。

眼看他就要越過人群，向窗口縱去之際，就在這一刻間，他突然感到自己的身體擠入了一個壓力奇大的空間。

這段空間不大，只是到視窗七尺之內的距離。樂白觀察的時候並沒有發現有什麼異樣，可是現在，他至少感到了有三道殺氣在瞬間爆發，直迫自己的要害部位而來。

他的心驀然一沈，感到自己正掉入一個事先設計好的陷阱中。這種感覺就像是一條毒蛇吞噬著心

靈，讓他有一種極端的悔恨與恐懼。他做夢也沒有想到，正是自己看不上眼的這幾個江湖漢子，發動了一個讓他足以遺憾一生的殺局。

這幾個人絕對不像他們外表所表現出來的遲鈍，攻勢一旦起動，不僅速度奇快，而且殺氣十足。每一個人似乎都有非常豐富的臨場經驗，出手無不極具威脅。他們的劍鋒劃過虛空，形跡不僅詭異，而且劍鋒透發的壓力充斥了周遭每一寸空間，就像是一張張開的巨網，正等待著獵物的出現。

樂白掩飾不住自己心中的驚駭，唯有出劍！他的劍如靈蛇般在虛空扭曲，極度的恐懼激發了他潛能的極致，一劍劃過，竟然格擋住了三件自不同角度、不同路線揮出的兵刃，同時曲身一弓，斜彈三尺，與對方分開了一定的距離。

「好！不愧是樂白！」這三人頓感手臂一麻，沒有想到樂白這一劍竟然如此精妙而霸烈，不由得同時喝了聲彩。

樂白並不因此而得意，聽到喝彩聲，他的心情彷彿比先前更絕望了，因爲他已看出這三人都是經過易容打扮而成的，同時更聽出這三人就是知音亭的「樂道三友」！

執琴者、彈箏女、弄簫書生，這三人無疑是當世之中少有的高手，放在平時，以樂白的身手，也許可以與他們中間的任何一人一較高下，但若是這三人聯手，就算是最樂觀的估計，只怕樂白也毫無勝出的概率。

所以樂白想都沒想，毫不猶豫地縱身疾退，一扭身，又向樓梯口飛撲過去。

這樓梯口上卻站了一個老者，以及兩個十五六歲的少年，這三人很早就上了茶樓，只是一直都不引人注目，顯得有些多餘，但在這一刻，樂白感到自他們身上透發而出的凜冽殺氣。

這個老者不是別人，正是吹笛翁，而兩個少年乃是他精心培養的笛童。一老二少並肩而立，沈穩凝重，戰意勃發，似乎已經算到了樂白會以他們作爲突破口。

樂白在空中扭動了一下腰肢，只扭動了一下，隨即他的整個人立刻刹住身形，穩穩當當地站在了吹笛翁面前。

他不得不如此，因爲他已經看到了這一老二少手中的銅笛。

「樂爺的眼力真是不錯，一眼就看出我們爺孫是不中用的傢伙，所以就毫無敬老愛幼之心，直殺過來。嘿嘿……說不得我這個老頭子也要拚死一搏了，萬萬不可墮了我知音亭的名頭。」吹笛翁故意裝出一副老態龍鍾之相，慢條斯理地嘮叨著，似是對樂白說，又似是對身邊的兩個笛童說，可是雙眼一翻，抬頭望天，又裝出一副目中無人的樣子，倒像是一場有趣的表演。

「如果有誰敢說吹笛翁是個不中用的傢伙，那麼這個人也實在是狂妄至極了，樂某自問還沒有狂妄到這種地步。不過，你既然擋了樂某的去路，那樂某縱然技不如人，亦只有拚死請教了！」樂白的目光掃視了一下樓上的動靜，看到自己孤身一人置於眾敵之中，形勢之兇險，已到了無以復加的地步。

他此刻的心態近乎絕望，不知爲什麼，在他入樓之前，還以爲衛三公子的計畫十分完美，一旦行動，紀空手無疑是九死一生，難有作爲。可是當他進入得勝茶樓時，卻發現自己每走一步，都異乎尋常的艱難，受制於人，有一種捉襟見肘的感覺。

此刻的樓上，無論是紀空手，樂道三友，還是眼前這一老二少，假若是單打獨鬥，對樂白來說都有一定的把握，可是在眾敵環伺之下，他很難做到心如止水，全力以赴，是以他想以言語套住別人，然後再與吹笛翁一搏。

「所謂無利不起早，難得樂爺這麼誇讚，想必是想與我們爺孫幹上一仗吧？」吹笛翁識破了他的用意，笑嘻嘻地道。

「若你們定要以眾凌寡，那樂某也只好認了。」樂白臉色微紅，硬著頭皮道。

「好！就憑你這句話，老夫倒想見識見識樂爺的高招！」吹笛翁的目光似是徵詢地望了紀空手一眼，見他微笑著點頭，當下接受了樂白的挑戰。

樂白心中一喜，知道這是自己最後一次機會。

他緩緩地深吸了一口氣，將全身功力提聚於手臂之上，劍身輕顫，發出「嗡嗡……」龍吟之聲，殺氣漸向虛空彌漫……

他能被衛三公子看重，擔負入世閣臥底的重要使命，又號稱「入世閣三大高手」之一，這本身就說明他的實力，何況這一戰關係到自己的生死，他沒有理由不全力以赴。

不過他沒有輕敵，雖然眼前一老二少並不起眼，但吹笛翁的笛技，無論在音律上，還是在武道上，都是當世一絕。

隨著殺氣一點一點地向虛空滲透，吹笛翁的臉色亦變得愈發凝重。他沒有動，只是緩緩地抬起了自己的銅笛，而身邊的兩個笛童相互交錯換位，身形由慢至快，極有默契地走出了一套玄奧神妙的步法。

樂白吃了一驚，他還是第一次看到這種三人連體式的陣法，那兩個笛童就像是一個巨人的手臂，而吹笛翁卻是這巨人的心，心靜而手動，用心馭手，在動靜的對比下，簡直將攻防之道演繹至了一個極致。

他這才知道自己的目力又欺騙了自己，至少來說，這一老二少遠非自己想像中那麼容易對付。這三人之間似乎非常默契，單是這份默契，便足以讓任何人心驚，而在這默契之下形成的攻防，無疑是驚人而有效的。

但樂白已無退路，唯有出手！

他的身形迅速趨前，劍鋒刺出半空，突然腳力一收，往後疾退。

他這一進一退，看似有些神經質，但在眾人的眼中，卻無不驚歎，因為明眼人一看便知，樂白不愧是劍道高手，他的舉動意在打亂對方攻防的節奏。

無論是多麼熟練的陣式，無論是多麼精妙的配合，它最大的弱點就在於攻防節奏的多變，畢竟多人配合遠不及一人那般自如，而且心境不同，身手高低不同，意識不同……諸如此類的東西，決定了每一個人讀解搏戰內容的能力，是以樂白此舉無疑找準了對方的「命門」。

但吹笛翁顯然有自己的攻防節奏，根本就不為樂白的行動而動，他只是按照自己的步點，一步一步地向樂白挺進，三笛橫空，壓力密佈，無形的殺氣籠罩了整個空間。

樂白一退之後，隨即毫不猶豫地反身疾進，劍鋒如一道劃破長空的幻痕，星光點點，攻向了靠左的那個笛童。

「叮叮……」一連串的暴響，劍與笛在空中不斷地點擊，勁氣四散激射，像是一道道升騰於夜幕蒼穹的煙花，沈寂的虛空似在刹那之間被一股無窮的力量打破、撕裂。

樂白沒有達到打亂對方節奏的目的，卻認準了自己劍鋒所向正是對方最弱的一環，他發出了瘋狂而凌厲的攻勢，希望能突破一點，然後再控制全局。

有兩道暗勁從他的身體兩側湧到，笛影重重，更帶出沒有規則的音調，樂白雖驚而不亂，將之捕捉

得清晰至極。其實在他決定動手的那一刻，便已經把全身所有的感官功能調至最佳的狀態，讓自己的每一根神經緊繃，滲透入虛空，去感受這空氣中的每一絲異動。只是對方的動作實在太快，而且攻擊的都是自己必救的要害部位，「圍魏救趙」，在很大程度上體現了吹笛翁三人對配合戰術的深刻理解。

樂白似乎找到了一點感覺，心動人動，身體突然如陀螺般旋轉，單足立地，腳與劍同時發出了攻擊。只是他手中的劍攻向了吹笛翁與右邊的笛童，而腿依然不依不饒地直攻左邊的笛童。他絕不容對方有喘息之機，唯有如此，他才有活命的機會。

樂白的這一招有些出乎吹笛翁的意料之外，對吹笛翁來說，首尾銜接流暢，攻守天衣無縫，是他創立這種陣式追求的境界。爲了這個陣式，他花費了十年心力，最終得以完成，並且演示給五音先生鑒看，可是五音先生看後卻不以爲然，點評道：「陣式已近完美，幾無缺憾，但既爲三人陣，武功卻各有高下，倘若是我，只攻一點，當可破之。」

吹笛翁對五音先生自然是有著高山仰止般的崇敬之情，當然對他的點評心悅誠服。不過他又想到：「世上能如五音先生這等大見識的人畢竟不多，用之於次一流的高手，未必就全然無效。」他這想法也是人之常情，畢竟這是他的心血所凝，倘若就此捨棄，實在心有不甘。

是以此陣用於樂白身上，原想樂白縱有識破此陣的見識，也無破陣的能力，卻不料樂白用如此一式怪招緊追不放，迫得自己身邊的笛童頓有手忙腳亂之感。

這不得不讓吹笛翁有放棄新陣的想法，身爲一流高手的他，其本身的實力絕不在樂白之下，此番多了兩人，倒有了畫蛇添足的感覺，反而間接限制了他功力的發揮，這是吹笛翁始料不及的。

「孩兒們，退下吧！」吹笛翁暴喝一聲，長袖捲起，向樂白臉上拂去。

衣帛之物，本十分柔軟，但在吹笛翁的勁力吹鼓下，恰如遊龍飛奔，風勢獵獵，由不得樂白不理。

樂白只有退，但只退了一步，手腕一振，劍鋒宛如一陣驟風中的暴雨，密密地劃過虛空，在空中布下了一層緊密得不能透風的羅網。

如雨點般的劍芒，在這一刻振盪出千萬條很有弧度的幻影。幻影的中心，構成了一個高深莫測的黑洞，就像是幻獸張開的大嘴，吞噬著即將入網的獵物。

「叮……叮……」一連串爆裂如山崩地裂般的悶響傳出，其聲之大，恨不得讓人捂住耳朵。但虛空之中只見劍舞笛飛，殺氣如流水般傾瀉一地，帶出幾欲窒息的壓力。

這無疑是五大閥主之下的次一流高手之間的決戰，對於樂白來說，他也許在出劍之前還是爲了自己的生死而戰，但與吹笛翁交手數十招後，他已置生死於不顧，而是以一個真正的劍手身分，爲了自己的榮譽而搏殺。

死可以重於泰山，亦可輕如鴻毛，作爲劍手，作爲武者，他們追求武道的境界。當在生命與榮譽面前需要作出兩難的抉擇時，他們會義無反顧，以獻出自己的生命來捍衛自己曾經擁有過的榮譽。

樂白無疑是這一類人，而吹笛翁正好也是，所以他們之間的決戰，已遠非用「生死」二字可以比擬。恰當的說，這是一場比生死決鬥更爲殘酷十倍的戰鬥。

連紀空手也不由得皺了皺眉頭，眉間生出一絲擔憂之色。直到此時，他才真正認識到樂白的實力，知道這是一場誰也輸不起的決戰，因爲這場決戰不分勝負，只分生死。

吹笛翁苦鬥良久，嘴角處陡然生出一絲生澀卻又難得的笑意。在殺氣漫天的空間裡，樂白沒有看到，但樂道三友卻捕捉到了，都輕舒了一口氣，緩緩地放下了一直懸空的心。

因爲他們實在是對吹笛翁再熟悉不過了，從無知的小兒到雙鬢俱白的老翁，他們共同走過了五十載風風雨雨，所以樂道三友一看到吹笛翁嘴角上的這一笑，就知道他已有了取勝的把握。

的確，當吹笛翁接下樂白第七十四劍時，他以異常敏銳的觸覺感覺到了樂白密不透風的劍勢中竟然出現了一絲小小的縫隙，這絕對是一絲足以致命的縫隙。

吹笛翁將這一瞬即逝的現象歸於樂白此刻並不平靜的心態，誰都懂得，高手相爭，冷靜是必不可少的，但若在眾敵環伺的情況下仍保持這種靜如止水的心態，實在是難上加難。是以吹笛翁開始耐心地等待，等待這個機會的再一次出現。

吹笛翁從來認爲，所謂的高手就是要比常人更懂得把握機會，如果沒有這種把握機會的能力，縱算是天縱奇才，最終亦會成爲武道中的沈淪者。他雖不敢自誇自己是一代高手，卻相信自己把握機會的能力。

耐心地等待終於有了結果，當樂白刺出第一百三十八劍時，劍鋒劃過，幻生出一道長長的暗影，暗影中有一道如絲亮線，正是樂白劍勢中的縫隙。

吹笛翁再不猶豫，全身勁力驀然在掌中爆發，而他的笛鋒一寒，似乎多了一根淩厲無匹的尖刺，以迅雷不及掩耳之勢強行擠入了那道縫隙。

他的眼力很準，手也異常穩定，所選的角度與方位絕對不會出現偏差，而所選擇的時機也非常準確。他想要的，是利用這個稍縱即逝的機會，給對方致命的一擊。

「叮……」但是吹笛翁的長笛擠入時，卻發出了一聲金屬般的脆響，他大驚之下，便要收手，卻感到一股大力順著自己的笛身反彈而回，幾欲讓他的長笛脫手。

驚駭之下，吹笛翁以更快的速度向後疾退。他雖然不知道那縫隙之中究竟暗藏了什麼，但卻可以肯定，縫隙只是一段空間，長笛插入，絕對不會傳出金屬的脆響。

那只有一種解釋，就是縫隙之中暗藏有刀！

刀從縫隙一處破出，看似是最弱的一點，但瞬間卻成了最強大的攻擊點。

吹笛翁沒有想到這一點，很多人都沒有想到這一點，因爲他們只聽說過樂白的劍，從來就不知道樂白還會用刀，而且是一種絕對可以躋身一流的刀法。

刀在長笛擠入縫隙的瞬間爆發，沒有迎擊，卻是順著笛身滑向吹笛翁握笛的手腕。雖然吹笛翁在第一時間內作出反應，但刀芒依然如影隨形般威脅著他的手腕。

唯一的辦法，只有棄笛，但吹笛翁與樂白的功力本在伯仲之間，若是空手對白刃，只怕凶多吉少。

縱是如此，吹笛翁還是選擇了棄笛。不過他棄笛的同時，長袖如匹練般揚起，捲向了樂白的刀身。

「呼……」長袖若遊龍般捲裹住了刀鋒，吹笛翁心中一喜，便要縱前。

「快退！」紀空手的聲音適時響起，帶著一股濃烈的焦慮，他顯然看到了危機的存在。

吹笛翁相信紀空手的能力，所以毫不猶豫地飛退，剛退得一步，只見一股強大的勁力爆裂開來，長袖盡碎，飛揚於空，凜凜刀鋒趁勢而出，端的是十分霸烈的一擊。

吹笛翁大駭之下，接過笛童拋來的兩根銅笛，扭身斜上，成功地閃過樂白刀劍合璧的夾擊，同時雙笛橫空而出，爆出一團暗淡的雲團。

樂白一擊得手，已佔先機，根本不容對方有任何喘息之機，但暗雲浮動，倍顯詭異，他不得不理，刀劍向浮雲中段劈去。

「噹、噹……」兩聲脆響，刀劍蕩開，樂白只覺氣血翻湧，只得退了一步。

吹笛翁也覺手臂酸麻，卻知道這是自己搶回先機的機會，根本不顧如潮般襲來的氣流，逆風而行。他的雙笛再次升空，像兩道流星劃過的軌跡，刺破虛空，朝樂白的咽喉標射而去。經過了剛才的突變，已激發了他潛藏胸中的無限殺機。

樂白的眼中閃過一絲驚駭，似乎沒有料到吹笛翁的反應是如此迅捷，更讓他吃驚的，還有吹笛翁似乎變了一個人般，眼神中泛起濃濃的血色殺機，似要毀滅眼前的一切。

「轟……」無奈之下，樂白選擇了硬抗，他不想再退，也不能再退，否則氣勢一失，敗局便定。

樂白只覺得有一股電流般的物質自刀劍傳入手心，再透入心底，有一種說不出的難受和痛苦。但當他看到吹笛翁幾欲變形扭曲的臉時，心裡又平衡了不少。

他不想這樣無休止地廝纏下去，因爲此刻他只想逃離這家酒樓，是以他不想本末倒置。然後他就得出了一個結論：這是一場勢均力敵的決戰，無論是誰想分出勝負，恐怕都在千招以上。

等到他的刀劍搶攻又逼得吹笛翁退了一步時，突然將手中的刀脫手，標射向吹笛翁的臉部，同時腳步一滑，向樓梯口竄去。

這一切都在他的算計之中，也是按著他預想的計畫進行。在這個時刻用這種手段逃走，不僅避開了吹笛翁的貼身廝纏，而且可以在時間上搶得先機。

紀空手與樂道三友發現異樣時，已經遲了，樂白的身形太快，眼看就要從樓梯口消失時，一條比他更快的身影突然擋在了他的面前。

「嗤……」樂白的身形倏地剎止，抬頭一看，怎麼也沒有料到此人竟然是「花蝴蝶」花雲。

花雲不過是江湖的二三流角色，雖然他以輕功提縱術見長，但其身形再快也絕對快不過樂白這等高手，這不由得讓樂白狐疑起來。

「你不是花雲！」樂白突然驚叫道，同時他也意識到自己喪失了最後一個逃生的機會。因爲就這麼稍稍一緩，紀空手與樂道三友、吹笛翁已經圍了上來，雖未動手，但那股肅殺之氣已是沈重得讓人窒息。

「你是怎麼看出來的？」這個花雲臉上不動聲色，但眼神中生出一絲詫異，「咦」了一聲，問道。

她一開口，就立刻證實了樂白的判斷，因爲男人是說不出這一口又甜又糯的女腔音的。

「這其實很簡單，因爲男人的咽喉上有喉結，而你沒有，再說以花雲的身手，絕對使不出如此上乘的輕功步法，所以我可以斷定，你就是知音亭的小公主！」樂白口中說來，殊無得色，心知自己再也無力突破對方的包圍，頓時有些心灰意冷。

「哦，你若不說，我倒忘了。」紅顏取下面具，露出盈盈笑臉道：「樂爺可不愧是老江湖了，目光犀利，一眼就看穿了我的小伎倆。」

「不敢。樂某若真是老江湖，又怎會落得今日這個下場？」樂白搖了搖頭，輕歎一聲道。

「什麼下場？樂爺不是活得好好的嗎？而且我可以保證，樂爺只要能回答我一個問題，你就可以自由地從這裡走出去。」紅顏笑了，笑得很甜，就像鄰家的女孩站在你的窗前與你聊天一般，倍感親切。

「紅顏姑娘的好意，樂某心領了，而你這個問題還是不問爲好，因爲我是絕對不會背叛問天樓的。」樂白斷然喝道，言下自有一股凜然正氣。

「啪啪啪……」幾聲掌聲響起，便見紀空手踱步而來，走到樂白身前道：「敢問一句，樂爺是姓成

還是姓寧?」

紀空手的這一問古怪之極，樂白當然姓樂，還能姓什麼?這就像一個人偏偏跑到一頭驢的面前，問它究竟是馬還是騾子一般愚蠢。

可是樂白的臉上絲毫不見嘲弄之色，肅然道：「在下姓成，樂白之名，只是我在入世閣中的化名。」

「果不其然，樂爺不愧是大忠大孝之人，請!」紀空手大手一揮，竟要手下讓出一條路來。

他本就想一心置樂白於死地，畢竟兩軍對壘，能夠除掉對方的一個生力軍，既可滅敵氣焰，又可助己威風，正是兩全其美的事情。可是他聽了樂白的一番話後，卻改變了主意，眾人聞言，無不吃驚。

「這，這……」樂白明知要死，心存絕望，陡然聽得又現生機，大悲大喜之下，竟然說不出話來，只是以疑惑的眼光盯視在紀空手的臉上。

紀空手微微一笑道：「你是衛三公子的家臣，又是衛國遺民，所以能置生死於不顧，一心為國為主盡忠盡義，這等人物，是我一直都心儀的，是以我不殺你，至少這次要放你一馬!」

樂白這才明白紀空手並非玩笑，而是真心要網開一面，不由遲疑道：「你若真這麼做了，只怕會後悔的!」

紀空手淡淡笑道：「做便做了，何須後悔?」

「可是我生是問天樓的人，死是問天樓的鬼，倘若今日走出這裡，他日相見，只怕你我還是敵人，我可不會為了你今日網開一面而下手容情!」樂白大聲說道，渾不將生死放在眼裡。

「就為了你這句話，我更要放你離去。」紀空手大手一揮，眾人的刀劍盡皆歸鞘。

樂白不再言語，大步而去，走得幾步，突然轉身道：「你是我這一生中見過的最可怕的敵人，你的可怕之處就在於有情有義，不過我還是想奉勸一句，倘若你能走出此地，還是早些離開爲妙，衛三公子絕不是別人想像中的那麼容易對付！」

「我明白了。但是我可以告訴你，無論衛三公子有多麼厲害，他絕對保護不了韓信，因爲我可以爲了你的有情有義放你一條生路，也可以爲了一個人無情無義的背叛而絕不姑息，懲惡揚善，恩怨分明，這就是我做人的原則！」紀空手的聲音緩慢而低沈，極有力度，聽到每一個人的耳中，都不由怦然心動，沒有人會相信紀空手會做不到言出必行。

「可惜，實在可惜！」樂白心存感激地看了紀空手一眼，然後長歎一聲，搖頭而去，誰也不知道他這一聲歎息是因誰而起。

茶樓又復平靜，過了良久，才聽得紅顏輕聲道：「樂白是一個高手。」

她這句話無頭無尾，可是紀空手卻聽明白了其中的意思，笑了笑道：「我不能殺他，因爲他不僅是個高手，而且還算得上一條好漢。」

紅顏的柔光射在紀空手的臉上，道：「此人忠義兩全，才是我們最可怕的敵人。」

「有義之人，必定有情，相信我吧！終有一天，善有善報，即使不報，就憑他孤身一人臥底入世閣二十餘載，這份耐心，這份膽識，已足以讓我交了這個朋友。」紀空手的眼睛一亮，眸子裡閃動著一種激情，似乎入目所見了人性中可貴的一面。

「我相信你。」紅顏柔順地一笑，忽然像是想到了什麼似地道：「你不覺得奇怪嗎？決戰已經開始了，衛三公子和韓信怎麼還不出現？既然他們都有必勝你的決心，就不該放過今天這樣的機會。」

「自大王莊一役之後，我對衛三公子與韓信又有了重新的認識。在五大閥主中，你父親的瀟灑，趙高的陰沈，項羽的自大，各有各的特色與風格。但說到心計之深與忍耐心，無人可與衛三公子相比。」紀空手肅然道：「所以我在想，這兩人不出則已，一出必是石破天驚，立判生死的殺招，我們雖然早有準備，但要想在今日全身而退，只怕是非常艱難。」

「公子不必有太多的忌諱，我們這些老傢伙歸隱了數十年，難得有這麼一個舒動筋骨、揚眉吐氣的機會，正想一展身手呢！」吹笛翁與樂道三友笑了起來，以他們的見識，當然知道今日一戰必是兇險至極，但在他們心中，自有一股豪情，還有無畏的氣概，不失江湖大豪的傲世風範。

「多謝各位，今日一戰，本是在下與韓信一了個人恩怨，想不到還得有勞你們。」紀空手心存感激地道，不由自主地望了一眼紅顏。他知道這些人之所以甘心受己調遣，其實只是爲了紅顏，愛屋及烏，惠及自己而已。

吹笛翁看出紀空手的心思，微微笑道：「我們甘願受公子驅使，固然有小公主的情面，亦是有我們對公子發自內心的佩服之意。像你這樣重情重義之人，在如今這個世道上亦是愈來愈少了，而且難得你個性張揚，不畏強權，兩隻空手敢於爭霸天下，單是這一份豪氣，已足以讓人心儀。正如我們前來之前先生所說：知音亭早晚都是你的，我們這些老傢伙遲早都是你的屬下。所以你但有差遣，儘管吩咐便是。」

紅顏聽得，小臉一紅，跺腳道：「吹笛翁，就你話多，只顧亂嚼什麼舌頭！」

吹笛翁舌頭一吐，作個鬼臉，哈哈笑道：「女兒家就是臉薄，敢愛敢恨，才是江湖兒女的作風嘛！」

眾人無不會心一笑，紅顏斜了紀空手一眼，卻見他笑意之中另有一絲憂愁。

「紀大哥，你又在想什麼？」紅顏顧不得女孩兒的嬌羞，關切地問道。

「你還記得我們初到霸上時，聽人說起劉邦駐軍霸上的原因嗎？」紀空手若有所思地道。

「記得，聽說他是爲了一個叫虞姬的女子，這等酒色之徒，竟讓他成就了一番大業，老天可真是無眼！」紅顏俏臉上一副不屑的樣子，似是壓根兒就瞧不上劉邦此人。

「劉邦絕非酒色之徒。他此次入關，從不以人主自居，反而處處奉項羽爲主，如此反常，只能說明他還沒有具備完全與項羽抗衡的實力，而且他新得登龍圖，需要有一定的時間來開發挖掘，所以就想投項羽之好，獻上虞姬，以期贏得積蓄力量的時間。」紀空手緩緩地道，他不得不爲劉邦驚人的忍耐力而歎服。一個人爲了自己的目的，敢於放棄屬於自己的一切，甚至放棄自己，這種無情，絕對不是紀空手可以學來的。

「那我們何不殺了虞姬，以促劉、項交惡，我們就可從中漁翁得利。」吹笛翁眼睛一亮道。

「這不是我紀空手作事的風格，無論如何，我都不會向一個手無縛雞之力的女人亮出我的刀鋒，這不是能不能爲之的問題，而是敢不敢爲之，頭上三尺有青天，我怕遭天遣。」紀空手搖了搖頭道：「何況，她的確是一個可以讓任何男人傾心的女子。」

紅顏小臉肅然，無論她是如何大度的名門之女，聽到自己的心上人當著自己的面誇讚另一個女人，能不吃醋已是怪事。

「這其中包括你吧？」她似笑非笑，咬著嘴唇道。

紀空手似乎沒有注意到紅顏的反應，微笑道：「當然，我又怎能例外？若非我心中早有了你，已容

不下任何女人，只怕也會爲她的絕色而傾倒。」

他這一番表白無疑是向紅顏表明了自己一腔至誠真情，雖在大庭廣眾之下，但紅顏仍能感受到他話中的綿綿情意，盈盈秋波，凝視著紀空手溫情的臉龐，只恨時光不能在這一刻永遠停頓，讓他們融化於這一片柔情之中。

就在這時，一連串驚人的巨響轟然傳來，似有什麼東西撞擊在茶樓之上，引起茶樓不停震盪，來回搖晃，瓦礫塵土一時彌漫，眾人俱都色變。聽到樓外馬嘶聲起，紀空手探頭窗外一看，叫道：「不好！」臉色已變。

他之所以吃驚，是因爲茶樓四方已經列下馬隊，每隊足有百騎之多，每十騎連作一股，每股連繫著一條兒臂粗壯的纜繩，而繩頭處套上一個大鐵椎，以內力深厚者運力抛擲，將鐵椎釘入茶樓藉以支撐的木樑木柱上，只要一聲令下，這得勝茶樓頃刻間便會變爲一片廢墟。

而更讓人吃驚的是十丈之外，無論是街頭巷尾，窗山房頂，雖然只見暗影湧動，但在陽光的映射下，無數寒光凜凜的箭矢密佈四周，任何人見了都會爲之膽寒。

這一切雖然都在紀空手的意料之中，但絕對不是他想像中的來得如此快，也不似他想像中的對己方構成如此巨大的威脅。驚變來得如此突然，任何應變都只能在瞬息之間作出，否則就太遲了。

敵人顯然對紀空手的實力不敢小視，就在這時，紀空手聽到了很多輕微的腳步聲和氣息悠長的呼吸聲出現在茶樓附近的十丈範圍之內，略一估計，其中至少有二三十名以上的高手，正迅速快捷地搶佔有利地形，以作最有效的攔截與擊殺。

其中不乏有幾個似樂白這般的高手，腳步聲若有若無，氣息收斂，若非紀空手耳目幾達通靈，根本

就不可能發現他們的存在。

但在這令人心悸的一刻間，紀空手卻出奇地冷靜，甚至有一絲笑意出現在他的臉上。

如果對方一上來就摧毀茶樓，然後以箭矢拒敵，那紀空手等人就是武功再高，也只有處於被動挨打的份兒。但衛三公子心中的確對紀空手的實力有所忌憚，擔心茶樓摧毀之後，紀空手會以另一種身分逃脫。所以他爲了使整個圍殺行動更加完美，派出精銳纏住紀空手，趁亂襲殺，以求達到三管齊下，一戰功成。

這看上去是一著妙棋，但在紀空手的眼中，卻看到了一線生機。只有在近身相搏的情況下，敵我混在一處，才能使敵人的行動有所顧忌。衛三公子的這一著棋，既有畫蛇添足之嫌，更有成人之美之功，是以形勢雖然險峻，但紀空手反而絲毫不亂，只是凝神屏氣，靜觀其變。

「轟……砰……」巨響傳出，最先的攻擊來自於腳下。等到眾人驚覺時，樓板木塊迸裂，碎木激飛，數道寒芒直插而上，不僅隔開了紀空手與屬下之間的聯繫，而且展開了最迅猛的擊殺。

「來得好！」紀空手大喝一聲，離別刀如幻影閃現，驀然出手。刀跡似重若輕，若有若無，刀過虛空，全走偏鋒，一出手便演繹出了刀的玄境，讓任何人都感受到了他心中的戰意和無限的殺機。

敵方從樓板裂開處湧上，襲擊紀空手的是申帥與三名高手。他們顯然對樓上各人的位置瞭若指掌，人一出現，並不顯亂，而是各取目標。

在申帥的心裡，顯然沒有將紀空手放在眼中，雖然紀空手曾成功地在他手中脫逃，但他所佩服的，是紀空手的智計而非武功，此刻又有三名幫手，他原以爲必穩操勝劵，但此刻見紀空手的第一刀使出，已讓他刮目相看，甚至不敢相信自己眼中所見。

申帥與紀空手再次交手，相距的時間不過一年。一年的時光實在短暫，對於一個武道中人來說，要想在武道上有所精進，絕非易事。而紀空手此刻的表現，已是遠遠超出了常人可以想像的範疇，絕不是用天賦與努力可以解釋的。至少來說，紀空手在這段時間內有過奇遇，申帥幾乎可以肯定。

他的判斷絲毫不差，紀空手對武道的徹悟源於洞殿武學，沒有在洞殿中對心道的理解，就沒有現在的紀空手，這是毫不誇張的說辭。

所以申帥不敢有一點小視之心，在刀揮來的同時，他已拔劍。

「呼……」劍影重疊，幻生萬千，申帥的劍也許並不好看，但它總是出現在最需要出現的地方。

「砰……」刀劍相迎，殺氣如流水傾瀉，申帥只感手臂一麻，長劍幾欲脫手，驚駭之下，強行撐住，卻不得不硬退了一步。

只退了一步，卻足以讓申帥的自信在頃刻間受到無情打擊。因爲相較之下，紀空手不僅身形只晃了一晃，而且臉上帶出的依然是閒散愜意的表情。

但申帥的劍只是一個攻擊的信號，在他的長劍出手的同時，與他一路的三名高手幾乎不分先後地發起了他們的攻勢。

這三人一個使鞭，一個使矛，一個使槍，毫無疑問，這三人都是不可小覷的好手，所以他們一旦攻擊，不僅攻向的對方最具威脅的方位，而且掌握了最佳時機。

當然，如果顯按照這樣的方式計算，紀空手縱然能逼退申帥，也不能閃過這三人的擊殺，但是這世上的很多事情並不是永恆不變的，至少對紀空手來說便是如此。因爲當這三人自以爲紀空手處於絕對的劣勢之下時，紀空手突然動了。

他以精妙絕倫的見空步起動，一動之下，這三人所攻擊的時機與方位在瞬息之間生變，成了根本就對紀空手毫無威脅的無用之功。而紀空手的刀光一閃，卻將他們悉數籠罩在離別刀迫出的殺氣之中。

「噹……噹……嗤……」紀空手一刀出手，先與長矛、長槍在空中一觸即分，同時刀鋒一撩，勁氣飛瀉，又將軟鞭震出半尺，然後一步搶進，向申帥攻出了勢不可擋的一擊。

他在剎那之間連攻四刀，如行雲流水一般流暢輕快，層次分明，脈絡清晰。難得的是他的刀跡在人人可見的情況下，卻有一種高深莫測的感覺，看似有跡可尋，實則無從擋起。眾人驚駭之下，各自後退。

「呼……」紀空手料到對方必然會退，也懂得這是他唯一可以把握的機會，因爲申帥的武功並不遜色他多少，又有強助在側，他唯有先聲奪人，才有可能在亂中取勝，是以他毫不猶豫地長刀一振，鋒芒一閃一滅，直追申帥而去。

紀空手如此快速的反應的確讓申帥感到心驚，但這還不是讓申帥感到可怕的，真正可怕之處，還在於紀空手人刀合一所產生的一種霸烈氣勢，如風雲般席捲了整個空間。

「轟……」申帥的長劍迎向了幻滅無形的刀鋒，火花濺處，氣流疾捲。這一次申帥早有準備，不退反進，劍鋒沿著刀身劃出一溜「嗤嗤……」的火星，刺向紀空手握刀的手腕。

他的這一變化是心態調整的結果，當他發覺紀空手絕非是以前所見的那個紀空手時，他便不再輕敵，而是全力以赴。

第六章　無怨無悔

紀空手卻不覺得這是一個意外，事實上他從來都尊重自己的對手，無論是誰，他都不敢小覷。只有這樣，他才覺得這是尊重自己的一種表現，是以申帥的這一變已在他的意料之中，腳步一滑，退了七尺。

他是在與申帥力拚之下而退，疾退之下，由不得申帥的身形不大膽跟進。等到申帥的劍鋒追得最急之時，紀空手突然立定，刀在空中升起了一道暗淡無光的浮雲。

浮雲升起，佔據了大半空間，如幻如霧的氣息讓任何人都爲之心悸。

申帥看出了紀空手這一刀的厲害，因爲雖只一刀，卻封鎖住了他長劍的任何去路，隨便他攻向哪一個方位，都有可能遭到對方最無情的封殺。

可是他已別無選擇，在紀空手的氣勢帶動下，他已經根本剎不住自己的身形，不過他選擇了一個最有效的應變方式，將劍刺向了那浮雲的中心。

「嗤……」劍從氣流中中心穿過，感到了那呈螺旋狀的吸力，卻沒有刺中任何實體，彷彿那浮雲背後，本就是一片虛空，申帥的心陡然一沈。

這幾乎是不可能發生的事情，卻真真切切地發生在了自己的身上，申帥心中的震駭簡直達到了無以復加的地步。任何兵器所產生的殺氣，雖然無形，卻應有質，應有殺氣的來源所在。但紀空手的殺氣卻

有形而無質，這說明了他對武道的領悟已達到了一個高度，絕非是自己可以企及的高度。

「嘯……」等到刀聲再起時，離別刀的刀鋒已經迫入了申帥的三尺之內，寒氣襲人，直侵肌膚。申帥倉促之間，從一個不可思議的角度出劍，硬格了一擊。

「噗……」一聲悶響傳出，隨之而出的，是一口鮮紅的血。申帥只覺一股強大的勁力隨劍而上，滲入自己的身體，震得胸中氣血飛竄，不過他憑著直覺與本能退出一步，正好等來了強援相助。

紀空手的眼神一變，肅殺無限，冷若冰雪，聽到周身外的打鬥聲與叫罵聲，他深知己方此刻的形勢兇險萬分，稍有不慎，不僅難殺衛三公子與韓信，反而自己倒有性命不保之虞，是以決定在短時間內結束這場戰局。

不過這種決定看上去就像是一廂情願，至少他的對手是這樣認爲的。這三人的兵器各有不同，但他們的兵器刺破虛空，就像是三道致命而快捷無比的寒星，直標向紀空手的咽喉。

此刻的紀空手，卻顯得無比冷靜，就像是一座不動的冰山，盡現寒意與殺機。

這三大高手看到了紀空手這種異乎尋常的鎮定，眼中閃過一絲驚駭，這種驚駭的原由，是因爲紀空手的整個人雖然不動，卻像一尊凜凜生威的戰神，眼神中泛起一股令人心悸的殺意。更因爲紀空手手中的離別刀從一個平平無奇的角度而出，卻封鎖了前面的一片虛空。

無論這三人中的任何一位先行進入到紀空手刀鋒所向的範圍，都有可能會成爲離別刀下的亡靈。正因爲如此，所以這三人無一例外地都怔了一怔，這才同時發力，爆發了他們三人聯手的一擊。

就只有一怔，但對紀空手來說已是足夠，他的勁力提聚到刀鋒的一點，就在刀鋒與敵之兵刃相交的剎那，陡然釋放，形成一股強猛的爆炸力。

「嗤……嗤……」一種冰入火中引起汽化般的聲響響徹了整個虛空，誰也說不清楚這究竟發生了什麼事，但都有一種讓人心驚的恐懼。

這三人只覺得自己的兵刃出現了一股莫名的顫動，一道電流彷彿從掌心而入，沿經脈直透心裡，有種說不出來的苦痛與難受。手臂疾抽，卻無法擺脫這種感覺，使得他們的心中平生一種無奈的驚懼。

其實他們沒有想到紀空手對體內玄陽真氣的駕馭已到了收發由心的地步，這種將玄陽真氣注入刀身以求拒敵的方式，在一流高手中會者不少，但真正將之運用到臨場上，卻實在不多，因爲這絕對是一種拚命的打法。

紀空手只有拚命，在這個關鍵時刻，不是敵死，就是我亡，根本沒有退路可言。一般的高手，對這種拚命的方式不屑爲之，也沒有能力可以使自己的真氣長久地持續傾注，只要遇上真正的高手，往往會徒勞無功，甚至反受其害，是以這種打法在江湖上很少出現。但不可否認，這種打法是最可怕的，一個人若是已經決定拚命的話，這就至少說明他已不怕死。一個不怕死的人，完全可以只攻不守，這足以讓任何高手都爲之膽顫心驚。

「呀……」悶哼響起，三名高手不由自主地斜滑半步，從紀空手的身邊擦肩而過，但紀空手沒有回頭，也沒有停步，只是反手一刀，大範圍地斜劈身後。

他這一刀怪異之極，手臂彷如風車疾旋，說到即到，快如閃電般劃向了那三人的背心，那裡無疑是三人的弱點所在，要想避讓這一刀的攻擊，極有難度。

雖然紀空手的這一刀出乎這三人意料之外，但刀氣及體的刹那，他們出於本能，就地一滾，向前衝出數尺。

這種應變的方式雖然有失高手風範，也比較狼狽，卻是非常有效。換作他人，也許他們就可轉危爲安了，可惜的是，這一次他們遇上了紀空手。

紀空手新近崛起於江湖，其勢之盛，本就與眾不同，所以他的武功也是憑心所悟，隨心所欲，從來就不按常理出招。是以這三人曲身一滾的同時，他突然雙膝跪地，身軀後仰，倒滑著殺出了極爲驚人的一刀。

他的速度絕對不快，力道也並不大，但是卻極爲突然，充滿了無窮的想像力。等到三人感到殺氣迫體時，已經沒有任何抗拒的餘地。

「呀……」三聲慘呼幾乎是同時響起，淒厲無比，驚破了數間樓層，申帥心驚之下，便看到了樓板上猶自蠕動的六隻腳板，血肉模糊，已與它的主人徹底分離。

然後他就看到了紀空手的眼睛，那眼神空洞而深邃，似乎看不到任何東西，但申帥卻感到對方眼中擁有的強大自信。他本可以在紀空手倒滑之時跟進，然後出手，但不知爲什麼，他卻沒有動。

他之所以未動，是因爲他沒有絕對的把握，從他上樓開始，就發現此刻的紀空手對武道的領悟遠遠超出了他想像的範圍，一旦妄動，反會自陷危局。可是他卻沒有想到，對付紀空手這樣的人，要想有絕對的把握，無異於癡人說夢。

此刻樓上的戰鬥依然進行激烈，但勝利的天平已經正向紀空手這一方人傾斜。問天樓的精英不僅身手出眾，而且亡命，可惜他們遇上了真正的強手，所以傷亡不小，付出的代價實在慘重。

無論是樂道三友與吹笛翁，還是紅顏，他們由最初的以一敵幾漸漸變成了一對一的單打獨鬥。這倒不是因爲敵人覺得以眾凌寡有違武道精義，而是死人絕對不會再對他人有任何的威脅。

申帥沒有想到己方會敗得如此之快，更沒料到紀空手身邊的人物個個都是身手不凡，不僅是他，就連衛三公子與韓信，也意識到了派出申帥這一撥人出擊，是一種錯誤。

◆

衛三公子一早就出現在相距得勝茶樓不遠的城樓上，在他的身後，除了韓信之外，還有統軍十萬的沛公劉邦。

認識劉邦的人，印象最深的是他的笑容，這個人的五官如何，一眼看過去，未必能盡知端詳，但他的笑容卻很難忘記，甚至有人打賭說，劉邦即使睡著了，也一定是帶著笑意的。

笑不僅讓人感覺到平易近人，還能使人感覺到和善可親，而以劉邦此時的身分地位，笑能使他放下架子，與手下的謀臣將領親如兄弟，形成有效的合力。

不過百利總有一弊，有人會說，笑使人看上去懦弱，沒有威信，這似乎很有道理，但這種現象不適合用在劉邦的身上，對於劉邦來說，笑其實是一種武器。

始終保持一種表情的人，遠比臉上沒有表情的人更爲高深莫測，即使你是在笑！而劉邦正是這一類人。

項羽之所以讓劉邦獨當一面，統軍西進，不僅是因爲劉邦有這個能力，而且相信劉邦對自己的忠心。雖然江湖上傳聞劉邦是問天樓所扶持的一支力量，但項羽總是一笑置之。因爲他在重用劉邦之前，曾經對劉邦作了非常詳細的調查，確定劉邦與問天樓並無淵源。

假若項羽此刻來到霸上，他一定會大吃一驚，因爲此刻的劉邦的的確確是與衛三公子在一起。

誰也不清楚劉邦與衛三公子究竟是什麼關係，更猜不透衛三公子何以會傾問天樓所有力量，鼎力襄

助劉邦成就王者大業。韓信雖然就在他們的身邊，卻也看不出這二者之間的必然聯繫，但他知道，劉邦就是他在冥冥之中一直追求的明主，是一個可以讓他享盡榮華富貴的貴人。他之所以背叛紀空手而投靠劉邦，就是因爲鳳舞山莊地牢中的蟻戰讓他堅信劉邦最終是這個天下的擁有者，而與紀空手聯手爭霸，雖然很有誘惑力，但韓信卻相信那是一個註定會失敗的結局。

這三月來，韓信一直與衛三公子相處一地，對衛三公子的智慧與活動能力有了更深層次的認識。在他的心中，無論是紀空手，還是衛三公子，他們都是這個時代難得的精英，幾乎不分軒輊。從感情上來說，他不想背叛紀空手，但理智卻告訴他，爭霸天下並不是完全依靠實力，有的時候，運氣遠比實力重要。

所以他決定死心塌地地追隨衛三公子，追隨劉邦。當汪別離傳來紀空手人在霸上的消息時，他明知這是紀空手設下的誘局，卻還是力諫前往，因爲他知道，紀空手無疑是劉邦奪取天下的最大障礙，其威脅甚至大於項羽，唯有將之除去，才可高枕無憂，否則一切都存在不可預知的變數。

「紀空手肯定沒有想到，他自己精心設下的殺局，竟然是爲他自己準備的，這世上的事情有時候就是這麼可笑。」韓信觀望著衛三公子佈下的整個戰局，不由有所感慨地道。

「此時說這種話，未免太早。」衛三公子淡淡一笑道：「我相信你的判斷，紀空手的確是我所遇見的最難對付的大敵，所以我對今日的一戰並非太過樂觀。」

韓信一怔，道：「先生只怕過慮了，紀空手雖然厲害，但終究也是人，我們以三千神射手設伏周邊，以上百名精英入局圍殺，在實力對比已是佔有決定性的優勢，何況有先生與沛公居高指揮，把握全局，豈有不勝之理？」他既有心追隨，便不敢與劉邦兄弟相稱，而是以屬下身分稱其沛公，以示尊敬之意。

「你說的未必沒有道理，但只是以常理度之。」衛三公子看了一眼劉邦，然後說道：「紀空手在登高聽一役，已經充分展示了駕馭戰局的能力與智無遺策的神機妙算，如果他沒有一定的把握，就絕不會在這個時候來到霸上設下這一誘局。他之所以敢來，就說明了他已有把握全身而退。」

「閥主所言極是，本公尚在沛縣之時，對此子就十分關注。」劉邦的眉頭皺了一皺，依然保持了他臉上原有的笑容，緩緩接道：「此次霸上之行，紀空手除了本身擁有的神風一黨之外，還有知音亭一門豪閥的精英全力襄助，其實力不可低估。況且他將這個誘局設到霸上，明知這裡已是本公的地盤，卻依然爲之，這不得不讓人佩服他的膽識與卓見。」

他之所以提出這樣的問題，是因爲他已幾經思量，始終找不到紀空手敢於如此大膽行事的原因。雖然他也想到這是紀空手爲了引衛三公子與韓信不起疑心，毫無顧忌地前來赴會，但卻贊同衛三公子的觀點，就是以紀空手的爲人，沒有一定把握的事情絕不輕易爲之。

可是此刻的霸上，在得勝茶樓周圍方圓一里之內，已經調入了他的三千精銳人馬，不僅封鎖了全部的進出通道，將這段街道與其他街市徹底隔離，而且在這城樓之上，登臨高處能俯瞰其中的一切動態，隨時可以針對對方的行動而採取有效的防範與攻擊。在如此高明的佈置下，紀空手何以還有把握可以突圍而去？

這令劉邦感到了些許疑惑。

「也許這是因爲紀空手失了登龍圖之後，復仇心切，是以一時不察罷了，而不是因爲他還另有圖謀吧？」韓信小心翼翼地說出了自己的看法，雖然他已取得了衛、劉二人的完全信任，卻懂得韜光養晦的

道理。

「這未嘗沒有可能。」衛三公子想起紀空手人在大王莊時那空洞而不可揣度的眼神，微微笑道：「可是臨陣對敵，我們卻不能心存僥倖。寧可將對手看得更厲害一些，也千萬不要小視了對手，只有這樣，成功的希望才會愈來愈大。」

「閥主這樣說話，莫非已有了安排？」劉邦的目光與衛三公子的眼芒一觸即分，但韓信卻隱約地看出了他們之間的關係非同一般，只是這兩人既是刻意掩飾，他也只有悶在心裡，暗道：「衛三公子如此提攜於他，究竟是出於什麼原因？難道說劉邦的身世並非如世人所傳，而是另有背景？」

他覺得這是一個謎，是一個只有衛三公子與劉邦才能解答的謎。既然如此，他身為屬下，就沒有理由再去刨根問底。

衛三公子聽得劉邦所問，臉顯得色道：「是的，我已經安排好了一切。自從得到登龍圖之後，五音先生放言江湖，意欲鼓動天下人與我為敵，孰不知我早就算到了他有此一招，於是在大王莊附近隱居下來，借這段時間，不僅堪破了登龍圖所載的真正地點，而且利用我們問天樓獨有的聯絡手段，調集了本樓所有人手進入關中，準備為你開啓這個寶庫。」

劉邦並不因此而感到萬分激動，而是微微點頭，好像衛三公子此舉原是理所當然應該如此，平靜得有些出奇，只是沈吟片刻道：「此時動手，只怕時機未到。項羽的大部人馬已抵達新豐鴻門，距離霸上不過一日路程，倘若讓他得知在本公背後有你這位閥主的支援，只怕便要興師而來，一場惡戰在所難免了。」

「以你測算，倘若此刻與項羽翻臉，有幾成勝算？」衛三公子神色一凜，問道。

「毫無勝算。這就是本公隱忍不發，甘居人下的原因。」頓了一頓，劉邦緩緩接道：「但是只要再給本公三年時間，又暗中取獲寶庫的兵器財物，到了那時，項羽雖勇，卻又何足道哉？」

他的聲音很輕很柔，但聽在別人耳中，只覺得這話中帶有一股傲視一切的自信，更有一種讓人無以辯駁的說服力。縱是韓信之流，亦對劉邦生出高山仰止之心，足見其王者風範不同凡響。

衛三公子深深地看了劉邦一眼，眼中摻雜了太多複雜的神彩，以至於無法讓人猜透其心。但他的濃眉中幾根長長的白眉卻在此刻微微顫動，顯示出他並不平靜的心態。

「還要再忍三年時間，這委實辛苦你了。」衛三公子輕歎一聲，不由自主地流露出幾分愛憐的情緒。

「要做人上人，需吃苦中苦。本公對此無怨亦無悔，倒是你一路奔波，還需多多保重才是。」劉邦的眼中似乎起了一層霧氣，語聲略帶顫音，韓信看在眼中，只覺得心頭惆悵，平空多了幾分傷感。

「項羽即至，你打算如何應付他？」衛三公子默然無語，一陣秋風襲來，他不由打了個冷顫，驀然問道。

「項羽爲人自負，剛愎自用，雖有絕世武技，卻少有容人之量，本公並不懼他。他此刻挾四十萬大軍之威，以楚懷王之令，號召天下諸侯，看似聲勢到了鼎盛時期，但盈滿即虧，這是萬物至理，本公只消取得他的信任，暫避其鋒芒，休養生息，養兵蓄銳，一旦時機到來，自然可以與之一決高下。」劉邦侃侃道來，顯得胸有成竹，其時項羽之名，已是名震天下，敢於如此小視於他者，唯有劉邦。衛三公子與韓信聽了他這一番剖析，也爲劉邦的這番豪氣所感。

「可是如今江湖傳言，說到你與我之間聯手之事，想必項羽定有所聞，而且他駐軍鴻門，按兵不動，既不領軍前來與你會合，亦不派使者來此安撫，只怕會對你不利。」衛三公子眉間隱現憂色地道。

「項羽此舉，只怕不是出於本心，而是他身邊的輔臣范增從中作怪。在項羽的心中，他一直以爲本公雖有統軍打仗之才，但喜好酒色，非成大事之人，是以從來不曾將本公放在眼中，而且此次本公進入關中，事事奉他爲主，封倉閉庫，不取分毫，想必他也有所耳聞，更不會對本公心生疑慮，所以暫時他還不會下手。至於江湖傳聞，這是毫無實據的東西，縱然他要問起，本公也有辦法應付。」劉邦略一沈疑，緩緩地道。

「但若是范增力諫，只怕項羽會改變主意，不若這樣，此間事了，我立即派人前往鴻門，刺殺范增，以絕後患。」衛三公子道。

劉邦搖了搖頭道：「萬萬不可。范增其人，乃項梁故交，項羽拜爲亞父，對他極爲尊崇，若是此刻你派人殺之，無異於向世人表明本公心中另有圖謀，反而壞了大計。」

「不殺范增，你豈非人陷危局？」衛三公子眼中閃過一絲焦慮。

劉邦卻微微一笑道：「本公原也以爲這是兩難之事，幾乎已是無計可施，但天助我也，卻讓本公在這霸上小城見到了一個救星，只要此人出面，當可爲我逢凶化吉。」

衛三公子與韓信相視一眼，心生疑惑，同時問道：「有這等事？此人是誰？」

「此人姓虞名姬，雖無持刀握劍之力，卻可征服百萬男兒之心，豔名之盛，與知音亭的小公主紅顏齊名。」劉邦臉上帶笑，心中卻一陣刺痛，彷彿有一種別樣的難受哽在胸口，久久不能釋懷。

他人在沛縣之時，受呂公賞識，將愛女嫁於他爲妻，雖生兒女，卻並非是他所最愛。後來起兵造反，征城掠地，也曾識得美女無數，但只限於逢場作戲，從來不曾動過真心。只有半月之前，當他駐軍霸上，偶遇虞姬時，他才發現，只有這樣的女子，才是他的良緣佳配，愛慕之心油然而升，再也不能忘懷。

他一生受命於人，爲大計著想，從來不計個人恩怨，對個人的感情亦是更加不能兼顧。可是當他真的遇上了自己傾慕的女人時，卻深深地陷入其中而不能自拔。

就在他準備向虞家提親之時，項羽率部攻入函谷關，正向霸上挺進，隨之而來的，是項羽的一封書信，劉邦拆閱之後，不由大驚。

原來項羽也是久仰虞姬之名，人在途中，聽聞劉邦已進佔霸上，是以修書一封，要求劉邦代爲提親。

項羽此舉顯然大出劉邦意料之外，在他的記憶中，項羽不近女色，唯一傾慕的異性，就是紅顏。爲了博得紅顏一笑，他曾經在兩軍交戰期間，列兵十萬相迎佳人，可見他對紅顏確是癡情。

但是不管項羽的心思究竟如何，劉邦既然奉他爲主，自然不敢違背其意願。何況此時他正面臨信任危機，假若能夠善待虞姬，此事若成，只要虞姬替他在項羽面前美言幾句，他不僅可以取得項羽的信任，而且還可以贏得時間，爲日後的爭霸天下奠定堅實的基礎。

在事業與感情的兩難抉擇中，劉邦終於作出了自己的決斷，那就是放棄自己所愛，將這段感情深埋內心。雖然他心裡知道，今生今世，他已不可能忘記虞姬，但爲了事業，他已別無選擇。

劉邦臉上露出的異樣神情一縱即逝，卻被衛三公子犀利的目光盡收眼底。他沒有勸慰劉邦，是因爲他認爲劉邦無疑作出了他這一生中最正確的決斷。但是從個人感情來說，他理解劉邦此刻心中的苦痛，輕拍了一下他的肩，道：「你做得不錯，英雄難過美人關，項羽若得虞姬，自然會對你信任有加，只是

你是否向虞姬說起項羽提親一事？」

「本公已向她提過幾次，但都被她拒絕。自古佳人愛英雄，以項羽的聲勢，天下誰人不知？又有哪個女人不心生愛慕？也不知這位虞姬是怎樣的一種心思！」劉邦話中有一股酸溜溜的味道，似是難以釋懷。

衛三公子冷冷地盯了他一眼，搖搖頭道：「你錯了。女人心，海底針，誰也琢磨不透女人到底是怎樣的心思，前有紅顏爲例，你應該想辦法促成此事才對，畢竟虞姬之事事關重大，豈能有半點疏忽？」

衛三公子的話顯然有一份嚴厲的責備，劉邦聽在耳中，並不覺得有半分的刺耳，而是緩緩地點頭道：「本公知道了。」輕抬手臂，在空中劃了一下，便見十數步外有人應命而來。

「再準備一份厚禮，天黑時分，替本公送往虞府，就說酉時正，本公專程拜會虞公，有要事相求。」劉邦一字一句地發佈著命令。他爲人雖然隨和，卻只限於平時，一旦涉及正事，從不隨意，真正做到了「文武之道，一張一弛」，他的屬下們無不深諳此理，是以肅手恭聽，領命而去。

劉邦輕舒了一口氣，轉眼望著腳下的街市，只見人流如織，絲毫沒有大戰將臨的氣息，不由歎道：「如果此刻不是亂世，該有多好啊！」

衛三公子道：「無人不是這般想法，但是想歸想，事情卻要有人來做。如果人人都不出頭，這暴秦依舊還是暴秦，這亂世依舊還是亂世！」

劉邦點頭道：「如此說來，我們的所作所爲，一切都是順應民意、順應天意？」

「是的，對於這一點，你勿庸置疑。」衛三公子堅定地道。

劉邦的目光落到百步之外的得勝茶樓上，道：「那麼今日一戰，我們沒有理由輸，因爲我們是爲了天下百姓而戰！」可是他在心裡問著自己：「如果我是對的，那麼紀空手就錯了，可是紀空手又錯在哪裡呢？」

他不知道這個問題的答案，正如每一個問題都有它的兩面性，只因角度不同，答案自然也就不同。對與錯之間，本就是一念之差。

「我呢？我所做的一切是對還是錯？」韓信在心中禁不住自問道。他卻知道這個問題的答案，那就是在衛三公子與劉邦眼中，他是對的，但在紀空手的眼中，他卻大錯特錯。

三人相對無言，都在沈默中等待，就在這一刻間，劉邦的眼前陡然一亮，驚呼道：「不好，她怎麼來到了這裡？」

衛三公子與韓信聞聲遙看，便見長街的盡頭，走來了一隊女人，花枝招展，衣裙鮮豔，行在人流中，極爲醒目。劉邦三人都是內家高手，目力驚人，雖然距離不近，但卻對居中的那名女子認得十分清楚。

「果然是國色天香。」衛三公子與韓信都在心中道。

「她就是本公所說的虞姬。」劉邦緩緩道，他相信自己的這句話有些多餘，因爲衛三公子與韓信的表情已經告訴了他這一點。

此刻已近午時，一個大家閨秀在不經意間闖入了問天樓設下的伏擊圈中，這是一種偶然的巧合，還是另有原因？

無論是衛三公子，還是劉邦，他們都意識到了這個問題的嚴重性，因爲不管是巧合還是有意，他們都絕對不能讓虞姬受到半點傷害，否則他們的一切努力都將白費。

「傳令下去，無論紀空手是否出現，沒有我的命令，不准動手！」衛三公子一揮手，召來自己的屬下，迅速作出了決斷。

只要不戰，就絕對不會有誤傷虞姬的可能，衛三公子顯然很滿意自己的決斷，可是他話一說完，眼中便已經出現了紀空手的身影。

按照原定計畫，只要紀空手一出現，問天樓精英將發動第一輪襲擊。衛三公子一想到這裡，背上已是冷汗迭出，因爲他心裡清楚，無論他再發多少道命令，都已遲了。

虞姬只是一個女人，換作平時，她至多算得上一個傾國傾城的大美女，如此而已，但到了這一刻，對於劉邦來說，虞姬卻成了掌握他命運的重要人物，只要她有任何的不測，都將影響到天下大勢未來的走向。

衛三公子與劉邦相視一眼，已是霍然色變，正要採取應急措施，卻聽到韓信緩緩道：「沛公與閥主不用著急，照我來看，他們不可能對紀空手形成任何威脅，所以虞姬可確保無恙。」

所謂當局者迷，旁觀者清，衛三公子聞言，一拍腦門道：「你所言極是，我一時心急，倒忘了這一茬了。」

劉邦也舒了一口氣，趕忙吩咐屬下道：「一旦虞姬離開這條長街，馬上派重兵加以保護，不容有半點閃失！」

等到問天樓的精英向紀空手發動攻擊之後，衛三公子看到紀空手如鬼魅般的身影，忍不住開口讚道：「此子敢於向我叫板，的確有不同凡響的實力，假以時日，此子成就必在我之上！」

劉邦微微一笑道：「可惜的是，我們看不到他日後的成就了，因爲明年的今天，應該就是他的忌日！」

「我好像記得，他曾經與你是結拜兄弟。」衛三公子像是想到了什麼似地，問道。

「不僅有他，還有樊噲與韓兄弟，偏偏他要與本公作對，本公只好大義滅親，不敢容情了。」劉邦淡淡笑道，好像是紀空手背叛了他一般，渾然記不得自己利用他在前，又奪其登龍圖於後這些不顧兄弟情誼的行徑。

「正所謂識時務者為俊傑，這麼說來，他是自取其辱了！」衛三公子說完，與劉邦、韓信同時大笑起來。在他們的眼中，似乎已經把紀空手當作了一個死人。

他們之所以如此自負，是因為問天樓的確有超乎尋常的實力，除了鳳舞山莊的人馬之外，問天樓的精英悉數出動，全部參與了今日的行動，再加上劉邦派來的三千神射手，已經足以毀滅任何一個對手。長街上的戰事迅速結束，正如韓信所料，問天樓的精英根本就對紀空手構不成任何威脅。而虞姬的出現，只是一個小插曲而已，一切進程都按照衛三公子事先設定的程式發展下去。

他們站在城樓上，當然沒有聽到紀空手與張良之間的對話。如果他們聽到了，雖然覺得張良的話有些難聽，有些刺耳，卻會將張良引為知己，因為如此精妙的論斷無疑是難得的人生真諦，正所謂英雄所見略同，他們都有同感。

可是等到汪別離的死訊傳來，瓦爾與樂白聯手失敗的消息又傳入他們的耳中時，不由得他們不緊張起來，雖然衛三公子在得勝茶樓外設下了重重埋伏，但若是讓紀空手逃到了人口密集、屋宇相連處，以他的武功與智計，無異於縱虎歸山。

「看來那茶樓之中，還有紀空手的同黨，否則我們的人不會那麼快就失手。」劉邦眼見樂白退出茶

樓，微微一愕道。

「這是肯定的，紀空手的計畫就是要引我與韓信上勾，然後再置我們於死地，他當然懂得憑他一人之力，是不可能完成這個任務的。」衛三公子道。

「可是他似乎沒有料到，我們會將計就計，反而針對他的行動實施了反包圍的戰術，無論如何，他今日都是插翅難飛！」劉邦望著這片街市四周潛伏的將士，不由自信地道。

「我卻不這樣認爲。」衛三公子若有所思，提出了不同的意見：「紀空手自出道以來，所歷的兇險之大之多，實屬罕見，而且對手無一不是江湖上頂尖級的高手，可是他依然能夠從容面對，化險爲夷，一直活到現在，這本身就很能說明問題。就拿今天發生的事情來說，迄今爲止，我還沒有看到我們有必勝的把握，更看不透紀空手約我們決戰於此的真正用心。」

「難道他不是想殺了我嗎？」韓信有些詫異，他先棄兄弟情義於不顧，自然不敢責怪紀空手心存殺機。人在江湖，身不由己，快意恩仇，本就是江湖上永恆的真理。

「他肯定有殺你之心，但是絕對不會花費如此之大的心血與精力。我隱隱覺得，這其中似乎有些不對勁，可是一時半會，卻又說不上來。」衛三公子皺了皺眉，心中隱升不祥之兆。

「這只怕是先生過慮了，本公雖然十分佩服紀空手的實力，但他畢竟是人，而非神，是人就難免不犯錯誤，也許今日一戰，正是他這一生中最錯誤的決定！」劉邦輕描淡寫地道。

衛三公子的眼芒一閃，肅然正色道：「我自小浪跡江湖，深知江湖險惡，是以在我的這一生中，從來沒有『也許』這兩個字眼。高手相爭，只爭一線，一就是一，二就是二，如果用『也許』這種模棱兩可的詞句來評估對手，那麼很可能就是與你自己的生命開玩笑。」

「先生所言甚是，本公知罪了。」劉邦似乎從來沒有見過衛三公子如此嚴肅的表情，趕忙認錯道。

「你能知錯就改，並非是不可教化之人，但你一定要記住，此刻的你，不僅是十萬大軍的統帥，亦是我問天樓數千子弟的希望所在。重擔在肩，行事當以如履薄冰的心態對之，方能慎之又慎，不易出錯。須知這世間的事情，有的錯可以彌補，而有的錯卻無可挽回，還有一種錯，只要你錯了，它的代價就是付出生命！」衛三公子語重心長地道。

劉邦點頭道：「本公銘記於心，依先生所言，紀空手戰於霸上，是另有圖謀。但不管他究竟想幹什麼，最終都難逃一死，那麼他的用心又還有什麼意義呢？」

「如果他的確是另有圖謀，就必然有全身而退的辦法，依目前的形勢來看，只能走一步看一步了。」衛三公子一揮手勢，按照特定的方式舞動了幾下，發出了向得勝茶樓全面攻擊的信號。

韓信居高而望，只見腳下的這片街市已經全部封鎖，數千人馬迅速移動，井井有條，行動有效而快捷，端的是一支訓練有素的精銳之師。

「沛公的軍隊確有王者之師的風範，這證明我的選擇並沒有錯。」他心中這樣想著。

◆

看著身邊的戰士一個接著一個地倒下，申帥的瞳孔正一點一點地向內收縮，雙眉緊皺，任何人都感受到了他那如弓弦緊繃的緊張情緒。

他絕對沒有想到自己所帶來的精銳人手竟然是如此不堪一擊，也許這不是他們太差，而是對手太強，幾十條生命換來的代價，只是讓對方出現了一些小傷亡。

他這才知道自己這群人的行動是何等愚蠢，本來他們完全可以避免與敵近距離發生接觸的，只要讓

沛公屬下的神箭手在遠距離實施強猛的攻擊，首先讓對手疲於奔命，然後他們再瞅准機會出擊，這樣的行動才近乎完美。但是程式一變，自己這一幫人倒成了送上門的冤鬼。

可是他別無選擇，這是衛三公子的命令，他只能不折不扣地執行。

他的思緒很亂，實在搞不懂衛三公子如此聰明之人，怎會發出這等愚蠢的命令。但他不知衛三公子怕他一有空閒，就會趁隙脫身。而對衛三公子來說，以幾十條人命作爲代價留住紀空手，或許沈重了一些，但他認爲值得。

刀鋒出鞘，乍現虛空，刀是離別刀，握刀的人是紀空手。但申帥驚異地發現，在這一瞬間，自己竟然感覺不到這二者之間的區別，也許刀即是人，人即是刀，人的心境已完全融入到刀的意境當中，構成了人刀合璧的武學極境。

申帥心下大駭，握劍的手已是冷汗涔涔，因爲他已經深切地感受到紀空手的刀中逼射而出的凌厲刀芒，以及那種讓他幾乎崩潰的如山壓力。可是就在他準備放手一搏的剎那，刀有了變化，帶動著場上的形勢也發生了些微變化。

離別刀的變化是因爲刀在動，由極靜的狀態中驟然而動，刀鋒一點一點地延伸至虛空的極處，眼見無路可去時，刀鋒卻發出了龍吟之聲，引起一陣讓人心悸的顫動，便見刀鋒幻化成漫天飛舞的刀之雨，織成一簾雨幕。無孔不入的殺氣隨之擠入申帥所在空間的空氣裡，將裡面的空氣絞裂成逸散的微風，淡淡而去，而空間裡只有滿是殺機與壓力的重重刀影。

申帥絕對沒有料到紀空手這一次的出手竟然如此霸烈，這種似幻似滅如夢魘般的刀法，在他戎馬一生之中，從未見過。

對於紀空手來說，面對樓外的重重伏兵，形勢之嚴峻，隨時都有可能發生不可預知的變數，他絕對不可能再給申帥有任何反抗的機會，唯一要做的，就是速戰速決，殺一儆百，在大面積的混戰來臨之前形成先聲奪人的聲勢。

是以他的刀不僅充滿了霸殺之氣，更以一種可怕的速度與角度殺出，氣勢驚人，足以讓任何強手畏懼。

申帥只有出劍，以他個人獨特的方式出劍。他的劍本是倒提在手，突然手腕一振，劍柄一橫，如一根長棍般向刀鋒點擊而去。

這種倒懸劍的出手方式，天下唯有申帥使用。這種出手方式勝在奇詭，劍柄亦成了攻擊武器，與人對敵，隨時可以讓劍柄與劍鋒互換攻擊，達到防不勝防的效果。

紀空手聽得劍柄破空的嗤嗤之聲，不由心中暗驚，他所驚懼的，不是這劍跡的怪異，而是申帥的內力實在驚人。劍過虛空，漫出無數道肅殺的劍氣，與刀影重疊一起。

「噹……噹……」連連兩聲暴響，在刻不容緩之際，紀空手的刀鋒與申帥的長劍互擊兩下，紀空手身形飄然落地，而申帥悶哼一聲，不由自主地連退兩步，眼中閃現出近乎絕望的神情。

紀空手冷笑一聲，如影隨形般振刀而出，整個身體幾乎融入刀中，像一陣雲天之外的清風掠過虛空，快得讓人難以想像。手中的刀更是如一道電芒閃過，殺氣四溢間，將樓上空間的壓力增至極限，那種霸殺天下的氣勢，便若是從天而落的巨石突然間從樓頂擠壓而下，根本讓人無從抗拒。

「呀……」申帥的心中如千年寒冰般淒寒，發出了一聲近似受傷的野獸在荒原之上的狂嗥聲，劍光突然暴閃，直接而有效地刺向了紀空手的手腕。

申帥知道，無論用什麼招式與紀空手一拚，都是得不償失，因爲紀空手的刀招從來都是意想之招，根本沒有一定之規，也沒有任何格式，卻總能出現在對方最具威脅的地方。與其如此，倒不如全力用在劍氣的發揮上，更能奏效。

他的劍極快，劍鋒所向，是紀空手握刀之手的經脈。紀空手的眼中閃出一絲詫異之色，手腕一沈，卻從一個出刀的死角中劈出了一刀。

每一個人都有出手的死角，而每一個人的死角都各有不同。武功高強的人，往往可以利用自身的其他優勢來彌補，使得死角並不顯眼，甚至難尋，但這死角並不因此而消失，而是客觀存在著。可是紀空手的這一刀殺出，申帥知道，這是紀空手的死角，可是他卻無從擋起。

正因爲申帥知道這是紀空手出刀的死角，所以他的注意力根本就在這裡，等到他感覺到有一股殺氣迫來之時，已是遲了。

其實出刀的方式有很多種，但從死角出刀，這樣的方式只有一種，而且是絕對致命的一種。它給人的感覺，與其說是出刀角度的方式，倒不如說更像一種氣勢，一種壓迫得讓任何人都爲之窒息的氣勢。

紀空手之所以能做到這一點，是因爲他明白這種氣勢的存在，也明白這個死角的存在。只要你心中沒有死角，這個死角便不復存在，這無疑是對心道武學一種精闢的理解。

「轟……」申帥根本就沒有任何辦法來阻止紀空手刀鋒的直進，劍身雖然回格，卻被刀身中一股莫大的勁力震得寸斷粉碎，然後刀鋒顫了一顫，毫不容情地刺入了申帥的心窩。

在紀空手近乎無情的目光之下，申帥帶著一臉的驚愕，緩緩地癱倒在地，鮮血隨口湧出，其狀慘烈。

「你既然是跑來送死，我不敢不成全你！」紀空手的臉上現出一絲落寞的神情，回過頭來，整個樓上的戰鬥已經結束。

除了少數幾人受傷之外，紀空手他們幾乎全勝。看著樓上滿地的屍首，紅顏心存疑惑地道：「這是不是太容易了一些?事情進展得如此順利，反而讓人害怕。」

她此話一出，立時此起了眾人的同感。從紀空手現身開始，一切都近乎反常的順利，這讓他們都感到了一種莫名的驚懼，因爲他們知道問天樓的真實實力絕非僅限這些高手，對方之所以如此反常，只可能是別有用心。

紀空手似乎並沒有意識到這一點，而是緩緩拱起手來，向四周作了個長揖道：「各位可以去了，你們雖然犯有惡行，卻還罪不至死，趁此空暇快快離開此地吧！」

那些等候解藥的江湖人士目睹這一番激戰，早已嚇得魂不附體，抖抖索索地從角落中站起，恨不得兩臂長上翅膀快快離去。

「可是……」有膽大之人剛要開口，卻被紀空手止住道：「你們所要的解藥，其實已在茶水中，只要你們喝了茶，便可無事。」

這些人聽了，心頭一塊大石終於落下，紛紛下樓而去，只盼快些離開這個是非之地。

就在這時，樓外陡然響起一陣如急雨般的弦響，千百支勁箭破空射來，有人躲閃不及，慘呼聲立起，頓成刺蝟，剩下的人又一窩蜂般搶入樓內，驚怒交集，罵聲四起。

而更讓人心驚的是，樓外突然有人暴喝一聲，鞭聲陣陣，得得馬蹄聲如戰鼓般響起，紛向四方直衝，眼看得勝茶樓就要在頃刻間四分五裂，化爲廢墟。

「動手吧！」紀空手再不猶豫，破壁而出，同時樂道三友各持兵刃，縱出樓外。

他們的目標是連繫馬群與鐵椎之間的纜繩，只有將之分斷，才可確保得勝茶樓不遭毀滅。若換在平日，這並不難，只要稍有力氣之人都可做到，但在這一刻，卻是極爲兇險，只要身形一現，必將成爲千百箭矢攻擊的靶心。

「呼……」紀空手撲向的是茶樓正面的那根纜繩，他的身形極快，由上而下躍出，企圖借一刀之勢斷開纜繩。可是他的人一出現空中，便聽到無數箭矢如流星雨般帶著銳嘯標射而來，其中不乏挾有內力的箭矢直奔向他的要害部位。

「呀……」紀空手大喝一聲，到了此刻，任何聽力與目力都已無用，他唯一可做的，就是用刀在自己周身三尺之內布下一道密不透風的罡氣，以阻擋任何箭矢的進入。

他的身形不斷地直進，耳邊風聲呼呼，眼中卻看著纜繩在馬群的飛奔帶動下迅速繃緊，只要纜繩一直，以木質爲結構的得勝茶樓根本就承受不起巨大的拉扯之力，一旦坍塌，紀空手他們就沒有了藏身之地，只能任由箭矢攻擊。

時間是如此的緊迫，大有火燒眉毛之勢，此刻的紀空手不僅是與時間賽跑，而且還必須在高速運動中防範箭矢的攻擊。

勁箭如雨般飛撲而至，搶進紀空手三尺範圍時，來勢陡然一滅，彷彿撞到了一堵氣牆之上，勉強擠入尺餘，便紛紛墜落。眼見只距纜繩還有丈餘距離，紀空手從箭矢聲中聽得一聲弦響，心靈頓生警兆。

便見虛空之中，一支勁箭從無數箭芒中脫穎而出，挾著驚人的銳嘯，以超乎尋常的速度標射而來，這一箭勁力奇大，顯是真正的高手所爲，而且所攻方向並非對人，而是紀空手前行的必經之路，其意自

是爲了拖延時間，以阻緩紀空手前行的速度。

這一箭頓讓紀空手陷入兩難之境，若是忌憚這一箭的攻擊而減緩速度，在烈馬牽引下，茶樓必然坍塌，而他們將毫無屏障地暴露在敵箭之下，成爲眾矢之的，但若是不減速度，他的身體必將受到來箭的襲擊，單看箭勢，便知自己的護體真氣絕難擋住此箭的進入。

紅顏在窗前看到這驚險一幕，忍不住發出了一聲驚呼，長袖揮出，雖然捲落十餘支勁箭，但鞭長莫及，根本就無濟於事。

紀空手沒有慌亂，縱是面臨如此險峻的形勢，他依然保持了冷靜的心態。他的目光電閃，在最短的時間內對來箭的速度與方位作出了精確的判斷，然後身形沒有半分的減速，以最快的速度揚起了刀。

他揚刀，並不是針對來箭，而是衝向那幾乎繃緊的纜繩。若是他意在來箭，相信這箭並不能對他構成太大的威脅，但如果他這樣做了，就沒有時間斬斷纜繩。

難道說他拚著自己硬挨上一箭也要斬斷纜繩？如果他是這樣想的，那就錯了！因爲只要明眼人都可看出這是一支滿帶勁力的快箭，無論你的武功有多高，一中此箭，必定非死即傷，付出的代價實在不小。

「呼……」離別刀劃出一道亮麗的軌跡，斬在了纜繩之上，如兒臂般粗大的纜繩已經受到了極大的牽引力，自斷裂處彈起，如兩條巨蛇般向兩邊的空中狂舞而去。

就在紀空手揮出此刀的同時，那支勁箭挾帶強大的勁力強行擠入了他的護體氣罩，向他的身體迫入。兩邊的人群同時發出了一聲喊，只是一邊的人是歡喜，一邊的人是擔憂，但是他們都沒有看到箭頭最終的落點。

只見紀空手穩穩地落在地上，然後緩緩地抬起頭來……

在這一刻間，箭矢停止了發射。眾人無不將目光投向了紀空手，因爲每一個人都想知道紀空手中箭之後，是死是傷？

難得有瞬間的寧靜，一陣清風徐來，卻沒有吹散這無限的肅殺之氣，反而更加重了這段空間的壓力。

紀空手的長髮狂亂地披於肩上，眼眸中依然是深邃而空洞的表情，臉上泛出一絲淡淡的笑意，依然是那麼的自信。唯有他的嘴上咬住了一支箭矢，赫然醒目，任誰都知道它就是幾乎可以威脅紀空手生命的那支奪命勁箭。

他沒有中箭！他只是用鋼牙咬住了那驚人的一箭，雖然箭矢之猛震得他的牙根出血，滿嘴發麻，卻讓他以這種簡單而有效的方式擺脫了兩難之境。

「紀空手就是紀空手！」知音亭的精英們無不由衷地讚道，自信心大增，平添無數戰意。

「紀空手就是紀空手！」問天樓的高手與數千將士無不目瞪口呆，無奈地在心中發出感慨。

紀空手卻在眾人目光的聚焦之下回到了茶樓中，然後發現樂道三友雖然也完成了使命，但身上無不遭到勁箭的重創。儘管紅顏讓他們服下了五音先生秘製的治傷妙藥，性命無憂，卻失去了再戰的能力。

「現在我們該怎麼辦？」紅顏看著紀空手道，如果他們選擇留在樓中，絕非長久之計；假若突圍，又必遭對方箭矢的攻擊，這實在讓人難以決斷。

「此刻是什麼時辰？」紀空手仔細地看了看樂道三友的傷勢，安慰幾句，這才站起來道。

吹笛翁透過窗戶望了望天色，道：「應該是午末未初。」

「這麼說來，距天黑還有兩三個時辰。」紀空手嘀咕了一句，緩緩地來到窗前。

此刻樓外已是一片靜寂，既無馬嘶，又無人聲，但這平靜的背後，誰都看得出內中暗湧的殺機。

「如果我所料不差，他應該到了霸上才對，難道說我估計錯了？」紀空手眉頭一皺，心中隱生憂慮。

誰也不知他口中所說的「他」指的是誰，也不知這個「他」爲何會值得紀空手如此期待，難道「他」一出現，就可以讓紀空手擺脫目前的困境嗎？如果是，那麼「他」是誰？而誰又有如此神通的本事？

這是一個謎，除了紀空手之外，誰能知曉謎底？

◆

「紀空手能在這樣的情況下化險爲夷，的確有其過人之處，看來在無法可想之下，只有我親自出馬了。」衛三公子將這一切盡收眼底，沈默半晌，方才說道。

對於紀空手在武道求索中的精進，衛三公子將之稱爲是一種奇蹟。他自小涉足江湖，迄今已有數十載，閱人無數，還從來沒有見過如紀空手這等天分奇佳的學武奇才。當日他裝扮成聾啞老人考察韓信時，就覺得韓信已經是一個難得一求的人才了，可是到了大王莊，當他第一次看到紀空手時，他就爲這個年輕人身上表現出來的強大自信和獨特的個人魅力所深深震撼，認爲以紀空手的天賦與資質，只須十年的努力，將是這百年以來的江湖第一人，這也是他一心想要除掉紀空手的真正原因。

可是當他在今日又見紀空手時，發現自己的斷言似乎錯了，雖然相距大王莊時不過三四個月的時間，但紀空手對武道的理解力又進入了一個全新的境界。別人也許要在上十年努力才有可能得到的悟性，到了他的身上，也許只需百日，這種速度不由得讓衛三公子感到了一種恐懼與強烈的壓迫感，迫使他再也不能等待下去，生出了「今日一戰，必將對手斬於馬下」的念頭。

「何必有勞先生呢？決戰才剛剛開始，局面尚未發展到不可控制的地步，我們不妨再耐下性子等下去。」劉邦看了看腳下這片靜寂的街市，從街市中的每一幢樓中看到了伺機而動的殺機。

「從紀空手現身以來，連殺司氏兄弟、申帥等數十人，便是樂白也栽到了他的手上，這些人都是我問天樓中難得的精英，忠心可嘉，我不能讓他們就這樣白白地死去。況且紀空手此次尋仇本意在我，若是我不出去，他會一直耗在得勝茶樓，若等到天黑，到時再要尋之一戰便難上加難了。」衛三公子心中有自己的想法，所以一力主戰。在他看來，紀空手縱是了得，火候上仍有欠缺，未必就是自己的對手。

「誠如先生所言，紀空手智計多端，假若讓他意識到今日一戰已毫無勝算，必會想方設法尋機突圍，一旦被他逃脫，只怕日後必成大患。」韓信附和道，於公於私，他都對紀空手頗為忌憚，引為自己平生的第一強敵，如果說能夠在今日結束紀空手的性命，至少在今晚他可以不必再提心吊膽地小心防範，而是高枕無憂，一覺睡到大天亮了。

他一生信神信佛，知道世間之事講究因果報應。是以自大王莊一役之後，他始終覺得良心不安，愧對朋友，不過每當他憶起鳳影的笑靨之時，又覺得男子漢大丈夫就該轟轟烈烈地幹一番事業，雖然愧對朋友，但總算不負佳人，世間事本就極難兩全其美，又何必對自己如此苛刻？

正因為他始終覺得對不起紀空手，是以在內心深處巴不得與紀空手有重逢之時，所謂一死百了，自己也好求個心安。

「可是紀空手的武功不弱，所謂不怕一萬，只怕萬一……」劉邦眉頭一皺，說出了他心中的擔憂。

雖然衛三公子身為武林豪閥，功力之高，自不待言，可是對手既是紀空手，那就意味著任何事情都充滿了變數。

「對我來說，但凡要做成一件事情，就沒有萬一，因為我從來不做沒有把握的事情！」衛三公子非常自信地笑了笑，接道：「我相信在這個世上還有很多的能人，在武學方面的造詣遠勝於我。俗話說得好，天外有天，人外有人，跳出江湖這個圈子，又是另外的一個天地，所以我一生謹慎，不敢以高手自居，但是我也相信，紀空手絕對不在這些人之列，至少說現在他還沒有達到這種高度，因此我沒有必要對他估計太高。更何況今日一戰，我既然勢在必得，就必須不擇手段，所以我想請韓信與我聯手，共同來製造一個天衣無縫的殺局！」

「這……」韓信幾乎跳了起來，簡直不敢相信自己的耳朵。以衛三公子的身分地位，就算是與紀空手單挑，也有以強凌弱之嫌，假若自己與之聯手，此事傳將出去，於自己的聲名尚且無礙，但是對衛三公子與問天樓的名聲卻大有影響，無異於自毀招牌。

「你不願意？」衛三公子眼芒一閃，冷哼一聲道。

「不敢！在下既然投效先生，當然誓死效忠，絕無二心。」韓信心中一凜，肅然正色道。

「這樣就好。」衛三公子的臉色一緩，淡淡笑道：「其實我知道你心中的想法，也知道你是為了我好，但是做人切記不可拘泥於形式，冥頑不化。按照今日之形勢，紀空手既是我們的強敵，就應該毫不猶豫地將之除去，如果只是顧及一點虛名而縱虎歸山，那後悔的只可能是你！」

衛三公子的眼芒掠過眼前的風景，看到了天上那悠悠的白雲，緩緩接道：「聲名是什麼？其實它就像是這天上的白雲，說過就過，不留痕跡；聲名是什麼？它更像是狗屁，無論是香是臭，只要你不去聞它，它就是一縷空氣。人生苦短，滿打滿算只有百年，如果顧忌太多，只能是一事無成，這是我的想法，也是一個老人在暮年時的徹悟，希望你們都能聽得進去。」

韓信心中一動：「是呀，我又何必爲自己所做的一切去懺悔？只要我求得了一世的榮華富貴，百年之後，別人只會記得風光時候的我，誰會去計較我曾經出賣過兄弟？」

第七章　決戰霸上

劉邦卻想到了虞姬：「聲名固是如此，而美人又何嘗不是？美人的容顏固然嬌豔美麗，可是百年之後，還不是一堆白骨？」他心中寬慰著自己，但是這一番相思，又怎能說忘就忘？

衛三公子看得二人沈默不語，都是一副若有所思的樣子，遲疑片刻，這才悠然道：「如果你們覺得我的話還有一點道理的話，那還猶豫什麼呢？就讓我們馬上行動吧！」

他的目光遙遙鎖定百步之外的得勝茶樓，彷彿看到了一張剛毅中略帶狡黠的臉，那臉上橫過一絲玩世不恭的味道，似乎是向自己發出近乎無言的挑戰。

「這是一個什麼樣的年輕人呀？為什麼每次看到他的時候，我的心中總會有一種似曾相識的感覺？難道說前世我們就是宿敵，一切恩怨都要在今生了結？」衛三公子這麼想著，同時將大手緩緩地按在腰間的「有容乃大」上。

「有容乃大」是一只鐧器，長一尺六寸四，鐧頭有小小圓孔，風從孔中穿過，可發出懾人之銳嘯。據說此鐧為問天樓神兵，幾有通靈之能。當衛三公子的手與之一觸時，它似乎感應到了主人胸中的殺氣，發出了幾不可察的輕吟。

聞殺氣而興奮者，當為兇器，而「有容乃大」無疑是兇器中的殘兵，所容之物，除了敵人的鮮血，還有自家主人的無限殺機。

與此同時，在百步之外的紀空手似乎感應到了這兵刃發出的暴戾之氣，眉頭在不經意間輕跳了一下，只有一下，卻讓他感到了一股莫名的心驚。

樓外一片靜寂，天上滿佈密雲，如此沈悶的氣息，壓得人心頭幾欲窒息。

「你說的這個『他』究竟是誰？他與我們又有什麼關係？」紅顏打破了這片沈悶，問道。

「當然大有關係。其實今日一戰，很多人都認為這是我發起的一場復仇之戰，為的是欲報大王莊一役從背後而來的一劍之仇。」紀空手笑了笑道：「所謂君子報仇，十年不晚，我雖非君子，但還不至於對一些仇恨如此看不開。其實我真正的用意，是想演一出戲，而這場戲的觀眾，就是項羽！」

「項羽？」此言一出，全場皆驚，誰也想不到紀空手要等的人，竟是項羽！

項羽與紀空手之間的恩怨，在場每一個人都深諳底細。憶及當時樊陰，只為了一爭紅顏，項羽不僅以流雲齋真氣致使紀空手患上心脈之傷，而且窮追不捨，連派門中數名高手一路追殺，結下了不可化解的梁子。可是任誰都不會想到，紀空手心中想到的救星，就是項羽，難道說在他們之間，已經摒棄了過往的仇怨，轉而聯手對付劉邦？

看到眾人眼中的疑惑，紀空手淡淡笑道：「是的，我要等的人，就是項羽。他不是我的朋友，只是我的一個敵人，但現在，我們有一個共同的敵人，這就是我利用他的原因。」

「這個計畫早在兩個月前就開始了，在這計畫之前，五音先生放出登龍圖下落的消息，其意是想讓衛三公子與韓信成為天下人的公敵，讓他們為了這一張圖紙而疲於奔命。但是我們顯然低估了衛三公子，事實上他在大王莊一役開始前，就已經料到會出現這種情況，是以早已留了退路，失蹤了三月之久。」紀空手的每一句話出口，都顯得極為緩慢，似乎留給了每一個人思索的時間。

「這無疑是非常明智之舉。這三個月的時間，讓他等來了劉邦的大軍，也使他可以將登龍圖順利地交到劉邦的手上，可是他們卻沒有料到，項羽在大破章邯統領的秦軍之後，從函谷關進入關中，速度之快，令人不可思議。」紀空手緩緩接道：「但是我與五音先生分析了天下大勢之後，早在兩月前就料到了劉邦會在這個時候進入關中，所以我們精心設下了一個局，希望能通過這樣的一個佈置來引起劉、項之間的反目，從而達到不戰而屈人之兵的目的！」

紅顏的臉上始終保持著一種淡淡的笑意，眼眸中深凝著一絲女兒癡態，以近乎崇拜的眼神欣賞著紀空手極具自信的風采。在她的身邊，每一位知音亭高手都靜靜地聽著紀空手的每一句話，雖然他們的年齡遠大於紀空手，卻對他表現出來的卓越指揮才能感到心悅誠服。

「以劉邦此刻的聲勢，唯一可以克制他的就只有項羽，因為劉邦的軍隊雖然獨立，但在名義上還是依附在項羽的大旗之下，兩方的實力對比上還有一定的距離，所以在近兩三年內，劉邦不敢公然與項羽反目。而劉邦此人，心思縝密，深謀遠慮，深得項羽器重，倘若貿然出擊，離間劉、項之間的關係，一旦不成，反而被動，所以我和五音先生幾經算計，認為劉邦唯一的弱點，就在他與問天樓的背景。身為流雲齋齋主的項羽，如果確認劉邦與衛三公子之間有所瓜葛，他是絕對不會無動於衷的！」紀空手的推理極富理性，有很強的說服力，聽得眾人暗暗點頭，有恍然大悟之感：「是呀，我怎麼就想不到這一點呢？」

「但是——」紀空手的視線掃射全場，沈聲道：「以劉邦的心計，當然不會看不到這一點，否則關於他與問天樓之間的傳聞已經流傳了這麼長的時間，何以項羽至今仍沒有發作？這就說明劉邦已經深得項羽信任，單憑空穴來風已不足以讓他失信於項羽，唯一的辦法，就是讓項羽親眼目睹劉邦與衛三公子

聯手的事實。」

「所以你就以自己爲餌，安排了今日霸上的決戰？」紅顏似乎有些明白了似的，微微一笑道。

「是的。能將衛三公子誘到霸上，又要劉邦派兵支援，這兩件事情似乎是不可能同時完成的，若這兩者缺少其一，都不可能成爲他們聯手的證據，是以唯有以我爲餌，才能促使他們來合力對付於我！」紀空手說完這些話的時候，整個人充滿了自信，他相信只要自己親自出馬，無論是衛三公子，還是劉邦，都沒有憑一人之力拿下自己的把握，而自己無疑已是這二人的眼中釘、肉中刺，必欲置於死地而後快。他們當然不想放棄這個除掉自己的最好機會，形勢迫使兩人必然聯手，這樣就自然使傳聞變爲事實，成爲讓項羽生疑的證據。

「然後你就派人通知了項羽，讓他來欣賞這出好戲？」紅顏道。

「我不知道項羽會不會親自前來，但以項羽的性格與爲人，他斷然不會對此置之不理，所以我雖然在迄今爲止還沒有見到流雲齋的人出現，可我相信他們正在不爲人知的暗處，洞察著事情發展的整個過程。即使他們因爲種種原因沒有看到劉邦與衛三公子聯手的事實，我依然留了一手，那就是剛才的這一幫人都看到了已經發生的一切，他們都是江湖中人，不用三日，這裡的事情必然會通過他們的口舌傳遍整個江湖，到時也由不得項羽不信。」紀空手的嘴角泛起一絲邪邪的笑意，誰也不會想到，他這一著看似無用的棋，卻竟然蘊含了如此深意。

眾人這才恍然大悟，明白過來紀空手何以會花這麼大的力氣召來這一幫江湖二、三流的角色，這固然有懲惡揚善之心，而他真正的用意，是想借用這些人的嘴，成爲一種厲害的攻擊武器。

「所以，這一戰的目的我們既然達到了，我們就應該按照計畫撤退。」紀空手說這句話的時候，似

乎並沒有想到他們已深深地陷入敵人重圍之中，要想突圍，談何容易？

但在場的每一個人都絲毫不懼，便是身有傷痛的樂道三友，亦顯得戰意勃發，大有與敵一拚的氣概。只有紅顏的眉尖一皺，隱隱現出了一絲擔憂之色。

她的擔憂不無道理，就在咫尺之遙的樓外，就在這方圓一里的範圍內，不僅潛藏了問天樓的無數精英，而且還有三千神射手正虎視眈眈地準備發出他們犀利的攻擊，雖然她相信自己情人的能力，但是她也同樣相信憑他們這幾個人的實力，是無論如何也不可能活著走出這裡的。

這是否意味著紀空手太冒險了，而且走錯了他人生中最重要的一步棋？

看著吹笛翁他們鬥志昂揚的樣子，紀空手真的有所感動，同時他也注意到了紅顏臉上的表情。

「我們絕不會死在這裡，而且更能毫髮無損地全身而退，因爲我們有土行！」紀空手笑了，笑得很燦爛。正如張良所說，他是一個多情的人，而一個多情的人，他會珍惜每一個朋友的生命。

他的話音一落，土行便出現在了眾人的面前，笑嘻嘻地道：「這附近的土質不算太硬，只是要挖一里長的地道，還是花費了我一個月的時間，所幸不辱使命，便請各位移動尊駕吧！」

這顯然出乎了眾人的意料之外，雖然他們不怕死，但只要有機會能夠好好地活下去，這又何樂而不爲呢？

然後他們便到了樓下的灶房裡。得勝茶樓的香茶一向是用井水來泡製的，所以灶房裡面就有一口以石板砌成的深井，土行挖的地道入口正好就在井壁中間，沿井繩而下，他們就可神不知鬼不覺地從地下突圍而去。

就在這時，樓外突然傳來一陣沈渾的聲音，從百步之外傳來，卻似就在耳邊響起。

「紀兄不是一心想要衛某這條老命嗎？如今衛某來了，何以還不見紀兄出來一戰呢？」

誰也沒有料到衛三公子會在這個時候出現，眾人聞言，霍然變色，無不將目光注視到紀空手的臉上。

「你們快走，我先出去擋上一陣。」紀空手不慌不忙地道，臉上全無懼色。

「可是以你一人之力，又怎是衛三公子的對手？」紅顏急得直跺腳。

「我縱然不是衛三公子的對手，但他若要殺我，也絕非易事。假如實在不行，我大可施出見空步逃命。」紀空手笑了笑道，他不想讓紅顏爲自己擔心，雖然他心中一點把握都沒有，但他必須留下應戰，爲眾人逃離留下足夠的時間。

「若我們一個都不走，與他們拚上一拚，未必就沒有機會！」吹笛翁顯然看出紀空手留下無疑是凶多吉少，不由請戰道。

紀空手表情嚴肅，緩緩地搖了搖頭道：「我答應過五音先生，要讓你們都平平安安地回到他的身邊，如果你們當中只要有任何一人遭到不測，我紀空手只怕終生都會留下一段遺憾。所以無論如何，我都絕不會讓你們去冒這樣的風險！」

紀空手轉過頭來，深深地看了紅顏一眼，道：「若是無緣，你我從此不見；若是有緣，你我總有相聚的那天。我始終相信，你我不僅有情，也有緣，所以我答應你，我一定會活著回來見你的。」

他說這話的時候，已隱隱約約地看到了紅顏美眸中的點點淚花，心中一動，卻轉過頭去，終沒有回頭，大步向樓外走去。

他之所以沒有回頭，是不想自己的心中多情。因爲多情的人，又怎會是無情的衛三公子的對手？

情。

以無情對無情，才是他唯一可以與衛三公子抗衡的條件，他心中清楚，是以他必須讓自己變得無情。

他的背影如一道移動的山嶽，正向茶樓的門口擠迫而去。樓外的天空是如此的陰沈，密雲壓城而來，天地間的距離被壓縮得異常緊密，無風的空間中，空氣如死一般的凝結。

「啪啦……」一道如魅影般的閃電平空劈下，照得天地一片煞白，隨之而來的是隆隆雷聲，竟然掩飾不住紀空手那形如戰鼓的腳步聲，任何人都從中感到了那種無限肅殺的驚人戰意。

在這一刻，每一個知音亭的高手都感到了自己的眼眶一片濕潤，彷彿看到了神蹟，而不是人。不過他們相信，即使紀空手是神，也是一個多情多義的神，他的一舉一動都散發著足以讓人感動的人格魅力。

唯有紅顏顯得是那麼冷靜，彷彿與她先前的表現形成了強烈的對比。不知爲什麼，紀空手說出的最後那句話不僅深情款款，同時也給了她強大的自信，因爲她至死不渝地堅信，在他們之間，不僅有緣，更有情！

「撤！」她終於迸出了一個字的命令，等到她最後一個跳下井壁時，禁不住深情地回頭一望，身後卻是一片虛無。

紀空手的人已在樓外。

在樓外的那一段寂靜無聲的長街之上佇立不動，他在等待，如一個忠實的情人般等待著衛三公子的出現。

風乍起，吹起一地的黃葉，如蝶兒翻飛，跳起肅殺般的舞蹈。天空的黑雲依然壓得很低，低得讓人

的心幾乎喘不過氣來，那種秋天的昏黃之色一片渾濁，絕不是閒庭信步間可以欣賞的景致。

紀空手的眼睛幾乎瞇成了一條細線，目光便像利刃般富有穿透力，劃過了這天、這地，最終鎖定在了這條長街的盡頭。那一頭蓬亂而顯出張狂個性的長髮毫無規則地斜披著，隨著秋風輕飄，油然而生一種超然的傲氣，便像是風雪之中傲立雪岩的一株生機盎然的蒼松。

他什麼都沒有看見，卻生出了一種非常奇怪的感覺。雖然他不知道衛三公子的所立之處，卻無時不刻地感受到了他的存在。

也就是說，就算他閉上眼睛，封住耳朵，只要他的心處於一種絕對靜止的狀態下，就可以從這空氣中的異動中捕捉到對方的一切動靜。

秋風依然是那般地傷感，落葉依然顯得那般無助，就在一刻間，紀空手的眉心突然跳動了一下，帶動了眉梢的掀起，就像是一道閃電劃過，使得他的眼睛陡然生動而富有靈性。

的確生動，生動得足以讓人心悸。那突然睜開射出的眼芒緊緊地鎖定在一條悠然出現的人影上，如影隨形，再也不肯離開半寸。

眼芒在虛空中悍然交觸，頓時閃現出如電光般嗤嗤作響的感應，一閃即沒之後，這空氣依然沈重，沈重得似乎讓人承受不了。

天地間，似乎便只有這兩人的存在。

然後，紀空手便看到了「有容乃大」，那支殺人無數、暴戾無比的殘兵之器。

他從來沒有見過如此極具張狂的兵器，如此充滿著個性，散發出一種魔異之力，與它主人的心境緊緊結合，使人心膽俱寒。

遠遠看去，那支短鐧雖然無鋒，卻比有鋒的兵刃更寒百倍，隨隨便便地橫出虛空，就有一種與眾不同的氣勢緊緊迫來，似乎要止住人的呼吸。

這人，這鐧，無一不充滿邪性，但這邪性邪得古怪，自始至終存在著一種懾人魂魄的大氣。

「踏……踏……」幾乎是不約而同地，就在人們以為這天地又復寧靜時，他們卻邁出了有力而極富節奏的步伐，相對而行。

如此有力的動作，卻絲毫沒有影響到這清風的流動，看似極緩的步伐，卻讓他們在剎那之間縮短了相對的距離。舉重若輕的感覺，動靜之間的對比，似乎在這一刻中演繹至極致。偌大空間裡多出了一種玄之又玄的東西，使得他們同時感到了對方緊緊追隨的壓力。

人在十丈之外，兩人不約而同地止住了腳步。

紀空手再看衛三公子時，只覺得那瘦小的身軀，無處不存在著力感與剛猛的氣勢，沈穩如高山峻嶽，無人可以小視。整個人渾身上下散發出一股強大的陰寒之氣，通過對虛空的滲透，令你不斷地產生抗拒與驚怕，不斷地提醒著你他的存在。

而衛三公子卻生出了一種非常奇怪的感覺，這種感覺之怪異，讓他吃了一驚！他怎麼也想不到紀空手明明就站在自己身前的十丈之地，何以自己竟然完全感覺不到他的存在？

難道說這三個月來，紀空手對武學心道的領悟又有了突飛猛進的進步？如果是這樣，那麼這個年輕人的天賦與潛力就太令人可怕了。

這也更堅定了衛三公子的必殺之心！

「紀兄，別來無恙？」衛三公子胸中殺機無限，臉上卻淡若雲煙，絲毫不動聲色。

「衛先生如此稱呼在下，在下可不想就這麼被你叫老了。對我來說，男女之樂乃人生大事，亦是最幸福的一刻，還沒嘗到就與先生同輩為伍，豈不可悲？」紀空手微微一笑，語帶調侃，似乎想藉此減輕心中愈來愈強的壓力。

「我之所以稱你為兄，別無他意，純屬尊敬。在我看來，人之老幼實乃天數使然，前輩後輩，也僅是江湖中人的一個稱謂，不足以顯示一個人的實力。而紀兄人雖年輕，入道又晚，但放眼天下，敢於將你不放在眼中者，只怕寥寥無幾。我自問自己絕非狂妄之人，是以尊你為兄，實乃心中敬仰之故。」衛三公子似是有意吹捧，其實在他的內心深處，確實對紀空手有所忌憚，是以此話出口，倒十有八九出自真心。

「若非深知你我底細之人，聽了先生這一席話，只怕還以為你我乃是故友重逢，可是誰又想得到，頃刻之間，你我就要以命相搏？」紀空手道。

衛三公子笑了一笑，突然眼芒一閃，直射過去道：「在我的眼中，年輕人總是充滿活力、充滿血性的，更有一種讓人心動的激情，但是不可否認，他們缺乏一種理性的思維，是以我從來不認為他們會對我構成極大的威脅。可是這一兩年來，江湖變了，年輕人也變了，我所認識的幾個我認為可怕的年輕人當中，你應該是其中之一。」

「哦？」紀空手驚奇地問道：「承蒙誇讚，愧不敢當，但紀某倒想知道，與紀某一起受到先生賞識的人中還有哪幾位？」

「流雲齋齋主項羽，名列五大豪閥之一，又貴為楚國大將軍，雖然至今還未稱王，但卻是少數幾個可以爭霸天下的權勢人物之一，與他齊名當不至辱沒了你。」衛三公子道。

「此人聲名之盛，遠非我所能及，先生將我與之齊名，實乃高看了我。」紀空手並不爲此而得意，淡淡笑道。

「第二人當是沛公劉邦，不論其功力如何，也不論他是否懂得排兵佈陣，單是他能容別人所不能容之事，能忍別人所不能忍之人，這份胸懷，這份大度，已足以讓人心服。」衛三公子道。

「此言果然精闢，一語道破此人的厲害之處。在我看來，劉邦遠比項羽可怕。」紀空手想到昔日的交情，想到劉邦利用自己的手段，心中一痛，卻不得不承認衛三公子所言俱是事實。

「還有一個人，是你的朋友，也是你的仇人，他雖然武功不及於你，心計亦稍遜你一籌，但他能識時務，也能無情，凡事理智而冷靜，可怕的程度未必在你之下。」衛三公子雖然沒有明言，但紀空手一聽即明，卻黯然無語。

能讓衛三公子欣賞的人，絕對不是好相與之輩，而這三個人，都是紀空手今生最大的敵人，無論他最終是進則爭霸天下，還是退則獨隱山水之間，與這三個人之間的恩恩怨怨都必須有一個明確的了斷。

「但是在這幾個人之中，我還是最欣賞你，因爲在你的身上，依稀可見我當年的影子。」衛三公子輕歎一聲，彷彿憶起了昔日的自己。

他無疑是他們那個時代的傑出人物，少年得志，意氣風發，也曾有過瀟灑不羈的舉止，也曾有過張揚狂放的個性，但是隨著自己肩上重擔一天天地沈重起來，爲了復國大業，他只有收斂自己，隱忍不發，並因此忍耐了數十年的光陰。有的時候，他也曾想：「自己爲了一個看似不可能實現的理想而犧牲了個人的一切，這種代價是否值得？」但這個念頭總是一閃而過，也許只有到了今天，當自己的理想一點一點地變成現實之後，他才感到自己多年的付出終於有了回報。

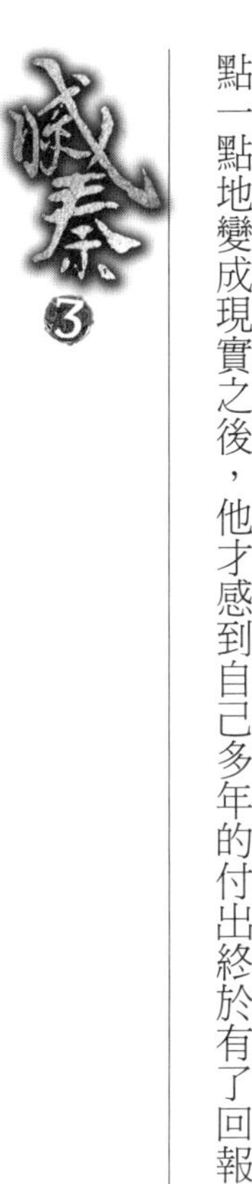

可是他的青春，他的感情，卻隨著時光的流逝而一去不返。留給他的，只是一生的追憶與遺憾，這也許就是「有得必有失」的道理吧。

紀空手聽到衛三公子的這聲歎息，這才感覺到自己面對的竟是一個老人。在他的印象中，衛三公子從來都是以強者的形象出現，誰又可以想到在他的人性中也有脆弱的一面？

「但我絕對不是從前的你，因爲我比你有情，比你有義，懂得在這個世上除了權勢之外，還有很多是值得追求的東西。」紀空手淡淡一笑，他突然間明白了張良對自己說過的一些話的意思。他之所以不同於項羽、劉邦，不同於韓信，是因爲在他的人性中還保留著最純真的東西，並不因爲自己生於亂世而自暴自棄。

衛三公子的眼中閃出一絲懊惱之色，卻沒有馬上發作。不知爲什麼，當他看到紀空手時，心裡總爲對方陽光般的氣質感到一種莫名的嫉妒。

「可是你卻做錯了一件事情，你本不該約我在霸上一戰，換作任何一個地方，你都還有活命的機會，但在今天此地，你將會因爲這個錯誤的決定而付出應有的代價！」衛三公子冷哼一聲道。

「我承認自己做錯了這個決定，只是我明知它是錯的，卻還要不得已而爲之，是因爲只有這樣，我才能讓項羽得到劉邦與你聯手的證據。」紀空手笑了，他相信就算是衛三公子如此城府之人，也未必算得到自己真正的用意。

這無異於一記晴天霹靂，給了衛三公子當頭棒喝。他其實一直在猜測紀空手約戰霸上的原因，按照常規，霸上既然成了他與劉邦的地盤，紀空手約他在霸上一戰，無非是讓他毫無顧忌地前來赴約。這樣的話，他既有問天樓的人馬，又有劉邦軍中的兵力可以借助，可以穩操勝券地將紀空手這等強敵除掉，這樣的好事，他當然不會放過。

紀空手顯然看透了衛三公子的心思，所以利用了他的這種心理，設下這麼一個圈套。一旦項羽真的掌握了劉邦與問天樓聯手的證據，以目前的形勢來看，那麼最有可能的結果就是衛三公子這數十年來的心血將會付諸流水，前功盡棄。

衛三公子想到這裡，心中的怒火與震驚幾乎達到了無可復加的地步，他的白眉倒豎，微微顫抖，眼芒如火，恨不得將紀空手燒成灰燼。

「你的用心好毒！」衛三公子咬牙切齒地道：「你這麼做，幾乎毀了我一生的夢想！」

「你可以去實現你的夢想，但要在不損害別人利益的前提下。否則，你就應該付出應有的代價！」紀空手冷冷地道。

「鷸蚌相爭，漁翁得利，你這個算盤打得如此精細，我十分佩服，可是我可以告訴你，我絕對不會讓你這個陰謀得逞的。」衛三公子近乎是歇斯底里地吼叫著，卻知道紀空手的計畫肯定有效。因爲誰也不敢保證，此時此刻，項羽沒有在霸上安插耳目。

「是嗎？那我們就等著瞧好了。」紀空手淡淡一笑，抬頭望天道：「現在已是秋天，可是還有雷雨將至，這似乎有些反常，也不太可能，但是我真真切切地感覺到了這空中劃過的電流。」

衛三公子微微一愣，似懂非懂，看那陰沈的天色，有一種詭異之感。

他深深地吸了一口氣，眼中精芒暴閃，陡然大喝道：「可惜的是，留給你的時間不多了，我擔心你沒有這個命去等去瞧了！」

他的話音剛落，長街兩邊的一段木牆霎時爆開，木塊激射，瓦礫飛閃，便像是一堆擁有巨大能量的

火藥點燃了引線，發生了猛烈的爆炸。本已沈悶的空氣陡然啓動，氣流疾湧，狂風大作，一時間肅殺無限。

衛三公子沒有動，他的臉上露出了一絲猙獰的笑意。

紀空手也沒有動，只是他的眉間緊鎖，靈台清明剔透，四周環境內的每一種聲音，由呼吸的風聲，微不可聞的蟲蟻爬行之聲，夾在風中的刀聲，以及殺氣滲入虛空之音，他在同一時間內都用心感到和聽到了。

動的是三把劍、四把刀，還有一支如電閃般劃過虛空的箭，這些兵器飛舞空中，天空似乎亂成了一片，但亂只是一種現象，它們共同的目標只有一個，那就是靜立長街的紀空手。

兵器絕不會自己動，就算它是上古神兵，是通靈之物，如果沒有它的主人賦予它生命，注入激情，它只是一個不動的靜物。

它動，只因爲它的主人在動，那一個個從碎木亂流中迸裂而出，如幽靈般在虛空中晃動的人影，其實早在衛三公子與紀空手說話之間就悄然進入到預定的位置，等待著在這一刻爆發出手。

紀空手早就知道這一切的發生，就像他早就知道暴風雨遲早會來臨一般。他已經早有準備，所以當對方的第一把劍，第一個人破出牆來的時候，他的身體衝天而起，輕嘯一聲，反而向其中的一堵牆壁強行破入。

逆流而進，竄動的氣流呼呼直響，侵入肌膚。這些突然現身的殺手個個都帶著勢在必得的決心，出手狠辣，不留退路，等到他們擠入長街的空間中，卻驚奇地發現自己鎖定的目標竟然不見了，便像是淡化於空氣之中一般，奇蹟般地消失了。

他們在行動的剎那間，都感到有一陣清風與他們擦肩而過，風兒輕柔而快捷，輕快得讓人幾乎忽略了它的存在，等到他們一劍刺空的時候，突然明白那不是風，那只是紀空手飄忽於虛空之中的影子。因紀空手的舉動令人匪夷所思，所以他們都沒有想到那會是紀空手。

這很像是每一個人在童年裡經歷的遊戲，三五個孩子商量著要去嚇唬另一個孩子，便藏在暗處，等待著這個孩子走到他們的面前，然後突然裝著鬼臉，跳將出來，希望能將這個孩子嚇得半死。可是當他們真的這麼做了後，那嚇得半死的人卻往往是他們，因爲這是個聰明的孩子，早已洞穿了他們的把戲，所以就帶了一張惡鬼的面具，看看究竟是誰嚇倒了誰。

這些人當然不至於像這幾個孩子一樣嚇得半死，但心中的驚駭的確不小，因爲他們沒有想到紀空手會從他們的來路而去，而且一去之後，再無聲息。

正因爲無聲、無形，才會讓人心中生懼，只有這樣，對手才無法揣度其人會在哪一個方位發出致命的攻擊。面面相覷之下，這些人無不轉身，凝視著紀空手剛才擠入的牆洞。

「轟……裂……」就在這些人一怔之間，一團充滿勁氣的球體突然從牆洞中竄出，便像是數十斤火藥在片刻間引爆，千千萬萬的銳氣如勁箭般向外狂瀉。

這不是壓縮的空氣，也不是平空而生的狂飆，狂湧而出的是一道凜然無比的殺氣，更有一截肅殺無限的刀鋒。

空氣竟似在這一剎那間全都凝住了一般，壓力之大，一切寂靜，但這靜的時間太過短暫，如白駒過隙，一閃即沒。

然後便傳出「叮……叮……」之響的刀劍迸擊聲，一連串的脆響急促得讓人喘不過氣來，但在這空

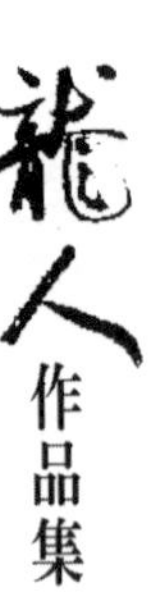

寂的長街上，卻有一種極富韻律的美感，更有一種充滿動力的節奏。

銳嘯與金屬發出磁性的聲音交融，夾雜著勁風，在虛空中徘徊不絕。它的每一次驚響都帶出一種震人心弦的力量，撞擊著場上每一個人的神經，引出令人心悸的震顫。

更有幾聲悶哼與慘呼和著點點血花融入在這極富動感的聲韻中，顯得是那麼血腥，那麼慘烈，還有幾分不可抑制的冷酷，構成了一幅絕不優雅的畫面。

當這一切都在瞬息之間消失之後，紀空手又出現在了他原來站立的位置上，一動不動，彷彿他一直就沒有離開過這裡。他依然還是他，只是在他的手上，已經多了一把沾血的離別刀。

在他的周圍，倒下了三個人，還有四個人雖然手上的兵器仍在，但臉上的表情難看之極，眼中閃現出驚詫，似乎不敢相信剛才發生的一切竟然是真實的。

衛三公子還是沒有動，顯得很平靜，就像眼前的事情從未發生過一般，讓人幾乎不敢斷定他是否真的有過生命的存在。但他的眼神卻極具跳躍性，狂野而冰寒，緊緊鎖定在紀空手的臉上。

「退下！」衛三公子冷冷地說了兩個字，語氣平淡得讓人覺得冷酷。他犧牲了三名屬下的生命，在他的眼中，彷彿這三條人命無所謂，與死三條狗並沒有太大的區別。

衛三公子的話就是命令，沒有人敢不遵從，所以話一說完，長街上又只剩下他與紀空手兩人相對，地上的死屍也隨著這幾人的離去而消失。

「迄今爲止，你躲過了我佈下的兩次刺殺。」衛三公子的眼芒抽搐了一下，接道：「這算一次，還有一次是樂白與瓦爾的聯手。這兩次都是我精心佈下的殺局，你卻能從容化解，了不起！」

「這可能和我天生的敏感與觸覺有關，不知爲什麼，當危險來臨的時候，我似乎總能預先知道它會

出現於哪裡，又在何時出現。這就像是一匹生存於險惡環境中的野狼，獵手再好，也未必能將它獵殺，因爲它一生都在爲自己的生命掙扎。」紀空手並沒有因爲衛三公子的誇讚而得意，只是形象地作了一個比喻。

衛三公子微微點頭道：「我相信你的這種說法。你能發現這些人的存在，只是憑藉你的觸覺和感應，而並非內家真力。因爲在我的面前，沒有人敢不付出百分之百的精力來全力以赴，如果有，他已經是一具屍體。」

「可是你仍然有出手的機會，但你卻放棄了，這是爲什麼？」紀空手一直心存這個疑惑。當他開始動的刹那，如果衛三公子在這個時候出手，他幾無還手之力。

「因爲你是紀空手，對付你這樣的敵人，如果沒有十足的把握，我是不會輕易出手的。」衛三公子隨即說出了實話：「何況我一出手，你唯一的選擇就是逃，你的見空步乃武林一絕，儘管若想阻住你並不難，可是那樣做只會讓我們付出更大的代價。」

紀空手忽然笑了，笑得很邪，似乎讓他想到了一件有趣的事情：「你並不是一個怕付出代價的人，爲了達到目的，甚至可以犧牲一切，這讓我想起了趙高。」

「我不喜歡你把我與趙高相比，我和他不是同一類人，絕不是！」衛三公子的臉色一沈道。

「但不可否認的是，你們身爲五大豪閥，的確有些相似之處，不論是行事作風，還是處事手腕！」紀空手根本不理會他的臉色，淡淡笑道：「趙高難道不是爲了追求權勢，而放棄了他心愛的女人嗎？」

衛三公子顯然深知趙高的底細，遲疑片刻道：「你說的是張盈？」

「是的，任何人都可以看出趙高與張盈之間的感情之深，可是趙高卻容許張盈夜夜淫蕩，大收入幕之賓，這實在是太反常了。只要是一個正常的男人，絕對不會容許自己心愛的女人如此踐踏他的自尊！」紀空手心中一直存在著這個疑惑，百思不得其解。他此刻似乎忘記了自己身處險境，侃侃而談趙高與張盈之間這段似乎變態的感情。

「或許，趙高並沒有愛過張盈，他只是在利用她才做出這種姿態。」紀空手搖了搖頭，覺得這種解釋未免牽強了些。

「趙高是否真正的喜歡張盈，我不知道，但是如果說他這一生曾愛過一個女人的話，那這個女人絕對是張盈，這是事實！」衛三公子道：「我與趙高爲敵，已有數十年，深知他的性格與爲人。據我猜測，趙高不是不愛張盈，而是不能，因爲他已經不是一個真正的男人。」

紀空手眼現迷惑地看著衛三公子道：「我不明白你的意思。」

「那麼你聽說過『百無一忌』神功嗎？」衛三公子問道。

「我有所耳聞，卻瞭解不深。相傳此乃入世閣創閣之寶，百年以來，唯有趙高得以練成，可見此功玄奧神奇，難練得緊。」紀空手道。

衛三公子搖了搖頭，淡淡笑道：「入世閣創閣百年有餘，傳到趙高時，已是第六代閣主，這六人無一不是擁有大智慧、大見識的人中之龍，趙高位列其中，絕非最出眾者，何以單單只有他能練成，而其他人卻從來沒有聽說過練成了『百無一忌』神功？你難道不覺得這是一件非常奇怪的事情嗎？」

但凡武者，對武道的追求都近乎癡迷，玄鐵龜之所以能夠引得世人覬覦，無非是關於在它的身上記載了天下第一武學的傳說。近百年來，無論江湖，還是天下，更是亂中求亂，各大門派之間互相傾軋，鬥爭到了白熱化的地步。而五大豪門相爭，誰又不希望自己能技壓另四門，出人頭地，成爲這亂世天下的第一人？所以在趙高之前的列位閣主面對閣中武學至寶卻能保持一種恬淡無求的心態，這的確是一件令人匪夷所思的事情。

饒是紀空手智計過人，也猜不透內中玄機，是以目光緊盯衛三公子，希望能得到答案。

「其實這之中並不玄奧，只因若要練成『百無一忌』神功，尙需自閉精氣，自息陽氣，唯有如此，方能成功。」衛三公子的臉上露出一絲既有欽慕，又帶嘲弄的神情，恰到好處地表達出了他對趙高這種行徑的複雜心情。

「自閉精氣，自息陽氣？」紀空手喃喃自語道，看到衛三公子臉上的神情，他驀然明白了張盈何以會在臨死之時，露出那種又喜又悲的怪異表情。

趙高深愛著張盈，卻爲了某種原因而冷淡了張盈，以至於張盈爲了報復趙高的無情，通過不斷地從其他男人的身上尋求感情的慰藉，從而背負「淫婦」之名。

這種畸型的心態出現在一個女人的身上，似乎還是比較正常的，因爲女人的心理結構決定了她們在遭遇感情問題的時候容易困惑，容易迷茫，繼而衍生嫉妒與變態，造成行事偏激，易走極端。但是趙高卻能容忍張盈的這種行爲達數十年之久，而沒有絲毫的怨言，這又是一種何等的心態？

其實這個原因很簡單，那就是趙高爲了練成「百無一忌」神功，已喪失了做男人的能力，可是爲了自己的尊嚴，他只有隱瞞事實，以至於讓張盈產生誤會，這也是張盈臨死之時何以笑得欣慰的原因。

這至少讓她懂得了趙高心裡真正的情感歸宿還是在她的身上，身爲女人，能擁有一個男人一生的愛，證明她這一生並不失敗。

「這是不是太殘酷了些？」紀空手覺得這是他所聽到的一段最爲淒美的戀情，雖然有些變態，但男

女之間那種對真情的執著讓他唏噓不已。

「這只能說明你還年輕，人在江湖，身不由己，愈是在江湖中待得久了，你就愈會感覺到這句話的真實與無奈。」衛三公子肅然正色道：「假如換作是我，我也會像趙高這般義無反顧的如此選擇。因爲身爲五大豪閥之一，門閥的興衰榮辱繫於一身，責任之大，已不容許你爲個人的利益多加考慮。如果說犧牲自己能夠換來江湖第一門閥的地位，這應該是一個江湖中人夢寐以求的事情。」

「可是趙高卻失敗了，登高廳一役，已讓入世閣元氣大傷，雖然他此刻仍在大秦相國之位，但看天下大勢，他退出這個時代的舞臺只是遲早的事情。」紀空手有感而發道。

「這就是江湖的生存法則，唯有強者，才能出人頭地，這雖然殘酷了些，卻是永遠不能改變的現實。」衛三公子冷然道。

紀空手沈默良久，方輕歎一聲道：「請！」

衛三公子聽到紀空手這近乎莫名其妙的話，絲毫不覺得訝異，因爲他已看出他們之間的這一戰勢在必行，沒有任何力量可以將這股殺機消弭於無形。他們都是這個時代的強者，既然相遇，終要一戰，這是一場無法避免的生死遊戲。

他笑了笑，似乎想緩解一下自己的情緒，可是他卻笑不出來，因爲他的眼中雖然看到的是紀空手獨立挺拔的身影，卻感覺到了一把刀的存在。刀芒生寒，刀中有鋒，似是虛幻飄渺，卻又真實存在，更似緊緊地插入自己的心中。

他的眉鋒輕輕一跳，就在這時，空中驀然炸出一串驚雷，劈向了他們所在空間的周圍，聲勢之烈，有奪魂攝魄之威。

但無論是衛三公子，還是紀空手，他們都絲毫不驚，亦紋風不動，彷彿在他們的心中，除了對方，已容不下外界的任何東西。

虛空中不再靜默，暗潮流動，充滿了一觸即發的殺機。誰都懂得這是必將爆發的殺機，卻無人知道它會在何時爆發，正因為如此，這一戰未戰已充滿變數。

兩大高手相距十丈而立，一個是代表著江湖固有勢力的傑出前輩，一個卻代表了江湖新生力量的優秀後輩。在新與舊之間，在老一輩與年輕一代之間，這種勢在必行的決戰，永遠是江湖上最為期待的主題。

每個人身上的殺機都很濃，濃得像是流動的血液，實在而血腥，有一種冷酷至極的感覺。

每個人聞到的不僅僅是這殺機中所蘊含的血腥，還有那種充滿了火藥味的緊張氛圍，甚至可以感覺到那飛瀉虛空的刀意。

殺機不會平空而生，它的來源只有一個，那就是兩人手中的刀與鐧。

刀與鐧居然可以如空氣一般瀰漫空中，這豈不是一個充滿玄幻的神話？但在長街兩端暗伏的人眼裡，卻絕對不會這麼認為，因為他們都真真切切地感受到了這一點。

這簡直有些讓人難以相信，但每一個人又都不能不信，因為這不是錯覺，也不是幻象，這只是親眼所見的事實。那種瀰漫於虛空中揮之不去的鋒芒，像是一種虛無的感覺，但是這種感覺似乎可以在任何時刻成為現實，所以沒有人會忽視它們。

至少衛三公子不敢忽視紀空手手中的離別刀，只有在這一刻，他才真正感受到眼前這位年輕人給自己帶來的莫大威脅。

離別刀雖是神兵，卻未必通靈，但在紀空手手中，它彷彿有了生命的激情，這實在是一個讓人心驚的感覺。

衛三公子也不得不將自己更多的目光注視在這把刀上，看著刀鋒一點一點滲入虛空的軌跡，他感到了那種無處不在的壓力。

雖然他很有自信，但是面對紀空手這樣的強敵，已不容他出現任何細小的失誤，鐧在右手，隨時準備著發出致命的一擊。

可是兩人都沒有動，甚至連一點動的意思也沒有，因爲他們無疑已是高手，懂得選擇最佳的出手時機。

在等待中，他們同時感到了虛空中各種不同類型的生命與活力，其中有風，有塵埃，有落葉，有飛蟲，甚至接觸到了來自對方身上的一股龐大無匹的精神力。

對紀空手來說，衛三公子絕對是一個不可逾越的高峰，看似靜止不動，其實深藏活力，不到萬不得已，他是不會貿然出手的。而讓人驚異的是，衛三公子雖然鐧已在手，紀空手卻感覺不到它的存在。

這實在是一種玄之又玄的感覺。

「霹靂……」一聲驚響，雷電過後，長街上空黑雲疾捲，一時天昏地暗，暴風雨即將來臨之前引發的狂風刮起漫天塵土，招幌飄搖，樹影晃動，可是紀空手與衛三公子不僅人未動，而且衣衫在獵獵風中也寂然不動，猶如雕刻在岩石之上的塑像。

紀空手眼中鋒芒畢露，漫過虛空，與衛三公子的眼神如神兵利刃般悍然交接……

此刻的紀空手，再也不是以前的那個紀空手了，他不僅充滿自信，而且充滿活力，縱然面對再大的困難，他也夷然無懼。可是不知為什麼，當他看到衛三公子眼睛的剎那間，曾經出現了一絲短暫的失落與驚懼。

他突然感到自己的呼吸不暢，有一種莫名其妙的驚悸，在那一剎那間，他甚至感覺到自己全身的力量如洩洪的水流，消失得無影無蹤，渾身乏力，似欲軟化一般。

紀空手這一生中，還從來沒有見過有誰的眼神比衛三公子更銳利，而更為可怕的地方還在於他的目光看似無神，實則犀利，形如實質，猶如一把無孔不入的利刃般從紀空手的眼中透入，然後穿過其思維神經，一次又一次地衝擊著他的心靈深處。

紀空手頓覺冷汗迭出，一種軟弱絕望的感覺如電流般蔓延全身，令他感覺到面對這衛三公子，根本就不是憑他一人之力可以扳倒的巨人。

這是從未有過的感覺，自他出道以來，不管自己的武功有多麼低級，還是遇上的對手有多麼強大，他永遠是那麼地充滿自信，從不絕望，唯有這一次，是一個例外！

例外就是超出了常規的事情，也是出現概率極少的事情。有些人一輩子也碰不上一次，但有些人只要碰上一次，就極有可能是他生命中碰到的最後一次例外。

天空一聲悶雷從遠方的天際遙遙傳來，風漸息，空中陡然下起了如注的暴雨。

紀空手猛然打了個機伶，這才發覺自己亂髮盡濕，雨珠沿著髮絲流下，渾身上下無處不濕。驀然間，他的心變得異常冷靜，就彷彿心中高高懸起一輪明月，體內的每一個細胞都似繁星捧月，圍繞著心靈做出有規則的運行軌跡。

這種銘刻於心中的妙境，恰是他對心道武學的一種徹悟。當這幅天文般的圖畫一幕幕地在他心中展

開時，剎那間使得他將整個人的精神融入於自然之中，透過空氣的傳遞，達到了天人合一的境界。

與此同時，他的心中不再絕望，反而勃發起無窮的生機，不知所蹤的自信在剎那間重新回到身上，比之先前不知增強了幾倍，整個人的氣質似乎又進入了一個嶄新的層次。

衛三公子目睹著這一切，心中訝異。他以超強的精神力向紀空手發出如浪濤般的壓力，就是想在交手之前摧毀對方的鬥志，從而達到事半功倍的效果，卻沒有料到紀空手竟能在極短的時間內平空生出一股抗力，使他的一切努力變成了泡影。

他卻不知，正是因為他施予的強大壓力，激發了紀空手體內玄陽真氣的生機，遇強愈強，從而突破了人體本身對它形成的禁錮，達到了一種心道武學的全新境界。這本是可遇而不可求的事情，但紀空手卻能利用外力與天象形成突破，看似偶然，實則必然。

這一變使得雙方在瞬息之間將相峙空間中的壓力提升到了極限，兩股無匹勁氣以沛然不可禦之勢相互擠壓，有質無形的氣流如惡龍般糾纏不清，隨時都可能發生爆炸性的變化。

長街上積水愈積愈深，漫天水箭如注，傾盆而下，電光雷聲不時地閃爍天邊，使得天地變得忽明忽暗，異常詭異。

紀空手站在街心，全神貫注。

他在等待著衛三公子的攻擊！

兩人相峙以來，紀空手的功力運聚於掌心，如上弦之箭，伺機待發，可是衛三公子的站位與氣勢絲毫不露破綻，令他失去主動之勢。

對他來說，即使未失主動，他也不會急於攻擊，因為他需要有足夠的時間讓屬下與朋友順利地從地

道中逃逸，只有在心無旁騖、毫無牽掛的情況下，他才能百分之百地發揮出自己的全部潛能。

可是衛三公子顯然不想讓他有太多的時間從容準備，終於向前踏出了一步。

紀空手只覺心中一窒，趕緊收攝心神，通過心靈感應，尋求對方氣機在這一刻間的變化。

在一般高手的眼中，一步之距也許算不了什麼，但衛三公子的這一步跨出，其動作與動作之間，如行雲流水般渾然天成，明明在動，但給人的感覺卻始終處於一種相對靜止的狀態，紀空手根本就沒有任何可乘之機。

從衛三公子現身，迄今為止，他就沒有給過紀空手任何機會，自始至終，他都將整個戰局的主動權牢牢抓在手中，實力之強，無愧於他一代豪閥之名。

紀空手卻夷然不懼，他也許最初有過恐懼，但很快就將自己的心理調節到了最佳的狀態，心態更是靜如止水，以感官與毛孔去觸及周圍的一切，將周圍十丈之內的一切動靜盡數掌握，沒有一絲遺漏。

當衛三公子跨出第三步時，他的鐧稍稍動了一下，一股類似於蟲蟻聲的天籟之音驀然響起，隨著短鐧的擺幅一點一點地增大，由遠及近，直接傳入紀空手的耳際。

紀空手眉鋒輕揚，只覺心中一片煩躁，初時其聲細不可聞，如針尖般鑽入，彷似遙不可及，但剎那間便已響徹了自己的整個聽力範圍，耳膜震顫，耳鼓嗡嗡作響，根本聽不到天上的雷聲，空中的雨聲，還有呼呼的強風之聲。

一時間就只聽到這種異聲，詭異之極，令人心悸。

紀空手深深地吸了一口氣，離別刀斜指虛空，冷汗濕透了整個手心。

因為他明白，這是敵人要出手的先兆，等待他的，將是比這暴雨更烈，比這狂風更猛的攻擊。

周圍十丈內的空間裡，洶湧澎湃的氣流急劇旋轉、竄動，一股股猶如利刃般強猛的氣鋒不斷地廝纏激撞，迸裂釋放，以紀空手所站之處爲中心，形成了一道無形而強力的氣流漩渦。

紀空手敏銳地感受著氣勢鋒端的衝擊，人在風暴的中心，卻凝視著人在五丈之外的衛三公子。

他已全無退路！

無論是進還是退，他都很難擺脫眼前的困境，更何況對手是衛三公子這等強者，只要自己稍有不慎，隨時都有可能捲進這急流的氣旋之中，遭受巨力的毀滅。

氣旋愈轉愈疾……

壓力不斷增強……

「嗤……」紀空手眼見刻不容緩之際，終於出手了。

他右手所握的離別刀並沒有動，所動的只是他左手的飛刀。刀並不止一把，有三把之多，以一種驚人的高速陡然升空，攻向了衛三公子如山般移動的身形。

每一把飛刀都化爲一道虛幻的弧跡，自玄奧莫測的線路攻出，看上去是那麼地弱勢，是那麼地渺小，可是當它們強行擠入橫亙於它們面前的氣流中時，那因勁氣佈下的氣場竟然不可思議地出現了裂紋。

而更驚人的是，當飛刀劃出的同時，雨線驟然在這一刻間截成兩段，兩段的中間泛出一道白光，雨珠激揚四濺。

衛三公子一聲長嘯，裂雲而出，再也無法保持原有的沈默與平靜，身形在一片雨幕下淡化爲一段虛無的影子，向虛空直進。他手中的有容乃大鐧幻化無數鐧影，呈扇形般橫空掃出，如一頭龐大的巨獸，張開血盆大口，似乎要吞噬擋阻在它面前的一切生命。

五丈之距，在兩位高手的眼中，這已不成爲距離。

瞬息的時間，在高手的眼中，卻可以做很多事情。

飛刀在剎那間發出的攻勢，竟然在無聲無息中消失於雨幕中，消失於鐧影裡，衛三公子的眼芒死死盯著雨幕之後的那雙眼睛，企圖從中看到那種對生命絕望的神情。

他無疑是這場決戰的強者，在舉手投足間將敵人發出的攻勢盡化無形，這份從容不迫的態度，決定了他在實力上保持的那份優勢。

可是他失望了。

他看到了紀空手的那一雙眼睛，卻沒有看到那眼眸中有任何的表情，沒有驚駭，沒有訝異，更沒有他想看到的絕望……什麼都沒有，他甚至感到對方就像是一潭墨綠無波的靜水，令人根本無法揣測其深淺。

無風無浪，無喜無憂，這是否是紀空手此刻心境的一種表現？

在運動中對峙，眼芒於虛空中交觸，雖只一瞬時間，但對衛三公子與紀空手來說，卻感覺很長很長，彷彿進入了一個只屬於他們兩個人的世界。這風，這雨，完全不能融入其中，從此與世隔絕。

就在此刻，紀空手的人影終於開始了移動，他既不向前，也不後退，而是撞破了一堵牆，突然消失於長街之中。那一堵牆上留下了一個人形的圖案，彷彿是人爲雕刻而成。

他的每一個動作都不算快，扭身、踏步、破牆、閃入……都顯得異常清晰。

但不可思議的是，當這幾個動作組合一起形成一段運動時，卻快如閃電，渾然天成，根本就不給對

手任何可乘之機。

衛三公子沒有追入，而是通過心靈感應來監察紀空手的動靜，可奇怪的是，他沒有感應到紀空手的存在。

這幾乎是不可能的事情。

以衛三公子的耳目，十丈內的任何動靜根本逃不出他的掌握，唯一的可能性，就是紀空手平空消失在了這個世界。

真實的情形當然不會是這樣的，只要是人，就有形神，就不可能如空氣般突然消失。紀空手之所以能夠做到這一點，也許是他找到了自己與這個空間隔離的辦法，換而言之，就是他體內的玄陽真氣來自於補天石異力，補天石吸收天地精華，自然與天地融爲一體，不分彼此。

衛三公子心中大驚，只有等待，卻並不著急，因爲他明白紀空手蟄伏的原因，只要紀空手一有動作，依然逃不過他的掌握。

電光暴閃，半空打下了一個驚雷，天地間一片煞白，可以看到衛三公子那道人影佇立於長街，臉上一片嚴峻。

第八章　正面迎敵

劉邦站立在城樓之上，臉上依然保持著那種高深莫測的笑意，只是那笑中略帶了一些憂鬱。

侍衛們張開了一張面積不小的羅傘，高高地撐在他的頭上，爲他擋風遮雨。如注的雨水沿著傘簷而下，就像是一幕水簾，很難看清遠距離外的任何情形。

樂白已悄然來到了劉邦的身後，肅手而立，任憑雨淋。雖然他在問天樓中的地位已經十分尊崇，但在衛三公子與劉邦的面前，他依然不敢有半點放肆。

他不知道衛三公子與劉邦究竟是什麼關係，也不敢問，因爲這是問天樓的規矩：不該你問的事情，你就最好不要去問。

但他知道劉邦絕對是問天樓的下一任樓主，也就是說，只要衛三公子一死或是退隱，那自己的主人就應該是劉邦。對於這一點，問天樓的戰士們從不懷疑，因爲他們都可以從衛三公子的表情中看出這裡面的玄機。

不過縱然沒有衛三公子的恩寵，劉邦此刻的身分依然顯赫。這數月來，沛公之名，已轟傳天下，其聲望大有直追項羽之勢。從一個微不足道的亭長做起，直到成爲十萬大軍的統帥，這本身就是一個傳奇，更何況劉邦不僅具有文韜武略，而且其本身的武學造詣，似乎也並不在五大豪閥之下。

這只是樂白的一種直覺，不能確定，但樂白每次看到劉邦的背影時，總覺得有一股無所不在的壓力

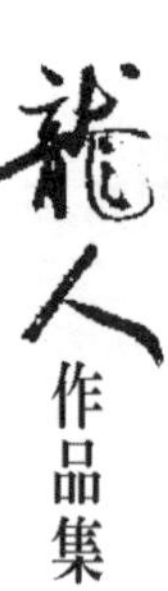

抑制著自己的呼吸，幾乎喘不過氣來。

這可以歸類於一個人本身的氣質，也許這就是劉邦不同於常人的王者之氣。但要讓樂白這等高手感到壓力，僅憑氣質還遠遠不夠，所以在劉邦的身上，最讓人感到可怕的是他擁有的一代高手的自信與霸氣。

當樂白又偷偷地打量了一眼劉邦的背影之後，劉邦並沒有回頭，而是眼望前方的天空道：「你失敗了，申帥也失敗了，你們都是我問天樓的精英，尚且不敵紀空手，難道說此人真的有這麼可怕嗎？」

樂白趨前一步道：「此人的確可怕，屬下兩次與他交手，都感到自己絲毫沒有必勝的把握，這種情況在屬下的這一生中並不多見。」

「哦？」劉邦詫異地道：「他的武功真的到了高深莫測的地步？」

「這倒還不至於，但是屬下每一次與他交手，明明已經尋到了其破綻，可是一旦出手，總是栽在他露出的破綻上。」樂白的眼中現出一絲迷茫，顯然他也不能理解這究竟是怎麼一回事。

「也就是說，他的武功不是沒有破綻，而是太多，所謂虛虛實實，反而讓人無從判斷他的破綻到底會在哪裡出現？」劉邦眼芒一亮道。

「沛公所言極是，這也正是屬下心中困惑的原因。屬下雖然懂得他的破綻有些是故意擺出的迷魂陣，意在讓屬下臨陣之時生出輕敵之心，但饒是如此，心中已有警覺，最終卻仍不免上當。」樂白的表情極是懊喪，連連搖頭道。

「這不能怪你，只能說紀空手太過狡詐，這也許與他的習武經歷有關。據本公所知，他涉足江湖以來，從來就沒有拜過師，一身武功全是憑著個人的悟性與後天努力而成，是以他與人對敵，從來就沒有

一定之規，往往講究隨機應變，臨場發揮。」劉邦淡淡地道，口中不經意地流露出一絲欣賞之意：「也許他對你的性格極為瞭解，知道你忍辱負重，潛進入世閣臥底數十年，必定小心謹慎，所以才針對這一點來迷惑於你。日後你若與之對敵，憑你的功力，如不受其破綻的誘惑，只管一味搶攻，應該不至於總是處於下風。」

樂白一聽，豁然醒悟，拱手謝道：「這可真是一句話點醒夢中人，沛公所言，字字珠璣，屬下受益匪淺。」臉上盡現欽服之色。

劉邦一揮手道：「你我同是一樓之人，不必客氣。不過按本公所想，只怕你再也沒有與紀空手交手的機會了。」

樂白好不容易明白了劉邦話中的深意，點頭道：「有閥主親自出馬，自然是馬到成功，何況韓信的劍法端的精妙，有他相助，紀空手縱有十條命只怕也難以活在這個世上了。」

劉邦笑了一笑，臉上不自然地露出一絲焦慮，道：「只是他們兩人去了已有三炷香的時間，迄今尚無消息，這的確讓人擔心。往昔閥主親自出馬與敵一戰，總是可以在瞬息間決出高下，像今次這般，幾乎未見，可見紀空手實在是難纏得緊！」

他絲毫沒有抬高衛三公子的意思，每一句話都是事實。對於衛三公子來說，經歷了大小上百次惡仗，從來未敗，實是江湖上難得的一大奇蹟，若非紀空手乃是他們爭霸天下的最大敵人，他絕對不會親自出馬。

這時一道閃電從烏雲中裂出，斜劈至城樓上空，照得劉邦的臉容似乎扭曲變形，顯得猙獰可怖。樂白心中一驚，驀然想到了什麼，突然擔心地道：「沛公，屬下有一言不知當講不當講？」

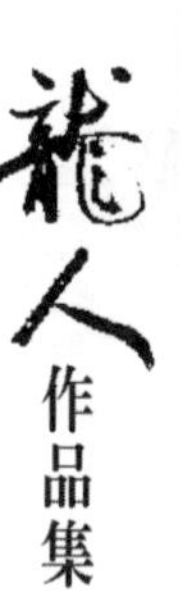

「但說無妨。」劉邦轉過頭來，又恢復了先前的笑容，淡然道。

「今日一戰，紀空手所攜人手俱是知音亭所屬，可是除了紅顏外，並沒有見到五音先生，會不會這是五音先生設下的一個圈套，故意潛藏暗處，爲的是對付我們的閥主？」樂白說到這裡，覺得以紀空手的行事作風，這種可能性實在不小。

無論紀空手的習武天賦有多高，無論他所經歷的奇遇有多麼地玄奇，平心而論，若要以他的實力來與當世第一流的高手抗衡，無論在哪一個方面似乎都欠缺了不小的火候。如果說他設下這個殺局是必殺衛三公子與韓信，那麼他不會不考慮到自己與衛三公子之間存在的差距。

既然這個差距真實存在，那麼真正能與衛三公子相抗衡的，就唯有五音先生，樂白的話頓時引起了劉邦的高度重視。

「如果事實真是這樣，那麼閥主與韓信豈非危矣？」劉邦眉頭一皺道。

「屬下這就帶人前去支援。」樂白提議道。

「不必了。」劉邦搖了搖頭道：「以閥主的心計，只怕早就算到了這一點，他應該針對這種情況有所佈署。」

他對衛三公子一向很有信心，在他的記憶中，還沒有見過衛三公子有過失敗的記錄。假如五音先生真的出現，衛三公子絕對會有對付他的辦法。

「不過……」劉邦頓了一頓，道：「即使五音先生不在霸上，假若紀空手不與閥主力敵，而是選擇逃走的話，他的機會並不小，因爲他的『見空步』已達到了隨心所欲、盡情發揮的境界，縱是閥主本人，也極難對付。」

樂白會意道：「屬下這就傳令下去，增加防線，嚴密防守，絕對不讓紀空手有任何逃走的機會！」

◆

暴雨愈下愈烈……

雷電交加，狂風大作，空氣中的氣旋不住地旋轉激撞。

就在這時，衛三公子的眉鋒一動，感應到了身後空氣的異動。

一股強大無匹的至強真氣突如其來地標射而來，從衛三公子所立之處左側的一面牆中爆裂而出，其勢驚人，其速幾達極致。

「呼……」離別刀破空而出，從一道道雨幕中飛速殺來，勁氣激起水花無數，更如千百支水箭齊發，奔射向衛三公子的身形。

衛三公子的眼睛一亮，心中極是矛盾。他身爲衛國後裔，爲了復國大計，不惜一切搜羅人才，一向在江湖上素有好評。他對紀空手極有好感，此刻見得紀空手將「靜如處子，動如脫兔」這八字武學的真境發揮到了極致，心中更生欣賞之意。若非紀空手對他的復國大計構成威脅，是他未來的心腹大患，衛三公子絕不想將這種天才毀於自己的手中。

他心中雖是這般想法，行動上卻不敢疑遲，鐧影重生，幻化出無數道勁風獵獵的幻影，攻出了他蓄勢已久的一擊。

「呼……呼……」兩件至強的兵器同時漫向虛空，逼射出如狂飆直進的殺氣，充斥了整個空間。空氣中承受著偌大的壓力，不斷擠壓，密不透風，傾盆大雨如線而下，竟然滲透不進。

「轟……」兩大高手終於完成了他們之間的第一次親密接觸。

刀鋼在虛空相接，沒有聲音，只有千萬道火星嗤嗤迸射。待兩人同時回收兵刃之時，才聽得一聲驚天動地的巨響，在兩股強大至極的殺氣猛烈撞擊之下，迸裂出霸道無匹的狂風，向四方席捲。

風起，雨滅，碎石如山裂般漫射……

長街的地上，赫然炸出了一個長達丈餘的黑洞，乍一看去，活似巨獸張開的大嘴。

兩條人影同時飛退，一晃之下，相距五丈而立。

爆炸性的驚響過後，卻是如死一般的寂靜。

這靜態只是表面現象，只有衛三公子與紀空手人在局中，才知道這靜態的背後暗藏著一觸即發的殺機。

衛三公子感覺到了自己手臂上一陣如電流般穿過的酸麻，心中不由得有些訝異。這種酸麻的感覺他已經很久沒有品嘗過了，以往的對手，根本就不可能給他造成任何的威脅，但紀空手絕不同於那些人，他迫發出來的勁力似乎並不比自己遜色多少，這讓衛三公子不得不更加謹慎。

可紀空手心中的震驚卻遠遠超過了衛三公子，他根本沒有想到，一個人的武功竟然可以練到這種神話般的地步，這幾乎讓他失去了應有的自信。

自他與衛三公子正面相對以來，就沒有把衛三公子當作人來看待，總覺得人是有血有肉，有著豐富感情的，絕不可能這般冷血，這般無情。他的心中一直有些訝異，似乎清晰地感覺到在衛三公子的身上，更多了一種高峰堅岩的氣質，讓人根本無法揣摩到半點心思。

這種感覺到了他們真正交手之後，愈發讓紀空手感到心驚。

在他的眼中，衛三公子已不是人，而是神，一個無所不能的神，或者更準確地說，他更像是一潭不起半點波瀾的死水，平靜得讓人可怖，深沈得讓人無法揣度。你只要不與他接觸，就不可能知道他裡面的內容，可是只要你一旦接近了他，甚至跳入死水中，你才會發現這潭死水遠不如你想像中的那般平靜，裡面暗流急湧，足以吞噬一切活著的生命。

紀空手深深地吸了一口氣，在這種可怕的感覺中回憶著衛三公子剛才爆發而出的那一鐗，那一鐗的出手力道不大，角度也不新奇，速度並不是上佳。但不知爲何，這明明看上去極爲普通平凡的招式，卻予人以最大限度的壓迫力，難道說衛三公子的修爲已達到了武道中的另一層境界，也就是「返璞歸真」之境？

紀空手曾經悟到，武道的本質在於勝負，在於殺與被殺，而不是讓人欣賞的藝術，是以他從不追求花巧的動作，好看的套路，只追求直接而有效的方式。而正是這種心態，使他暗合了武道精義，從而步入了武學大師的行列之中。而此刻，他忽然想到一個簡單的問題，那就是自己既然能夠領悟到這種境界，身爲武林五大豪閥的衛三公子又何嘗不能呢？

既然已經動手，紀空手就已沒有理由再等待下去，他唯一的選擇，只有搶攻。

這是一個沒有辦法的辦法，唯有如此，他才可以制約對手的盡情發揮，否則他以守勢對敵，面對衛三公子這等強手，就唯有敗亡一途了。

是以就在兩人一晃而退之時，紀空手的身腰一扭，隨著氣旋的流動而急劇飛舞，將離別刀陡然漫空，然後在虛空中劃出一道曼妙自然的弧跡，從一個玄奧無比的角度轉動殺出，斜劈衛三公子的左肋。

紀空手的刀不僅快，而且在變，根本沒有規律可言的變，距離在變，力道在變，角度也在變，甚至於他的臉色亦在不停地變幻。每一個變化都前後呼應，相輔相成，就如沒有常勢的流水，根本無從揣度

它的去勢和來路。

這刀在空中發生的每一個變化，都讓衛三公子感到進退兩難，似乎自己想出的每一個應對方案都不足以應付刀的每一個變化。

但是他並沒有猶豫，而是採取「以我爲主」的打法，「呼……」地一聲，鐧鋒破空而出。

他的鐧路依然平凡，但力道之大，將周圍數丈之內的壓力強行收聚，猶如山洪爆發般鋪天蓋地而來。

這無疑是明智的選擇。

因爲衛三公子明白，隨著對方的變化而變化，自己永遠都處於下風，所謂萬變不離其宗，只要找到對方的本質，就沒有必要去理會太多的變化。

事實證明他的判斷的準確性，當離別刀擠入他三尺範圍內時，幻影盡滅，變化全消，刀鋒凜凜，變得直接而有效。

衛三公子只感呼吸一窒，憑著直覺，終於尋到了刀鋒的氣勢鋒端。

這也再一次證明高手永遠是以實力來說話這句話亙古不變的至理，任何變化，都是幻象，根本就不能影響到高手的心態與判斷。

一股無邊無際的龐大勁氣以山裂雪崩之勢自刀鐧相接處傳來，「呀……」這驚人的力量震得紀空手一聲慘呼，直向後方跌飛而去。

「轟……」緊接著便傳來一連串的巨大暴響，以及各種物體的破碎聲，「嘩啦啦……」地響個不停。

塵土飛揚，碎石橫飛……

紀空手的脊背如重錘般撞破了他身後的一堵土牆，人如斷線風箏退飛，突然感到喉頭一甜，一口血標射而出，一路飛灑著血色迷霧。

衛三公子沒有追擊，氣血翻湧間，他的心中升起一陣欲吐的感覺，強行壓下之後，只是一動不動地站立在紀空手剛剛撞裂的破洞前，露出了一絲笑意。

他沒有想到紀空手會有如此強悍的反震力，若非自己有所感應，只怕已是兩敗俱傷，但饒是如此，紀空手的傷勢也絕對不輕，他有這個把握。

他之所以沒有追擊，還有一個重要的原因，是因爲這屋內還有韓信，換在平日，韓信也許不是紀空手的對手，可到了此刻，兩人之間的強弱已經易位，韓信應該有必勝的信心。

兄弟相殘，一決生死，這十分殘酷，但衛三公子卻喜歡這樣的場景，絲毫不覺得這有何殘酷可言。他始終認爲，人活著本身就是一件殘酷的事情，沒有必要大驚小怪，更不必心生憐憫，劣汰強留，只有遵循自然界的法則，這個社會才會有進步。

但他似乎忘記了一點，一個人既然來到了人世，他就應該有生存的權利，無論他是強是弱，畢竟是一條生命。

紀空手在失去重心的同時，就已發現自己體內的傷勢並不如想像中那般嚴重，這是因爲他體內的玄陽真氣在外力注入的瞬間不僅產生了反震之力，而且出於本能地護住了心脈。是以，他跌出數丈之後，猛然下墜，竟然站了起來。

他人一站立，第一個念頭就是自己絕不是衛三公子的對手。對他來說，衛三公子實在是太過強大了，根本就讓他看不到一點勝機。若是一味糾纏，是謂不智，倒是衛三公子將他震飛之後，卻給他留下了一線生機。

這線生機當然是逃！

據他估算，此刻紅顏一行應該穿越了地道，逃出了對方設下的包圍圈。既然如此，目的已經達到，他就完全沒有必要死拚下去。再說，假若他能從衛三公子的手中逃脫，這絕對不會是一件丟人的事情。

是以紀空手拿定了主意，瞬息間就已選擇了逃跑的路線。

他常聽丁衡說起，逃也是一種藝術，最初聽時，不以為然，等到他真正闖蕩江湖之後，方知有的時候逃跑並不是想像中的那麼簡單，它不僅包括了輕功、聽力、預判能力，而且還必須要學會如何識得哪一條路才是最安全的逃跑路線。

要學會這等功夫，說難不難，說易不易，絕不是僅憑後天的努力可以掌握的。它需要一種天賦，一種如野狼般敏銳的觸覺，而紀空手似乎恰恰具備這方面的優點。

他人一落地，已經看清了自己應該選擇的路線：從來處而去，顯然不行；從天上逃走，不要說問天樓暗藏的其他高手，單是那三千神射手就足夠讓他折騰；而回得勝茶樓，從地道逃走，他又怕暴露了紅顏一行的行蹤。是以他沒有猶豫，選擇了一條奔向城中的路徑。

說是路徑，其實前面根本沒有路，只有一幢幢緊連相接的房舍，要想逃遁，唯有撞壁破牆。紀空手雖然受了內傷，幸好傷勢不重，區區一堵土牆倒難不倒他。

他運了運自己體內的真氣，手提著刀，迅速向牆頭靠去。他深知今日的霸上高手如雲，步步危機，稍有不慎，就將陷入萬劫不復之境，是以整個人的神經繃得極緊，無時無刻不在關注著周圍空氣的流

動，以期在最短的時間內作出最快捷的反應。

距牆不過五丈，但紀空手的每一步都踏得極爲小心，好不容易移身至牆邊的一個大木櫃旁，運足功力，便要向牆上撞去。

「轟……」這個木櫃突然爆裂開來，無數木塊在勁力的帶動下，像是流星雨一般挾著銳嘯朝紀空手的背部飛湧而至。

紀空手的心裡陡然一沈，他不是沒有注意到這個木櫃，卻萬萬沒有料到裡面還藏著一個人，而且絕對是一個高手，否則以他的功力，縱然是在這種緊張的情況下也該有所警覺。

他已沒有時間再去考慮，只能衝前，整個身子就像一杆標槍般陡然發力，硬生生地穿牆而入，同時展開見空步，一滑一轉，向另一個方向掠去。

他的目光冷靜異常，絲毫沒有隔擋或是還手的企圖，只是一味疾衝。此時此刻，他只想早一點離開這個是非之地，而不是殺人。在他的心中，已不想看到太多的血腥場面。

「呀……」一聲暴喝之中，紀空手感到一道凌厲無匹的劍芒從碎木塊中飛射而來，那割體的勁氣迫向自己的後背，讓心底升出一絲令人悸動的寒意。

此刻的紀空手根本就沒有機會去看對方是誰，也沒有時間，但他知道，在自己的背後如影隨形緊緊迫來的是一把劍，只有劍芒才有如此疾速的速度與鋒銳的殺氣，而且這劍手的武功之高，絲毫不在樂白之下，甚至還要勝過樂白，否則他絕對不可能在這麼短的時間內作出如此霸烈的攻勢。

「噹……」紀空手沒有回頭，依然前衝，但他的離別刀卻反手一劈，以不可思議的速度自一個讓人驚駭的角度中殺出，劃出一道絕美的弧線，點在了劍鋒之上。火光四濺中，他只感到一股冰寒無匹卻十分厚重的勁氣從刀身傳入自己的手臂，再由手臂傳入體內，讓他覺得渾身上下有一股電擊過後的難受。

那人似乎也驚了一下，劍鋒一顫，殺氣緩了一緩。紀空手沒有估算到對方會是如此強悍，不過他已沒有任何考慮的餘地，身子如蛇行般一扭，離別刀立刻標射而出，奔向虛空。那種沛然不可禦之的氣勢刹那間牽動了屋中所有的塵土與碎木，刀鋒就像一塊吸力強大的磁石，將這些物體牽引成一團暗影，急劇旋轉，在虛空中扭曲成一幅恐怖之極的畫面。

他這一手，學自於格里。只要他見過的武功，只要他認爲有用，就會將之吸收爲己有，而且棄其糟粕，取其精華，是以他這一刀殺出，所造成的聲勢之大，已遠在格里之上。

沒有人會不驚懼於這一刀的氣勢！

就連這位不知面目的刺客，也不例外，因爲紀空手已經感受到了他的劍鋒又顫了一下。

劍鋒一顫再顫，這在高手的手中是不應該出現的現象。這至少說明這個刺客的心態並不平穩，缺乏超然的冷靜。

「呀……」紀空手陡然發力，刀鋒一振，暗雲盡散，形成一道道狂飆捲向了身後的刺客，同時借力一射，人已縱出三丈開外。

他所做的一切只爲了與對手拉開距離，只有這樣，他才可以從容地轉身相對，否則他始終只能處於被動挨打的局面。

「呼……」可是這名刺客似乎不想讓紀空手有轉身的機會，寧可冒險，竟然選擇了強行擠入的方式，硬從紀空手佈下的氣場中突破而出，又將劍鋒逼向了紀空手的後頸。

紀空手心中大駭之下，毫不猶豫地曲身一弓，倒射而出。在黑暗之中，一道暗淡卻冰寒的幻影出現

在虛空之中，直奔對手的面門。

在這麼短的距離內發出飛刀，這是紀空手事先設計好的一個殺局，除非對方是神仙，否則就很難逃過這種必死的結局。

紀空手的臉上甚至多出了一絲笑意，因爲他相信這一刀出手，絕對是例無虛發。

紀空手在等待，飛刀出手之後他就在等待，他看不見身後的動靜，卻能聽到。

可是他沒有聽到對手中刀之後的慘呼，也沒有聽到刀鋒入體的怪音。

他只聽到了一聲銳嘯響徹於整個虛空。

然後是一聲金屬撞擊的脆響，久久不息。

紀空手的心陡然下沈，冷哼一聲道：「又是你，韓兄。」

他沒有回頭，卻叫出了對方的名字，他相信自己絕不會出錯，因爲能與他同樣玩出這樣漂亮的飛刀之人，除了韓信之外，別無他人。

對方渾身一震，虛空突然變得寧靜起來。

然後紀空手便緩緩地回頭，看到了一雙熟悉卻又陌生的眼睛。

這雙眼睛在黑暗之中亮得像是一頭餓狼的眸子，泛出一種幽幽的光芒，這光芒所蘊含的是一種兇殘與無情。

「這是韓信的眼睛嗎？」紀空手的心中生出一種難以置信的驚駭。在他的記憶中，韓信的眼神總是那麼地純真，那麼地親切，給他無比的信任。

而此刻韓信的眼裡，充斥著無限的肅殺，面對紀空手，他已別無選擇，必須要將這位過去的摯友與兄弟置於死地，然後踩著他的屍體，去實現自己追求一生的夢想。

他始終認爲，自己所做的一切並沒有錯。

他選擇了以自己的方式去追求自己的理想，本該無可厚非，所以不管他怎麼對待紀空手，也從不內疚。

正因爲如此，此時此刻，他只想著如何殺死紀空手，而沒有其他的任何念頭。

「我一直認爲，在你我之間，還沒有發展到非得你死我活的地步，雖然你背叛了我，奪走了登龍圖，但我始終認爲只要你有足夠的理由，我還是能夠原諒你的。」紀空手平靜地凝視著韓信的眼睛，不知爲什麼，他心中竟然泛起一絲酸楚。

「我沒有理由，就算有，也不想說，因爲我既然有了自己的選擇，就不想後悔，所以紀少，希望你不要怪我，無論如何，我都要讓明年此時成爲你的忌日！」韓信冷冷地道，他自始至終都盯視著紀空手的每一個表情，每一個動作，防範著對方的突然襲擊，同時也在尋找對手可能出現的破綻。

「你有權選擇。」紀空手笑了笑道：「可是我卻不能讓你來決定我的生死。」他的臉上彷彿多了一層不屑之意，並不認爲韓信就有殺死自己的實力。

「到了這個地步，你已經是身不由己。」韓信也笑了，是一種陰冷得讓人心中發寒的笑，他的笑讓整個屋子裡的空氣變得肅殺起來。

「是嗎？」紀空手不置可否地道：「你認爲憑你的實力，就可以置我於死地？」

「我是一個很現實的人。」韓信道。

「這可以看得出來。」紀空手淡淡一笑，如果韓信不是非常現實的人，如果他對功名利祿沒有近乎執著的偏愛，又怎會置多年的朋友情義於不顧？又怎麼會在自己的背後刺出那無情的一劍呢？

「正因爲我很現實，所以我不得不承認，換在平時，我的確沒有實力來決定你的生死，但是今天卻不同，你已經受了不小的內傷，縱然你全力以赴，也絕對不會是我的對手。」韓信頓了一頓道：「我曾經說過，你是我今生最可怕的對手，既然如此，我當然要把握住今天這種難得的機會，絕不去做縱虎歸山的蠢事。」

紀空手不得不承認韓信所說的都是事實，可是他不慌不亂，臉上依然是那麼地平靜，緩緩地道：「不知你想過沒有，你如果殺了我，也許是你這一生中犯下的最大錯誤？」

韓信怔了一怔，他沒有想到紀空手的嘴裡會迸出這麼一句話來，以他對紀空手的瞭解，紀空手既然敢這麼說，當然有這麼說的理由，他倒想聽聽紀空手會有什麼高論來說服他。

「你知不知道，我之所以與劉邦爲敵，是他先不相信我們，因爲當年他爲了得到玄鐵龜，騙了我們兄弟。還有，他明知陳勝王已死，卻還讓我們兩兄弟暗中潛往淮陰，以至途中被鳳五襲擊，而關於玄鐵龜的消息，我們只告訴了他與樊噲。此外，他借我這次被項羽所傷之際，又想再次利用我，卻暗中給了神農一道指令，要神農在我協助你得到登龍圖之後，將我除去。以我對他的感情，以及我個人的實力，按照常理，他此刻正值用人之際，本該大大借重我才是，何以會反其道而行，非要除去我呢？」紀空手說出了這個讓韓信感興趣的話題。

「或許他看出你並不是一個甘於人下的人。」韓信遲疑了片刻道。

「不，我最初也是這麼想的，但是以劉邦的性格爲人，他並不是一個沒有耐心的人，大可以讓我爲他去爭霸天下之後，再想辦法除去我，事實就可證實當年你我寄身烏雀門時，他就曾爲玄鐵龜而深夜刺

探於你我，但不知爲何又放棄了。所以我推翻了原來的想法，尋思良久，終於明白了這些都不是他要殺我的原因，他真正欲殺我而後快的原因是怕我們透露他的秘密！」紀空手道。

韓信道：「你和我談這些東西，是不是想拖延時間？難道你不知道這是徒勞無益的事嗎？」

紀空手搖了搖頭道：「你應該瞭解我這個人，明知是徒勞無益的事，我會去做嗎？既然你不想聽，那麼就請動手吧！」

韓信退了一步，猶豫一下道：「你說吧！我也很想知道劉邦何以要殺你，因爲如果不是這樣，我們本該是兄弟。」

「我應該感謝他，否則我一直不知道自己的兄弟會是這副臉嘴！」紀空手刺了他一句，這才淡淡地道：「我可以明白地告訴你，劉邦之所以非殺我而後快，是因爲我是將他從人到神這個變化過程的知情者，他的聲望能夠在義軍中短時間內迅速崛起，很大程度上應該歸功於當初那個造神的舉措。」

韓信聞言，不由倒吸了一口冷氣，如果紀空手的推斷不錯，那麼自己的生命豈不也是危矣？因爲正是他與紀空手完成了那個造神舉措，他也是知情者之一。

「不會的，不會的。」韓信喃喃自語道，不住地在心裡安慰著自己。

「我也希望不是這個原因，但只要你用心去想，就會發現這種可能性是最大的。在劉邦的十萬大軍中，至少有大半的將士是衝著他是赤帝之子才投奔於他的，而且死心塌地，誓死效忠，因爲在他們的心中，劉邦既然是神靈之子，當然是順應天命，理所當然是屬於這個亂世的真命天子。假如讓他們發現這個赤帝之子只是我們三人一手炮製，平空胡編的神話，你可以試想一下，如果神話破滅，那時將會是一個怎樣的結果。」紀空手的每一句話都如重錘般敲擊於韓信的心坎上，幾乎讓他承受不起。

「可是他一心只想殺你，卻沒有殺我之心，可見你的這個想法並不成立。」韓信靈光一現，提出了他的置疑。

紀空手冷笑一聲道：「因爲他心裡清楚，我們二人此刻的實力，同時讓一個勁敵去除掉另一個勁敵，這遠比自己同時除掉兩個勁敵容易。一旦我死了，接下來就該輪到你，這個道理你不會不明白吧？」

韓信沈默良久，似乎同意了紀空手的說法，輕歎一聲道：「其實我心裡也一直有這種疑惑，也相信你所說的很有道理，可是這仍然改變不了我要殺你之心，因爲只有殺了你，我才可以借助你的屍體得到我所想要的東西，而你剛才所說的一切，只是提醒了我，我一定不會辜負你的期望，讓劉邦的陰謀得逞！」

他緩緩地舉起了一枝梅，猙獰一笑道：「你受死吧！」臉上一寒，已是滿臉殺氣。

紀空手淡淡一笑道：「你遠比我想像中的可怕，也遠比我想像中的愚蠢。如果你一上來就動手，只怕我的功力至多只剩五六成，絕對難以抵擋得了你的流星劍式，可是到了現在，孰勝孰負，已難預料。」

「你認爲我會相信你的話嗎？」韓信笑了，笑得非常自信：「你剛才的對手可是當今天下第一流的高手，就算你受的只是一點小傷，也根本不可能在短時間內復原。」

「是嗎？那麼你就試試吧！」紀空手臉上露出了一股滿不在乎的勁頭，不置可否。

韓信眼芒一寒，一點一點地校正著自己劍鋒的角度，當劍芒所指處正對著紀空手的眉心時，這才手腕一振，一枝梅發出一陣淡淡的龍吟之聲。

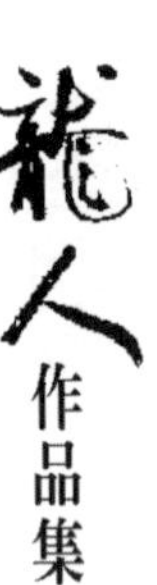

一股有質無形的殺氣隨著龍吟之聲的節奏而湧入虛空，一枝梅的劍鋒微顫，一圈一圈地向外發出聲波，由小及大，向紀空手籠罩而去。

紀空手並沒有動，如大山一般沈默，但他的眼神卻凝注著虛空中的每一點異動，臉上的表情極為淡漠，身上的殺氣卻愈來愈濃，離別刀始終在手，就像是一道岩石鑄就的堤防，橫亙於虛空之間。

韓信心神一震，不由懷疑起自己的直覺來，難道紀空手並沒有受傷？看他生機勃勃的樣子，比起先前來似乎戰意更濃，可是在衛三公子的鐧下，紀空手又怎能完好無損地全身而退呢？

當紀空手的眼芒與他的目光在虛空之中悍然交觸時，韓信為他眼中的殺機所懾，禁不住在心中震顫了一下。

就只一下，便已足夠。

紀空手等待的就是這個機會，所以韓信心神一顫的同時，離別刀已經奔向了他的面門。

刀，極快，快得如同刀的本身就在韓信面前從未移動一般。韓信根本就沒有看到紀空手自哪個角度出刀，甚至也不知道它飛行空中的軌跡，只是當他發現刀的時候，刀便已經進入了他的視線，而且一幻一滅，亮出一道吞吐不定的奇異色彩。

屋中沒有光源，怎會有反光？莫非這不是光的色彩，而是刀的本身在勁力催逼下形成的刀芒？

這的確是一幕讓人心醉的美景，同時也是讓人心悸的一幕。

沒有絲毫的刀風，也沒有半點破空之聲，刀出，似一道山梁在移動，在推進的過程中，將所有的風聲與空氣一併吸納，而凝成了重逾泰山的氣勢與壓力。

韓信只感呼吸一窒，在最短的時間內作出反應，疾退、出劍，似顯一絲倉促，可是這又怎能怪他？

他哪裡想到紀空手說打就打，出手毫無徵兆，而且一快至斯？

他揮劍的同時，看到了紀空手的刀，也看到了紀空手的一雙眼睛。

他的心裡閃出一絲驚駭，幾疑自己產生了一種奇異的錯覺，或許他所看到的並不是一個人的眼睛，而是強大的自信，這種自信蘊含著一股沛然不可禦之的毀滅力量，足以毀滅任何阻擋在它面前的東西。

「呀……」韓信不敢多看，也不敢多想，身子一退之下，劍鋒幻化成千百道光影，拖起一團暗影向那刀鋒迎去。

「轟……」紀空手的身體一震，在氣浪的翻湧下，他的刀再次閃出，不依不饒地跟進。

韓信在與紀空手相接一招之後，並沒有占到絲毫的便宜，反而覺得胸中一悶，感到對手之強大，似乎絲毫不見受傷的痕跡，這讓他感到了一種迷惑。

難道說紀空手與衛三公子的對決中並未受傷？他跌飛、吐血，腳步不穩，這一連串的動作只是佯裝，是一個誘人的幌子，其意便是要引出自己？

韓信不敢相信這種推斷是一個事實，如果是，那麼紀空手實在是太可怕了，可怕得讓人感覺到他已是一個神話，一個不可戰勝的神話，他唯一可以做的，只有打破這個神話，否則一切都無從談起。

「呼……」他只有迎刀而上，在對方的刀鋒逼入到自己佈下的劍氣時的剎那間，韓信的劍一抖而變，就像是生出了流星雨般劃破虛空，帶著一路的狂野與放浪插入紀空手的刀鋒之中。

「轟……」爆響驟起，夾雜著一連串的金屬脆音，響徹了整個虛空，刀與劍恰似兩條漫空的惡龍，在氣旋飛竄間迎擊了四五個回合。

「哼……」紀空手悶哼一聲，突然疾退，他這一退近乎滑行，兩隻腳拖出兩道深達寸許的痕跡，以背脊撞擊，一連穿過了六七道牆壁，塵土飛揚中，他的人如一隻夜鷹般沖天而起，衝破屋頂。

「嗤……嗤……」他的人影一在空中現形，四面八方的弓弦之聲驟然暴響，數十支快箭在最短的時間內奔襲而來。

紀空手心中一寒，只有吸一口氣，重新由洞口墜入屋內，但他在下墜的同時，感到韓信的劍鋒已經封鎖了他下墜的所有路線。

他曲身一弓，改頭朝下，腳朝上，整個人變成一隻俯衝的蒼鷹，手中的長刀化作一道淒美的殘虹，狂捲而下，氣勢凌厲，刀破虛空之聲猶如裂帛般刺耳。

這一刀應變之快，超出了韓信的想像範圍，他陡然發現，紀空手總是能在生死懸於一線之間尋找他生命的潛能，從而激發出來創造奇蹟。這種現象偶然為之並不奇怪，但總是能在刻不容緩之際出現，這不得不讓韓信感到心驚。

難道說紀空手的武功已進入了一個全新的境界，他所演繹的武學精義之高深，已不是自己可以理解和領悟的？或者說紀空手與自己之間，已經存在了一個檔次的差距？

韓信帶著這種疑惑避開了紀空手這霸烈無匹的一刀，他雖然後退了一步，卻發現了一件難以置信的事情。

他幾乎不敢相信自己的眼睛，因為他從紀空手這一刀的攻勢中看出了一個破綻，雖然一閃即沒，卻如一道深深的烙印般清晰地刻在他的心裡。

韓信的眼睛眯成了一線的縫隙，眼眸中莫名地生出一股亢奮的神情，他幾乎可以百分之百地斷定，紀空手的確受了傷，而且傷勢不輕，否則以紀空手的實力，他絕不會在自己的面前露出這樣的破綻。

但是，饒是如此，韓信還是無法發現紀空手招式中的死點，這倒不是他沒有這個能力，而是因爲紀空手的刀法毫無規律可言，他明知會有破綻出現，卻不知道它何時出現，更不知道它會出現在哪裡。

所以他只有等待，他始終相信，等待的時間愈長，機會就會愈大，紀空手的傷勢決定了他不可能持久地與自己相持下去。

韓信確定了這種想法之後，立刻改變了自己的戰術，每一劍刺出，都帶出無匹的勁力，企圖消耗掉對方的內力，同時他的劍速也愈來愈緩，不講速度和角度，而是一味地勢大力沈，如一道道重錘給紀空手施加最大的壓力。

紀空手的臉上依然寧靜，依然掛著那一絲高深莫測的笑意，顯得極是自信。沒有人知道他此刻的心中在想什麼，可是他自己心裡卻十分清楚，如果他不能很快地改變眼前的這種局勢，最終失敗的，就是自己！

他沒有想到衛三公子的內力會如此陰毒而霸烈，兩人甫一交手，他便將自己的內力催逼而出，毫無徵兆地進入了自己的經脈之中。假若換在平時，這種侵入經脈的外力並不可怕，只要調息一段時間，自然可以輕鬆化解，不足爲患。但衛三公子顯然算到了紀空手根本就沒有化解這股內力的時間，是以在內力侵透的速度上有所掌握，使得隱患終於在紀空手與韓信對決的時候爆發出來。

等到紀空手發現這個問題的時候，他已明顯地感到了這股外力對自己體內的玄陽真氣的侵擾與遏制，使得他根本就無法發揮出全部功力。不僅如此，一旦他全力催逼內力，這股外力就會化作千萬根牛毛針般刺扎著他的經脈，痛癢難忍，影響他的注意力。

高手相爭，只爭一線，何況紀空手此刻體內無疑是裝了一團大容量的火藥，隨時都有爆炸的可能。

這讓紀空手意識到了自己目前的處境，他已無心戀戰。

但就算是逃，也並不是那麼簡單，韓信的流星劍式絕對是一流的武學，而且其玄陰真氣絲毫不弱，紀空手即使要走，沒有機會也是枉然。

「嘶……」一道猛烈與極速的劍風迎頭而來，氣旋湧動，籠罩八方。

紀空手心中暗怒，身形一個疾旋，讓過劍鋒，隨即以自己為中心，在周身數尺內佈下重重刀影。

韓信幾次想強行擠入，都因刀氣太重而無功而返，劍身一振，突然幻化成劍影無數，曲身而進，攻向了紀空手的下盤。

他的選擇無疑極為明智，在這個時候攻敵下盤，逼敵向空中縱躍，而外面有強弓伺候，便能讓紀空手陷入兩難之境。

但是韓信並沒有得逞，因為紀空手不僅手中有刀，更在於他還有腳。

紀空手當然有腳，是人都會有腳，但韓信還沒有看到過比自己的劍更快的腳。

紀空手的腳不僅快得讓人難以想像，更可怕的是他的腳漫出虛空時給人的感覺。本來明明是血肉鑄就的一隻腳，卻帶有一股霸烈的肅殺之氣，更有一種金屬氣息的銳氣。

韓信沒有想到一隻腳也能成為攻擊的武器，不得已之下，唯有後退。本來他可以抽劍回削，但不知為什麼，他卻沒有這麼做。

「你不笨。」紀空手輕笑一聲，他並不認為這是因為韓信的手下留情，以韓信的頭腦，應該相信他剛才所作出的推理並非無中生有。

事實上，當紀空手的腳尖踢來之時，如果韓信拚著硬受一腳的危險，應該可以將紀空手變成殘廢。

這是一個不爭的事實，因爲無論是誰的腳，無論有多麼堅硬，都不可能與一枝梅爭鋒。

紀空手是聰明人，當然可以看出這一點，可他還是選擇了出腳，這是否說明他已看出韓信已無殺他之心？

而韓信本就抱著必殺紀空手而來，何以好不容易等到這麼一個大好機會，卻選擇了放棄？這是否說明他已相信了紀空手的話，爲了明哲保身，只能給紀空手一線生機？

他不可能沒有這層顧忌，因爲他突然想到，衛三公子本有殺死紀空手的機會，卻放棄了，而是將這個機會留給了自己，這是不是可以理解爲：衛三公子心裡所希望的，是要自己與紀空手兩敗俱傷，或是兩敗俱亡呢？

這並不是沒有可能的事情，不知爲什麼，他雖然背叛了紀空手，卻相信紀空手的心計，是以只要是紀空手說的話，他總覺得有幾分道理。

他看著紀空手消失於土牆破洞中，心裡好生矛盾，但是他一想到衛三公子與劉邦的行事作風，還是覺得自己的決定未必就錯。他寧可信其有，不可信其無，因爲假若紀空手的推斷一旦成真，他所犧牲的不是別的，卻是他自己的生命。

「希望你能好運。」韓信由衷地在心裡念叨了一句，不是爲了紀空手，而是爲了自己。因爲他知道，此時此刻，他與紀空手的命運已聯在一起。

他現在的當務之急，已不是考慮其他的什麼東西，更多的擔憂是自己未來的命運，他相信天，相信命，也相信劉邦最終會成爲這個亂世真主，但他絕對不想讓別人來借用自己的鮮血染紅他頭上的光環，絕不！

紀空手能從韓信的劍下逃生，憑藉的不是武功，而是智慧，他自己很明白這一點，是以他加快了腳步，只想遠離衛三公子與韓信。

他只能穿牆逃亡，雖然周圍一片寧靜，他卻知道敵人隨時隨地都有可能出現，自己倘若能逃過此劫，可真要算是「九死一生」了。

順窗而望，暴風雨依舊肆虐著整個天空，夜色漸漸暗沈，雖然他感到自己的傷勢有愈來愈重的趨勢，可是他的心中從未絕望，雖然他正處於敵人的重重包圍之中，但求生的本能讓他依然充滿戰意。他記起了自己對紅顏的承諾，也相信自己一定會完成這個承諾，不爲別的，只爲了自己心中的這份深情，只爲了自己的這份真愛。

他調息了一下自己的呼吸，將傷勢的影響控制到最低，然後靜下心來，再次選擇自己逃亡的路線。

事實證明他的選擇並沒有錯，無論是衛三公子還是劉邦，都將重兵設伏在通往城外的方向，而通往城中的各個要道雖然也安置了不少人手，但實力上明顯有所減弱。

他也曾想過，自己付出了如此之大的代價，是否可以讓項羽得到劉邦與問天樓聯手的證據，只有這樣，項羽才會對劉邦有所猜忌，繼而削弱其兵權。而劉邦顯然不會俯首就擒，必然會心生反抗，從而使得劉、項相爭，令自己可以有趁亂爭霸天下的機會。

這是他考慮了很久的計畫，也是他唯一可以與劉、項抗衡的機會，如果事態一直就按著現在這樣的進程發展下去，劉、項二人的實力遠勝於他，他根本就沒有一點機會。如果換作別人，面臨這種局勢，也許只會選擇放棄，但紀空手永遠就是紀空手，他絕對不會屈服於任何命運的安排，沒有機會，他就要創造機會，絕對不向困難低頭。

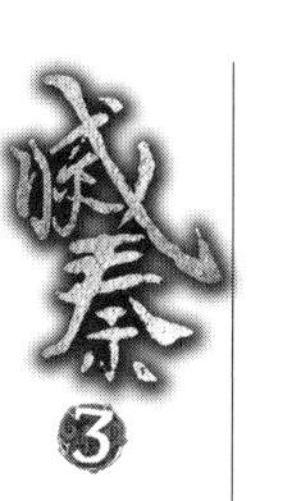

他相信自己的這個計畫一定會成功，所以他始終相信自己絕不會輕易就這樣死去，雖然他已面臨絕境，卻依然充滿了信心。

他爲了保存體力，於是用刀來劈牆開洞，這雖然影響了他前行的速度，但能很好地隱蔽自己。

等到他又前行了數十步遠，人已到了一處小院的天井，他忽然感到眼前有兩條暗影一閃，帶著一股銳嘯向自己夾擊而來。

紀空手並不覺得突然，而是早有心理準備，冷哼一聲，手中的離別刀斜斜劈出，身若紙鳶一般縱空而起。

他的身形若蒼鷹般輕靈，但刀卻如雷霆一般極有聲勢，似乎算準了兩道身影所撲來的角度與方位一般，刀鋒拖出一道狂野的軌跡準確無誤地迎上了對方的兵刃。

那是一杆長槍與一柄劍，槍劍聯手，互補長短，互有銳芒，但是它們的主人卻已飛退，並不是因爲他們臨時改變了主意，而是因爲紀空手的刀如一塊堅岩般傲立於江心，似乎在等待著將席捲而來的浪濤擊個粉碎一般，所指之處正是他們招式中的盲點，也就是破綻，使得他們不得不退。

紀空手只是逼退了他們，卻沒有追擊，他之所以不追，是需要保存體力，更重要的一點就是，即使他不追，敵人也不會放過他的。

他算計的沒錯，但是當這兩人再次撲來的時候，他覺得這兩人實在是有些可怕。

可怕之處就在於這兩人竟是亡命之徒，採取的是一種不要命的打法，這讓紀空手想起了汪別離，只有問天戰士，才會有這種敢於輕視自己生命的勇氣。

這兩人雖然不怕死，卻絕對不是送死，他們只是想用自己的生命與別人的生命相搏，是以一出手便是同歸於盡的打法。

一個人倘若不怕死，這的確是一件讓人感到頭痛的事情，何況是兩個亡命之徒？但紀空手似乎並不覺得這是讓人頭痛的事情，不僅不退，反而挺身相迎。

這實在有些出人意料，也不像是紀空手的行事風格，但是這一次紀空手似乎鐵了心，倒想看看誰比誰更不要命。

他要的就是這股狠勁，這份無情，如果他沒有這些東西，霸上就是他的葬身之地。

他明白這一點，是以手中的刀一出，他已是義無反顧。

那兩名問天戰士顯然沒有想到紀空手會用這種方式出刀，更沒有想到紀空手會比他們更不要命。他們的打法本是不要命的打法，可是當他們看到紀空手的眼睛時，他們竟然有了一絲恐懼。

紀空手的眼睛裡面什麼都沒有，根本就看不到任何東西，正因爲什麼都沒有，反而讓他們感到了一種迷茫，感到了死亡的氣息。

但紀空手的刀卻十分地無情，以最簡單的方式迎向了對手。他沒有對著兵器，只是對人，刀路清晰，直指敵人的咽喉，這樣做的結果，就是他殺了對方的同時，也無法避免被殺的命運。

這已不是較量武技，而是鬥狠、拚命。

那兩名問天戰士的瞳孔強烈收縮，臉色數變，似乎都爲紀空手的瘋狂而感到了莫大的恐懼，終於發一聲喊，向兩邊縱退。

他們怕了，本是不要命的他們，竟然怕了另一個不要命的人，這是不是有些可笑？

其實這不可笑，沒有人會真的不要命，紀空手懂得人的心理，是以他贏了這場賭局。

他本可以不去拚命的，以他的武功，要對付這樣兩名殺手並不困難，可他最終還是選擇這樣做了，不爲什麼，因爲他需要刺激。

經過了長時間的激戰，他的反應與感官已近乎麻木，同時他的激情也正一點一點地在消失。在這樣的情況下，要想突出重圍幾乎是不可能的事情，他需要刺激來保持自己高度的敏感與注意力。

正因爲如此，他敏銳地感覺到，有十幾名殺手在夜色掩護下，正不緊不慢地四下散開，向自己合圍而來。對方並不急於向他靠近，而是保持了一定的距離，這讓紀空手心中一驚，突然心生警兆。

這是他的直覺，一種高手的直覺，這種直覺通常都非常準確，這讓他意識到了一股危險與殺機。

陡然間，「嗤……呼……」之聲大作，悶雷隱起，數十道暗影似幻似滅，劃破了整個虛空，從不同的角度劃出各種不同的弧線向紀空手撞來。

目標只有一個，那就是紀空手！

而這些暗影都是箭，要命的快箭——要紀空手的命！

紀空手根本就沒有半點猶豫的時間，只能閃避，在最短的時間內向天井中的一棵老槐樹上竄去。

他的人一進入天井，就注意到了這棵頗有年齡的老槐樹了。這戶人家在天井裡種下這麼一棵樹，是爲了遮擋風雨，是爲了遮陰蔽陽，同時也是爲了增加幾分雅趣，但此刻它在紀空手眼中，卻成了溺水時救命的稻草，因爲他可以利用這棵樹來遮擋這些要命的勁箭！

「噗……噗……」之聲不絕，槐樹在勁箭的撞擊下，震晃不停，枝葉簌簌直響，落了一地。

紀空手只在樹後停留了片刻，然後手按樹幹，陡然發力，那些射在樹上的箭矢突然倒震而出，以驚人的速度向四方標射。

「呀……呀……」慘呼聲起，那些暗伏的箭手們顯然沒有料到紀空手會有這麼一手，閃躲不及之下，已有人中箭倒斃。

紀空手手腳並用，如猿猴般直竄樹梢，他沒有再去留意這個天井，而是準備向房頂縱去。他的目光像捕食的蒼鷹般敏銳，亮若寒夜裡的明星，幾縷淡淡的殺機透射虛空，去尋找著可供自己逃遁的路徑。

「呼……」他的雙足點在斜斜的枝椏之上，借這一彈之力，如大鳥般橫掠兩丈，穩穩地落在了屋瓦上。

屋瓦上沒有人，空氣中也不見有絲毫的異動，但就在紀空手的腳尖落在瓦面的刹那，他的心神突然跳了一下，警兆立生。

他不敢有半點的停頓，腳尖一點，繼續俯衝，在他的腳後屋瓦上，突然一分爲二，無數道箭矢穿瓦而出，緊緊地迫著他的腳底而來。

敵人原來潛藏在屋中，似乎算計到了紀空手會上樹登房，所以瓦上一響，他們的攻擊便驟然發動。但紀空手的反應遠遠超出了他們的預想，等他們的弓弦響起時，紀空手已跳上了另一棟樓的房頂。

他的身形極快，在內力的催逼下，幾乎達到了速度的極致。暗黑的屋瓦如一張張巨獸的嘴，在他的腳下不斷地衍生變化，豆大的雨珠依然傾灑個不停，濺出朵朵淒豔得讓人心寒的白花。

當他竄出第七步時，至少已離天井足有二十餘丈的距離，他知道危險尚未過去，只能拚命逃亡，可是當他竄上一幢高樓時，卻不得不停下腳步。

因爲在他的正前方，出現了三道人影，就像三道不可逾越的山梁，橫亙在他的面前，封鎖了他前行的去路。

第九章　寧氏禪道

紀空手只有止步，因爲他看出了這三人絕對不同於先前的那些殺手。這三人的站位都有些特別，相互間的距離也非常適度，無論紀空手選擇向哪一個方向突破，他都必須面對這三人的聯手攻擊。

而更令他心驚的是，這三人手中所持都是一種叫做「禪杖」的武器，能使這種兵器的，內力通常都不會太差，而以他目前的狀況，所存的內力不敢再有太多的消耗，否則他將虛脫致死，無力逃亡。

但紀空手的臉上始終不顯慌亂，反而露出寧靜似水的微笑，他並沒有立刻出手，而是問了一句：「三位一定姓寧，是也不是？」

這三人的神情都露出一絲驚愕，想不到紀空手會在這個時候說起話來。

「你何以會如此肯定？」其中一個老者似是心存疑惑。

「我不僅如此肯定，而且還知道你就是寧戈，問天樓的四大家臣之一！」紀空手笑了，臉上顯得極爲神秘。

「沒錯，你的眼力不錯，希望你不要作無謂的掙扎。」寧戈點了點頭，相勸了一句。

「如果你換作是我，你會怎麼選擇？」紀空手反問了一句道：「放下武器是死，不放下武器也是死，與其如此，我爲什麼不搏一搏？」

「因爲你已經沒有搏的機會了。」寧戈無情地點明了一個事實：「你能堅持到現在，已經是一個不

小的奇蹟了，打個比方說，此刻的你已是強弩之末！」

「事實真的如你所說嗎？」紀空手的眼中閃出一絲不屑的神情，任何人看在眼中，都感受到了他身上透發出來的一股自信。

「難道不是這樣的嗎？你還……」寧戈的眼裡多了幾分同情而憐憫，面對一個將死之人，他似乎更想表現出一種強者的寬容，可是他錯了，他的話還沒有說完，就不得不就此打住，這一切只因為紀空手手中的刀。

刀有的時候未必像刀，而更像一道閃電，閃電的美麗在於它的突然，在於它存在的時間短暫。正因為它出現的時間太短，所以人們無法有一個清晰的概念，只能在記憶中去追憶它的美麗。

紀空手的刀一出手時，寧戈便有了一絲的後悔，他本不該分神與紀空手說話的，像紀空手這樣的敵人，壓根兒就不能給他一點機會，否則就意味著自己的敗亡。

他幾乎是出於本能地揮出了禪杖，「呼……」地一聲，聲勢如風雷般迅猛，立刻封住了對方的刀路，他相信對方的刀雖然很快，但自己的禪杖未必就慢，以硬碰硬，他絕不會吃虧。

可是他一出手，才發現自己犯了一個嚴重的錯誤，因為紀空手的刀並不是衝著自己來的，而是刀鋒一斜，奔向了他右手方的寧宋。

寧宋與寧齊的武功雖然不及寧戈，卻也算得上寧氏家族中一等一的好手，就算讓他們與紀空手單挑，也未必會在數招之內敗下陣來，可是問題是紀空手的刀鋒在虛空中起了變化，以佯攻掩蓋了他真正的目的，寧宋絲毫沒有心理準備。

紀空手出手的角度變化根本不顯徵兆，是以寧宋看到刀的時候，幾乎沒有招架的餘地，他只有退！

退永遠沒有進的速度快，寧宋當然懂得這一點，他之所以退，其實是希望寧戈與寧齊的禪杖能夠及時增援。

「呼……呼……」兩道白光在紀空手的手中爆發而出，分射向寧戈和寧齊，其勢之猛，意在阻緩兩人援手的時機。

「叮……噹……」寧戈與寧齊臉色一變，只有揮舞禪杖擋下飛刀，但就這麼緩上一緩，紀空手的人已經衝到了寧宋的面前，刀揚起，一蓬血雨飛射向虛空。

寧宋連出手的機會都沒有，便死在了紀空手的刀下，這不是說他的身手太弱，而是紀空手的每一次出手都出人意料，讓人無法揣度其真正動機。

當寧宋的頭顱離體飛空時，紀空手並沒有停止他的動作，而是冷哼一聲，身體旋出，將寧宋噴血的屍體踢向寧戈，同時腳尖一起，又踢中寧宋下墜的頭顱，像是一枚帶血的暗器，呼嘯帶著凌厲的殺氣向寧齊撞將過去。

他連踢帶打，身形極快，根本看不出他是受傷之人，似乎這一切都在其算計之中，每一個動作銜接得天衣無縫，異常清晰。

這突如其來的變化任誰也無法預料，也沒有人會估到紀空手在負有內傷的情況下還能如此可怕，對於寧戈與寧齊來說，這畢竟是他們第一次與紀空手交手。

寧宋在一刀之下死於非命，這並不恐怖，在寧戈看來，自踏入江湖的那一天起，生命本就不是掌握在自己手中，劣汰強存，這是每一個武者都必須遵循的遊戲規則，但讓寧戈真正感到恐懼的是，紀空手居然利用一個死者來作爲攻擊的武器，這不僅顯示了他的應變奇快，更體現了此人的無情。

身爲問天樓的四大家臣之一，寧戈的武功與見識絕不在鳳五、樂白等人之下，可是當他面對紀空手時，表現得並不比他們高明，因爲紀空手採用的非常手段的確激怒了他。

有的時候，高手是不應該有憤怒的情緒的，這不僅是因爲高手無情，更在於憤怒並不能激發一個人的鬥志，反而會喪失應有的理智。

而此刻的寧戈確實很憤怒，他絕不能眼睜睜地看著自己的同胞兄弟被人擊殺而無動於衷，更不能容忍對方用自己兄弟的屍首來戲弄自己，是以禪杖「呼啦……」一聲橫掃而出，帶著極強的銳嘯，劃破虛空。

虛空中的壓力急劇增強，彷彿有一股強猛的水流突然注入到一潭死水之中，使得空氣中活力無限，肅殺無限，萬千杖影如撲朔迷離的鬼影，疾撲向人在寧宋頭顱之後的紀空手。

紀空手就在疾射而來的血肉模糊的人頭之後，如一團飄忽不定的暗雲，在疾速中移動。

黑暗之中，淒美的夜色下掠起一道煞白得讓人心搖目眩的光芒，在閃電的映射下，顯得那麼森寒。

那是紀空手的刀，而刀鋒就在寧宋的頭顱之後。

「轟……」暴響聲霍然響起，隨著禪杖與刀鋒之間的距離而迅速拉近，空氣中的壓力幾乎達到了極致，那顆頭顱似乎承受不了兩股巨力的擠壓，突然爆裂開來。

「蓬……」空氣中頓時瀰漫出一股濃烈得令人欲吐的腥臭，血肉飛濺，腦漿橫射，星星點點飛灑一地，更濺到了紀空手與寧戈的臉上、身上。

天空中彷彿下起了恐怖的血雨，夾雜於如注的雨水之中，而紀空手卻是這雨中的一朵暗雲，從這片雨幕之中躍然而出。

無論是誰，都不能不說紀空手的出手是一種藝術，這種殺人的藝術給人一種唯美的享受，人與刀近乎完美的結合一起，形成了一股不可抗拒的強烈震撼。

紀空手的反應令寧戈、寧齊瞠目結舌，遠遠超出了他們想像的範圍，但他們並沒有因此而放棄，而是更加堅定了擊殺紀空手的決心。

寧宋的死是他們永不放棄的理由，他們唯一要做的事情，便是攻擊，瘋狂地攻擊，在瘋狂的攻擊中殺死紀空手，來完成他們復仇之舉，寧宋的死顯然激怒了他們，激起了他們心中瘋狂的殺機與戰意。

「叮……」悠長的金屬脆響響徹了整個空間，在間不容髮之際，紀空手的刀鋒輕點在寧戈的禪杖之上，借著刀身一彎的彈力，驀然向左邊的一片竹林竄去。

紀空手明白寧戈與寧齊的可怕，也知道以自己目前的狀態實在不宜與之硬抗，所以他想好了自己下一步的退路。

只有進入那片竹林，他才有可能突破敵人的重圍，因爲直覺告訴他，寧戈三人也許是敵人在這個方向佈下的最後一道防線。

霸上雖小，人口也不多，但只要紀空手混跡其中，以他的聰明和多變莫測的易容絕技，完全可以逃出敵人的包圍。

可是問題在於，他真的能順利闖過這片竹林嗎？

他的人借力騰空的刹那，竟然敏銳地感覺到，寧戈的禪杖大力橫掃，送來的時機是否太過巧合了？就像是有意讓自己借力騰空一般，難道說他們還有更可怕的陰謀和殺機正在前方的空間裡等著自己？

他的心陡然一沈，警兆頓生。他聽到了幾聲弓弦之響，然後便看到了夜空中生出無數寒芒，劃破暗

黑的虛空，呈一種極有韻律的節奏向自己襲來。

今日決戰從開始到此刻，紀空手遭到勁箭的襲擊絕不止一次，但直覺告訴他，這一次無疑是對他威脅最大的一次。

這些箭手的力道之大，本身就已是有數的高手，不僅箭矢上蘊含內力，而且出擊的時間與角度都拿捏得恰到好處，無疑是劉邦派來的三千弓箭手中的拔尖人物。寧氏兄弟也許是問天樓中實力最弱的一環，但配以最強的弓箭手合作，優劣互補，這符合衛三公子均衡佈置兵力的戰術。

紀空手已無暇多想，深吸了一口氣，身形突然似一塊巨石般筆直下墜，「嗖……嗖……」聲直響頭頂，強勁的箭風堪堪掠過，吹得他蓬亂的頭髮倒飄而起。

他人一落地，借勢曲身在地上一滾，躲過了一排勁箭的襲擊，借著敵人取箭上弦的時間，一聲長嘯，人如一頭撲食的蒼鷹般躍起，以滑翔之勢，俯衝竹林。

這一片竹林長勢極好，足有十畝之大，與一些假山石亭相配，構成一座風景極佳的園林。能在霸上這樣的小城中看到此等規模的園林，可見園林主人不僅不失雅趣，而且是一個豪富之人。

此刻的紀空手，並不想知道這園林的主人是誰，卻感謝這位主人，因爲他此刻最需要的就是有個藏身的屏障，只要讓他稍微調息一下，他才有力量去追尋自己的那一線生機。

無休止的消耗與體內外力的侵襲已讓他筋疲力盡，他覺得自己近乎於強弩之末，假若自己體內的能量再不能調養起來，他覺得自己是真的沒有機會了。

「嘩啦……」眼看他的人已經靠到了竹林邊緣，忽聽得竹枝輕搖，一張巨大的暗影從天而降，紀空手心中大駭，不由得催逼內力，向旁邊斜竄。

但是這團暗影不僅面積不小，而且下落之勢快逾電芒，等到紀空手反應過來時，這暗影已以驚人之速緊縮，企圖圍攏過來。

紀空手明白這是一張巨大的繩網，網的四角都有高手操縱，才會讓這樣一張平平無奇的繩網成爲束縛自己的一件厲害武器。繩網急劇收縮間，網繩震顫著發出輕響，顯然繩上挾帶內力，一旦自己受縛其中，就只能束手待斃。

他沒有任何的機會了，繩網只是威脅他生命的武器之一，更要命的是，隨著繩網而來的還有勁箭，鋪天蓋地標射而來的勁箭！

但他是紀空手，縱然人在絕境之中，他還是不會放棄，因爲他還可以創造機會！

他選擇了這操縱網繩的四人中最弱的一位作爲自己的目標，以這人的心臟爲靶心，必須一擊將其斃命，否則他就真的連最後一線機會都沒有了。

刻不容緩之際，他的手中已經不再是只有離別刀，兩指微扣，還有一把寒光凜凜的飛刀。

就算是面對如此險峻的局勢，紀空手依然保持著超乎尋常的冷靜，這一點從他微扣飛刀的手指就可以看出，非常穩定，沒有一絲的震顫與擺動。

然後他就出手了！

「呼……」飛刀一出，快逾閃電，在黑暗中準確無誤地擊中了目標。

他沒有聽到慘呼，只是聽到了一聲悶哼，這說明對方連慘呼的機會都沒有，就已命喪黃泉，但這不是他爲自己得手而慶幸的時候，他必須迅速起動，從這個方向出網而去。

他的身形還是保持了極快的速度，近乎於竭盡全力地一搏，眼看就要出網的剎那，空中標射出三支勁箭，正好封住了他前進的角度。

這三支勁箭來得非常兇猛，目的不是對人，而是紀空手必將經過的空間，如果紀空手要逃出網去，就必須首先躲過這三支勁箭的襲擊。

對紀空手來說，換在平時，這也許並不算是一件困難的事情，但在此刻，他若是拍開這三箭的勢頭，就失去了出網的最佳時機。

這是極難解決的一個問題。

可是紀空手很快就作出了自己的抉擇，他的身形依然前行，毫不退縮，就在三箭及體的剎那，他唯有躲開足以致命的部位，讓這三支勁箭硬生生地插入自己的血肉之中。

他緊緊地咬了咬牙，沒有發出一絲一毫的呻吟，忍痛逃出了繩網控制的範圍。箭矢割體產生的強烈痛感，幾乎讓他昏死過去。

可是危險並沒有因此而過去，當他強忍著傷痛衝入竹林深處時，臉色突然變了一變，因爲他看到了竹林中的一個人，還有那一雙暗藏在夜色下的眼睛。

一個用劍的人，一雙比劍鋒更犀利的眼芒，那眼神中的東西似曾相識。紀空手有過目不忘的能力，只要讓他見過一次的東西，他就很難忘記。

他的心冰涼至極，有一種近乎絕望的沮喪。若換在平時，他也許並不懼怕眼前的這個人，但在此時此刻，這人完全有摧毀自己的實力。

「鳳五！」紀空手的眼睛一陣抽搐，幾乎瞇成了一線眼縫。

「你我又見面了，不過你能堅持到此刻，已證明你的實力！」鳳五淡淡一笑，笑中似乎有一絲憂

鬱，這讓紀空手感到不可思議。

他渾身上下的力量已經近乎枯竭，支撐著他的，是一股對生命的眷戀與對紅顏的深愛。他曾經向紅顏承諾，要活著回去見她，他不想失信於自己的女人，所以他也不想放過任何一個可以活命的機會。

但鳳五絕對不同於其他的敵人，他的劍術之精，絕對不在韓信之下，之所以能夠排在問天樓四大家臣之首，也不是因爲他的資歷和輩分，而是他有這樣的實力。

只要他出手，紀空手唯有死路一條，這已是一個不爭的事實。對於這一點，就連紀空手自己也不得不承認，是以他唯有靜默以對。

「我一直以爲，你和韓信絕對會成爲江湖上最紅最火的人物，倘若由你們聯手襄助問天樓，襄助沛公，必將無敵於天下。可是你卻讓我失望了，你不僅沒有選擇這樣一條路，反而成爲我問天樓的敵人，這實在是一件遺憾的事情。」鳳五的口氣中帶了一份惋惜，看到紀空手臉上已顯疲態的表情，他的手只是輕按在劍柄之上，絲毫沒有拔劍的意思。

「我並不覺得這有什麼遺憾，這其實就是世人口中常說的命。一個人活在世上，就有權選擇自己的命運，我只是希望能憑自己的力量，按照自己的設想來改變這個世界，也許我馬上就會死在你的劍下，但是我爲自己當初的決定而感到驕傲，因爲此時此刻，我心中無憾。」紀空手的臉上沒有人之將死的那種淒涼，更沒有生命將逝的那種沮喪，他的眼眸中反而透出一絲欣慰，爲自己所做的一切而感到欣慰。

「你爲什麼要用『也許』這個詞？難道你還認爲自己可以在我的劍下逃生？」鳳五笑了，似乎並不明白紀空手話中的意思。

「如果你用自己的頭腦仔細地想一想，就會理解我這樣說的用意。」紀空手平靜如常，淡淡地道：

「在你之前，與我交手的有韓信，在韓信之前，有衛三公子。我首先受創於衛三公子，然後才能見到韓信，以我和他之間的恩怨情仇，他是絕對不會輕易將我放過的，可是我卻能活著走來見你，難道你就一點都不覺得奇怪嗎？」

「你莫非……」鳳五臉色一變，想到韓信的安危，心裡替愛女著急起來。

「你想錯了，以韓信的實力，要對付已經受傷的我，並不是一件困難的事情。可是他卻偏偏放過了我，這當然有他自己的道理。」紀空手緩緩地道，目光緊盯在鳳五的臉上。他現在最希望的是，鳳五與韓信之間的感情純出真心，而非利用的結果，只有這樣，鳳五心繫愛女一生的幸福，或許才有可能放他一馬。

鳳五遲疑了片刻，搖搖頭道：「我還是不太明白。」

「我相信你一定聽過『城門失火，殃及池魚』這句話吧？如果我是城門，想必你應該知道誰是池魚，其實這世間的很多事情都是這樣的，看似互不相干的兩件事情，說不定就有它們之間的必然聯繫，你難道不是這樣認爲的嗎？」紀空手的話雖然含蓄，但他相信以鳳五的聰明才智，應該聽得懂自己話中的深意，否則就不是老江湖了。

鳳五果然沒有令紀空手失望，他的眼神陡然一亮，直直地凝視在紀空手的臉上。

他相信紀空手的話，不是因爲韓信，而是憑著自己敏銳的直覺，他始終不明白劉邦何以會在紀空手初出道時就急欲將之置於死地，憑他多年的閱歷，他看出這其中定有原因。

當時的紀空手並沒有可以與劉邦抗衡的實力，而且一直視劉邦爲朋友，對劉邦構不成任何威脅，而劉邦卻要除之而後快，這種反常的事情，只能說明紀空手一定在那個時候抓住了劉邦的一些把柄。

以紀空手與韓信的交情，如果紀空手知道的事情，韓信想不知道都難，這是否說明這兩人都掌握了劉邦的把柄？而劉邦採取一一擊破的方式，就是為了先殺紀空手，再滅韓信，達到殺人滅口的目的？

想通了這一點，鳳五當然也想通了韓信何以會不殺紀空手的原因。無論韓信，還是紀空手，他們都是這個江湖少有的人才，絕對不會看不到其中的利害關係，是以韓信絕不會用紀空手的生命來作為自己的催命符。

鳳五感到了為難，他所面臨的，是一個很難作出的抉擇：一方是自己忠於了一生的問天樓，一方則是自己的愛女與親情。為了問天樓去犧牲愛女一生的幸福，是他所不願的；而為了愛女一生的幸福去犧牲問天樓的利益，也是他所不願的。但不管他是否願意，也只能在二者中擇其一，這無疑是讓鳳五最感痛苦的決定。

紀空手平靜地看著鳳五，知道自己的生死掌握在鳳五的一念之間。他從來都沒有發現自己距離死亡是如此之近，但不知為什麼，他出奇地平靜，彷彿可以從容面對一切可能發生的事情。

兩人相峙而立，在相視中默然相對，此刻的氣氛不僅靜謐，而且緊張得讓人難以呼吸。身後已傳來了腳步聲與呼叫聲，追兵已至，根本不容他們有任何遲疑的時間。紀空手望了一眼臉上毫無表情的鳳五，深深地吸了一口氣，他已決定，不管鳳五心中是怎樣想的，他都只有搏一搏了，他可不想聽天由命！

他將刀回入鞘中，緩緩地向前邁動了一步，看到鳳五依然沒有動靜，他淡淡一笑，一步一步地向鳳五走去。

這就像是人生的一場豪賭，賭的代價就是自己的生命！紀空手輸不起這場賭局，可是此刻的他已別無選擇。

通常賭徒在進行一場豪賭之前，都會掂量著自己有幾成勝算的把握，然後才會去考慮下一步該怎樣投注。只不知紀空手在下注之前，是否也想過自己有多少勝算呢？

沒有人知道這個問題的答案，包括紀空手自己。

但他既然邁出了第一步，就絕對不會回頭，無論前面將是怎樣的命運，他都必須去接受面對。是以當他與鳳五擦肩而過時，因爲過度緊張，額頭上竟然滲出了一層冷汗，幸而有夜色的掩護，使得他看上去依然顯得從容。

就在他已邁過鳳五一個身位的時候，他一直所擔心的事情終於發生了，他感到了自己身後空氣中的異動，然後聽到了「鏘……」地一聲脆響，鳳五終於拔出了他的劍。

紀空手的心一下子懸了起來，就像吊在了半空中，而心之下是萬丈深淵……

他從來就沒有感受到心是那樣的失落，也從來沒有領略過無奈的心情，但此時此刻，失落與無奈充斥了他整個心間，緊繃的神經已經接近了崩潰的邊緣。

他甚至在這一剎那間聞到了一股濃烈的死亡氣息。

他沒有任何反應，只能繼續前行，因爲他根本沒有任何還手的餘地。他此刻體內的力量只能支撐著他一步一步地向前行進，根本無力去拔刀還擊，只要鳳五的劍一出手，他就死定了。

如此緊張的時刻，使得紀空手第一次感受到了任人宰割的滋味。

他沒有回頭，也不敢回頭，只是依然用他不變的節奏向前邁進。

走到第七步時，他的心陡然一跳，就在這時，他聽到了劍破虛空發出的一聲銳嘯。

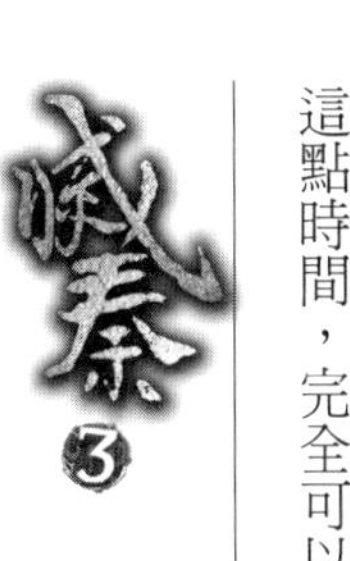

他緩緩地閉上了自己的眼睛，甚至在體會著自己在這個世上最後一刻的心情。

「呼……」劍聲如此的短促而驚人，一響即過，甚至蓋過了天空中同時響起的驚雷。

紀空手聽到了自己的心跳，也聽到了自己心脈的搏動。他明明聽到了劍破虛空的聲音，但不知為什麼，他卻沒有感受到那劍中的殺氣。

他沒有感受到劍中的殺氣，並非是因為鳳五的這一劍沒有殺氣。鳳五出手，不僅快，而且帶有摧毀一切的力量。

「嘩啦……」紀空手聽到身後傳出竹林齊整截斷的暴響，齊刷刷地倒下一片，他不由自主地笑了一笑，整個人近乎虛脫，因為他明白，自己又從生死的邊緣揀了一條命。

「我不殺你，並不是因為你。」身後傳來鳳五冷冷的聲音。

「我明白，你是為了你女兒，我一定會好好地活下去。」紀空手舒緩了一口氣，語帶雙關地道。

然後他沒有猶豫，強提一口真氣，向竹林深處走去。

竹林之外的天空已是通紅一片，到處都是人聲與火把，紀空手不敢有半點鬆懈，勉力前行，雖然鳳五放了他一馬，但他根本就沒有脫離險境。

不過他的人一入竹林，無疑可以為他爭取到一點寶貴的時間。他的表現已經為他贏得了敵人的尊敬，沒有人敢毫無忌憚地小視於他。

出了竹林，穿過一道假山，便是一座古亭。這一路靜寂異常，雨已停，風漸急，只要越過古亭，便是偌大的一家庭院。紀空手相信自己只要混跡於人群之中，敵人未必就能在一二日內尋到自己，而有了這點時間，完全可以調養自己的傷勢，重新恢復當初的戰鬥力。

這已是一片金黃的秋天，本是一個收穫的季節，可是紀空手卻感到了一種失落，他的腳步很沈很沈，發現自己雖然與古亭相距不過十步之遠，卻未必就能走得過去。

這只因爲他忽然感到了古亭之中瀰漫出一股淡淡的殺氣，幾條人影各執兵刃，封鎖了他前進的路線。

他只有止步。

他看不到這幾個人的臉，也看不到他們臉上的表情，但他知道憑自己此刻的傷疲之軀，無論如何都不會是他們的對手。

可是他卻笑了，是一種近乎無奈的笑意。他明白自己已經完了，生命即將走入盡頭，可是他絕對不會束手就擒。

他就這麼靜靜地立著，如一座不動的大山，他身上透發出了一絲淡淡的殺機，沒有抽刀，也沒有邁步，只是緊緊地握著拳頭，似乎在提聚著體內殘存的真氣。

誰都看出他已是強弩之末，可誰也不敢輕舉妄動，因爲這一刻的紀空手，挺拔如山，生機盎然，誰也不敢肯定他身上的傷勢是否讓他的身體到了無法支撐的地步。

他的背上還有三支箭，深深地插入他的肌體內，鮮血已濕透了他背部的衣衫，因爲視覺的關係，這幾個人沒有看見，否則他們絕對不會像現在這樣保持沈默。

一個人連插在背上的箭都無力拔去，這似乎說明他已經到了力竭的時候。

可惜紀空手面前的敵人都沒有看到，所以他們都在想著同樣的一個問題：「紀空手真的受傷了嗎？他是否還能抵擋得了我們的攻擊？」

這個問題的答案其實很簡單，他們只須出手一試，就可水落石出，可是問題在於，他們未必有這個勇氣。

這就是紀空手，縱然他要倒下，其氣勢也足以讓他的敵人感到可怕。

風冷，露重，竹影重重。

紀空手緩緩地向前踏了一步，他並不想主動出擊，也無力出擊，但他在踏出這一步的時候，依然讓他面前的敵人感到了一種心悸，不由自主地向後退了一步。在他們的感覺中，紀空手是一個值得尊敬的對手。

一個值得別人尊重的人，通常都是因爲他擁有讓人尊重的實力。江湖本就是一個依靠實力說話的地方，你是強者，自然可以受到別人的尊重，是以，他們都不敢輕舉妄動。

他們不敢出手的原因，還在於紀空手的眼睛，雖然是在暗沈的夜色之下，但他們卻清晰地感受到了來自紀空手眼中的那股寒意。

他的目光如寧靜的深潭，空洞深邃，不起半點波瀾，在至靜中闡釋著一種對生命的無情與冷酷，目光所到之處，泛動著讓人心寒的悸動。

他的臉上依然帶出不經意的一絲笑意，似乎已經對自己生命的存在滿不在乎。他此刻所要做的一切，已經不再爲自己的生命而戰，他只想在臨死的一刻，讓敵人付出應有的代價，留下自己生命中最後的輝煌。

這讓對手感到了恐懼，不僅如此，遠處傳來的嘈雜聲愈來愈近，他們不想放過這個立功的機會，如果在大批人手到來之前他們仍然不敢對一個幾無還手之力的人動手，傳將出去，他們就再也無法立足於

這個江湖。是以，他們必須出擊！

於是他們相視了一眼，在互相鼓動之下，以他們最拿手的方式逼向了紀空手。

空氣中頓時充滿了令人窒息的壓力。

這幾個人都是劍道的高手，一齊出手，空中驟然響起數聲銳嘯，劍芒閃爍間，如掛在虛空中的數道匹練，攻向了紀空手的面門。

對於敵人，他們從來都是無情的，根本不在意自己的一舉一動是否合乎武道的精神。自從加入問天樓的那一天起，他們就受到了衛三公子的教誨，那就是只要是有人敢於與問天樓爲敵，就要毫不留情地將之擊殺、毀滅，讓他永遠不得翻身！

對敵人的仁慈，就是對自己的無情，這是衛三公子經歷江湖數十年總結出來的經驗之談，也是放之四海皆可行的行爲規則。他們從來沒有懷疑過這句話的真實性，是以他們出手的時候根本就不存在憐憫，只想將紀空手盡快摧毀。

紀空手的眉鋒跳了一下，陡然間大吼一聲，整張臉型極度扭曲變形，他變得極是恐怖，但更讓人感到恐怖的是，他的拳頭已出，帶出的竟然是如龍捲風般狂湧虛空的驚人力道。

這無疑是他拚盡全力的一擊，也是他體內最後力量的宣洩。他在短時間內將體內的真氣提聚掌心，就是爲了此刻這驚天動地的爆發。

「呼……轟……」拳頭如驚雷躍出，跳入虛空，在高速中驟然爆炸，一時間枝斷、石裂、草飛、風湧，使得整個虛空在剎那間變得風起雲湧，喧囂動亂，狂如颶風襲捲大地，發出陣陣令人心悸的淒號。而每一寸空間都充盈著足以摧毀一切的力量，似要將這空間的一切盡數毀滅。

慘號、驚呼、劍斷、人飛，這一切彷彿都只是一幅恐怖的畫面，敵人在這巨力的撕扯下或死或傷，使得生命在這一刻因爲脆弱而顯得毫無意義。紀空手只覺得背上的傷痛極度難忍，大力爆發下，箭矢已迸裂而去，血如泉湧，力道已盡，讓他感覺到自己身體的每一個部位都要離他而去，處於一種虛脫的狀態。

「也許這就是你們要我死的代價！」紀空手望著那幾具支離破碎的屍體，欣慰之下，忽然感到自己的身心是那麼地疲累，就像是在進行著一場無休止的搏鬥，他根本不知道將會在什麼時候結束。他只想好好地躺下來，去享受這靜寂的夜空，去感覺徐徐而來的清風，更要體會這靜態下的輕鬆與愜意。

天地已是一片靜寂，只有這風，送來了無數的腳步與人聲，大批的敵人終於趕至，這場實力懸殊的逃亡也該到了尾聲。

紀空手看到了衛三公子，看到了劉邦，還有韓信、鳳五，還有許多他熟悉的面孔。這些人的表情既有驚詫，亦有憎恨；既有遺憾，亦有欣然……五光十色的表情，構成了一幅幅光怪陸離的畫面。這一切在紀空手的眼中，看似很近，又覺遙遠，甚至變成了一種虛無的東西。

紀空手心裡明白，走到這一步，他的人生已是到了一個結局的時候。他的傷勢之重，已到了油枯燈滅之境，此刻只要是一個常人攻擊過來就可以掌握他的生命，何況這些人無一不是高手。

死亡，從來都沒有像這一刻般這麼真實地來到紀空手的眼前，紀空手也許想過自己未來的命運，但他從來就沒有想過自己的生命會在這個時候結束。

地上碎裂的屍體散發出來的濃重血腥薰染了這片空間，使得空氣中蘊存著一種陰森似的淒寒。紀空手努力地站在那裡，一動不動，只有他臉上泛出的那一絲笑意，才讓人感覺到他的生命依然存在。

他不想倒下，也不會倒下，雖然他的體內沒有一絲力氣，但堅強的信念與不屈的精神支撐著他的身體，使得他依然挺拔如山，風骨猶存。

這讓每一個在場的人都保持著沈默，不知道爲什麼，他們絲毫沒有感覺到一點勝利者的喜悅，反而感到了這空氣中帶出的一股無形壓力。雖然他們心裡都明白紀空手已無還手之力，也再不能對他們構成任何威脅，可是他們卻在心裡莫名地生出了一絲恐懼。

這種感覺實在是很奇怪，而更讓人奇怪的是，紀空手臉上的笑意是那麼地平靜，那麼地灑脫，彷彿面臨的不是死亡，而是去奔赴一場盛會。

衛三公子走前幾步，拍了拍掌道：「你是我看到的唯一不怕死的人，這證明我的眼力不錯，可遺憾的是，你選擇的對手是我，那麼就註定了你只能是這樣的下場！這是經過了無數次實戰之後得到的證明。」

紀空手眼中似乎多了一絲嘲弄的味道，他已無力開口。此刻他能站在這裡，全憑一口氣支撐著，所以他就只有保持沈默。

「也許你不服氣，也許你覺得不公平，但這個世界就是如此地殘酷，勝者爲王敗者寇，誰又去管是否公平？是否合理？只要我贏了，我說公平就是公平，我說合理就是合理，死人是不會與我來爭論這些的。」衛三公子笑了笑道：「不過你的確聰明，就算是死也給我留下了一個非常大的麻煩，但是我可以告訴你，我這一生走過不知多少溝溝壑壑，見過不知多少大風大浪，能夠活到今天，絕非僥倖。雖然你留下的絕對是一個大麻煩，但我還是可以逢凶化吉。」

紀空手緩緩地搖了搖頭，只搖了一下，已無力再搖第二下，但卻表示自己對衛三公子的話不以爲然。

衛三公子的心裡的確有幾分惱怒，事實上連他自己也知道這只是自己的美好願望。如果說項羽真的得到了劉邦與問天樓聯手的把柄，那麼自己這一生的心血無疑是付諸流水，空忙一場了。

他與劉邦對視了一眼，眉間隱生憂慮，都感到了這是一個棘手的問題。劉邦遲疑了片刻，突然上前幾步，低聲道：「這小子似乎有話要說。」

對於劉邦來說，這是他與紀空手沛縣一別之後的第一次重逢，昔日的兄弟變成了今日的仇敵，這種心情實在是複雜極了，讓人感覺到人生的變數就像風雲變幻一般，不可捉摸，雖然他們分離的時間已經很長，但不知爲什麼，他們之間並沒有陌生的感覺。

這似乎正應了「仇敵之間的想念遠不比情人之間的思念要少」這句古話。對劉邦來說，自從他下決心要除掉紀空手的那一刻開始，他就總在想著紀空手，不僅關注著他的一舉一動，也在揣摩著他的行事作風，因爲他知道，總有一天，他們要相互面對。

此時此刻，當劉邦站到紀空手面前的時候，雖然面對的是如此狼狽的紀空手，但他卻絲毫沒有勝利者的喜悅。在這一場決戰中，他也許贏得了暫時的勝利，但從某種意義上來講，紀空手未必就輸了。

他在關注著紀空手的每一個表情，很想看到這個對手面對死亡時的那種恐懼。也許只有這樣，他的心裡會有少許的快感，至少會讓他的心情舒服一點，可是紀空手根本就沒有給他這個機會，雖然這個人已經不對他構成任何威脅，但只要活著，就在無形之中讓他有一種莫名的壓力。

衛三公子的眼芒一凝，盯在了紀空手的喉結上，那塊突出的喉結輕微地蠕動了一下，卻根本沒有力量帶動他嘴部的肌肉。

「真是可憐，想不到一個可以將胡亥、趙高玩弄於股掌之間的人物，竟然會淪落到無法說話的地步。」衛三公子冷笑一聲道。

「也許他還有什麼重要的話要說吧？」劉邦凝視著紀空手那看似無神的眼睛，發現這雙眼睛裡的眼神蘊含著一種意味深長的東西，讓他有種迫切需要瞭解的慾望。

「但願不是要我放他一馬吧？如果真是那樣，我會很失望的。」衛三公子明知紀空手絕不會向自己求饒，但他絕不會放過任何打擊對手的機會，就算這個對手已經不成爲其對手。

在場的每一個人都欲知道紀空手到底想說些什麼，他們皆是身經百戰的戰士，經歷過太多的生死場面，可是他們從來沒有見到過一個像紀空手這樣從容面對生死的人，這激發了他們心中的好奇心。

但凡事總有例外，也有人並不希望紀空手在此時說話，這兩個人就是鳳五與韓信！

紀空手能夠逃到這裡來，在很大程度上得歸功於他們。要不是他們之間有約定的秘密，紀空手是很難自他們的劍下逃生的。

這本身就會引起衛三公子與劉邦的懷疑，但只要鳳五與韓信自己不說，紀空手又順利逃走，那麼懷疑就只是一個懷疑，並不能成爲衛三公子與劉邦要對他們動手的藉口。

可是紀空手終究沒有逃出衛三公子布下的天羅地網，而且還活著，這已經讓鳳五與韓信大吃一驚。以紀空手與韓信之間的恩怨，如果紀空手在此刻說出事情的真相，那麼他們也難逃一死。

想到這裡，鳳五與韓信冷汗迭出，手已緊緊地按在了劍柄之上。韓信也想過殺人滅口，死無對證，但要在衛三公子與劉邦面前殺掉紀空手，他根本就沒有一絲把握。

所以他們就只有等待，在提心吊膽中等待下去，這也許是他們可以選擇的唯一一個辦法。

衛三公子緩緩地走到了紀空手的面前，深深地看了他一眼，道：「說實話，我也很想知道你到底還想說些什麼，對於一個即將要死的人來說，留下幾句遺言，也是理所當然的事情，於情於理，看來我都應該成全你。」

說完了這句話，衛三公子的拇指與食指輕拈斜彈，形如拈花，就在這不經意間，一縷真氣如細長的泉水般注入到紀空手的體內。

紀空手渾身一震，「哇……」地一聲，一口鮮血如箭噴出，整個人精神陡變，可是他心裡明白，這縷真氣並不能使自己支撐多久，只是激發了自己體內的一線生機，迴光返照罷了。

他輕輕地呼吸了一下清新的空氣，臉上依然帶著微笑，緩緩地道：「表……面……你……好像……成……全……的……是……我，其……實……你……是……在……成……全……你……自……己！」

他近乎是掙扎著說出他想說的每一個字，幾乎用盡了全身的力氣。可是他的聲音卻很輕很輕，幸好這竹林之外的空間異常寧靜，使得衛三公子不需要運聚內力來聽他說話。

「這聽起來好像是一個笑話。」衛三公子皺了皺眉道：「我不明白你的意思。」

「我……指……的……是……那……個……大……麻……煩。」紀空手說完這句話，淡淡一笑。

衛三公子心頭一驚，與劉邦對視一眼，一揮手，手下的將士俱都退出十丈開外，包括鳳五與韓信。

「你難道想用這個來與我作一筆交易？」衛三公子冷哼一聲道，他的臉上無動於衷，可是心裡卻在掂量著此事的輕重。他始終認爲，任何決定都不可能是一成不變的，只有隨著情況的變化而變化的決定，才是英明的決定。

「你……錯……了。」紀空手喘了口氣道：「你……不……是……一……個……受……人……威……脅……的……人。」

「看來還是你了解我。」衛三公子淡淡地道：「不過我從來都是無功不受祿，我絕對不會相信一個即將死於我手中的人會對我提出善意的建議。」

「我……這……個……建……議……並……非……善……意，但……是……你……們……要……想……重……新……取……得……項……羽……的……信……任，這……是……唯……一……可……行……的……辦……法。」紀空手笑了，笑得很邪，似乎看到了一件有趣的事情。

衛三公子狐疑地看了他一眼，又與劉邦交流了一下眼神，這才緩緩地道：「願聞其詳。」

他明知紀空手提出來的這個建議一定是自己無法完成的建議，可是他已別無選擇，因爲他實在想不出在項羽得到劉邦與問天樓聯手的真憑實據之後自己還有翻案的辦法。此刻的他，就像是一個溺水的人，抓住一根稻草也會把它當作是救命的寶物。

「慢！」劉邦突然喝道：「此人心計之深，非常人可以揣測，他顯然是利用了我們的心理，有所針對地想出了一條詭計，企圖對我們不利。依本公之見，這種詭計不聽也罷，還是一刀將他殺了，永絕後患。」

衛三公子淡淡笑道：「你還是不太了解這位紀少，他既然敢這麼說，當然有他這麼說的道理。」

「什麼道理？」劉邦沈聲問道。

「因爲他已經了解了我的性格，爲了復國大計，爲了一生的理想，我是可以犧牲自己的一切的。」

衛三公子的眼中陡然一亮，似乎隱約猜到了紀空手想要說的話。

「閥主何以會這麼說呢？」劉邦話一出口，頓時也明白了這個唯一可以取信項羽的計畫，冷汗佈滿額頭，低聲道：「這事絕不可以。」

「但這卻是唯一可行的辦法。」衛三公子的臉上殊無表情，聲音中帶出近乎冷酷的無情。

兩人在一瞬間將目光相對，透過虛空，似乎以一種複雜的心理去感受對方的心態。他們已經猜出了紀空手想要說的話，卻為這個計畫的殘酷而感到心驚。

他們不得不承認，紀空手似乎算到了今日決戰的每一個步驟，在一點一點地將他們引入自己早已設計好的圈套中。雖然他也要以自己的生命為代價，但可以這麼說，他成為了這一戰最終的勝者，因為他憑著自己的智慧完成了一個足以讓江湖轟動一時的計畫。

他的眼神中帶著嘲諷的味道看著面前這兩位不可一世的人物，心中多出了一絲欣慰。他沒有開口，因為衛三公子與劉邦的表情已經告訴了他，他們已明白了他想要說的一切，而且他一點都不擔心衛三公子不會依計而行。在他看來，衛三公子絕對是一個無情的人，不僅對敵人，也對自己無情。

肅殺的秋風穿過竹林，帶著一絲嗚咽，紀空手笑了笑，心中沒有將死的恐懼，卻感到了一種沈默無形的殺氣。

他看到劉邦顫慄的大手已經緊緊按在了劍柄上，他明白，只要劉邦的劍一出，他就死定了。

「謝謝你！」衛三公子突然對紀空手躬下了腰，冷冷地說了一句。

「你……已……決……定！」紀空手並不為衛三公子的舉止感到驚訝，但他的心中卻一點得意也沒有。忽然間，他想到了張良，想到了張良所說的每一句話，還想到了張良對衛三公子與劉邦的評價。他終於明白了一個道理，那就是與衛三公子、劉邦相比，自己絕對不是一塊可以爭霸天下的材料，不是因爲別的，只因爲自己做不到對世間萬物真正的無情！

他的眼光流連在劉邦的臉上，很想看到劉邦此時此刻的反應。可是他失望了，雖然他心裡清楚在衛三公子與劉邦之間一定存在著非常親密的關係，但劉邦的臉上根本就沒有任何悲憤之情，就是眼睛也變得空洞無神，彷彿這世上沒有一件事情是值得他去留戀牽掛的。

衛三公子沒有說話，只是點了點頭，突然轉過身，大步而去。

劉邦沈默不語，只是斜過頭來，一言不發地注視著衛三公子漸漸消失在夜色之中的背影，半晌過後，方才輕歎一聲，臉上竟然多出了兩行熱淚。

「你真的該死！」劉邦輕輕地嘀咕了一句。

「我……既……然……敢……來，就……已……不……畏……生……死。不……過……我……還……是……算……錯……了……一……著，就……是……沒……有……想……到……像……你……這……樣……的……人……居……然……眼……中……有……淚。」紀空手非常平靜地說道，他已感覺到衛三公子注入自己體內的那縷真氣正如抽絲般離體而去，心裡空蕩蕩的，彷彿人在虛空，飄渺不定。

「你也許是今生唯一可看見我落淚的人，這並不是因爲別的，而是你馬上就要離開這個世界！」劉邦衣袖一揮，淚水盡去，冷峻的臉上根本就沒有淚水流過的痕跡，淡淡接道：「你不要怪我，怪只怪你太聰明了，又知道了太多的事情，雖然我一直都很欣賞你，但是爲了我一生的抱負，我只有忍痛割愛了。」

他緩緩地拔出劍來，劍氣頓時充斥了整個空間，令人窒息的壓力迫得紀空手幾乎難以呼吸，但是紀空手的臉色依然未變，只是淡淡地道：「其……實……我……早……就……知……道……會……有……

這……麼……一……天，一……山……難……容……二……虎，你……我……注……定……了……只……能……有……一……人……活……在……這……個……世……上，可……惜……的……是……，要……死……的……人……竟……然……是……我。」

他緩緩地閉上了眼睛，不再說話。從一個強者變成一個被人掌握命運的弱者，這似乎是紀空手的悲哀，雖然他的心裡並不甘心，可是他無怨，亦無悔，因爲他可以問心無愧。

「嗤……」劍鋒劃破了虛空，如一隻緩緩爬行的蝸牛般一點一點地向紀空手的咽喉挺進，那湧動的氣流若旋風飛舞，緊緊地將紀空手的身體包裹在內。

紀空手看不到什麼，也沒有聽到什麼，在一剎那間，他的靈魂彷彿衝上了雲天，飄悠著向那深邃無窮的天外而去。那一幕幕的往事，那一張張熟悉的面孔，都如雲煙般淡出記憶。在他的潛意識裡，卻有一個聲音在深情地低吟：「對不起，紅顏，我失約於今生，但願我們來世能再續這未了的情緣。」

他的人，他的心，彷彿一下子墜入到一片無邊的黑暗之中，最後聽到的聲音，是一道劍鋒穿破虛空時發出的無情銳嘯……

第十章　捨己救郎

幽香暗生的閨房中，琴聲悠揚，勾起了聽者心中一段情意綿綿的回憶。

「這是哪裡？是天堂還是地獄？」這是紀空手甦醒過來心中想到的第一個問題。他的人深深地陷在一團紗帳錦衾之中，滿鼻所聞，儘是處子玉體遺留下來的暗香。

在他的潛意識中，還記得那劍鋒劃過虛空時的銳嘯。他有一百個理由認爲自己絕無生還的機會，是以他不敢相信自己居然還活著。

他睜開眼睛看到的，並不是想像中的那種四面陰暗、潮濕冷清的囚室，而是置身於一間非常考究的女兒閨房之中。房內的擺設精巧而別致，處處顯示著主人與眾不同的雅趣與心思。

他依然感覺到自己的身體軟弱無力，也感到自己的體內經脈有幾處如針刺般的裂痛，可是他的手腳卻是自由的，並沒有帶上沈重冰冷的鐐銬。

眼前的一切讓他感到迷惑。

他記得在竹林外的古亭邊發生的一切事情，同時也記得那一日決戰經歷的風風雨雨，無論他的心思多麼縝密，無論他的智慧有多麼高明，也猜不透眼前的一切會與那一天發生的事情有何關聯。縱然他不死，現在也應該是與囚室、鐐銬爲伍。

「難道說劉邦改變了主意？」紀空手在心中問著自己。以他對劉邦的了解，這種可能性絕對是微乎

其微，難道是在他昏迷之後，事態的發展又起了變數？

他想不出來這變數究竟是什麼。

幸好紀空手是一個心境恬淡的人，他享受生活，特別是經歷了這一場生死大劫之後，他更覺得生命的寶貴，珍惜著自己活著的每一天。既然想不出，他就不去想，而是帶著一種恬淡的微笑，去欣賞床頭木几上綻放的那盆鮮花。

此刻已是深秋，盆裡栽種的是一叢黃菊，嫩黃的花瓣散發出一股淡淡的菊香，讓人心曠神怡。

「這間閨房的主人是誰？難道是……」想到這裡，紀空手不禁苦笑著搖了搖頭，爲自己的念頭感到了幾分不好意思。紅顏不會在這裡，她應該隨著五音先生他們待在安全的地方，靜觀事態的發展，以衛三公子與劉邦的行事作風，肯定會將關於自己的一切消息封鎖，根本沒有傳入江湖的可能，所以這裡絕不會是紅顏的閨房。

紀空手輕舒了一口氣，心中暗道：「這樣也好，免得她爲我受到別人的傷害，要是這樣，我可真是罪莫大焉了。」

他深愛紅顏，不願讓自己的苦痛分擔給愛人。對他來說，生與死並不重要，如果自己死了，也已無憾，但既然活著，他就一定要遵守自己的諾言，因爲他答應過紅顏，一定會活著去見她！

紀空手的心中泛起一絲憐惜，又多了一分害怕：「如果自己就此死去，紅顏會怎樣？」他不敢深想下去，微一抬頭，突然聽到門外的琴音已止，一陣清脆的腳步聲踏門而入。

他很想看看來人是誰，可惜他的頭根本無力抬起，只能靠在枕上斜斜地盯視著床前的地板。地板上赫然出現了一雙繡花鞋，小巧精緻，華美之極。

「這是一個女人，而且是個大戶人家的女人。」紀空手這麼揣測著，然後便看到了一張美麗的笑臉。

這張臉雖然美麗，卻陌生得緊，紀空手相信這是自己生平第一次見到。不過這並不重要，重要的是她應該可以解開自己心中的太多謎團。

「公子，你終於醒了。」這個少女帶著一份驚喜地叫道，在紀空手的微笑下，她的臉上生出一絲紅暈，一副女兒家的羞態。

「你是誰？」紀空手問道。

「我叫袖兒，你可嚇死人了，昏迷了七天七夜，總算醒了。」袖兒拍拍胸脯，一臉關切地道。

「原來是袖兒姑娘救了我，救命之恩，不敢言謝。」紀空手眼中露出一絲感激，又生出一絲疑惑，他始終不敢相信這樣的一個弱女子會從劉邦的劍下救出自己，難道這其中另有蹊蹺？

「公子可高看袖兒了，袖兒哪有這樣的本事，這都全仗我家小姐出面，才使公子化險爲夷，袖兒可不敢貪功。」袖兒抿嘴一笑，柔聲問道：「公子睡了這麼些天，想必肚子早餓了吧？我這就吩咐廚房爲你準備飯菜去。」

紀空手這才感到自己的肚子的確有些餓了，可是他心中的謎團未解，倒也不急於這一時，微笑道：「不知姑娘所說的小姐是誰？何以能讓我從一個劍下亡魂的角色又還復了我做人的本來面目？如果姑娘不說的話，我只怕無心吃飯。」

袖兒猶豫了片刻，有些爲難地道：「這可糟了，小姐吩咐袖兒不要多嘴，袖兒可不敢說，不過小姐人在門外，等她聽到你醒來的消息，必定會來看你的，到時候你不就知道了嗎？」

「那麼就請姑娘替我相請你家小姐。」紀空手心裡著實奇了。在他的記憶中，所認識的女人本就寥寥無幾，而且能從劉邦劍下救出自己的人更是一個也無，這家小姐到底是誰？究竟有何能耐？這讓紀空手來了興趣。同時他更想知道，這是否是衛三公子與劉邦為自己設下的一個局？

「好吧，反正這些天來我家小姐也擔心死了，我這就去告訴她這個好消息。」袖兒笑了笑，眼珠兒在紀空手的臉上滴溜溜轉了一圈，這才走出門去。

紀空手微微閉上了眼睛，趁此閒暇，他試著調息了一下自己的真氣，心中不由大駭。

他對自己的經絡脈象作了一次簡單的梳理，感覺到體內的真氣已經恢復如初，脈象中的生機亦是旺盛異常，根本沒有任何虛脫之相。但是當他提聚真氣為己所用時，才發現在自己的經絡中有五處受制的地方，完全禁錮了真氣的發揮。

也就是說，他空有一身傲視天下的雄渾內力，卻根本不能使用，完全與常人無異。這就像一個空有金山的富豪，步入人煙俱無的深山，毫無花錢之地一般。

「我雖不死，可這種狀態又與死人有何區別？難道說衛三公子與劉邦饒我不死，就是想廢我武功，然後再想盡辦法來折辱於我？」紀空手思及此處，心中驀升寒意，不由得不為劉邦的手段感到心驚。對付紀空手這樣的人，也許死並不能威脅到他的什麼，但用這種辦法來折磨他，或許會有意想不到的奇效。

「如果你們真是這樣想的話，那你們就錯了，我紀空手雖然沒有了武功，但有一條命在，同樣會讓你們感到頭痛！」紀空手恨恨地思忖著。

就在他暗暗發誓的時候，一縷幽香淡淡地傳入他的鼻中。房門推開，腳步聲起，他感到有一條人影正向自己走來。

「這人是誰？自己對自她身上散發出來的體香怎會這樣熟悉？」紀空手心中一驚，雖然未見其人，但他卻從這縷香氣中想到了什麼。

等到他看到人時，才真的大吃一驚，因爲他怎麼也沒有想到，這間閨房的主人竟然是在長街相遇的虞姬！

「你終於醒了。」虞姬看了一眼，很快就將目光移開，因爲紀空手的目光正直直地逼視著她，這讓她有種心跳的感覺。

「原來是你。」紀空手喃喃道，在一剎那間，他好像明白了許多東西。

「你也許會覺得奇怪，可是你如果知道那一天你們就在我家的後花園裡打打殺殺，就不會用這種詫異的眼光看著我了。」虞姬笑得極爲優雅，聲音輕柔，煞是好聽，就像是在耳邊呢喃，讓人感到耳中一陣酥癢。

「你家的後花園？」紀空手想起了那片竹林，那座古亭，那池沼假山，那流水花樹……

「是的。」虞姬指著房中的一面窗戶道：「推開窗從這裡望去，你就可以看到那片竹林，所以那天發生的事情我都看在眼裡。」

「是你就救了我？」紀空手的眼中閃現出一片迷茫：「可是……」

「沒有可是。」虞姬的目光突然直視過來，蘊含著一種堅定，緩緩地道：「你不用問我，我也不會回答，我只知道，上天既然安排了一日之內讓我們兩次相逢，也許是因爲你我之間的緣分未盡。」

紀空手默然無語。

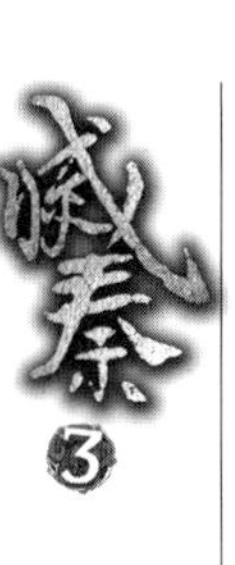

他相信這一切並不是劉邦所設的局，在虞姬的眼中，有一種似曾相識的東西，紀空手曾經不止一次地在紅顏的眼中見過，這種東西純出真心，沒有半點作僞的成分，反而讓紀空手大吃一驚。

「能讓這位聞名天下的美女愛上了自己？」紀空手頓時感到了一種尷尬的心境，對他來說，紅顏已是他的一切，在他的心中，已經容不下任何女人。也許這只是他的一種錯覺，但任何人要想在劉邦的手裡救出自己，都絕非易事，沒有一定的代價，根本不可能讓劉邦放過自己。

只有愛，才會讓一個女人不顧一切，可是虞姬付出了怎樣的代價，才換來自己的生命呢？

他驀然記起了這些天來流傳於霸上的一個消息，這是一個美人配英雄的故事，故事的主角就是虞姬與項羽，劉邦屯兵十萬駐紮霸上，據說扮演的就是護花使者的角色。

美人通常都喜歡英雄，但是虞姬是否會嫁給項羽，這是只有虞姬自己才知道答案的問題，難道劉邦之所以不殺紀空手，是因爲他得到了虞姬的一個承諾？

「你在想些什麼？」虞姬的眼神一陣迷離，她總覺得自己並不是一個害羞的女人，可是只要看到眼前的這個男人，她就有些意亂情迷。

「我想的很多，但是你既然不叫我問，我就不問，所以我現在只想有一碗可以塡飽肚子的米飯，來治治我的餓病。」紀空手笑了笑，他尊重那些自愛的女人，所以不想違背女人的意願行事。何況問與不問，他都知道虞姬有恩於自己，又何必一味強求呢？

「你眞的是一個很灑脫的男人，不過我可以告訴你，只要再過一個月，你縱然不問，這些問題也會不問自明，所以你大可不必急在這一時。」虞姬的眉間似乎生出了一絲煩憂，雖然一閃即沒，但看在紀空手的眼中，卻隱隱生疼。

「雖然我不知道你究竟爲我做過什麼，但是憑著我的直覺，我還是應該向你說一句話。」紀空手深深地看了虞姬一眼：「那就是多謝！」

虞姬淡淡一笑道：「這兩個字本不該從你的口中說出來的，因爲不論我做了什麼，都從來沒有把你當成外人看待，只有感情生分的人，才會相互言謝。」

她的話雖然輕柔，卻讓紀空手的心裡生起一種異樣的感覺。他從來就沒有見過一個女人會這樣大膽地表露出自己的情感，難道說這就是一種緣分？

「你也許會把我看作是一個唐突的女子，或者是一個生性多情的女人，但是我可以告訴你，我這一生中真正喜歡的男人，只有你！」虞姬的目光流連於那一絲秋菊之上，彷彿是自言自語一般，款款地傾訴著自己的情思：「這未免有些突然，有些奇怪，可是當我明白了自己的心跡時，我的心裡卻非常的平靜。因爲我知道，喜歡上一個人是不需要理由的，更沒有掩飾自己情感的必要，愛就愛了，此生才會無悔。」

「可是……」紀空手從來沒有聽到過如此膽大的表白，但是他的心裡並未有半點訝異，就像虞姬的每句話都是天經地義一般，很自然地就讓他接受了這種匪夷所思的想法。

「可是你還有紅顏，是不是？」虞姬的目光注視著紀空手，變得大膽而直接。

「你怎會知道？」紀空手的臉紅了一紅道。

「如果說一個人昏迷了七天七夜老是叫著同一個人的名字，我想不知道都難。」虞姬的心中泛起一股醋意，酸酸地斜了他一眼道。

「這麼說來，我昏迷不醒的時候一直是你在照料著我，這實在太難爲你了。」紀空手心存感激地道。

「你何必這麼客氣呢？」虞姬淡淡笑道：「我做的都是我認爲該做的事情，其實我幾個月前就聽說過你與紅顏的故事，從那一天開始，我就一直在心中揣測著你的模樣。」

「那一定令你大失所望了。」紀空手微微一笑道。

「恰恰相反。當我在那一天與你於長街相遇的時候，我就有一種似曾相識的感覺，總覺得自己在哪裡見過你，不知爲什麼，那一刻我忽然有一種想與你長談一次的衝動，可是出於羞澀，我沒有這樣做。後來回到家中，我便後悔了，不住地埋怨自己，爲自己一時的怯懦感到懊悔。因爲我明白，有些事情是不能錯過的，也許在你的一生中只會出現一次，一旦失之交臂，便沒有再度把握的機會了。」虞姬說著，每一句話都顯得非常自然，就像是與情人間的促膝而談。她的每一個表情，包括每一個眼神都在表露著她的情感，那就是她深愛著紀空手，就像是情人間的思念。

這也許就是世人常說的一見鍾情。

在這個年代的少男少女，經歷了春秋戰國時期的「百家爭鳴」時代，社會風氣比較開明，道德規範也才見雛形，男女間的感情並不隱晦，敢愛敢恨正是這個時代賦予青年男女的一種熱情。但饒是如此，敢於像虞姬這般落落大方表明自己心跡的少女，畢竟少見，也許她正是這個時代的另類。

紀空手只能保持沈默。

「然而上天還是眷顧了我，讓你來到了我的後花園。當我站在這個小樓上看到你的時候，我在心裡暗暗地告誡著自己，這一次我不能再錯過了，至少應該讓你明白我對你的這片感情。」虞姬的臉上泛出一片紅暈。

「我有何德何能，能得佳人如此青睞？」紀空手有些惶然，人說最難消受美人恩，對紀空手來說，這感情不知也罷，知道了反而徒增傷感。

「我絲毫沒有怪你的意思，儘管你不會接受我，但我也覺得挺開心，因爲能夠當著自己喜歡的人說出藏在心裡的話，畢竟也是一件挺快意的事情。」虞姬苦笑著，她的眉間似有一層哀怨。以她的細心，當然不會不知道紀空手對紅顏的感情，所以她只怨造化弄人，恨自己不能在紅顏之前與紀空手相識。

事實上她非常清楚在自己與紀空手之間的緣分已盡，根本就不再有偕老一生的機會。當她在那一天發出驚呼的那一瞬間，就知道自己與這段感情終將無緣。

她一直都在關注著生死垂危的紀空手，當紀空手人從竹林竄出之時，她的一顆芳心便緊隨著他，隨著事態的發展進程而起落。她當時就在想：「這個男人的體內究竟有一股什麼力量在支撐著他？面臨弱勢，面臨生死，他還能如此從容地面對。」她只想讓他走過來，走到自己的身邊，只要有他陪伴，是生也好，是死也罷，自己心中再不計較。

可是紀空手根本無力再走這段路了，然後她便聽到了劍破虛空的那聲銳嘯。不知爲什麼，她忽然間感到自己平空生出一股驚人的勇氣，驚呼了一聲：「手下留情！」

劉邦的劍鋒停在距紀空手咽喉的三寸處，只差三寸，懸凝空中。

三寸的距離，就是生與死的距離。

虞姬只覺得自己的心幾乎湧到了嗓子眼上，怦怦地亂跳個不停。此刻她的心裡只有一個念頭，如果紀空手死了，她不知道自己是否還可以獨活下去，可就算活著，她一定也會抱憾終生。

穿過數丈距離，劉邦的眼芒冷冷地落在了花容失色的虞姬的臉上，看到自己心愛的女人竟然如此關

注著另一個男人，他的心如刀割般疼痛，真恨不得這一劍繼續前行，將這個男子徹底摧毀。

可是他沒有這樣做。

他是劉邦，是做任何事情都非常智慧的劉邦。此時此刻，他絕不敢得罪虞姬，他需要施行「美人計」取信於項羽，而虞姬是這個計畫中最重要的一環。

他權衡輕重之後，終於笑了。

「虞小姐莫非認得這個人？」他的心中有幾分詫異。

「是的，他是我的一個朋友，不知他何以得罪了沛公，以至竟使沛公對他趕盡殺絕？」虞姬舒緩了一口氣，這才恢復常態道。

「他是否真是你的朋友，本公不想追究，本公只想知道，他對虞小姐是否重要？」劉邦想到自己數次為項羽提親俱遭婉拒，眉頭一皺，心中頓時有了計較。

「重要與否，難道有什麼區別嗎？」虞姬感到不解地道。

「當然有區別，對本公來說，此人乃是平生最大的一個敵人，假若今日手下留情，無異是縱虎歸山，徒增無窮後患。但是如果此人確實在小姐心中佔有重要的一席，本公卻又要另當別論了。」劉邦緩緩地收劍回鞘，走到小樓之下，仰頭而道。

劉邦心存怎樣的居心，虞姬又怎會不知？正因為她十分了解劉邦的為人，是以才婉言謝絕了劉邦送來的「榮華富貴」。對於一個女子來說，美女配英雄，這本是身為女人再好不過的歸宿，但是虞姬卻不想因此而成為劉邦手上的一顆可以利用的棋子。

劉邦正是看到了這一點，所以才想趁人之危，逼虞姬就範。作為一個男人，他當然注意到了虞姬對紀空手的關切之情，以此作爲要挾來進行一場政治交易，他認爲這不失爲一條上上之策。可是當她看到已經昏倒在地的紀空手時，再也沒有半點猶豫。

「你想怎樣？請直說吧！」虞姬心中十分矛盾，

「痛快，本公就喜歡和爽快的人說話。」劉邦淡淡笑道：「你若想救回他的一條性命，只須答應本公一個條件，本公立刻將他送入小樓，全憑小姐處置。」

「你無非是要我下嫁項羽！」虞姬冷哼了一聲道。

「不僅如此，還望小姐在項公面前替我美言幾句。當初本公與項公在楚王面前約定，誰先攻入關中，便封誰爲關中王，如今看來，項公對關中已是勢在必得，本公只有退而求其次，想請項公封我爲漢中王也就罷了，不知小姐可否應允？」劉邦說出了他的真正意圖，此時天下大勢正是大秦將亡之時，以他的實力，倘若不退守一地，保存實力，難保不被項羽吞併。是以他此計看似求退，實則以退爲進，深謀遠慮，顯示了他獨到的戰略眼光。

「沛公這也太高看小女子了吧？就算我肯嫁於項羽，誰又能保證一定可以得到項羽的寵愛呢？」虞姬苦笑一聲，她的心已全在紀空手身上，爲了他，她不惜付出自己的一切。她總認爲，愛一個人，本就不求回報，而是一種付出，唯有如此，才是真情。

「這一點小姐大可不必擔心，以本公對項羽的瞭解，他既然要本公替他求親，說明他對小姐肯定是一片癡情。」劉邦極有把握地道。

「好！既然你這麼說，我可以答應你，只是你又怎能保證這位紀公子的安全呢？」虞姬看了看紀空手道。

「爲了表示本公的誠意，本公這就將他送入小樓之中。一個月後，小姐下嫁之日，便是他重獲自由之時。」劉邦心中雖恨，但也是無法可想，只能無可奈何地提出自己的承諾。

「那就一言爲定。」虞姬心中雖然酸楚，但因爲自己的付出換來心愛的人重新獲得自由，不由得又生出幾分欣慰。

劉邦抱著紀空手上了小樓，將他放入虞姬的香帳之中，臉上不無妒色地道：「此人能得小姐青睞，實是幾生修來的福分，本公卻有一事不明，想向小姐請教一二。」

虞姬吩咐袖兒端來熱湯，替紀空手揩拭著臉上的血跡，半晌才道：「希望這是你最後一個問題。」

「本公實在弄不明白，小姐從來沒有離開過霸上，又怎會與此人相識？不僅如此，如果本公所料不差，小姐對此人絕非是一般的朋友關係那麼簡單吧？」劉邦道。

虞姬深情地凝視著紀空手，緩緩說道：「一個女人的心思，有的時候連她自己也琢磨不透，何況你呢？她若是喜歡上一個人，也許只要看上一眼就足夠了，因爲她是憑著自己的直覺去讀解這個男人，但若是她不喜歡一個人，就算讓她與之相處十年，也是徒然。」

「是嗎？本公還是不太明白。」劉邦的臉上露出尷尬的笑意，狠狠地瞪了一眼昏迷不醒的紀空手，搖了搖頭，向門外走去。

「你是無情之人，所以永遠不會明白。」虞姬冷冷地一笑。

當劉邦走出小樓，樓外已是重兵密佈。他沈凝片刻，下令三千弓箭手先行出城回營，然後叫來樂白道：「從今日起，你親率問天樓的人馬封鎖整個虞府，沒有本公的命令，任何人都不得擅自出入！」

「這其中是否也包括了虞公夫婦以及小姐？」樂白問道。

「他們不在此例。非但如此，你們只能嚴密監視他們的行蹤，不可有半點怠慢，倘若有得罪之處，你就提頭來見！」劉邦一臉陰沈地道。

「可是萬一紀空手傷病痊癒，只怕屬下這些人手難以應付。」樂白想到紀空手之勇，依然心有餘悸地道。

「這一點你大可放心，所謂死罪可免，活罪難逃，本公豈能真的縱虎歸山？在他的身上，本公早已做下手腳，除非神農再生，否則你我就再也看不到那個驍勇善戰的紀空手了。」劉邦獰笑，只有這時，他才感到了一種從未有過的快意。

他之所以答應饒紀空手不死，雖然是想利用虞姬來為他爭取在項羽面前取得信任，但在很大程度上也是因他有一套「封穴閉經」的手法，這套手法極為陰毒，難練得緊，乃問天樓不傳之秘，一旦用於人身，可使內家高手在頃刻間變成常人，只是沒有太大的實戰性，是以極少使用，江湖中人更是知者甚少。

但在此刻用於紀空手的身上，卻是再合適不過了。一來紀空手人已昏迷，毫無反抗之力，劉邦只須在抱他入樓時，即可得手，二來又可遮人耳目，不讓虞姬起任何疑心，這樣一來，紀空手功力盡廢，以一個廢人來換得一個活生生的大美人，然後將之獻給項羽，這等買賣可謂划算。

虞姬眼見紀空手昏迷不醒，早已方寸大亂，哪裡想到劉邦會有這等手段？不過在她的精心照料下，眼見紀空手的狀況一天好似一天，心中也著實歡喜。

紀空手又哪裡知道虞姬為了自己所付出的代價，他雖然猜到了一點，可真正讓他感動的卻是虞姬對自己的這番真情。

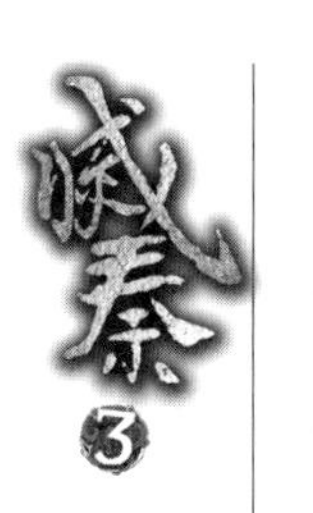

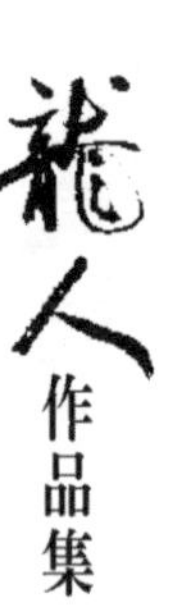

在虞姬與袖兒的陪護下，又過了數日，紀空手終於可以起床行走了。虞公夫婦雖然覺得女兒的行爲太過離經叛道，然而愛女心切，也就任著她的性子行事，倒也相安無事，只是虞府內外有人監視，使得府中上下的氣氛略微緊張了些。

在這幾天中，紀空手數次調息體內真氣，都未成功，始知劉邦用在自己身上的手法絕非一般，心裡雖然著急，但爲了不讓虞姬擔心，卻也隱忍下來。

虞姬爲了博他開心，每日總是陪他撫琴弄歌，偶爾興之所致，亦來一段長袖舞，令紀空手大開眼界。自從那一日他明白虞姬心跡之後，不知不覺中，他也漸漸地在心中生出幾縷情愫，只覺得虞姬在自己心中的地位愈來愈重，對她更加難以割捨。

但是隨著時間一天天地過去，虞姬的笑臉愈發少了，眉間的愁絲卻不減反增，等到紀空手明白了事實的真相時，此刻距虞姬下嫁之日不過十天之數。

唯有此時，紀空手才明白虞姬爲了自己所付出的犧牲是如何之大。一個女人，爲了自己所愛的男人卻要下嫁給一個她所不愛的人，這是何等淒美的傳說，又是何等感人的故事，若非真愛，誰又有這般情懷。

不過他是紀空手，紀空手是絕對不能容忍這種事情發生在自己身上的，雖然他功力盡廢，可是他還有頭腦。

他始終認爲，自己之所以能讓對手害怕，並不是因爲高明的武功。在很多情況下，擁有超人的智慧遠比武功要管用得多。

是以，他決定用自己的頭腦來改變虞姬的命運，要想讓虞姬不守承諾，就只有一個辦法，那就是在她下嫁之前，他必須平安地離開虞府，離開霸上。

一個功力盡廢的人，要想從如雲的高手之中逃脫，除非是出現奇蹟。

不知道紀空手這一次是否也能創造這個奇蹟？

霸上城外，大軍主帥營帳中。

一方主案之上，置放著一張攤開的帛書，主案兩邊，跪坐著衛三公子與劉邦，兩人的臉色十分嚴肅，眉頭緊皺，顯然是在為一樁棘手的事情感到煩惱。

這兩人都是城府深遠之人，智慧過人，假若連他們都不可能解決的事情，那的確是件棘手的事情。

「直到今天，我才發現當日在樊陰時犯下了一個多麼可怕的錯誤。」衛三公子輕輕地歎了一口氣道。

「誰也想不到會是這樣的結果，您又何必自責呢？」劉邦勸慰道。

「我身負復國大計，臥薪嘗膽數十年，就是為了要在今日的亂世之中打造一片屬於我們的天下，假若是為了自己當初一個錯誤的決定而讓這復國大業毀於一旦，我豈止是自責，簡直該死才對！」衛三公子的眼中流露出一絲懊悔，這在他的身上實在少見。

「現在想來，如果我們不殺紀空手，也許會少了這樣的一個大敵，更多了一個真正的強助，這麼看來，當然是一件非常划算的事情。但放在當時，紀空手無論在智計上，還是功力上，都不顯山露水，實在沒有太大的利用價值，更何況他親手為我策劃了『造神』計畫，留下只能是徒增後患。」劉邦的眼睛瞇了一瞇道：「所以說，我們的決定並沒有錯，只是此一時彼一時罷了。」

「唉，可惜呀，假若當時我能預見到這一點，也就不至於弄到今日這般頭痛的地步。」衛三公子歎道。

劉邦詫異地凝視了衛三公子一眼，道：「您老今日怎麼啦，唉聲歎氣的，這可不是您老的行事作風。我記得您老曾經對我說過這麼一句話，在一個英雄的身上，永遠找不到『後悔』這兩個字，可是……」

「也許我真的老了。」衛三公子的表情似乎無奈地苦笑了一聲，只有在這一刻，劉邦才發現他的雙鬢已白，滿是華髮，眉間寫盡滄桑，再也不是往昔那叱吒天下的一代梟雄了。

劉邦不忍再看，低下了頭，在他的心裡，忽然泛起一絲難以壓抑的顫慄。

等他再抬頭時，卻見衛三公子又回復了他一慣的冷峻，手指帛書道：「我們現在還有足夠的時間來彌補我們犯下的過失。依你之見，項羽這封信函的意圖究竟是什麼？」

「他的信函中雖然用詞客氣，邀我赴鴻門一見，但是我想，他最終的目的是要奪去我的兵權。」劉邦思索良久，這才說道。

「也就是說，他對我們已起了疑心，紀空手在霸上一戰爲我們造成的隱患終於還是發作了。」衛三公子冷哼一聲道。

「是的。據我所知，項羽直到今日才遣人相約，是充分利用了這段時間，在霸上通往各地的交通要道上設下重兵，對我大軍形成了合圍之勢，假如我軍與之硬抗，在實力如此懸殊的情況下，極有可能遭到全軍覆滅的可能！」劉邦分析著他所知道的消息，掂量著戰與不戰的利弊。對他來說，此刻無疑是生死關頭，任何一個細微的失誤都有可能令他前功盡棄，這樣的結局，當然不是他與衛三公子希望看到的。

「既然不能抗衡，就只有冒險赴宴，向他釋疑。可是你有多大的把握能夠讓項羽確信你與問天樓毫無關係？」衛三公子問道。

「我的手上，只有虞姬這一張王牌，是否成功，就要看我們的運氣了。」劉邦淡淡笑道。

衛三公子沈默半晌，方才緩緩地道：「我這一生中，從不相信命數，也不相信這世間確有運氣的存在。只有無能的人，才會將自己的命運寄託在這本無一物的運氣當中。所以我想，我們還得靠我們自己，才有機會逃過這一劫難。」

「我已經想了很久，實在沒有太大的把握，如果萬一不成，我們就只有放棄，再等待機會，以圖東山再起。」劉邦無奈地苦笑著，說出了他心中的打算。對他來說，要放棄自己多年苦心經營的事業，這無疑是一件比殺頭還要難過的事情。

「不行，這一次已經是我們最好的機會，只要化解了眼前的這場劫難，最多不過兩三年時間，這天下便是我們的天下，我又怎能輕言放棄？」衛三公子搖了搖頭，斷然否決。

「可是就算虞姬屈於我們的要挾，盡心替我們說話，在時間上還是來不及了。虞姬下嫁之日，也是我赴鴻門之時，她縱有萬千風情，又怎能在一日之內讓項羽著迷其中，言聽計從？」劉邦輕歎一聲，搖頭道。

衛三公子站將起來，雙手背負，一個人在大帳之內來回走動，突然想到什麼，問道：「張良何在？所謂一人計短，兩人計長，既有這樣一位可定乾坤的軍師，何不求教於他？」

劉邦道：「此人的確是一個人才，可惜的是他聽了情況之後，只說了一句話，只怕於事無補。」

「哦。」衛三公子驚訝地道：「說來聽聽。」

「他說，能成大事者，必須無情！」劉邦遲疑了片刻，吞吐不定地說道。

衛三公子渾身一震，顯然明白了張良話中的意思，而劉邦之所以吞吞吐吐，恐怕也是基於這層意思。

衛三公子的眼芒直射，與劉邦的目光在虛空交觸，一觸即分，在這一刻間，他的心情陡然激動起來，因爲他終於作出了也許是他這一生中最重要的決斷。

劉邦臉上無光，黯然低頭。當他與衛三公子對視的剎那，他讀出了那雙眼睛裡所蘊含的堅定與決心。

他已無話可說。

「我記得有一句話叫『英雄所見略同』，意思是說但凡英雄，他們看待問題的眼光大致不差。無論張良，還是紀空手，不管他們是友是敵，在我的心中，他們無疑都是這個時代的英雄，如果連他們都認定我們只有一條路可走，那麼我們只怕是別無選擇了。」衛三公子淡淡一笑，目光中的淒涼依然掩飾不住。

「不，我們還可以重頭再來。」劉邦抬起頭來，他的眼中已滿噙淚水。

「我已經老了，再也沒有這份勇氣與耐心了。」衛三公子搖了搖頭道：「這讓我想起了數十年前一件轟動天下的傳奇。燕國太子丹爲了策劃行刺秦始皇的大計，請來了當時的天下第一劍客荊軻，荊軻提出，要想接近始皇，必須借助兩件東西，缺一不可。於是太子丹便問：『是哪兩樣東西？』荊軻道：『督亢的地圖，樊於期的人頭。』樊於期乃大秦叛將，爲始皇所恨，投靠燕國爲將。爲了報自己一家的滅門之仇，樊於期毅然捨身獻頭，促成了荊軻赴秦之行。雖然荊軻最終失手，但樊於期的驚人之舉，無疑是江湖上最熱血的一段傳奇。」

「父親，不要說了！」劉邦驚呼道，他已是滿臉淚水，語帶哽咽。

他與衛三公子竟是父子！這的確讓人覺得匪夷所思，雖然合理，卻不合情，是以沒有人會猜到他們之間會是這樣的一層關係。

所謂合理，是因爲問天樓如此全力襄助劉邦，甚至不惜犧牲問天樓的利益，假若他們不是父子，以衛三公子的性格爲人，又怎會甘作人梯？

所謂不能合乎於情，是因爲劉邦既是衛三公子的親生兒子，衛三公子縱是一代豪閥，畢竟也還是一個人，他又怎能安心將自己的兒子交到別人的家中撫養？而且一養就是二十年呢？

沒有人能夠了解衛三公子的心態，也許只有他們父子之間才有這種近乎畸型的親情，但也只有他們是父子，才可以解釋劉邦何以會從沛縣的一個小小亭長一變而成爲可以爭霸天下的風雲人物。

衛三公子帶著憐惜的目光深深地看了劉邦一眼，臉上的肌肉因爲激動而抽搐了幾下，緩緩地道：「我等著你叫我這個稱呼，已等了二十多年了。人非草木，孰能無情？但是爲了我問天樓的百年大業，爲父只能選擇這樣去做，你可明白爲父的用意？」

「孩兒明白。」劉邦緊咬嘴唇，點著頭道。

「你明白了什麼？告訴我。」衛三公子冷冷地道。

劉邦深深地吸了一口氣，眼神緊盯在衛三公子不動的背影上，一字一句地道：「因爲我不姓劉，而姓衛，是衛國王室的後裔，更是問天樓閥主衛三公子的兒子！所以我一來到這個世界，就已經不屬於我

自己了，我必須爲自己肩上的重擔去忍受一切。」

「說得好！」衛三公子拍了一下掌道：「那麼你應該理解爲父爲何要將你送到沛縣的原因了吧？」

「是的，因爲你害怕我會在舒適的環境下磨滅鬥志，害怕我會躺在父輩的榮譽中去享受生命。所以你就讓我一個人生活在生存環境極度惡劣的地方，去鍛鍊自己的意志，去磨練自己的耐性，從而可以擔當起自己應該擔當的責任。」劉邦的臉上一片堅毅，顯得極度自信。

「你吃了這麼多的苦，難道就從無怨言？」衛三公子轉過頭來，充滿慈愛地道。

「我也怨恨自己生於一個貧苦的家庭，受盡貧寒，受盡屈辱，也恨自己何以要低人一等，但是當我知道了自己真正的身世之後，我才發覺這些磨難正是我最大的財富，日後再遇上挫折也絕對不會影響到我的心態，更不會影響到我爭霸天下的決心。」劉邦堅定地道。

「你能這樣想，爲父真的感到非常欣慰，這至少證明你已成熟，可以單獨去完成我們祖先留下的夙願。」衛三公子淡淡一笑道：「所以，你應該明白爲父爲何要提起樊於期的故事。」

劉邦心裡十分清楚，無論是紀空手，還是張良，他們都已看到，如果自己要在這種局勢之下盡去項羽心中的疑惑，完全取得他的信任，唯一的辦法就是提衛三公子的人頭去見項羽。

只有這樣，項羽才會相信劉邦與問天樓沒有半點瓜葛，也才會將兵權繼續交到劉邦的手中。但是問題在於，劉邦真的下得了手嗎？衛三公子畢竟是他的親生父親。

「我們已別無選擇。」衛三公子微笑道：「昔日樊於期將自己的人頭交給荆軻，是相信荆軻一定能爲他報仇，因爲他知道憑自己的努力，根本就不可能殺死秦始皇。而今天，當我決定將自己的人頭交給你時，我同樣相信你能替我完成多年未了的心願，希望你不會令我失望。」

劉邦沒有說話，只是跪在衛三公子的身前，重重地叩了八個響頭，抬起頭來道：「我一定不會讓你失望。」

他已明白，此時此刻，任何勸說都是多餘，既然衛三公子已經決定，那麼誰也無力去更改他的命運。對於他們父子來說，只要能夠達到目的，付出任何代價都是值得的。成大事者，就必須無情，就算有一天需要他自己獻出頭顱，他也會義無反顧，絕不皺眉。

這也許就是他們父子的命運。

衛三公子欣慰地笑了，輕輕地扶起劉邦，將他緊緊地摟在懷中，道：「你不用爲我傷心，能爲自己一生的理想獻出生命，這是我的榮幸，只要你能最終成爲這個天下的王者，我在九泉之下，也會爲你感到驕傲。」

「臨走之前，你不想再說些什麼嗎？」劉邦既然知道這將是一個不可避免的事實，只有橫一橫心，勇於面對。他現在只有一個念頭，那就是絕不能讓父親的血白流！絕不能讓父親的死變得毫無意義！

流星劃過夜空的刹那，雖然短暫，卻能給這天地留下令人眩目的輝煌。劉邦明白，只有憑著不懈的努力，他才可以讓父親的死如流星一般輝煌燦爛。

衛三公子的整個人都變得異乎尋常地冷靜，他的思維進入了高速運轉之中，必須爲自己的每一句話權衡利弊，雖然他的生命已是進入了倒計時的狀態，但正因如此，他才應該爲劉邦提出有效而正確的建議。

「如果你取信於項羽，以退爲進，退守漢中，這固然是出於戰略上的考慮，更重要的是因爲登龍圖上記載的藏寶地點，恰好在漢中郡內，你完全可以利用二三年的時間養精蓄銳，招兵買馬，充分發揮寶

庫中的財力與兵器，與項羽一爭天下。」衛三公子提出了他的第一個建議，更像是自己的臨終遺言，劉邦豎耳傾聽，不敢遺漏一句，因爲他相信衛三公子此刻的每一句話都是金玉良言，是他集一生經驗來預測的未來形勢，自己沒有理由置若罔聞。

「不過你要切記，凡事不能操之過急，該忍則忍，能忍別人不能忍之事，方能最終出人頭地。」衛三公子加了一句，雖然他對劉邦十分放心，但年輕人終究是年輕人，難免有血氣方剛的時候，此時叮囑一句，可讓他終生受益。

「孩兒一定銘記於心！」劉邦道。

衛三公子滿意地點了點頭，道：「造成你我今天這種局勢者，乃紀空手也。雖然你已廢去他的武功，但不怕一萬，只怕萬一，只有將他盡早除去，你才可以高枕無憂。」

「可是孩兒已經答應虞姬，倘若出爾反爾，惹惱了她，只怕反而會弄糟事情。」劉邦擔心地道。

衛三公子的眼中流露殺機道：「這很簡單，虞姬下嫁項羽之後，你悄悄將紀空手殺了，再尋一個替身，諒她也識不破內中玄機，否則有紀空手在，終究是一個心頭大患。」

「是，孩兒這就著手去辦。」劉邦本來就對紀空手恨之入骨，想到今日父子間生離死別，歸根究底，還是紀空手一手造成，心中更是半點也容他不下，恨不得除之而後快。

「這兩樁事情縱然不由我說，想必你也能考慮得到，但是還有一樁事情也是極爲重要，我若不說，只怕你容易忽略過去。」衛三公子看看四周，壓低聲音道。

劉邦心中一驚，忽然想到什麼道：「父親所指，莫非乃韓信？」

「此人的武功智計雖然不能與紀空手相提並論，但在當今江湖之上，亦算得上是一個佼佼者了。他與紀空手一樣，同樣是造神計畫的知情者，實力之強，恐怕對你日後的事業不無裨益。可是你記住，此人對名利二字太過看重，切不可對他信任過度，到了一定的時機，該出手時就出手，以免徒生後患。」衛三公子道。

「孩兒若要爭霸天下，正需要韓信這樣的人才，倘若殺之，未免可惜。何況他背叛紀空手來投效於我，不正表明了他對我的忠心嗎？」劉邦似有不解地道。

「一個人如果爲了名利而對朋友不義，又豈能對自己的主子盡忠？自古忠義二字，可以衡量出一個人的稟性，爲父一生閱人無數，相信不會看錯。」衛三公子冷冷地道：「如果說韓信真的對你我忠心，那麼霸上一戰，紀空手就只能死在他的手上，你應該不難明白我的意思吧？」

劉邦是聰明人，聞其言而知其意，一點即明，不由輕抽了一口寒氣道：「這麼說來，豈非鳳五也……」

衛三公子冷笑道：「對我來說，沒有絕對的敵人，也沒有絕對的朋友。所謂寧枉勿縱，我可以對不起別人，可千萬不要讓別人對不起自己。」

「孩兒明白。」劉邦眼芒一寒，心中殺機驟起。

「你好自爲之，日後的路只有靠你自己去走了。」衛三公子拍了拍他的肩膀，劉邦頓時感到體內的經脈刹那充滿力量，他知道「有容乃大」心法的特性，也知道衛三公子已將自身的三成內勁暗中傳於自己。

大帳之內，一片靜寂，但劉邦的心情卻起伏不定，莫名之中，似乎有一股悲傷的情緒如毒蛇般吞噬著他的神經，一點一點地向著他的全身蔓延……

衛三公子似乎不爲自己將死的命運感到一點悲傷，反倒是爲劉邦未來的發展感到了十分擔心。

◆

「我回來啦！」人未至，袖兒甜甜的聲音先到了小樓。

可是紀空手卻不在樓中，他的人在假山下的一塊大石上靜靜地坐著，觀賞著水中游魚怡然自得的戲水。

虞姬悄然走近，來到了他的身後，輕歎一聲道：「我們現在的處境是不是有些像這水中的魚？雖然自由，卻游不到這水池的外面。」

「魚兒是不會游出來的，因爲水池的外面沒有它們賴以生存的水，自由的代價往往就是死亡。」紀空手微微一笑道：「這聽起來是不是很可怕？」

「死並不是這個世上最可怕的東西。」虞姬的話中似乎帶有一股幽怨，卻在心裡暗暗說道：「真正可怕的東西是多情人不能相聚。」

紀空手將虞姬的表情看在眼裡，只能是佯裝視作不見，拍拍手道：「如果我沒有算錯，你和袖兒已逛了第十次街了吧？」

「是呀，這幾天逛得我腰酸背痛的，還到處買了些用不著的東西，真讓我搞不懂你，難道這也是你想出來的脫身之計嗎？」虞姬蹶著小嘴，斜著身子坐在紀空手的身邊道。

「噓，隔牆有耳。」紀空手看了看四周的動靜，壓低聲調道：「在這座小樓附近，至少潛伏了二三十位真正的高手，如果讓他們中的其中一人聽到了你剛才的話，那麼我的法子就不靈了。」

「那可怎麼辦？我可不想壞了你的大事。」虞姬吐了吐小香舌，臉色變了一變。

「不過幸好他們這會兒距離我們較遠，想來並不妨事。」紀空手的內力雖然受制，但僅限於對體外的發揮有一定的影響，所以他依然能使自己的耳目處於一種非常靈敏的狀態。

他從一條細長的石縫中扯下幾株嫩黃的小花草，放在鼻間聞了一下，然後遞到虞姬的眼前，道：「你認得這是什麼草嗎？」

虞姬搖了搖頭，突然臉上一紅，道：「聽說古人以花為媒，莫非紀大哥也想試著學學古人嗎？」

紀空手怔了一下，心中驀然生出陣陣漣漪，柔聲道：「你對我的心思我又怎會不知？其實經歷了這些天的時間，我已經讀懂了我自己的心思，就是今生今世只怕再也離不開你。有時候我總在想，我有何德何能，不僅有紅顏相伴，還有美人垂青，心裡總是忐忑不安，生怕辜負了你。」

「你能這麼說，我心裡著實有說不出的歡喜。」虞姬的眼中閃出一層朦朧的霧光，語帶哽咽道：「這些天來，我做夢都在想著你會喜歡我，愛憐我，可是一夢驚醒，又發覺自己什麼也沒有，那份心中的失落，真正是無法說得出口。我總覺得，喜歡上一個人並不難，得到一個人的喜歡也不難，難就難在兩情相悅，偕老一生，此刻讓我聽到你的心跡，始知蒼天有眼，總算不負我這一片癡情。」

她在說這些話的時候，有一種發自內心的欣慰，更有一種滿足與充實，只覺得天地之大，終於找到了自己的歸宿，心中好生歡喜。紀空手不禁在心中問著自己：「有妻如此，夫復何求？」緩緩地握住了虞姬那滑如凝脂的小手。

兩人說著話兒，不知不覺到了用膳的時間，袖兒尋來撞個正著，直吐舌頭道：「哎呀呀，我可不是故意的。」

虞姬羞紅了臉啐道：「小妮子只會亂說，我和紀大哥坐在這裡說話，又怕了誰來？」

袖兒與虞姬名爲主僕，實則情同姐妹，眼見虞姬情有所屬，也是替她高興，笑著打趣道：「說話你就好好地說，沒見過非要拉著手兒才能說話的人。紀大哥，要不你也拉著我的手兒，我們兩個說上一會兒悄悄話吧？」

她抿嘴一笑，顧自去了。

紀空手手中依然捏著那幾根嫩黃色的花草，攜著虞姬向小樓走去。虞姬小臉一紅，道：「紀大哥，你莫非真的要把這草兒當作向我求婚的定情之物嗎？」

「兩人若是真心，又何必在乎這約定俗成的規矩？」紀空手微微一笑道：「這草兒我另有妙用，待會兒你就能知道它的用途了。」

虞姬斜了小草一眼，半信半疑地道：「你又在故弄玄虛了！」

「其實說它是你我的定情之物，的確也沾得上邊兒，因爲只有我順利地逃出霸上，你才不至於受人要挾而下嫁項羽，而它又是我能否順利逃出霸上的關鍵，自然就顯得它的至關重要了。」紀空手莞爾一笑，擁著虞姬溫軟的細腰回到了樓中。

在樓中的一方長几之上，堆滿了七七八八的一些雜物，有珍珠首飾，有藥材膏丸；粗膳食作料，有花粉蜂蜜……看包裝格式，全是新買之物，根本未及開封，弄得這大家閨房之內渾似一個雜貨鋪。

「偏是你喜歡捉挾人家，叫我和袖兒上街採辦了這麼多的雜貨，我倒想看看，你又在打怎樣的鬼主意。」虞姬斜了紀空手一眼，見他在這堆雜貨中翻來倒去地挑個不停，不由嬌嗔道。

「我怎捨得平白無故地讓你受累？」紀空手愛憐似地看了她一眼，忽然正色道：「你可聽說過江湖上有易容一說？」

「易容？」虞姬看了看眼前這堆與易容術毫不沾邊的東西，搖了搖頭道：「易容術豈是你所說的這般簡單？若是沒有秘製的藥水與特備的材料，只怕也是徒然。」

「這你就不懂了。」紀空手道：「需要藥水與備好的材料來化裝易容，雖然也能唯妙唯肖，但終是下流手法，不能入高人法眼。真正的易容高手，講究的是信手拈來即材料，隨便一樣看似毫無用處的東西，到了他的手中，就能化腐朽爲神奇，發揮出千變萬化的功效。」

虞姬刮了一下紀空手的臉蛋道：「你也不嫌害臊，難道說你還是這易容術的行家不成？」滿臉不信之色。

紀空手道：「我雖不是，但我的朋友卻是，盜神丁衡之名，天下人不知道這個名字的人只怕不多。」

「此人神偷絕技冠絕天下，竟會是你的朋友？」虞姬極是詫異，掐指算來，紀空手與丁衡年齡相差數十年，似這等忘年之交，倒也少見。

「可惜他已不在人世。」紀空手神色黯然，半晌才抬起頭來道：「你可知道，一個真正的盜神，他最終得以成名的原因究竟是什麼？」

虞姬輕輕地靠在他的懷中，靜靜地斜頭看著他，沒有說話。

「真正的盜神，不在於是否可以偷到別人的東西，而在於他偷到東西之後，可以神不知鬼不覺地全身而退。唯有如此，他才能成爲別人根本就不無法企及的盜神！像這樣的一個奇人，才會是易容術的真正行家。」紀空手臉上情不自禁地流露出欽服之色，對這位已然逝去的朋友，心中永遠充滿了尊重與仰慕。

「所以你也從他的手裡學到了易容術。」虞姬道：「不止是易容術，應該是非常高明的易容術。」

紀空手微微一笑道：「你這是誇我呢，還是在貶我？」

「我不知道。」虞姬的眼中又閃爍著如絲如霧般的朦朧，柔聲道：「我不知道你的易容術有如何的高明，卻知道你的偷技遠比丁衡厲害，因爲你在不知不覺中已經偷走了我的心。」

「我覺得我有些醉了。」紀空手大笑起來，他喜歡虞姬此刻的表情，虞姬的美也許就美在朦朧。笑過之後，紀空手拿著手中的花草道：「這種花草名爲三黃草，你只要將它的汁水榨出，然後配上山西陳醋，新採的花蜜，磨碎的珍珠粉，再加上炭爐中的一點爐灰，它就可以變成非常有效的易容藥水。」

虞姬眼中閃出一絲驚喜道：「這就是你要讓我去逛街的原因？」

「是的，我不敢肯定劉邦與問天樓裡有沒有人知道這種藥水的配製，爲了保險起見，我才會讓你分批分量地去街上採購回來，因爲這事關係重大，甚至牽涉到你的幸福，我必須謹慎。」紀空手道。

「這樣的話，即使有人跟蹤我們，調查到我每次採辦的貨物，也無從猜測我們到底在打什麼主意。」虞姬似有所悟地道。

「沒有假設。以劉邦的行事作風，他肯定會對你嚴密監視，甚至對他走過的每一條路線、接觸的每一個人都會進行周密的調查。他也知道，你是爲了我才答應他下嫁給項羽的，如果被我逃走，那麼他精心佈下的計畫就會前功盡棄。」紀空手冷靜地分析道。

「他憑什麼就敢肯定我嫁給項羽之後就一定會替他說話？」虞姬氣咻咻地道。

紀空手輕輕地吻了一下她的額頭，道：「他已看出了你對我的心思，所以只要牢牢地把我控制在他

的手裡，他就不愁你不聽話。」

紀空手說到這裡，整個人近乎有些動情，輕咬了一下虞姬的耳垂道：「如果他以你來向我提出要挾，恐怕我也只能就範，因爲我在乎你。」

虞姬只覺心中一蕩，渾身柔軟無力，整個人如一團軟泥般陷入紀空手的懷中，呢喃道：「我也一樣。」

紀空手深深地吸了一口氣，好不容易才控制住自己的情緒，充滿自信地道：「他雖然很會算計，但是絕對算不到功力已廢的我還能從他佈下的層層重圍中脫身而去。這一次，他恐怕又得失望了。」

「我相信你，我對你從來都是充滿信心！」虞姬深情地凝視著紀空手的眼睛，帶著一種令人炫目的癡迷：「從我第一次看到你的時候，我就在心裡悄悄地對自己說：『這才是一個真正的男人，無論在什麼情況下，他都具有如此強大的自信，就像是一座巍峨險峻的高山，永遠值得每一個女人去依靠他，去信賴他。』我知道這是我的直覺，而一個女人的直覺通常都不會有錯。」

紀空手十分感動，輕拍了一下她的香肩，道：「我一定會證明給你看，你的直覺並沒有錯。」

說完取出所需要的各種材料，將之裝入到一個隨身攜帶的器皿中，開始調配藥水。

這種調配的方法看似簡單，但是每種材料的用量與加入時間都十分講究，多一分少一分直接影響到藥水的功效，是以紀空手屏住呼吸，小心翼翼地進行著每一個調配的步驟。幸好整個過程用時不多，在紀空手妙手弄製下，器皿中竟然出現了一小灘無色無味的液體，乍眼看去，有點呈現糊狀。

「好奇怪呀，你加入的材料都是有色有味的東西，怎麼一經你的調製，馬上便成了現在這個樣子？簡直讓人覺得不可思議。」虞姬搖了搖頭，幾乎不敢相信自己的眼睛。

「你千萬不要問我這其中的玄機。」紀空手看到虞姬一臉求知的慾望，皺皺鼻子道。

「幹什麼嘛，人家也是不懂才會問嘛，又不是想偷師學藝。」虞姬噘著小嘴，眼中似笑還嗔，佯裝出一副生氣的樣子。

「因爲我也不知道它的變化與道理。」紀空手笑了笑道：「在江湖之中，像這樣神奇的獨門秘法還有很多，它們都是出自於前人之手，流傳百年之後，成爲一種經驗之談，後人只是享用它的神奇功效，卻忘了它形成的原理，久而久之，就再也沒有人可以懂得內中玄機了。」

虞姬「噗哧」一笑道：「你不知道就說不知道嘛，何必還要說這麼一大堆廢話？不管怎麼樣，你在我的心裡總是了不起，根本就不會因此有任何的改變。」

紀空手尷尬地一笑，趕緊顧左右而言他，拍拍手道：「既然大功告成，接下來你又得到街上逛上一逛了。」

「我可不去，只想在這裡守著你。」虞姬扭著腰道。

「你想不想知道，這些天來，我爲什麼會讓你和袖兒去逛街？」紀空手突然壓低嗓音道。

「你剛才不是說出了原因嗎？」虞姬滿是不解地道。

「那只是其中的一部分，最重要的原因，是因爲我需要你去幫我聯絡舊部。在我逃走的那一天，必須要有他們的接應。」紀空手肅然道。

虞姬收起笑容，始知自己擔任的角色是何等重要。想到自己能爲情人盡些心力，心裡好生高興，催促道：「那麼我該如何去做，還請紀大將軍吩咐！」

「大將軍？」紀空手怔了一怔，想到自己此刻確有將軍的威風，莞爾一笑道：「你聽說過『徐家綢

緞莊』嗎？」

「這可是我們霸上有名的綢緞鋪，鋪子裡的徐老闆與我父親還有些生意上的往來，你怎地會問起它來？」虞姬愕然道。

「那就好，其實這徐老闆也是知音亭的一個眼線，如今劉邦在霸上封鎖了關於我的一切消息，無論是知音亭的人馬，還是我的神風一黨，恐怕至今還沒有我的音訊，所以你只要尋個機會，將我在虞府的消息在無意中洩露出去，這徐老闆肯定有辦法將這個消息傳送到五音先生那裡。」紀空手開始說出了自己精心設計的計畫。

「還有紅顏那裡，是不是？」虞姬斜了他一眼，似笑非笑地道。

紀空手一臉至誠地道：「在我的這一生中，在我的心裡，我把你們看得是一樣的重要，無論要讓我在你們當中只選一位，我都會很傷心，都會流淚，所以我絕不選擇，只願我們三人同行，能夠走完今生今世。」

「我明白，所以我並不嫉妒，你又何必這麼緊張呢？」虞姬終於笑出聲來，其實在她的心中，明白像紀空手這樣的男人絕不會只屬於她一個人，只要紀空手心中有她，她已知足，根本不再強求太多的東西。

紀空手擦了擦額頭上的冷汗，道：「你能這樣想，我真是感到高興，只是時間不多，我看我們還是談正事要緊。」

虞姬俏皮地吐了吐舌頭，不再開口。

「我考慮了很久，覺得若想不著痕跡地達到目的，你和袖兒必須在街上多逛幾個地方，然後佯裝無意地進入徐家綢緞莊……」紀空手貼著虞姬的耳朵，一五一十地將全盤計畫悉數交待，最後才道：「此事是否成功，全靠你了。遇事務必機警，切忌不可輕舉妄動。」

虞姬在心裡默默地回味了一遍紀空手的話，這才嫣然一笑道：「這件事情既然關係到我一生的幸福，我哪裡還敢不盡心盡力？你就等著好消息吧。」

她的人輕盈地跳出了紀空手的懷抱，美妙的身影優雅地消失於門外。紀空手的臉上看似悠然輕閒，其實他的心裡卻悄悄地問著自己：「虞姬能在劉邦眾多的耳目之下將自己的消息傳送出去嗎？此刻的紅顏，又在哪裡？」

他不知道，所以他只有耐心等待。他總認爲，一個善於等待的人，才最容易把握住稍縱即逝的機會。

第十一章　鴿鷹傳音

劉邦採取的是「外鬆內緊」的對策，所以他雖然在虞府附近布下了重兵，但絲毫沒有影響到霸上小城的繁華市面。

虞姬與袖兒從府門出來，走不多遠，便發現有人在暗中跟蹤她們。虞姬心裡清楚，以劉邦的實力，絕不只派這幾個人來監視她們，這大街的人流中，說不定就有很多人是劉邦佈下的眼線。

她不由心中一凜，保持著高度警覺，但臉上卻沒有一絲緊張的神情，輕鬆悠閒，就像是真的逛街一般。

事實上她前腳一離虞府，有關她的消息便通過不同的渠道彙報到了劉邦的面前。此時的劉邦人已不在軍中，就在距虞府不遠處的一座花園中，菊香正濃，而他卻無心賞菊。

自從衛三公子作出犧牲自己的決定之後，他心裡就像是被一塊大石緊緊壓住，緊張得幾乎透不過氣來。

他不能不緊張，畢竟衛三公子是他的親生父親，就算他冷血無情，也不可能目睹父親的將亡而無動於衷。

在他知道自己真正的身世之時，只有十歲，從那一天起，他就明白，他已不再屬於自己，他屬於問天樓，屬於他們要完成的大業。

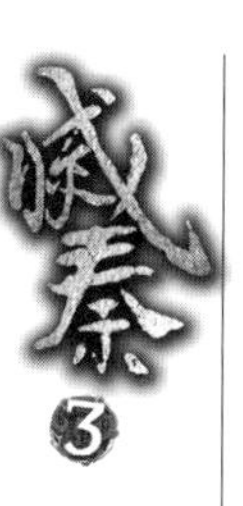

於是在父親的督導下，他開始了殘酷而枯躁的訓練，無論是在武功、韜略，還是在性格意志上，他都按照父親的要求來磨練自己，十年如一日，直到有了今天的成就。

在他的內心深處，其實他是十分理解父親衛三公子作出的這個決定的。他們父子也許正是同一類人，擔負著祖先的遺願，爲了復國大計，他們從來就不曾考慮過太多的個人利益，即使爲了自己一生的理想付出寶貴的生命，他們也認爲這是理所當然的事情。

既然付出，就要回報，這同樣也是他們做人的原則。眼看鴻門赴宴的日期愈發臨近，劉邦不得不更加小心，他不想讓父親衛三公子的頭顱變成毫無意義的犧牲。

「虞家小姐先是到了一家點心鋪，包了一包點心，又到了一家胭脂店，買了一盒產自西域的紅粉唇膏，現在正準備到前面的牌樓……」一位屬下正一五一十地向劉邦彙報著虞姬的每一個行蹤，任何細節都不敢疏漏，甚至在哪個時間碰到了誰，說了幾句話，都一一在列。

劉邦沒有說話，只是靜靜地皺著眉頭，在思考著問題。在他的身後，除了樂白、寧戈之外，還有鳳五、韓信，大家都屏住呼吸，不敢喘一口大氣。他們無疑都是問天樓的核心成員，所以他們也是少數幾個知道衛三公子的決定的人，當然不想在這個悲憤的氣氛下，惹出一身不必要的麻煩。

「這幾天來，虞姬在街上出現的頻率實在頻繁，籠統計算，這已是第十一次了。依你們的見識，這是否有些反常？」劉邦回過頭來，掃視了眾人一眼，提出了他的置疑。

「屬下認爲，紀空手既已傷病痊癒，虞姬又在這個時候頻頻出府，肯定內中有因，只是屬下查閱了虞姬購買物品的名單，並未發現有任何可疑的地方。」樂白上前一步道。

「此刻的紀空手等若廢人，又在重兵看守之下，如果換作是你，你現在最想做的事情會是什麼？」

劉邦思考問題的方式果然與眾不同，他追本溯源，一句話點中了問題的關鍵要害。

韓信見得劉邦的目光盯著自己，忙道：「如果是我，當務之急便是要設法治癒體內的傷病，恢復功力，才敢奢談其他，否則一切免談。」

「幸好你不是紀空手。」劉邦冷冷地哼了一聲：「本公以獨門手法封制了他體內五處穴道，要想化解，談何容易？紀空手明知不可爲而爲之，豈非太蠢了些？」

「是，屬下愚昧！」韓信心中雖惱，臉上卻不動聲色。

劉邦似乎滿意韓信的反應，所謂用人之道，恩威並施，他不想讓韓信感到太過難看，是以放輕了口氣道：「這也是人之常情，你能這麼去想也屬正常。只是紀空手爲人狡詐，往往可以從不是機會的情況下創造出機會來，所以本公揣度，他此刻心中所想，還在於如何逃出霸上。」

眾人無不愕然，樂白驚道：「以他現在的情況，要想逃出霸上，無異於登天之舉，他若真有這種癡心妄想，那就太可笑了。」

「一點都不好笑了。」劉邦冷笑道：「事實上他的心裡正是這麼想的，否則他也不會讓虞姬頻頻出現。」

說到這裡沈凝片刻，接道：「自霸上一戰之後，本公就封鎖了關於紀空手的一切消息，所以他此刻是生是死，除了我們這些人之外，僅限於虞府的人知道。如果這個消息傳將出去，一旦五音先生率眾趕來解救，紀空手便有機會出逃。」

「那麼我們何不封鎖虞府，不准任何人出入？抑或，將紀空手帶出虞府，轉移到大營之中？」樂白不解地問道。

「如果我們可以這樣做，本公早就做了，又何需你來提醒？可問題是本公不想因此與虞姬鬧翻臉，日後她若下嫁項羽，本公必須借重於她。」劉邦道。

這個問題的確讓人患得患失，深陷兩難境地，就連劉邦也感到了棘手。就在這時，一名屬下又匆匆前來稟報：「虞家小姐又到了徐家綢緞莊，正要進去，屬下跟近的時候，被她盯了一眼，生怕引起她的疑心，所以回來請示將軍。」

「立刻派人混入進去，凡是她的行蹤，務必掌握！」劉邦命令道。

那人匆匆去後，劉邦沈吟半晌道：「此時距鴻門之宴不過數日，絕不能在這緊要關頭出現紕漏，所以為了大局著想，凡是與虞姬有過接觸或是說過話的人都必須嚴密監視，牢牢控制，一旦有可疑之處，立刻斬殺，不可有任何放過！」他的眼中隱露殺機，繼續道：「同時在霸上內外，調派人手，嚴密監視來往過客。本公只有一個要求，寧可錯殺一千，也絕不能放過一個！倘若有瀆職造成疏漏者，休怪本公劍下無情！」

眾人無不心驚，唯唯喏喏之聲中，領命而去。

「紀空手呀紀空手，你若真能在這種嚴防之下逃出霸上，我劉邦可真得佩服你了。」劉邦在心中冷冷一笑，實在想不出紀空手還有什麼辦法可以衝破自己布下的天羅地網。

徐家綢緞莊就在得勝茶樓的對面，雖然相距不遠，卻並沒有受到任何的影響，生意一如往常。徐三谷站在櫃檯裡面，雖然笑臉迎客，其實內心卻如火焚燒，正為紀空手確切的消息而著急。

霸上雖小，卻是歷來兵家必爭之地，當年五音先生經過之時，便留下徐三谷在此開店創業，建立據點，以備日後之需。現在看來，此舉極有遠見，實屬明智之舉，掐指算來，徐三谷這一待下來，也已有二十年的光景。

這二十年來，他經營有方，財源廣進，隱然已成大戶人家，又娶妻生子，家庭美滿，稱得上是有福之人。只是他始終不敢忘記，自己終是知音亭的人，養兵千日，用在一時，他時刻準備著爲知音亭盡忠報效的這一天的到來。

那一日紀空手從他的店後走出去，就再也沒有回來過，沒有人知道他是生是死，也無人知曉他此刻的下落。在徐三谷的心中，這雖然不是他的錯，但他身爲一方地主，竟然打探不到一點關於紀空手的消息，這讓他感到一種深深的負罪感與內疚。

雖然他與紀空手接觸的時間不多，但是他對紀空手有一種近乎五體投地的崇拜，每次看到這位充滿朝氣與智慧的年輕人時，他彷彿又看到了五音先生年輕時候的身影。在紀空手的身上，似乎有太多之處像極了當年的五音先生，更給人一種青出於藍而勝於藍的感覺，這似乎也是徐三谷之所以崇拜紀空手的原因。

但真正讓徐三谷認識到紀空手人格魅力的，是因紅顏對紀空手的那片癡情。一個像小公主這般高傲而美麗的少女，竟然會對一個男人如此愛慕和傾心，這本身就說明了紀空手的魅力之大，而且在紀空手失蹤之後的第七天，紅顏爲了他，竟然不顧生死，重新回到了霸上。

「無論如何，我都要找到他。」這是紅顏說的第一句話，非常冷靜，竟然聽不出一絲悲傷。

徐三谷明白，在紅顏的眼中，紀空手已是她的一切，如果說紀空手一旦死了，那麼對紅顏來說，她也就失去了生活下去的意義，所以徐三谷毫不猶豫地答應了她，即使付出生命，他也要將紀空手最終的消息打探出來，將它傳送給她。

這是一個承諾，是徐三谷的承諾，也許在江湖上「徐三谷」這三個字並不響亮，但紅顏卻說了一句：「我相信你。」這才出城而去。

能得到小公主的信任，這對徐三谷來說，無疑是莫大的榮幸，同時也給了他莫大的動力。但是他沒有想到，劉邦對消息的封鎖是如此的嚴密，無論他使用什麼手段，最終都令他一無所獲。

「難道說紀空手已經死了？如果活著，他又身在何處？」徐三谷怎麼也不敢相信紀空手會死，在毫無音訊的情況下，他也就更相信自己的直覺，可是假若紀空手沒有死，最有可能藏在哪裡？

他的思維一直處於走神的狀態中，以至連虞姬的到來都沒有引起他的注意。直到店中的夥計過來稟道：「老爺，虞家的大小姐來了。」他這才清醒過來，笑臉迎了上去。

「世侄女今日怎麼有空來徐叔這裡瞧瞧？難得你能光顧，瞧得上眼的東西就多挑幾樣，徐叔給你打個折扣。」徐三谷見過虞姬幾面，又與虞府有些生意上的往來，是以見面極是熱情。

「徐大叔這麼客氣，小姬可有些承受不起了。」虞姬趕忙行禮，她既知徐三谷的底細，好感頓生，一改昔日高傲的性子，便是徐三谷都感到幾分詫異。

「所謂來得早不如來得巧，今天我莊子裡正好到了一批吳越貨色，無論是品相色澤，還是手工織技，都是一流的東西，我這就叫人送來供你挑選。」徐三谷眼見又進來幾個客人，叫人招呼著，自己陪著虞姬來到了櫃檯前的茶几邊坐下。

徐三谷之所以能夠被五音先生委以重任，讓他來到霸上獨當一面，說明他本身具有一定的實力。起初他並沒有太多的警覺，可是待這幾個客人進來之後，他一眼就看出了這些人是爲虞姬而來。

「這可奇了，聽說虞姬就要嫁給項羽了，誰還有這樣的膽子，敢在太歲頭上動土？」他聽虞老爺談過劉邦下聘一事，言語中雖然得意，但卻有幾分隱憂，原因是因為虞姬對這到手的榮華富貴並不熱衷，根本提不起興趣，這倒讓徐三谷有幾分刮目相看之感。

夥計送上幾匹綢緞，供虞姬挑選，虞姬意不在此，但苦於這店堂上客人不少，一時也不好說話，只能悄悄地向袖兒遞了個眼色。

直到這時，虞姬和袖兒才算真正領略了紀空手的厲害之處。她們雖然算不上江湖中人，但霸上相距咸陽並不遙遠，關於紀空手以智計將胡亥與趙高這等顯赫人物玩弄於股掌間的傳奇，對她們來說並不陌生。在虞姬的心中，也許是在那一時，紀空手就開始佔據了她的芳心，但是紀空手究竟有如何的神奇，她們都未曾真正見識過。

其實就在她們出門之前，紀空手就已經對她們將要面臨的問題作了預測，並且想好了應對之策，所以當虞姬看到身邊始終有敵人監視時，絲毫不亂。

「袖兒，你看這些上好的綢緞，把我的眼睛都挑花了，你過來替我瞧瞧，到底是哪種花色更適合我。」虞姬站了起來，拉出一截綢緞在身上比劃著，袖兒左右偏著頭看了半晌，然後搖了搖頭。

「這麼說來，這一匹綢緞不適合我。徐大叔，不好意思，我得另外取一匹試試。」虞姬滿臉歉意地向徐三谷笑了笑道，並順手將零亂的綢緞遞到了徐三谷手中。

「不礙事，世侄女既然喜歡，多試幾次也無妨。」徐三谷接過綢緞，慢慢地將它揩抹整齊，重新裹團。

在袖兒的幫助下，虞姬搔頭弄首，挺胸扭腰地試了半天，那幾個佯裝成客人的問天樓眼線只得硬著頭皮在店裡磨蹭半天，與她們耗著時間，只是神情尷尬，比受罪還難受。

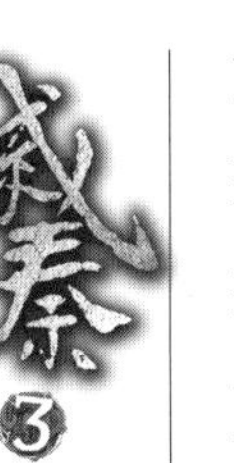

虞姬向袖兒眨了眨眼睛，得意地一笑，爲自己的捉挾手段感到十分開心。但就在這些綢緞來往傳遞間，徐三谷突然感覺到在綢緞之下有一隻小手塞過來一樣東西，他一怔之下，見到虞姬輕輕一笑，似乎有些明白，趕緊將這東西握在手裡。

「這位大小姐來店裡可不是第一回了，買賣乾脆，出手大方，可從來不像今天這般忸怩，難道她心中有事，卻只能以這種方式來告訴我？」徐三谷心裡暗暗納悶，怎麼也猜不透虞姬的用意，更沒有想到她會與紀空手有什麼聯繫。因爲他的身分十分機密，除了知音亭的少數幾名核心成員知道外，外人根本就想不到。

好不容易將虞姬與袖兒打發之後，徐三谷心繫這手心裡的秘密，吩咐夥計看好店鋪，自己一個人回到後院的廂房中，打開手心裡的布條一看，不禁又驚又喜。

「紀在虞府，速來救援。」雖只八字，卻讓徐三谷激動得連手都在不住地顫抖，雖然踏破鐵鞋無覓處，得來全不費力功夫，但是自己畢竟付出了太多的努力，如今總算有了紀空手的消息，這怎能讓他不感到這八個字的分量呢？

他深深地吸了一口氣，緩住自己的情緒，然後將布條重新裹緊，塞入一段精巧的黑色竹管裡。

他不敢有半點耽擱，必須要將這消息盡快地傳遞出去，雖然霸上的城防森嚴，出入不易，但徐三谷並不在意，因爲他壓根兒就沒有出城的打算。

知音亭一向有自己獨特的傳遞消息的方式，那就是鷂鷹。鷂鷹不僅兇猛無比，而且飛得高，體魄強健，一般的風雨根本不能影響到牠的飛行，因爲鷂鷹難以馴化，所以敢用鷂鷹來傳遞消息的，只有知音亭一家，武林中再無分號。

這是因爲知音亭裡有吹笛翁，而吹笛翁正是馴鷹的高手，徐三谷的院子裡恰好有一隻鷂鷹，所以當徐三谷推開窗門，打聲呼哨之後，牠就「撲騰騰」地站到了徐三谷的肩上。

「鷹兒，所謂養兵千日，用在一時，你吃了我不知多少穀米，今日便請你爲我跑上一趟，你可千萬不要辜負了我，這可是關係到紀公子的性命呀！」徐三谷將竹管套繫在鷂鷹的腳上，輕撫著牠光滑的羽毛，又愛又憐地道。

這鷂鷹顯是極通人性，撲騰了一下翅膀，似乎明白了徐三谷的用意。

徐三谷微微一笑，道：「如此便拜託了，請！」他雙手一攤，鷂鷹一振翅膀，整個身體如箭矢標出，飛出窗外，向天空竄去。

徐三谷只覺心中有一塊大石落地一般，渾身上下有一股說不出來的輕鬆，但這輕鬆一閃即沒，代之而來的卻是一種莫名的恐懼。

恐懼的來源是一種很奇異的聲音，聽上去就像是農家裡常聽到的彈棉花的聲音，只是比它更響、更疾。

「嗤……」地一響，天空中隱起風雷，等到徐三谷明白發生了什麼事的時候，他赫然看到了那穿透虛空的一支勁箭。

對於徐三谷來說，他並不是一個庸手，雖然這二十年來沒有在江湖上走動過，但是該練的功夫一天也沒有耽擱，他又怎會看到一支勁箭就感到了恐懼呢？

像這樣的箭，就算來個三五支，徐三谷也絕對不會皺一下眉頭，可問題在於，這箭的目標不在人，而是那空中的鷂鷹。

徐家綢緞莊雖然是一個專賣綢緞的鋪子，但在徐三谷的調教下，裡面的夥計並不乏高手，敵人對在這院中射鷹，這似乎證明一件事情，那就是對方顯然比自己的夥計高明，而且已經控制了整個局勢。

徐三谷想到這裡，冷汗迭出，但是他的目光更多的卻是放在那支快箭上。

這箭顯然是高手所發，又快又狠，直向鷂鷹的頭顱一尺上空射去。這箭不是衝著鷂鷹而去，而是射向鷂鷹必經的虛空，這說明發箭之人無疑是個真正的獵手，他懂得在獵殺活物時必須保持的距離感，同時在瞬息間判斷出自己的箭速與鷂鷹的飛行速度兩者間的差距。只有這樣，他才可以準確無誤地命中目標。

像這樣的箭法，任何人都已看出，鷂鷹活命的機率實在不大，甚至不會超過萬分之一，就連徐三谷的心也提了起來，直往嗓子眼上衝。

也就是說，鷂鷹活著就是奇蹟，而奇蹟的意思，就是通常都不會出現的事情。

可是奇蹟卻真的發生了，它的發生，只在一瞬間，就在勁箭接近鷂鷹前的那一瞬間！

箭破虛空的速度，就像是一道閃電，閃電要做的事情，便是撕裂雲層。

箭也許撕裂不開雲層，卻能射中空中飛行的鷂鷹，但只能是普通的未經馴化的鷂鷹，而不是這一隻。

這是一隻經過了吹笛翁馴化的鷂鷹，吹笛翁不但是個武學高手，更是一個馴獸天才，所以他在馴化鷂鷹的過程中，就考慮到了鷂鷹在空中最易受到傷害的幾種方式，有所針對地對鷂鷹進行了強化訓練。

可以這麼說，凡是經過吹笛翁馴化過的鷂鷹，都有其獨特的生存本領，這一隻鷂鷹當然也不例外。

這只鷂鷹顯然是通過空氣中的振動意識到了自己將要面對的危險，所以就在勁箭及體的那一刹那，

牠突然滯空，同時有力的翅膀輕拍了一下箭尾，搖擺幾下之後，重新起動，向天空深處竄去。

鴿鷹這驚人的表現讓箭手幾乎目瞪口呆，所以他幾乎忘記了自己應該射出第二箭。等到醒悟過來時，這只鴿鷹已轉瞬飛高，就像一個小黑點，已經逃出了箭矢可以企及的範圍。

徐三谷的心頓時放了下來，但是他的神經還是繃得緊緊的。他非常清楚，自己的危機已經到了。

徐三谷這二十年來，始終在想著同樣的一個問題：那就是自己是否能夠善終？他一直不知道這個問題的答案，但他卻懂得，一個江湖人既然踏入江湖，就要永不言退，不畏生死！

所以他的手邊永遠都放著一把斧頭，熠亮而鋒利。他此刻的大手已緊緊地握住斧柄，心裡卻想著愛妻與兒子的命運。

「他們現在怎樣了？」這是徐三谷擔心的事情，他不想因爲自己而讓他們受到任何的傷害，雖然這由不得他，但他還是想盡自己的一份心力。

「爹爹，救我。」一個稚嫩的童聲在窗外響起，這讓徐三谷感到了一陣窒息般的心悸。他不得不承認，對手無疑是真正的高手，針對自己此時的心理對症下藥。人還未戰，已占上風。

「不知是哪路高人大駕光臨？來便來了，又何必以婦孺來要挾於我？這種手段，未免太卑鄙了吧？」徐三谷深吸了一口氣，知道自己必須冷靜。

「你說對了，我本來是想用這種卑鄙的手段來對付你的，可是現在看來，已經用不著了。」一個聲音響起，語氣中帶著一絲憤怒，顯然是因爲鴿鷹的飛走令他交不了差，心中驚懼而怒。

徐三谷一聽話音不對，心頭「咯噔」一下，忙道：「你是寧齊！我與你無怨無仇，你何以要拿我的妻兒出氣？」他對出現在霸上的人物一向有職業性的敏感，所以一聽聲音，便知其人。他素知寧齊性格

暴躁，盛怒之下，難免會做出出格之舉，不由爲自己的妻兒擔起心來。

來人正是寧齊，他帶了幾個隨從一直在門外守候。虞姬腳一離開徐家綢緞莊，他後腳便闖將進來。

徐三谷的擔心並非是沒有道理的，事實上他已經從流動的空氣中聞到了一股淡淡的血腥味。這種血腥味讓他的心底產生出很不舒服的感覺，同時臉色也微微一變。

他不敢深思下去，只能行動。

「啪……」徐三谷甩手將桌上的一個筆筒擲出窗去。

「嗖……嗖……」數支勁箭破空而來，又快又準，在空中就將這瓷器筆筒擊個粉碎，粉塵灑落一地，其反應之快，令徐三谷心寒。

這的確是一個很令人驚悸的現象，但對徐三谷來說，心寒之餘，已經辨清了院子裡幾個敵人所立的方位。這對他來說實在是非常重要的收穫，可以爲他下一步的行動作好準備。

他採取的方式叫先發制人，或者說是偷襲也對。以少對多，只有先發制人，讓對方的生力軍盡量減少到最低的人數，他才有最終勝出的可能。否則，他是很難有活著的機會的。

院子裡的空氣彷佛已停止了流動，自箭響之後，便靜得離譜，也許雙方都感到了對手的厲害，所以有一種如臨大敵的緊張氛圍。

徐三谷雖然決定了出手的方式，可是並未馬上出手，他在等待在最佳的時機裡發出可以致命的一擊。

他的呼吸緊張得近乎停止，手依然握住斧柄，「喀喀……」作響，似乎將自己體內所有的能量都提聚到了掌心。

握斧的手有些重，似乎感受到的絕不止斧頭本身的重量，還有這斧頭橫過虛空所帶來的那種壓力。對於徐三谷來說，這二十年來的等待給他帶來了一些新鮮與刺激，伴之而來的，當然會有緊張的壓力。

手心已有滲出的冷汗，這已是一種壓力的表現，不過徐三谷明白，自己的對手也絕不輕鬆。強者相逢勇者勝，他的心裡驀生一股不畏生死的勇氣。

這股勇氣來源於敵人的腳步，這已說明，自己的對手已經開始行動。他們或是輕視自己，或是沒有耐心，無論是哪一種情況，都對徐三谷有利。

徐三谷的目光凝視著窗外的虛空，似乎漸漸地找回了二十年前行走江湖對那種應有的殺氣，有一點適應眼前的氣氛了。他的耳目也變得更加的敏銳，甚至可以測算對方現在與自己的距離。

窗外有樹，已是深秋時節，樹上還有零落的幾片枯葉，有風吹過，捲起一片黃葉，如一隻蝴蝶翻飛著撲向地面。

就在黃葉落地的剎那，徐三谷的手抓起了桌上的一個算盤，以飛快的速度擲出了窗外。

「嗖……嗖……」依然如前，幾支勁箭射在算盤上，算珠向四方迸裂，唯一不同的是箭聲之中，隱挾劍聲。

徐三谷沒有遲疑，縱身向外衝去。他沒有跳窗，也沒有尋門，而是硬生生地破壁而出。

「轟……」碎木激射間，一道霸烈的殺氣飛溢空中，以奇快的速度旋飛了一個頭顱。

空中頓時瀰漫著一股讓人欲吐的血腥味，夾著女人與小孩的哭聲，打破了這一瞬間的寧靜。

徐三谷毫不手軟，一旦得手，斧鋒斜劈，照準自己左方的敵人殺去。他心裡十分清楚，此時此刻，時間對他非常重要，只有在有限的時間裡儘量地消滅敵人，他才有可能救出妻兒，解救自己。

獵手永遠都是獵手，無論他手中的武器放下了多久，只要他再拿起來，就永遠可以對獵物構成致命的威脅。

「呼……」他的大斧一出，在空中掀起一道狂飆，獵獵作響，帶出的是一種無法形容的慘烈與霸道。

「噗……」只聽到骨骼被斬斷的聲音，掩蓋住了那一聲自喉底發出的慘呼，又一個敵人死在了徐三谷的斧頭之下。

但徐三谷的動作還是不能有一點的停緩，必須繼續，因爲他又聽到了弓弦之音。

「嗖……」只有一支箭閃出，來自於院中的一棵大樹之後，寒芒驚現於虛空，照準徐三谷的喉頭竄至。

徐三谷沒有想到對手還能發出這麼快的箭，等他發現箭芒之時，箭已擠入了他的三尺範圍。他如果向右一避，可以輕鬆地化去這一箭的襲擊，事實上他也是這樣計畫的，可是等他就要起動身形之時，忽然感覺到這個計畫是錯誤的。

在他的右手方，還有寧齊，他緊握禪杖，就是等著徐三谷的這一避。

寧齊與他的這幾個隨從都可以算得上是好手，經歷的大小陣仗實在不少。雖然徐三谷的先發制人非常突然，也極具成效，但寧齊他們並沒有因爲死了兩個同伴而亂了陣腳，而是在瞬息之間尋找到了他們在配合上的默契。

徐三谷唯有臨時應變，他沒有向右避讓，而是向前疾衝，在間不容髮之際，以斧鋒對準了已到眼前的箭芒。

「叮……」箭斧發生劇烈的撞擊，產生出一線耀眼的火花，順著徐三谷的臉頰堪堪而過，徐三谷只覺臉上有一陣針刺般的疼痛，鼻間還聞到了一股烤肉的糊味。

可是他沒有心思去考慮自己的臉是否破相，再美麗的東西，都要靠生命來維持，沒有生命，一切都是枉然。

是以他怒嘯一聲，借著俯衝之力，將大斧高高舉起，猛然向那棵大樹斜劈過去。

他這一斧沒有花俏，沒有變招，完全是直來直去，根本不像一個高手所爲，但斧鋒所帶出的驚人力道，端的霸烈無比。

「轟……」大樹攔腰截斷，轟然倒下，枝斷、葉碎，塵土瀰漫了整個後院。

但是徐三谷的心中卻大吃一驚，雖然目不視物，可是卻有兩股驚人的殺氣夾擊而至，一前一後，攻擊有度，令人防不勝防。

徐三谷心中一聲歎息，明白自己襲擊的最佳時機已經過去，在自己的努力之下，雖然斬殺了兩名敵人，但是勝勢卻不在自己一邊。

他猛提一口真氣，借勢縱入剛剛倒下的斷樹中，然後腳尖一點，憑著枝枒的反彈之力，如大鳥般向院牆縱去。

他的反應之快，的確出乎寧齊的意料之外。但是寧齊根本就沒有追擊，只是冷笑一聲道：「看來你是不想要你的嬌妻愛子了。」

他身後的隨從手上用力，頓時傳來女人小孩的慘呼聲，如一把利刃般插入徐三谷的心坎上，令他陷入兩難之境。無奈之下，他腳尖一點，折身飄落在寧齊的身前一丈處。

「你究竟想幹什麼？」徐三谷近乎悲憤地怒斥道，他無法做到無情，無法看著自己的妻子兒女就這樣地死在別人的手裡。雖然他心中十分清楚，自己也許改變不了這樣的結局，甚至連自己的生命也有可能搭進去，可是他別無選擇。

「你應該知道我想幹什麼，又何必明知故問？我想問你的是，你放飛鷂鷹，到底想傳遞什麼消息？又想傳送給誰？你只要老老實實地說出來，我或許可以考慮放你一馬！」寧齊冷冷一笑道。眼看自己的同伴慘死在徐三谷的斧頭之下，他當然不會放棄報仇的念頭，可是就這樣殺了徐三谷，他覺得太便宜了對方。他喜歡玩這種貓捉老鼠的遊戲。

「我是不會說的，如果你有種的話，我們不妨站出來單挑！」徐三谷明白此刻的處境，所以想激怒對方，看看是否能尋到機會。

「你想和我單挑，是嗎？」寧齊猙獰地一笑，突然揚起手來，一巴掌扇在徐三谷的兒子臉上，這個五六歲大的小孩「哇……」地吐出一口鮮血，連哭都沒有哭出來，就被打暈在地。

徐三谷大吼一聲，雙眼發紅，便要搶上前去，卻聽「錚……」地一聲，一把快刀已經架在了他女兒的頸上。

「放下你的斧頭，束手就擒，否則可別怪我刀下無情！」寧齊的眼中露出一絲凶光，滿臉全是殺氣。

徐三谷深深地吸了一口氣，道：「放不放下我手中的斧頭，我都是死。」

「但是你沒有得選擇。」寧齊的臉上露出一種冷酷得近乎毫無人性的笑意，他算準了徐三谷心裡的弱點，為了妻子兒女，徐三谷明知不可為之，也必須選擇這條路走下去。

「是的，你說對了，我根本沒有選擇。」徐三谷深情地凝視了一眼自己的妻兒，狠狠忖道：「自從五音先生將我從路邊揀回的那一天起，我就對自己說：我徐三谷這條性命，是先生給的，只要爲了先生，我隨時都可以獻出自己的生命！」

他的目光透過眼前的景物，彷彿看到了蒼穹深處，淒涼一笑道：「沒有先生，哪裡會有我？沒有我，又哪裡會有妻子兒女？所以爲了先生，我只好對不起他們了。」說到這裡，他的臉上已流下了一行清淚。

他的妻子只是一個生於鄉間沒有見過世面的女人，也許能夠嫁給徐三谷就是她這一生中最大的驕傲。在她的眼中，無論是徐三谷，還是兒女，都是她一生的依靠。此時此刻，雖然她不明白自己的丈夫究竟在說什麼，可是她的眼裡，卻充滿了對丈夫的信賴。她始終覺得，無論徐三谷作出怎樣的決定，她都無憾！無悔！

她多想再看一看丈夫的眼神以及那足以讓人產生依賴感的笑臉，可是她沒有看到這些，她只看到了徐三谷流下的淚水。

寧齊沒有想到徐三谷竟然作出了這樣的選擇，心中憤怒之餘，同時也感到了一種深深的震撼。他簡直覺得這太不可思議了，一個男人真到無情時，可以一絕如斯。

「既然如此，我只有成全你！」寧齊退了一步，緩緩地抬起手來。

「你動手吧！你殺了她們，免得我心中再有顧忌！」徐三谷的目光下移，終於與寧齊的眼芒在虛空中悍然交觸。

寧齊渾身一震，彷彿看到的是夜幕中的兩點寒星，淒冷無比，又似看到一雙餓狼般的眼睛，眸子裡

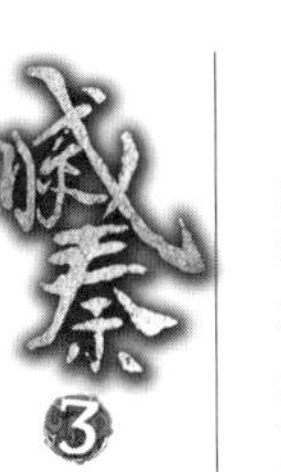

綻放著近乎狂野的無情。

這是徐三谷的眼睛嗎？寧齊在心中問著自己，他明明看到了那雙眼睛中有淚，可瞬息之間，他分明看到了其眼中帶血。

寧齊不由自主地握緊了手中的兵器，不知爲什麼，他的心中竟然生出一絲莫名的恐懼。

「嘷……」在這沈悶之極的虛空中，徐三谷陡然發出了一聲銳嘯，聲如裂石之金，響徹了整個空間。

寧齊的手禁不住顫抖了一下，往下一滑。

這是他的一個下意識的動作，但在他的隨從眼中，卻代表了一個信號，也是命令。

「呼……」刀勢之快，如旋風揚起，一個女人的頭顱橫飛空中，鮮血如雨，隨風淒迷。

徐三谷的心陡然一沈，整個人如一頭魔豹般標前而出，沒有人可以形容他的速度，正是悲憤激起了他潛伏體內的所有能量。此時的他，只有一個念頭，那就是——以血還血，以牙還牙！

徐三谷算不上是江湖中的一流好手，即使是讓他與眼前的對手寧齊相比，似乎也要略遜一籌。

寧齊當然看到了這一點，所以他一直充滿了必勝的信心，絕不相信以徐三谷的功夫就可以逃出他的手掌心。

可是徐三谷這悲憤中的突然爆發，卻讓寧齊好像忽然間失去了這種自信。不僅是因爲這瀰漫空中的血腥，更是因爲這隨風而來的殺機。

很濃很濃的殺機，濃得如一罈開封的烈酒，在剎那間充斥著每一寸的空間，整個天地彷彿都變得肅殺無限，只因爲這空中多了一把斧頭。

一把充滿著無限殺機的斧頭，湧動著激情，湧動著生機，如憤怒的浪潮漫過空際，完全超出了兵器所能企及的範圍。

寧齊霍然變色，在退的同時，他感到了有風，非常猛烈的風，鼓動得自己的衣衫獵獵作響，似有陣陣寒流在不停地竄動。

「呼……」當徐三谷的斧鋒劈入虛空中湧動的氣流之中時，他吼出了自己心中壓抑不住的悲憤，斧勢也因爲這驚人的一吼，變得那麼霸烈，那麼狂野，似有摧毀一切的氣勢。

寧齊想不到一個人在悲憤之下竟有如此巨大的潛力，但是他卻不相信徐三谷的這一斧就能要命。他的禪杖並未出手，在他的身後卻響起了弓弦之聲。

「嗖……」弦鬆，箭出，劃破虛空，強行擠入這斧影之中。

「叮……」一聲金屬的脆音響起，卻被徐三谷帶出的殺氣絞得不成音調，破碎成虛無的東西。沒有人知道，到底是箭撞到了斧，還是斧劈到了箭，箭斧撞擊之下，只阻礙斧頭緩了一緩，卻幻生出一排斧影向寧齊劈將過去。

但對寧齊來說，只要能阻緩一瞬的時間，已經足夠，他將全身的功力迅速提聚，手臂一振，禪杖已如惡龍般迎向斧影的中心。

「噹……」寧齊毫無花俏地與對方硬拚一招，只覺胸口一悶，一股巨力撞向胸口，幾欲吐血，兩人都跌退數步，但徐三谷並沒有調息一下內氣，而是強撐著一口真氣，重新撲上。

「瘋了！他簡直瘋了！」寧齊心中大駭，只要學過內力的人都知道，像徐三谷這般死撐下去，正是內家高手的大忌，一旦真氣走岔，立刻走火入魔，無藥可救。但是徐三谷這樣做，卻贏得了時間，搶得

了先機。

「他是想與我同歸於盡。」寧齊終於明白了徐三谷的用意，愛妻已死，徐三谷根本就不想再活下去，他只想在自己臨終前找個人墊背。

寧齊倒地一滾，雖然狼狽，卻避開了徐三谷這一撲之勢。他可不想替人墊背，是以左腳跟著側踢而出，掃向徐三谷的腿彎。

他的本意，是要徐三谷知難而退，他才可以站住腳跟與之一拚。這本無可厚非，可是他卻忘了，徐三谷既然連命都敢不要，又怎會在乎他踢來的這一腳？

「喀……」徐三谷悶哼一聲，腿骨正被寧齊一腳踹中，發出斷裂聲響。但他身形一個踉蹌，繼續向前撲去，凜凜斧鋒依然斜劈而下。

劇痛只是讓他的臉扭曲得變形，卻絲毫沒有減緩他出手的速度。寧齊出於本能地揮起他的禪杖，想阻住斧頭的去路，但徐三谷的斧頭偏了一偏，正好劈在了寧齊的頭部。

「嘩啦啦……」慘不忍睹的一幕陡然出現，寧齊的頭就像是一個熟透的西瓜，被人一拳打爆，頭骨碎裂，腦漿迸射。紅白兩色交織一處，混成一種令人心悸的恐怖。

可是徐三谷並沒有逃過寧齊揮出的最後一擊，他本來可以避讓開來，但他沒有那樣做，因爲他心裡清楚，要殺寧齊就不能放過任何機會，否則機會一失，永不再來。

所以他的胸口遭到了寧齊禪杖的重重一擊，心脈已是寸斷。他感覺到自己的生機正一點一點地離體而去，唯有的一點意識，也漸漸渾濁不清……

這場面讓寧齊的那兩名隨從看得目瞪口呆，就像做了一場惡夢。他們涉足江湖已久，這種場面並不

少見，但這樣殘酷、這樣悲烈的戰鬥，他們還是生平僅見。

這的的確確就是一場惡夢，以至於當寧戈出來時，他們都沒有發覺。

寧戈只是冷冷地站立在寧齊的屍體旁邊，一言不發。看著又一個自己家族的成員死在自己的面前，他的心情實在難受。

「你們怎麼會出現在這裡？」寧戈皺了皺眉道。

「回寧爺，我們奉命跟蹤虞家小姐，看到虞家小姐進了這綢緞莊裡，待了較長時間，寧齊便生了疑心，說是要進來看看。」其中一個隨從趕緊答道。

「這人難道真的有可疑之處嗎？」寧戈看了看徐三谷雙目圓瞪的臉道。

「起初倒不覺得，只是寧齊說，這家綢緞莊也算是霸上的有錢人家，既然沛公有令，寧可錯殺一千，也不能放過一人。就算將這家人錯殺，大夥兒也好發一筆橫財，於是便闖將進來，誰料這人正在這院裡放鷹，一見我們，一言不合便打了起來。」那名隨從道。

「放鷹？」寧戈心中一驚道：「放的是哪一種鷹？」

「就是那種經過了馴化的鴿鷹，我們放箭都奈何不了牠，可見那畜生是經過高人指點，肯定大有名堂。」那名隨從道。

寧戈久走江湖，當然明白利用鴿鷹來傳送消息的只有知音亭中人，而知音亭與紀空手關係一向密切，說明今日發生的事情十有八九與紀空手有關。

按照規矩，鴿鷹既然飛走，紀空手人在虞府的消息已經走漏，他應該立刻向劉邦稟報，也好早作防範，可是寧戈卻沈吟半晌，改變了主意。

「如果我沒有記錯的話，你們跟著寧齊也有些年頭了吧？」寧戈臉色一變，緩和了不少。

「寧爺的記性可真是不錯，我們是寧齊娘舅的親戚，跟著他也有四五年的光景了。」那兩名隨從怔了一怔，點頭哈腰道。

「你們的家中還有誰？」寧戈在這個時候拉起家常來，讓人覺得不倫不類。

「我們家中父母俱在，還有幾個兄弟姐妹，日子過得雖然苦些，但是我們每個月都會帶些錢回去貼補家用，也還過得下去。」兩名隨從道。

寧戈笑了笑道：「既然你們對眼下的一切還覺得滿意，那麼我就要提醒你們二位一句，對今天你們所見到的任何事情，都不能讓別人知道，否則的話，只怕小命不保！」

那兩名隨從嚇了一跳，對視一眼之後，其中一人道：「寧爺的話我們不敢不聽，不過，您能告訴我們這是爲什麼嗎？」

「沛公的爲人想必你們都聽說過了，我就不必再重複了。」寧戈一臉肅然道：「如果讓他知道紀空手的消息竟然是從你們的眼皮底下走漏出去的，那麼寧齊的死不僅毫無意義，就是你們也很難逃出瀆職之罪的干係！」

「可是這並不能全怪我們，畢竟我們也盡力了。」那名隨從有些不以爲然地道。

寧戈的眼中射出一股咄咄逼人的厲芒，盯在此人臉上，良久才道：「如果你知道紀空手此人在沛公心中的地位，你就不會說出這種話了，所以我希望你們最好還是聽話一些。」

他之所以做出這樣的決定，也是無奈之舉，因爲他明白，劉邦既然派出大批人馬嚴防死守，就是不想讓有關紀空手的消息傳送出去，一旦被他發現消息走漏，盛怒之下，難免會遷怒於寧齊這一幫人，甚

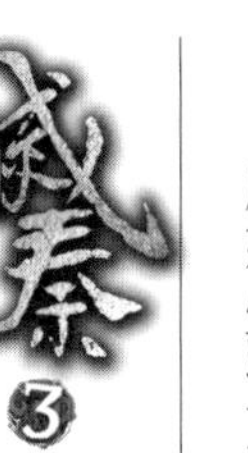

至殃及自己，所以寧戈出於明哲保身的目的，思考再三，決定將這件事情隱瞞下去。

等到虞姬與袖兒回到虞府時，已是華燈初上之時，紀空手人在小樓之中，雙手背負，抬頭望月，眉間似有一種憂愁。而在他的手中，捧著的正是虞姬常彈的一張古琴。

「你怎麼啦？」虞姬壓下自己心頭的興奮，悄然站到紀空手的身後道。

「劉邦來了。」紀空手遲疑半晌道。

「他來幹什麼？」虞姬臉現憎厭之色道。

「他讓我告訴你，三日之後，就是迎親之時，他將親自護送你前往鴻門。」紀空手道。

「這只是他一廂情願的想法，只要你能逃出霸上，他又能奈我何？」虞姬皺了皺眉頭，似有幾分得意地笑了。

「你真的對我那麼有信心？」紀空手回過頭來，深深地看了她一眼道。

「這句話應該這樣說，我從來就沒有對你失去過信心。在我的眼中，這世上的事情根本就沒有什麼能夠難得倒你。」虞姬輕輕地接過紀空手遞來的古琴，置於茶几之上，莞爾一笑道。

「你若是這樣想，可讓我多了幾分誠惶誠恐。說實在的，我此刻功力已廢，若想從高手如雲的霸上逃走，無異難如登天，我的心中毫無底氣。」紀空手苦笑道。

虞姬詫異地看了他一眼，道：「這可不像我的紀大哥所說的話，想當日你在眾敵面前，連死都不怕，此刻怎地畏首畏尾起來？」

紀空手輕歎一聲，沒有說話。

虞姬心頭一亮，霎時明白了紀空手的心思，不由感動地道：「你是因為我？」

「是的，我並不想為了我而讓你和你的家人受到任何傷害。我已經虧欠你太多，又怎能再讓你去承擔這份風險呢？」紀空手由感而發，輕輕地拉住了虞姬的小手，將自己的一腔深情全注入在這麼一個細微的舉止。

「有你這句話，我就知足了，這說明你是真心待我。」虞姬的俏臉上抹出一層淡淡的紅暈，在朦朧的夜色下，顯得特別嬌豔：「既是兩情相悅，就誰也不虧欠誰。能為自己所愛的人做一些事情，即使付出代價，我也無怨無悔！」

「話雖是如此說，可是我又怎能忍心看著你去冒險呢？一旦我逃出霸上，劉邦首先要對付的人，就必定是你和你的家人。」紀空手提出了自己心中的擔憂。

「我已經想好了應付劉邦的辦法，只要你一走，我就裝病不出，拖他個十天半月，等著你來接我。」虞姬輕靠在紀空手的懷中，眼中閃出迷離的色彩，彷彿充滿了對未來的憧憬：「到了那個時候，我和紅顏姐姐一起陪著你，三人同處，隱居山林，過著神仙般的日子，盡情逍遙，豈不愜意？」

「以劉邦的行事作風，只怕並不容易對付。」紀空手搖了搖頭道。

「像劉邦這樣的梟雄，既然想利用我，自然不會輕易地得罪於我，否則他也不會答應讓你在我的小樓裡療傷休養。對於這一點，我心中有數，你大可不必為我擔心，而是應該集中精力多放在如何逃走的問題上。」虞姬一臉肅然道：「對於我來說，真正可以用來要挾於我的，只有你，只有為了你，我才會不顧一切地犧牲自己！」

紀空手承認虞姬所言不無道理，也為虞姬的真情流露而情動不已。但是剛才劉邦與自己的對話猶在耳邊，彷彿在他心頭抹下了一道陰影。

劉邦進樓的時候，紀空手只是靜靜地坐在窗臺的一盆盆栽前，欣賞著虞姬妙手而成的佳作，誰也不知道他的心裡在想些什麼，十分的投入，以至於連劉邦的到來也絲毫未覺。

「一個曾經叱吒風雲的人物，竟然被人走到身邊而沒有一點的反應，這是否是一件可悲的事情？」劉邦對紀空手此刻的狀態十分滿意，心裡也踏實了許多，雖然他對紀空手的謀略才智有所忌憚，但他始終認為，任何一個精妙的計畫都是需要一定的實力來完成，否則就是紙上談兵。以紀空手的現狀，若想逃出他的掌握，除非出現奇蹟。

紀空手並沒有因為劉邦的突然現身而感到詫異，只是淡淡一笑道：「我可悲嗎？好像不是這麼回事，一個武功盡廢的人，尚且可以勞動數十名高手的大駕，日夜守候，像這樣的人，驕傲還來不及，又怎會可悲？」

「你應該清楚，本來本公是不會讓你活在這個世上的，你之所以現在還能站著與本公說話，絕不是因為你有什麼能耐，而是因為一個女人的面子！」劉邦的臉上流露出一絲不屑之色，冷哼一聲道。

「你不求於人，又怎會受制於人？雖然靠著女人的顏面才能求生並不是一件什麼光彩之事，但是比之沛公集三千神射手外加問天樓諸多高手來對付我區區一人，我覺得自己絲毫不覺有羞恥之感，難道你不這樣認為嗎？」紀空手緩緩地回過頭來，眼中逼射出一道厲芒，正與劉邦的目光在空中相對。

就在這一瞥中，劉邦的心中生出一絲奇異的感覺，彷彿自己面對的並不是一個功力全無的廢人，而是直面的是一位極具威脅的高手。眼前的這個人雖然什麼也沒有做，但只要真實存在著，就會對任何對手造成不可名狀的威脅。

「本公可不想與你作無謂的口舌之爭。今次前來拜會，是想提醒你一句，希望你能聽得進去。」劉

邦避開紀空手咄咄逼人的眼芒，將目光移到那盆盆栽之上。那盆栽的枝葉經過修整，配以窗外的風景，隱有孤傲之態，似乎正合紀空手此刻的心態。

「是麼？那我可真要洗耳恭聽了。」紀空手帶著一股嘲弄的味道，淡淡笑道：「昔日你我還是朋友之時，記得你每次向我指點迷津，總是要我往黃泉路上走上一走，而今我們是互不相容的敵人，那麼你的提醒或許就是金玉良言，由不得我不去聽了。」

劉邦似乎又想到了過往的事情，輕歎一聲道：「這不能怪本公無情，真要怪罪，也只能怪你自己太過聰明，知道的事情太多，所謂人在江湖，身不由己。有些事情雖非本公的本意，但是形勢所逼，不得不如此為之，因此你不必埋怨，只能認命。」

「這就是你做人的道理，也是你辦事的邏輯？」紀空手壓抑著心中的怒火，冷笑道：「你要殺人，錯卻不在於你，而在於我。理由呢，就是你認為我應該死，我就不得不死，根本不需要任何理由。你一心想做的，就是成為能夠操縱別人生死的人，唯有如此，才能滿足你心中貪得無厭的慾望！」

「知我者紀少也！」劉邦面對紀空手的譏諷斥責，不怒反笑，拍掌道：「你能這樣想，就說明你還不算迂腐，孺子可教。人活在這個世上，要想好好地活下去，單憑聰明的才智，驍勇的武功遠遠不夠，最重要的一點是要認識你所生存的這個時代究竟是一個什麼樣的時代，只有認識到了這一點，你才可以套用一句老話，那就是適者生存！」

「按你的理解，這會是一個什麼樣的時代？」紀空手嘲弄式的笑道。

「此際暴秦將亡，列強崛起天下，正是一個亂世的時代，舊有的秩序在一一打破，新生的格局在尋求組合。在一切行為沒有得到有效的規範之前，人所擁有的行為準則以及道德標準都已蕩然無存，唯一可以衡量的方式就是汰劣留強，強者爲王。只要你擁有絕對的力量，你就是對，否則你永遠都是錯！」

劉邦一字一句地道，臉上流露出不可一世的傲氣，彷彿在他的眼中，他就是這個亂世的強者，根本不容別人有任何的置疑。

「我明白了，原來你不是人。」紀空手沈聲道。

「你敢罵本公？」劉邦的臉陡然一沈，眼中盡露殺機。

紀空手夷然不懼，微笑道：「我不是罵你，實是因爲你的所作所爲與禽獸無異。只有在自然界中，才會崇尚暴力，才會出現強存弱亡的現象。禽獸之所以無情，是因爲牠們沒有情感，沒有意識，不知道這世間除了暴力之外，還有仁義，還有情愛。而你卻不同，你明明知道這世間除了暴力之外，還有許多可以値得珍視的東西，但是爲了達到你個人的目的，你卻置之不顧，非要做出禽獸之舉，所以我說，你根本不是人，只是一個連禽獸都不如的東西！」

劉邦的臉色一連數變，幾乎控制不住自己的情緒，「鏘……」地一聲，他霍然拔劍，直指紀空手咽喉！

劍鋒一出，整座小樓一片肅殺。

只有紀空手的臉，絲毫未變。

誰的心裡都十分清楚，只要劉邦手中的劍再往前一尺，紀空手便是一具屍體。

在如此危急的形勢之下，紀空手的面色如古井不波，難道對他來說，生死這樣的大事已不重要？

第十二章　錯的代價

劉邦盛怒之下猶感詫異，彷彿面對的是一潭死水，讓他無法捉摸紀空手所表現出來的冷靜。也許只有在這一刻間，他才真正感到了紀空手的可怕之處，心驚之下，似有一分怯懼。

但紀空手心中卻非常明白，自己並未勘破生死，也不是如劉邦想像中的冷靜。他之所以能面對劉邦的劍鋒夷然不懼，只是因爲他擁有別人所沒有的智慧。他已經算定，劉邦的這一劍絕對不會再往前刺。

劉邦是一個無情的人，對一個無情的人來說，這個世上還有他不敢做的事情嗎？這一次，紀空手也許錯了，錯的代價，應該是他自己的生命。

但是紀空手卻非常自信，他相信自己的判斷，更了解劉邦的個性。正因爲劉邦無情，像這樣的人，根本不會爲此而悲喜，更不會因爲個人的得失而影響到整個大局。

紀空手的判斷沒有錯，所以劉邦深深地吸了一口氣後，終於還劍入鞘。

「罵得好！」劉邦恢復了本來面目，淡淡笑道：「若非如此，本公也不會成爲今日的勝者，而你的命運依然還是掌握在本公手中！」

「只要你一日殺不了我，誰又能預料到將來會發生什麼事情？」紀空手的眼中閃過一絲笑意，極是自信。

「本公不會殺你，至少在這幾天中不會。不過本公要勸你一句，你是一個多情有義之人，萬萬不要

因爲你的輕舉妄動而對虞姬造成不必要的傷害！」劉邦冷冷地道。

「你是怕我逃走？」紀空手笑了。

「本公並不擔心，在虞府內外，本公佈下的高手不下二三十人，任何一個都足以對付現在的你，不過就算你能僥倖逃走，本公還可以找人出氣，只是到時候虞家上下不幸而亡，這筆賬可得算到你的頭上。」劉邦橫了他一眼道。

「你是在威脅我？」紀空手霍然心驚道。

「本公既是你口中的無情之人，當然是說得出，就做得到。虞姬固然美若天仙，風華絕代，但若因你而成一堆白骨，本公也只有徒乎可惜，如此而已。」劉邦哈哈一笑，甩袖而去。

……

面對虞姬的癡心，紀空手想到劉邦臨去時充滿殺氣的表情，心中不由得不寒而慄。他雖然也認爲虞姬的說法不錯，但是以劉邦多變的性格，誰也難保他不會改變自己的主意。

「怕只怕……」紀空手剛要說話，卻被虞姬的小手堵上了嘴。

「你不要說了，顧忌太多只會誤事，你現在只有一心一意地考慮你的事情，才不會辜負了我對你所費的這些心思。」虞姬帶著鼓勵的目光凝視著他，生怕他爲了自己而改變已經實施的計畫。

紀空手除了感激之外，已經沒有任何言語可以表達他此刻的心境。他只是緊緊地將虞姬擁在自己的懷中，然後在意亂情迷中吻上了虞姬那紅豔欲滴的香唇。

虞姬臉上羞紅，情急之下伸出手掌，便要推開紀空手。可是心中雖然這般想著，手上卻提不起半分力道，半推半就，兩個人終於吻成一團。

對於這兩個人來說，這無疑是他們的初吻，雖然動作生硬，但從對方身體的反應上彼此感到了真誠。紀空手聽著虞姬吐氣如蘭、喘息正急的鼻息，頓有一種銷魂蝕骨的感覺湧上心頭。

他自小流浪市井，雖有浪子之名，卻無浪子之實，後來遇上紅顏，兩人雖出於真心相愛，但他敬重對方，偶有親熱之舉，亦是點到爲止，從來不曾像今日這般與女人有過肌膚相親。

他對虞姬的感情，由感激到真愛，一切都發乎自然，從不勉強，就像這初吻一般。等到他嘗到女人滋味之時，竟是再也不肯放棄。

虞姬粉臉通紅，被紀空手吻得嬌喘吁吁，心中雖有幾分羞澀，倒也好生歡喜，腰肢輕扭，熱烈地回應著紀空手的每一個反應。

半晌之後，紀空手才戀戀不捨地離開虞姬灼熱的紅唇，兩人依然緊緊相擁。

「我是你吻過的第一個女子嗎？」虞姬心中有些詫異，又有幾分甜蜜地道。

紀空手不好意思地笑了：「莫非在你的眼裡，我真是風流成性的浪子？」

「不！」虞姬親了一下他的臉頰，柔聲道：「你能這般，我好歡喜，從今往後，我就是你的女人了！」

「其實在我的心中，你早就是我的女人，又何必要等到現在？」紀空手撫著她的秀髮，愛憐地道。

虞姬的臉兒一紅，眼光變得迷離起來，突然摟著他的脖子道：「既是如此，你現在便要了我吧，只有這樣，我才會感到心裡踏實。」

「我又何嘗不想呢？」紀空手輕拍著她的香肩道：「我只怕這麼做了，會對不住紅顏。在我的心中，你和紅顏都是我最重要的女人，我不想讓你們受到半點傷害。」

虞姬深情地凝視著他，柔聲道：「你能這麼說，我好開心。只願你這一去後，早日來接我相聚，到了那個時候，你可不能再拒絕我。」

紀空手吻了吻她的臉頰，道：「真要到了那時，縱是你不情願，我也不會放過你。」

兩人卿卿我我，說了半夜情話，然後相擁而眠。在他們的心中，雖然都愛極了對方，但彼此尊重，更顯情真，一吻之後，已讓他們彼此間再無任何距離。

隨後幾天中，兩人始終相聚一處，捨不得再有分開的時候，除了談情說愛，紀空手每日必做之事，便是守在窗前等待。

他相信，只要五音先生得到了他的消息之後，必會想方設法地與自己取得聯絡，雖然這些天來虞府的戒備更加森嚴，但以知音亭傳送消息的手段，要辦成這件事情並不困難。紀空手此刻唯一擔心的是，就是關於自己的消息並未傳出霸上。

這種擔心並非絕無可能，如果事態真是如此，那紀空手也只有聽天由命了。

但是這種擔心並未持續多久，就在距鴻門之期不過一日之時，天色將晚，紀空手在窗前看到了一隻鷂鷹的出現。

「牠總算來了。」紀空手終於放下了自己一直懸著的心，微笑著對虞姬道。

「牠怎麼能夠找得到你？」虞姬感覺到這實在有些不可思議。

「這就是知音亭與眾不同的地方，像這種鷂鷹，經過高人馴化之後，只要你給牠一個人平時佩戴的飾物或是穿著的衣物，牠就可以憑著氣味來尋找到這個人的下落。這看似神奇，但只要你捨得下一番心血，也能夠創造出這樣的奇蹟。」紀空手耐心解釋道。

鷂鷹在空中盤旋數圈之後，突然俯衝而下，如一道閃電掠入視窗，撲騰幾下，站到了紀空手的肩上。紀空手從牠的腳上取下一根墨色竹管，從中取出一塊帛布，仔細看了一遍。

「明日卯時，他們將在東城門外接應。」紀空手緩緩地道。

「也就是說，你我相處的時間已經無多？」虞姬突然生出一種不祥的預兆，心中顫慄了一下，驀然驚懼。

紀空手輕輕地吻了她一下，微笑道：「這只是短暫的分離，要不了多久，你我又能再聚一起。」

「可是不知爲什麼，我此刻的心裡好怕好怕，莫非有什麼預示？」虞姬緊緊地抱住紀空手，眼中似有幾分慌亂。

紀空手愛憐地將她擁在懷中，道：「事不關己，關己則亂，你不要胡思亂想，雖說我的功力已失，但要逃出霸上這個小鎮實非難事，你應該對我有信心才是。」

虞姬幽然歎道：「我當然對你有信心，只是世事難料，由不得人家心裡不擔心。」

紀空手知道虞姬的擔心不無道理，憑他現在的功力，假如硬闖，只怕連虞府也出不去，又何言逃走？不過他的心裡早有計畫，當下對虞姬一五一十地道明。虞姬聽了，心頭輕鬆了一些道：「如果事情真的能如你所言，那是再好不過了。只是有些枝末細節上的問題還需斟酌一番，免得到時露出破綻，便要前功盡棄了。」

「此事事關你我一生的幸福，我豈能有半點大意？」紀空手自信地一笑，顯得胸有成竹，當下取來軟帛筆墨，寫上幾行字，然後裝入竹管中。

鷂鷹重新飛入天空時，已經帶走了紀空手的行動計畫。他在嘴上雖然不住地安慰虞姬，對明天的行

動充滿信心，但在他的心裡，卻並不像他臉上表現出來的那般輕鬆，有了劉邦這樣的對手，誰也不可能勝券在握，即使是紀空手也不例外。

夜已黑盡，蒼穹顯得深邃而遙遠，遙望天之盡頭，誰又能讀懂未來的玄機，將來的變數？

霸上的清晨寧靜而悠閒。

已是深秋季節，長街之上，略顯清寒，偶有牛車走過，伴著幾聲寂寥的吆喝叫賣聲，勾勒出一幅美麗的小城風光。

樂白站在相距虞府不遠的一間店鋪裡，隔窗而望。這間店鋪原是一家胭脂店，爲了方便監視虞府動靜，就被樂白率人臨時徵用了。

眼看天將放明，漫漫長夜又將過去。樂白熬了這一夜，已有了些許睡意，可是想到劉邦的再三囑咐，只得瞪著微微發紅的眼睛，強撐下去。

他與紀空手交過手，是以能夠理解劉邦何以會這般緊張，如臨大敵。在他看來，假若紀空手不是功力受制，憑自己與手下的這點人馬，實是很難限制他的自由，何況知音亭的精英們音訊全無，若是讓他們得到紀空手人在虞府的消息，那麼就有可能隨時隨地出現在自己的面前，真正讓人防不勝防。

唯一讓他感到欣慰的是，今日已是鴻門之期，像這般熬更守夜的日子很快就要結束了，他也可以輕鬆一下，以解這些天來提心吊膽的勞苦。

他微微地瞇了一下自己的眼睛，剛要接過屬下遞來的早點，忽然從門外走進一個人來，他抬眼一看，不由吃了一驚。

來人竟然是衛三公子，數日不見，他的人憔悴了些，但雙目炯炯，精神依然矍鑠，可見這些日子他也沒有閒著。

「屬下參見閥主！」樂白趕緊伏地跪拜。

「免了吧！」衛三公子一揮袖道：「非常時刻，無須多禮，這些天來，你可看出了一些動靜？」

「屬下謹遵沛公之令，嚴防死守，不敢有半點懈怠，所幸未出一絲紕漏。」樂白站起身來，言下有幾分得意之色。

「愈是風平浪靜之時，就愈是會有意外發生，你可不能大意。」衛三公子橫了他一眼道：「今日午時，便是沛公攜虞姬奔赴鴻門的時間，我可不想在這幾個時辰內讓人壞了大事。」

「紀空手此刻功力已廢，想要壞事只怕也是心有餘而力不足，照屬下看來，應該不會有事發生。」樂白答道。

衛三公子沈吟片刻，搖了搖頭道：「紀空手從外相觀之，似乎是凡事滿不在乎，其實心細如髮，意志若鐵，絕非屈從命運的軟弱之輩。說到他的武功，這絕不是他讓人感到可怕的原因，試想以胡亥、趙高這等大高手尚且都栽在他的手上，比及武功，他又豈能與這二人相提並論？可是他卻憑智計成爲了最終的勝者，這不能不說明此人的智慧已經超出了你我的想像。」

「閥主的意思是……」樂白聽出衛三公子話裡的弦外之音，忙道。

「如果我所料不差，紀空手也許會在這幾個時辰之內有所動作，所以你必須打起十二分的精神，絕對不能讓紀空手逃離虞府半步。」衛三公子斷然道。

「可是萬一紀空手在虞府的消息走漏，一旦知音亭的高手趕來接應，只怕憑屬下的這點人手恐有不足。」樂白不得不說出自己心裡的隱憂。

「對於這一點，你大可放心，我已經與沛公商量佈置妥當了。此刻的霸上，完全控制在我們的手中，城中稍有風吹草動，可以在瞬息間將之平息，不留後患。」衛三公子的眼睛瞇了一瞇，一股殺機硬擠出來，便是樂白亦忍不住打了個寒噤。

店中的氣氛一時沈悶下來，衛三公子似乎也感到了這份緊張，緩緩地踱了幾步，回過頭來道：「你跟隨我也有三十年了吧？」

「回閥主，屬下從十七歲後就追隨閥主，屈指算來，已是三十四年零七個月了。」樂白怔了一怔，弄不明白衛三公子何以會說起這件事情。

「難得你記得這般清楚，可也真是難爲你了。你還記得當日我要派人去入世閣臥底，爲何最終會選定你的原因嗎？」衛三公子的目光越過視窗，望向天邊，彷彿回憶起不少往事，在這一刹那間，他忽然發覺自己真的老了。

只有老人，才會沈湎於過去，沈湎於回憶，樂白只覺得今日的衛三公子有些古怪，完全沒有了往日雷厲風行的作風，這讓他的心中頓生疑惑。

「當時屬下也非常納悶，想到與屬下一起的人中不乏有武功高強、智計多變的人物，何以閥主偏偏就看上了我呢？」樂白小心翼翼地說道。

「是的，在鳳、申、成、寧四大家族中，你的條件確實不是最突出的，當日我在作出這個決定的時候，確也猶豫過。畢竟去入世閣臥底絕非易事，以趙高的精明，要想得到他的信任，不花費一番心血是難以達到目的的。而我最終還是選擇了你，不爲別的，只因我相信你對我問天樓的忠心！」衛三公子拍

了拍他的肩道，一臉欣賞之意。

樂白渾身一震，只覺得全身的血液一下子湧上頭部，幾乎沸騰起來，非常激動地道：「這只是屬下應盡的本分。」

衛三公子道：「你們成家追隨我衛國亦有百年歷史了，說起來你我本是主奴關係，奴才爲主子做事，似乎是天經地義之事。但我卻知道，這二十年來，你受了多大的委屈，又歷經了多少困難，付出的代價遠遠超出奴才對主子盡忠的範疇，這已讓我感動不已。更讓我欣賞的是，自登高廳一役之後，你回歸問天樓，從不居功自傲，而且無怨無悔地做好自己的每一件事情，真是不枉我對你們成家的恩惠。」

他的話雖然說得很慢，卻帶著一股深情，表達著自己心裡的感激之意，聽得樂白淚水奪眶而出，只覺這二十年來蒙受的委屈能得主子理解，也算物有所值了。

但是他隱隱覺得，以他對衛三公子的了解，這數十年來，還從來沒有見過衛三公子像今天這般對自己的屬下如此推心置腹。這讓樂白既有受寵若驚的感覺，也有一種迷茫似的困惑。

「我已老了。」衛三公子輕輕地歎息了一聲。

樂白心中怦然一動，知道衛三公子終於說到了正題。

「人生其實就像一個舞臺，你方唱罷我登場，一齣戲完，主角就該下場，沒有人可以永遠地做每一齣戲的主角。」衛三公子苦澀地笑了一笑道：「所以到了今天，也該是我離開這個舞臺的時候了，無論發生了什麼事情，你一定要牢牢記住：忠於沛公就是忠於我，就是忠於問天樓，只有沛公才能帶領你們去完成我問天樓多年未竟的夙願，才能爭霸天下，逐鹿中原，捨此再無二人。」

樂白心驚之下，痛哭流涕道：「閥主何出此言？以您之能，正是率領屬下打拚天下的時刻，何必這就隱退而去？」

「誰說我要隱退，我只是去完成一個只有我才能完成的任務，這個任務太過艱鉅，是以我才事先交待幾句，以防不測。」衛三公子輕叱一聲，眉頭皺到一起。

「既然任務艱鉅，屬下願意代閥主出馬！」樂白道。

衛三公子搖頭道：「此事非我莫屬，別人是幫不上忙的。」

他深深地看了樂白一眼，欲言又止，終於長歎一聲，甩袖而去，只留下樂白一人獨自站在店中，始終猜不透衛三公子話中的玄機。

「成爺快看！」就在這時，一名屬下低聲招呼道。

樂白抬眼望去，只見虞府大門洞開，從門中走出一群家奴模樣的人來。在一名管家的帶領下，一擁而出，看情形，似要上街走上一遭。

「難道這些奴才沒有聽到沛公的命令嗎？給我攔住了，不准一人擅自出入！」樂白皺了皺眉道。

可是事態的發展並不如樂白想像中的那麼簡單，過了半盞茶的功夫，幾名隨從匆匆進來，上氣不接下氣地稟道：「報告……成……爺，大……事……不好了！」

樂白心中一驚，道：「發生了什麼事？」

「紀……空……手……不……見……了！」隨從們臉色俱變。

「什麼？」樂白聽在耳中，猶如一道霹靂，震得渾身呆若木雞，好半晌才回過神來道：「這是多久發生的事情？」

其中一個隨從緩過氣來，趕緊答道：「屬下聽了消息，馬上趕來，沒來得及問個仔細。」

樂白心裡好不驚懼，明知此事若是屬實，自己絕對難以逃脫干係，當下再不猶豫，馬上命令道：「你馬上到大營中向沛公報告，立刻封鎖全城各個要道，其餘人等隨我來！」

他搶先出了店鋪，如一陣風般趕到虞府門口，遠遠見得門口圍了一大群人，各持槍棒，顯得群情激憤，其中那名管事模樣的人更是急紅了臉，正與樂白布下的守衛爭論著什麼。

「好啦，好啦，成爺來了。」眾人聽到腳步聲響，紛紛讓出一條道來，任由樂白從容進入。

樂白心中雖急，但神色絲毫不亂，深知遇事之時愈是鎮定，就愈能從複雜的局面中理出頭緒。當下走到那名管事面前，沈聲道：「嚷什麼，有事就一一稟來，這般吵鬧，誰聽得清？」

那名管事雖是奴才身分，但神情不卑不亢，仗著主子的威風，只是向著樂白躬了躬身，並未行跪拜大禮。

「在下乃虞府的管家虞左，見過將軍。」這名管事打量了一眼樂白，這才自報身分。

「你既是虞府的管家，就該聽說過沛公軍令，如此聚眾鬧事，難道不知這是死罪嗎？」樂白已經顧不得計較此人失禮之處，大聲斥責道。

「將軍誤會了！虞某絕非有心違抗沛公軍令，只是一時情急，所以才會與各位軍爺爭上幾句。」虞左答道。

「有什麼事情？說來聽聽！」樂白道。

「在下一大早起來，想到今日是我家小姐的應諾之期，便召集府中的下人忙碌起來，打掃庭院，採辦貨物，剪枝修花，裝飾擺設……整整忙了一個大早，剛想休息一會，便聽到我家小姐的貼身侍女袖兒跑來說道：那位囚禁在小姐閨樓中的紀公子昨夜還好好的，可是到了今晨之時竟然不見了蹤影。在下聽

了，心想這還了得？趕緊稟明老爺，我家老爺便派我四下尋找。」這虞左是個慢性子，說話慢條斯理，差點沒讓樂白急死。但事關重大，樂白只有耐著性子聽他說完，同時在心裡不住地盤算著應對之策。

「這麼說來，你們老爺已經知道了紀空手失蹤的事情？」樂白好不容易聽完了虞左的說話，問道。

「不僅知道，而且還曉得這位紀公子十分的重要，乃是我家小姐從沛公手中請來的貴客。」虞左點了點頭道。

樂白聽他這麼一說，顯然並不知其中內情，也就懶得與他糾纏，擺擺手道：「罷了，我也不與你多說，快帶我去見你家老爺和小姐。」

虞左搖頭道：「在下可不敢去，此刻老爺與小姐正在氣頭上，難保不會在我身上發氣。」

樂白氣得雙眼一瞪，道：「你怕受氣，就不怕掉了腦袋嗎？若是這位紀公子真的失蹤了，只怕你擔待不起！」

「你也用不著這麼嚇唬我，這些天來虞府上下都有你們的人守護，戒備森嚴，他一個人又能跑到哪裡？說不定一不留神，他自個兒又出現了也說不定。」虞左疲懶地笑了笑道。

「如果真是這樣，那就阿彌陀佛了，可就怕事情不如你所想！」樂白又氣又急道：「你們可仔細地搜查過？」

「搜了，裡面全部搜了個遍，也沒見著人影，所以我家老爺才派我帶人來外面搜查，可是偏偏遇上了這些軍爺，死活不讓我們出這個門口。」虞左斜了一眼門口的守衛，氣咻咻地道。

樂白聽了，掐指一算，驚問道：「你們發現紀空手失蹤之後到此時，已有幾個時辰了？」

虞左微一沈吟道：「也沒多長時間，仔細算來，也就一個時辰吧。」

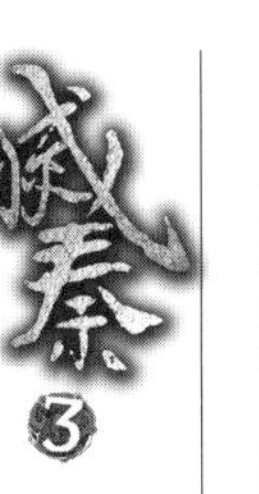

樂白恨不得一把將他掐死，怒道：「過了這麼長的時間，你也不向我的屬下稟報！」

「這可怪不得我，只是我家老爺怕拿不準，所以不便張揚，想叫在下先四處尋尋，萬一找著了，也免得讓人笑話我們大驚小怪的。」虞左抬出了虞家老爺的牌子，倒讓樂白不好說話，只是氣得一甩袖，便要帶人往裡闖。

虞左卻一把拉住了他的袖子，叫起屈來：「成爺，你自管自進去了，也得吩咐你的手下一聲，在下接了我家老爺交下來的差事，若是完不成，可是要砸了自個兒的吃飯招牌的。」

「憑你們幾個也能查出什麼動靜來嗎？」樂白不屑地看了他一眼。

虞左滿臉堆笑道：「俗話說，人有人路，蛇有蛇路，成爺何必這般小瞧於我？再說我家老爺既然吩咐下來，我們這些做奴才的只有盡了心，盡了力，想來老爺才不會太爲難我們，成爺雖然也是個爺，不是還在沛公手下當差嗎？應該不難理解這其中的道理吧？」

樂白此刻一心都放在紀空手身上，哪裡還有心思與他糾纏？再一想，這虞左及其下人們都是霸上土生土長之人，縱然找不到紀空手，只要尋到一點蛛絲馬跡，也對事情不無裨益，當下思罷，揮手道：「既然如此，你們就在這近處打聽打聽，看看是否有人發現一些異樣的動靜。」

他大步走入門內，與分佈在虞府各處守候的人員匯合。此刻他的心中最想知道的是，以紀空手的現狀，若是欲神不知、鬼不覺地逃出虞府，無異於難如登天，假如紀空手真的不在虞府，那麼他是怎樣逃出去的？

◆

「不可能，絕不可能！」當問天樓安置在虞府監視的一干人等聚到一處時，每一個人幾乎都這樣說著。

就在劉邦應諾將紀空手交到虞姬手裡時，他就對整個虞府的地形作了周密的勘查，從而在各個要害

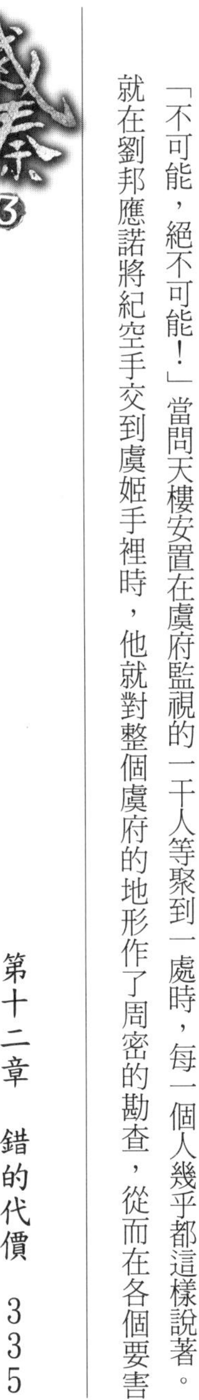

處設點佈控。可以這麼說，只要虞府一有風吹草動，絕對逃不出這些人的耳目。是以他們一聽到樂白說出紀空手失蹤的消息，無不大吃一驚。

「現在不是信與不信的時候，而是必須找到紀空手，否則的話，你我都要吃不了兜著走。」樂白哪裡還有心思聽他們辯解？趕緊分佈人手，對虞府展開了地毯式的搜查。

眼看搜到虞府內院門口，一個身材肥胖的富態之人從門內出來，攔住樂白這一行人道：「此處乃是我家眷所居，各位將軍請止步！」

樂白定睛一看，認得此人正是虞姬之父，霸上有名的富商虞山。耳中記起劉邦的再三囑咐，當下不敢失了禮數，拱手道：「在下乃沛公麾下的將軍樂白，見過虞老爺子。」

「將軍是來下聘禮的麼？怎麼不見沛公前來？今日既是小女出嫁之日，待會兒還請各位將軍多飲幾杯才是。」虞山笑呵呵地說道，彷彿並不知道紀空手失蹤一事，裝得渾似沒事人一般。

「這杯喜酒原是要來叨擾的，只是我此刻有要事在身，必須進入內院看看，還請虞老爺子恩准才是。」樂白雖然心急如焚，但在表面上不得不敷衍行事。他可不想得罪虞家父女而遭到劉邦的斥責。

「這可不行，小女現在正在梳妝打扮，興致好得很哩！她一向任性慣了，萬一你們進去惹惱了她，只怕大喜之日就要改期了。」虞山的語氣雖然顯得平和，但著實厲害，這一番話下來，樂白等一干手下面面相覷，誰也不敢妄動了。

凡是問天樓的屬眾，誰不知道劉邦為了取悅虞姬，幾乎達到了百依百馴的地步？對於劉邦來說，項羽既然表明了自己對虞姬的愛慕之情，那麼虞姬此人就是項羽難得的弱點所在。只要好好利用，未嘗不可收到奇效之功，而他的屬下們在進入虞府之前，也再三接到劉邦的訓誡，那就是無論在什麼情況之

下，都不可對虞家父女有半分得罪，若有違者，一律軍法櫻規處置，所以他們一聽到虞山說出這種話來，都覺得爲難之極。

樂白之所以覺得爲難，是因爲他深知紀空手在劉邦心中的地位。如果真的讓紀空手平空失蹤，那麼無異於縱虎歸山，他也很難在劉邦面下有個交代。所以他皺眉之下，權衡利弊，還是開口道：「老爺子只怕還不知道貴府上發生了什麼事吧？」

他這是明知故問，其實他在虞左的口中知道虞山已對紀空手一事有所耳聞，所以有心試探一下。

「我這府上一向平安得很，怎麼會有事情發生？」虞山一臉詫異地問道。

「您是真的不知？」樂白有些糊塗了，實在搞不明白他是真的不知還是在裝傻，趕緊問了一句。

虞山皺了皺眉道：「將軍有話盡管直說，何必和我打啞謎呢？」

「好，那我就斗膽相問了。」樂白等的就是這一句話，沈聲道：「虞老爺子，請問您今天可曾見過紀公子？」

虞山的回答卻令所有人大吃一驚：「你原來是爲了這件事情而來，怪不得會這般大驚小怪，不過你大可不必著急，他此刻正在院裡賞花散步，一點事兒也沒有。」

「什麼？」這下樂白可真的弄糊塗了，簡直不明白這究竟是怎麼回事，與眾人相視一眼，追問道：「此事當真？」

「莫非你們還信不過我？」虞山拂然道。

「不敢！」樂白的心頓時放下了一半，趕忙陪罪道：「能否讓我進院看上一眼，也好向沛公有個交代？」

虞山遲疑片刻，看看眾人，卻不做聲。

樂白頓時會意，忙道：「就我一個人進去，絕對不敢驚動小姐。」

虞山微微一笑道：「如此最好，不是我對各位放心不下，實是我這個女兒一向被我縱容慣了，心性乖張，萬一各位惹怒了她，誰也猜不透她會做出怎樣出格的事兒來。」

當下他領著樂白進了內院，一路走來，大小屋宇井然有序，分佈羅列，綴以園林花樹，小橋流水，假石飛瀑，有一種說不出的雅致。

樂白心中有事，對眼前美景無心欣賞，倒是心中有一團亂麻一般，半天理不出一個頭緒，昏昏然地走到一座古亭邊，卻聽虞山壓低聲音道：「將軍請看，那一位不正是紀公子嗎？」

樂白順著虞山手指的方向望去，只見數十步外，的確有一個背影出現在一叢花樹間，他與紀空手有數面之緣，凝神看去，只覺得這背影確與紀空手極為相似。

「這可奇了，如果說此人就是紀空手，那麼虞左的話便是一派胡言，可是虞左這樣做，又出於什麼目的呢？」樂白心中問著自己，又恐單看背影，不能確定此人身分，所以耐下心來，想等此人轉過身。

可是這一等，至少耗去了半炷香的功夫，這人似乎是有意要與樂白作對一般，竟然對著一叢花草看個不停，就是沒有要轉身回頭的意思，正當樂白心中生疑時，這人終於回頭。

以樂白的功力，數十步遠的距離實在算不了什麼，他一眼看去，認出此人就是紀空手，不由得鬆了一口大氣。

虞山見了他這副神情，微微笑道：「將軍只怕在這一刻才信了老夫所言非虛。我家小女既然答應了沛公，又豈能失信於人？將軍此番可放心了。」

「我也是情非得已，還望得罪莫怪。」樂白神色頗有幾分尷尬地道。

他心中依然存有幾分疑惑，想了一想道：「其實我此刻進來，原是信了貴府管家的話，說是紀空手已經失蹤，我這才一時情急，做出衝動之事。現在想來，心中還是好生奇怪，實在不明白貴府管家何以要與我開這種玩笑。」

「有這等事麼？」虞山奇道。

「這是千真萬確的事，如果老爺子這會兒得閒，不如我們一同出去，找他問個明白。」樂白虛驚一場，對虞左殊無好感，便想趁機讓他受些責罰。

虞山正要答話，忽然聽到身後有人沈聲道：「怕只怕那虞左所言俱是事實，而眼前之人絕非是那紀空手。」

樂白一聽，渾身一震，便要彎身跪伏，卻被一股大力一抬，再也跪不下去。

「此時請罪有何用處？當務之急，是要尋找到真正的紀空手！」那人冷笑一聲，顯得極是冷靜。

虞山回頭來望，臉色微變，認出此人正是權傾一時的沛公劉邦。

「照沛公所言，莫非有懷疑老夫之意？此人明明是紀空手，何以又分出真假來？」虞山似是墜入一片雲裡霧裡，一頭霧水，言語中有忿忿不平之意。

劉邦並不因此而動氣，反而拱手見禮道：「本公絕無此意，只是那紀空手生性多智，易容手段又是十分高明，假若他能找到替身，便可使這金蟬脫殼之計。」

樂白不明白劉邦何以如此肯定眼前之人不是紀空手，那人回頭時，樂白也算看得仔細，覺得與紀空手簡直是一個模子刻出來的，哪會有真假之分？但劉邦既然如此肯定，他下意識裡也不由得猶豫起來。

他的意識之中，還有一層吃驚的原由，那就是劉邦的武功。他原以爲，雖然自己從來不曾見過這位沛公的身手，但年齡所限，縱是厲害也不過如此。可是到了此時此刻，他才明白，劉邦的武功遠勝於己，簡直達到了高深莫測的地步，否則絕不至於讓他欺近到自己身後三尺之地，自己還渾然不覺。

「金蟬脫殼？」虞山似乎吃了一驚道：「沛公何以一定要認定此人便是替身？」

劉邦冷冷一笑道：「他雖然外形容貌與紀空手一致，幾無破綻可言，但他的精、氣、神比之真正的紀空手來說，可謂有天壤之別。」

他此言一出，樂白再抬眼望去，只覺眼前此人的確沒有紀空手身上特有的霸氣，更少了紀空手那份遇事不亂的從容。他心驚之下，不由得對劉邦又添了幾分佩服。

「屬下這就將之擒下，細細盤查。」樂白一按腰間劍柄，便要上前。

虞山頓時也慌了手腳，急得直跳道：「這可如何是好？若是這紀空手真的逃出了我的府宅，卻叫老夫如何向沛公交待？」

「您真的不知內情？」劉邦的眼中露出一絲詫異之色，深深地打量了虞山一眼。

「老夫若是知曉內情，豈容他們這般胡來？照這情形來看，只怕小女也脫不了干係。」虞山跺腳道，他顯然意識到了這事態的嚴重性，假若惹惱了劉邦，只怕自己一家上百口人便是斬盡殺絕之局。

「你既不知情，本公便恕你無罪，即使有小姐參予此事，本公也不怪罪於她。你現在只管操心眼下府上的安排，到了午時三刻良辰之時，本公將親代項大將軍來向貴府小姐下聘。」劉邦微微笑道，似乎不在意紀空手此時的去向，虞山怔了一怔，趕緊謝恩而去。

亭邊只剩兩人，樂白望了望虞山的背影，心生疑惑道：「難道這事兒就這麼算了？」

劉邦冷笑一聲道：「本公之所以不讓你去抓人，一是怕驚動了虞家小姐，二來抓住假的有何裨益？到時候抓鬼容易放鬼難，倒不如不去理他。我們當務之急，還是要將紀空手的行蹤查明才是道理。」

他當先出了內院，與手下人馬集齊，來到了虞府門外。眾人跪伏一地，紛紛請罪。

「罷了，你們都起來吧！」劉邦皺了皺眉，一揮手道：「本公有幾句話要問，你們不可有任何隱瞞，只要抓到了紀空手，本公就算你們將功折罪。」

眾人無不謝恩而起。

「本公剛才來時，聽了你們的陳述，心中著實奇怪。這虞府上下，內有你們把守各處要道，外有樂白率部封鎖戒嚴，防範之緊，簡直滴水不入，這紀空手絕不會無緣無故就失蹤不見，除非他會上天遁地。」劉邦說得極是緩慢，似是邊說邊在理清自己的思路，一字一句地道：「而紀空手的武功，已經被本公廢去，縱算他以前能飛，只怕到了現在，也只能與常人一般，在路面行走。這就怪了，你們既然誰也不曾見過他的出入，他又怎麼就會從你們眼皮底下消失呢？」

眾人渾身一震，同聲道：「屬下敢以性命擔保，的確是不曾見過這紀空手。」

「本公並不是不相信你們，而是想提醒你們一句，這紀空手或許並不是以他的真面目示人，假若他經過易容裝扮，你們能識得出來嗎？」劉邦淡淡地道。

「沛公之意，莫非是……」其中一人欲說又止，似乎不敢亂加揣測。

「本公之意，是想問你們，從昨夜到今晨，從內院到外院，除了紀空手之外，你們看到過有誰出入？」劉邦皺了皺眉，漸漸失去了耐心。

眾人相視一眼，各自搔頭冥想。過了半晌，有人道：「屬下記起今日一大早的時候，曾經看到過虞

家小姐的貼身侍女匆匆出了內院，不一會兒，又帶著管家虞左回來。」

「虞左？」劉邦的眼芒陡然一亮道：「說下去。」

「這虞左在內院待了一會兒功夫，然後出來便叫嚷著紀空手失蹤了，吩咐下人四處查尋。屬下心想，這紀空手失蹤在前，而此事發生在後，兩者應該沒有太大的干係，所以便沒有放在心上。」那人囁囁嚅嚅半天才把話說完，劉邦的臉色已是變了數變。

樂白看在眼中，陡然間想到什麼，急忙說道：「會不會這問題出在虞左身上？」

劉邦心中一動，沈聲道：「本公記得韓信曾經說過，在登高廳上，紀空手就是裝扮成格里的模樣混入廳內的。他到相府的時間並不長，與格里見面的機會也不多，卻能在這麼短的時間內學得形神兼備，以至於連趙高等一干入世閣高手都識破不了，可見此人在易容術上確有其獨到之處。以此類推，本公認為，這虞左的確有可疑之處。」

「糟了！」樂白臉色一變，陡然驚叫起來。

「何事這般大驚小怪？」劉邦斜了他一眼，臉上現出不悅之色。

「假如這虞左確是紀空手所扮，那屬下的罪責可就大了。」樂白不敢隱瞞，當下將虞左已經出府一事悉數稟明。說話當中，背上已是冷汗涔涔。

劉邦的臉色鐵青中透著無情，正當眾人以為他就要發作之時，他卻沈吟片刻，忽然間笑了。

「你雖然違抗本公的軍令，擅自放人出府，但塞翁失馬，焉知非福？這至少可以讓我們少走不少彎路。」劉邦不慌不忙地道：「如果本公所料不錯，這內院中的紀空手只怕就是虞左所扮，而紀空手已經扮成虞左逃出了虞府。」

「屬下這就帶人追查下去，此時距他出府不過一炷香的時間，諒他腳程再快，也難以混出城去。」樂白趕忙請纓，希望能將功贖罪。

劉邦似乎並不著急，胸有成竹地道：「他跑不了，本公早已下令封鎖城門，以他此刻的身手要想越牆而過，談何容易？」

「沛公神機妙算，運籌帷幄，屬下佩服之至。」樂白由衷讚道，眾人附和，一時間頌聲四起。

劉邦一擺手道：「此時可不是捧我的時候，你們現在就沿紀空手逃走的方向追下去，而本公立刻調人，對全城來個徹底搜查，本公不信，他紀空手還能飛出我的手掌心去！」

樂白等人俱要領命而去，卻聽長街上傳來一陣馬蹄聲響，定睛一看，竟是軍中信使。

「何事如此緊急，竟然要勞動信使？」眾人心中嘀咕著，各自猜疑。畢竟這軍中信使只在行軍打仗時專供各部聯絡所用，此刻人在城中，未免有些小題大做。

但這陣馬蹄聲未近，又從另一條長街響來蹄聲，蹄聲如雨，震得街巷俱響，不一會兒，竟然從四個城門的方向都有信使飛馳而來。

「難道出了什麼大事？」就連劉邦心中也納悶不已，一臉詫異。

等到四騎飛至，翻身下馬見禮時，劉邦忙道：「無須多禮，速速報來！」

這四人一一稟道：「東門外發現了紀空手！」

「南門外發現了紀空手！」「西門外發現了紀空手！」「北門外發現了紀空手！」

此話一出，眾人大驚，誰也沒有料到，失蹤的紀空手竟然出現了，而且一現就是四個，誰也弄不明白這究竟是怎麼一回事。

◆

劉邦沒有算錯，樂白在虞府門口所見的虞左，的確就是如假包換的紀空手。

只有易容，才是紀空手能夠逃脫的唯一機會。紀空手知道這一點，關鍵的問題是，他借用誰的形象才能順利混出虞府？

能夠在這個非常時期自由出入的人，除了虞姬與袖兒之外，只有虞山夫婦。以紀空手的手段，若是裝成虞山，可以達到天衣無縫的效果，可是紀空手壓根兒就沒往這方面去想。他始終認爲，他虧欠虞姬已經太多，不能再爲自己而連累到虞姬家人。

於是他想到了虞左，因爲除了虞山夫婦之外，能夠出入內院的男人只有虞左，而且虞左的外形與自己有幾分相似，易容起來並不費力，如果用他來作替身，實在是再恰當不過了。

他心中拿定主意，便與虞姬主僕商談起行動的細節。經過一夜長談，幾經斟酌，終於確定了整個行動的方案。

他首先將自己扮成了虞左，然後由袖兒出面，將虞左召入內院。虞左心知此事兇險，但礙於虞姬之命，只得遵從。這樣一來，他與紀空手互換了身分。

紀空手裝成虞左之後，一面放出自己失蹤的消息，一面大張旗鼓地召人四下搜索，無非是想混淆視聽，讓敵人以爲自己逃逸。這樣一來，使敵人有先入爲主的思想，從而產生麻痹，在防範上有所疏漏。

樂白果然中計，他絕對沒有想到眼前的虞左就是紀空手，心急如焚之下，經不得紀空手一陣慢條斯理的軟磨硬泡，居然同意了紀空手率人出府的要求。

紀空手人一出府，自己的計畫便算實施了一半，但要怎樣在短時間內逃出霸上，依然是一個非常嚴峻的問題。

◆

霸上城此刻氣氛緊張，街道之上到處可見問天樓的戰士與劉邦的軍士策騎來回巡逡。紀空手找個藉口，擺脫了虞府家丁，轉入了東門口的一條街道。

這條大街非常寬敞，聚集了不少老字型大小的店鋪，既有糧行、油坊，亦有酒樓、茶館，人氣極旺，很是熱鬧。紀空手觀望片刻，突然拐進了一家專賣生油的作坊裡。

作坊裡有幾個夥計正在忙著榨油出貨，根本沒有人注意到紀空手的出現。紀空手也不理會，逕自來到了後院的一棟樓前，剛要敲門，卻聽得門「吱……」一聲開了，吹笛翁便要跪拜相見。

「時間無多，吹笛先生不必拘禮。那日別後，小公主與你們一切可好？」紀空手趕緊扶住吹笛翁道，他對吹笛翁的出現並不感到吃驚，因為這正是他計畫中的一部分。

「承蒙公子惦記，我們一切都好，只是小公主前些日子未得公子消息，茶飯不思，心中著急，直到接到了徐三谷傳出的消息之後，這才放下心來。」吹笛翁微微一笑道。

紀空手心中一暖，緩緩而道：「我想她也想得好苦。」他此刻聽到紅顏對自己的這番癡情，令他又想到了虞姬，最難消受美人恩，此時此刻，他的心中正是這種兩難取捨的心境。

「幸好這種相思就要結束了，再過一會兒，公子就可與小公主面對面地談心了。」吹笛翁輕笑一聲，帶著紀空手來到了樓層高處。

紀空手微感詫異道：「當務之急，我們還是盡快想辦法出城。我這套金蟬脫殼之計，只能蒙人一時，時間一長，劉邦自然有所察覺，到時想走只怕就來不及了。」

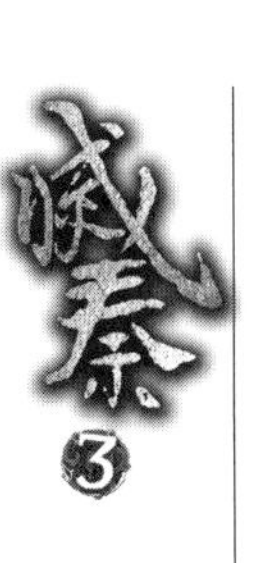

「公子不必擔心，五音先生已經安排好了一切，萬事俱備，就等你的人一到，我們就可出城。」吹笛翁似乎胸有成竹，不慌不忙道。

紀空手不由大喜道：「五音先生不是已經入川了嗎？他老人家怎地也到了城外？」

吹笛翁道：「他聽說你失蹤的消息之後，便日夜兼程地趕來，後來聽到你為了掩護眾人撤退，而一人留下斷後的義舉，大讚你有情有義之外，還說了一句話，我不知當講不當講？」

紀空手聽他說話支吾，微笑道：「你我又不是外人，有何顧忌？」

吹笛翁尷尬一笑，道：「先生道你是一條真漢子，真英雄，卻不是爭霸天下的人物，因為爭霸天下者，絕不應有七情六欲。此話雖說有些刺耳，卻是先生的一片苦口良言，他的確是道出了這權謀相爭的真諦。」

紀空手心中一震，驀然又想到了張良評點自己的原話，黯然想道：「無論是五音先生，還是張良，這二人都是擁有大智慧的智者，遠見卓識，目力驚人，看人之準，只怕少有人及，他們既然不約而同地認定我絕非是爭霸天下的材料，難道說我真的就與這天下無緣嗎？」

他意志堅強，一生自信，縱然面臨再大的困難，也敢於面對。但在這一刻，他忽然懷疑起自己，在心裡面悄然問著自己：「難道說一個人只有做到六親不認，無情無欲，才能成為天下之主嗎？」

他隱隱覺得，這也許有點道理，因為歷代王者，哪個不是自稱自己為「孤家寡人」呢？只有將自己絕情於天下，才能使自己成為與眾不同的天之驕子，這也許就是真正的王者之情。

他繼而想到，以五音先生的文韜武略，權勢財富，足可一爭天下，稱霸江湖，何以他會在自己鼎盛之時，決然退於巴蜀這樣一個彈丸之地，甘心平淡，安於歸隱？難道這一切真的是人們傳說的是為了情而勘破世理嗎？會不會是他早就看到了自己人性中的弱點，看出了自己不是絕情之人，所以才不作這逐

鹿中原的非分之想？

「也許五音先生所說是對的。」紀空手喃喃而道，邊走邊想，放眼看到一塊大的平臺出現在腳下，這平臺之上，出現了一個令紀空手感到非常新奇的東西。

他首先看到的，是一個用新竹篾片編織而成的大竹籃，在籃的中央置一火盆，盆裡放有數十斤重的黑油備用。在竹籃的四周，各繫一條兒臂粗的纜繩，與一個用真牛皮縫製的巨大口袋相連。紀空手從來沒有見過這種物事，心頭納悶，不明白吹笛翁在這個非常時刻帶自己來此的原因。

「先生在弄什麼玄虛？這倒讓我有些糊塗了。」紀空手看到吹笛翁衝著自己微笑，搔了搔頭，任他機智過人，思慮周密，也想不出個中玄機。

「我們若要出城，一切就全靠它了。」吹笛翁從懷中取出一塊火石，神秘一笑道。

「靠它？」紀空手覺得不可思議，於是抬眼盯視吹笛翁，卻發現吹笛翁根本就沒有開玩笑的成分。

「公子千萬不要小看了它，這可是先生花費十年心血才琢磨出來的東西，經過千百次的失敗之後，終於研究出來的飛行器。」吹笛翁得意地一笑，顯然是爲五音先生擁有這般超人的智慧而感到驕傲。

「飛行器？」紀空手更是莫名其妙了：「你是說就憑這些東西可以像鳥兒在天空中飛行，我不是在聽你說夢話吧？」

吹笛翁並不介意，事實上當他第一次看到這種裝置飛上天空的時候，也有恍如一夢的感覺。所以他沒有多言，而是打燃了手中的火石。

「嗤……」火星濺到黑油上，頓時冒出一股濃濃的黑煙，紀空手一不注意，嗆得連咳數聲。

「這……這是……通知……他……他們前來……接應的……信號嗎？」紀空手依然如墜迷霧之中。

吹笛翁笑了笑道：「一時半會，我也說不清楚，只要公子耐下性子等上半盞茶功夫，自然就可以明白我的用意了。」

紀空手臉上露出一絲擔心之色道：「此刻劉邦只怕已經率領人馬對全城展開了大規模的地毯式搜索，一旦被他們發現這裡有異樣的情況，只怕我們還沒有逃離此地，就已經被他們圍得水泄不通了。」

吹笛翁不慌不忙地道：「公子進來之前，可曾有人向你問起過身分？」

「沒有，我簡直是如入無人之境。」紀空手也覺得有些奇怪。

「不過我可以肯定，只有公子，才能享受如此待遇，換作他人，絕對是寸步難行！就這一會兒的功夫，在店鋪裡只怕早已灑滿了香油，不僅地滑難行，而且隨時可以點火燒油，阻住任何人的進入。」吹笛翁說出了之所以要在這個油坊與紀空手見面的原因。

紀空手搖了搖頭道：「火雖能阻住敵人進入，但也能阻止我們出去。這樣一來，我們豈不是要活活燒死？」

「如果公子真讓這把大火燒死，小公主要我賠命，我就算有九條命也擔待不起。」吹笛翁詼諧地道：「我只想這把火能阻住敵人，爲我們贏得一點時間。」

紀空手還要再說什麼，突然「咦……」了一聲，滿臉驚奇。

原來那竹籃裡的火盆燃燒片刻之後，滾滾黑煙順著口袋的袋口灌入進去，使得原本乾癟的真皮口袋漸漸鼓漲起來，形成了一個大的球體，把這個平臺的空間擠得滿滿當當的。紀空手與吹笛翁站在它的身邊，就像是螞蟻與雞蛋之別，大小相差之大，令人咋舌。

「我明白了。」紀空手驚喜地叫道：「利用黑油的熱力與濃煙灌入這真皮口袋，使口袋產生向上的

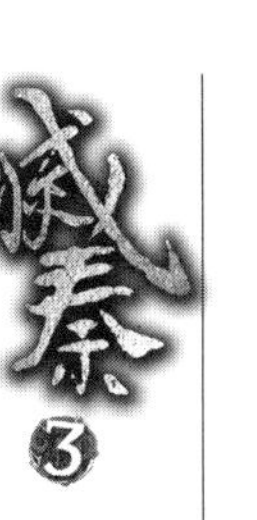

浮力，然後升空，我們就可以像大鳥一樣從天空飛離霸上了。」

「公子果然聰明，竟然能在這麼短的時間內窺出道理所在。只是這口袋雖然鼓漲起來，但要讓它產生向上的浮力，還需一定的時間。」吹笛翁顯然聽到了遠處傳來的一陣馬蹄聲與吆喝聲，知道敵人已至，不由臉顯憂色。

紀空手道：「先生所帶的人手只有三五人，要想阻住敵人大隊人馬並不容易，只怕在時間上來不及了。」

吹笛翁道：「這幾個人的任務就是負責放火燒油，然後撤退。劉邦之意在於公子，他們要想脫身並不太難。」頓了一頓，又接道：「若真是到了萬不得已的時候，我還可以阻擋一陣。」

說到最後這句話時，吹笛翁的眼中閃爍出一股複雜之情，紀空手看在眼中，不由大是感動道：「不，你我共同進退，我豈能爲了自己個人的安危而置先生於險地？」

吹笛翁淡淡一笑道：「公子是一個至情至誠之人，能爲公子做事，一直是我最大的心願，今日這個機會來了，我又豈能錯過？再說了，就算我力拚眾敵，也絕對不是毫無生機，至少還可以見機而退。」

說到這裡，忽然聽到有人高喊：「樓上有人。」接著又聽到一陣：「哎喲，哎喲……」的慘呼之聲，顯然是敵人踩到油上而滑倒。吹笛翁沈聲喝道：「放火！」

「呼……」此聲一出，便見小樓四周頓時燃起一片烈焰，火勢之大，竄出三尺火苗，就連這小樓高層也感到了一股迫人的熱力。樓下一片混亂，傳出刀戈之聲與弦響之音，更有人大呼小叫起來。

與此同時，那巨型口袋的氣體已經充至極限，開始搖晃著離地而起，吹笛翁大喜道：「公子快跳上去，時不待我，勿要猶豫！」

「可是……」紀空手哪裡做得出這等只顧自己的行徑？一時間腳下竟然不動。

吹笛翁急了，一把抱住紀空手，將他放入竹籃上道：「這飛球是以漠北熊皮多層縫製，更經特別加工，可承受百步外弓箭而不受損，但卻使其重量增加，只能載上一人。若是兩人都走，重量太大，只怕都無法離開，公子不要再矯情了。」

紀空手心中一凜，知道若再耽擱下去，也許連一個人也離不開這兇險之地，當下哽咽道：「那……那……請……先生……多加保重。」

吹笛翁點了點頭，微微一笑道：「我認識不少的江湖術士，他們都說我不是一個短命的人，公子大可放心。」說完「鏘……」地一聲，拔出了腰間的長劍，接道：「還請公子向五音先生帶上一句話，就說我吹笛翁無論在什麼時候，都絕對不會辱沒我『知音亭』這三個字！」

他說這句話的時候，心裡已經有了一種不祥的預兆，可是他全然不懼，整個人如一株挺拔的蒼松，眼芒射出，目視著這氣球一點一點地離地而起，漸漸升向天空。

一尺、三尺、七尺……

紀空手望著人在腳下的吹笛翁，不知爲什麼，他忽然感到了有一種東西緩緩地在心間蠕動，讓他的血脈賁張，讓他的熱淚橫流。

他明白，這種東西叫做「感動」。

《滅秦③》完

請續看《滅秦④》

滅秦 3【珍藏限量版】

作　者：龍人
發行人：陳曉林
出版所：風雲時代出版股份有限公司
地址：10576台北市民生東路五段178號7樓之3
電話：(02) 2756-0949
傳真：(02) 2765-3799
執行主編：劉宇青
美術設計：許惠芳
業務總監：張瑋鳳
出版日期：2024年6月
版權授權：蔡雷平
ISBN ：978-626-7369-91-3
風雲書網：http://www.eastbooks.com.tw
官方部落格：http://eastbooks.pixnet.net/blog
Facebook：http://www.facebook.com/h7560949
E-mail：h7560949@ms15.hinet.net
劃撥帳號：12043291
戶名：風雲時代出版股份有限公司

風雲發行所：33373桃園市龜山區公西村2鄰復興街304巷96號
電話：(03) 318-1378　　傳真：(03) 318-1378
法律顧問：永然法律事務所 李永然律師
　　　　　北辰著作權事務所 蕭雄淋律師

行政院新聞局局版台業字第3595號 營利事業統一編號22759935

定價：340元　　**版權所有　翻印必究**

國家圖書館出版品預行編目資料

滅秦／龍人 著. -- 二版 -- 臺北市：風雲時代出版股份有限公司, 2024.05 冊； 公分.
ISBN : 978-626-7369-91-3（第3冊：平裝）

857.7　　113002954

有華人的地方就有

龍人的作品